KB102240

하키토브

상

하키토브 (상)

ⓒ 안정호, 2024

초판 1쇄 발행 2024년 4월 17일

지은이   안정호
펴낸이   이기봉
편집   좋은땅 편집팀
펴낸곳   도서출판 좋은땅
주소   서울특별시 마포구 양화로12길 26 지월드빌딩 (서교동 395-7)
전화   02)374-8616~7
팩스   02)374-8614
이메일   gworldbook@naver.com
홈페이지   www.g-world.co.kr

ISBN   979-11-388-2970-0 (04810)
        979-11-388-2969-4 (세트)

안정호 장편소설

하키토브

상

)대 중반이 된, 삶의 한가운데 서 있는 세 남자의 미묘하고 복잡한 심리 변화를
섬세한 문체로 생생하게 그려낸 대한민국 감성 에세이형 장편소설!

오늘, 당신의 빛과 그림자를 모두 포용할 준비가 되었나요?

좋은땅

목차

친구

"효상아, 놀면 뭐 해?
뭐라도 해야지?"

1. 공술[1]이나 먹으러 왔건만, 세상에 공짜는 없던가? 보자마자 잔소리다. 좁고 갸름한 이마와 턱이 오늘따라 도드라져 보인다. 앞에 앉아 있는 녀석은 15년 지기 친구다. 자기주장이 강하고 비판적이라 타인의 상황을 이해하는 공감 능력이 부족하다. 하고 싶은 말을 꼭 하는 성격이기에 잔소리가 심하다. 그래서 그런지 주위에 사람이 없다. 한마디로 지랄 맞은 성격이다. 이렇게 이야기하면 십중팔구 고집이 센 냉정한 이 친구와 어울리는 내가 착하다고 느낄지 모르겠다. 그래, 그게 의도일지도 모르겠다.

"승기야, 그만해. 볼 때마다 그 소리냐?
오늘은 즐겁게 좀 마시자, 응?"

---

1) 공술(空―): 거저 얻어먹는 술.

2. 핀잔당하는 내가 불쌍한지 항상 편을 들어주는 이 녀석의 별명은 판다(panda)다. 워낙 살집이 많아 얼굴에 각이 없이 포동포동하다. 늘 긍정적이고 쾌활한 성격이라서 주위에 사람이 많다. 이 녀석은 나와 25년을 함께했다. 가끔은 낯설다. 나와 접점이 없어서다. 이 녀석은 매사에 여유가 넘치고 느긋하다. 인상이 좋아서 그런가? 술자리에서 승기의 볼멘소리[2]에 넌더리를 치며 떠난 사람은 한둘이 아니다. 그러한 순간에도 끝까지 자리에 남아 승기의 이야기를 들어주는 유일한 녀석이다. 하지만 이러는 이유가 다 있다.

"그래, 우현이 말대로
오늘은 즐거운 이야기만 하자.
잔소리 그만."

3. 나를 소개하자면, '투명인간'이다. 얼굴에도 큰 특징이 없는 작은 타원형이다. 10명 중에서 9명은 나와 비슷한 얼굴 모양을 지니고 있다. 술자리에서 이야기를 주도하지 않고 들어주는 편이다. 들어주고 싶어서 그런 게 아니라 할 말이 없어서다. 가끔, 우현이와 승기를 보노라면 신기하다. 세상 돌아가는 소식에 그리 관심이 많은지 할 이야기가 많은가 보다. 두 친구의 논쟁은 어느 드라마를 시청하는 것보다 즐겁다.

"그래서, 효상이 넌?
어느 쪽인데?"

---

2) 불만스럽거나 성이 나서 퉁명스럽게 하는 말소리.

4. 우현이와 승기가 항상 건네는 말이다. 둘이서만 떠드는 게 미안해서인지 내 생각을 궁금해한다. 내 생각을 궁금해하는 유일한 녀석들이다. 난 눈에는 보이지만 손대지 않는 반찬 같은 존재다. 살면서 대화에 참여하려 몇 번 시도한 적은 있다. 하지만 다른 이의 목소리에 묻혀 비 맞은 중처럼 혼잣말하는 게 전부다. 그래서 대화의 참여를 포기했다. 날 끼워 주는 것도 고맙다고 생각해서다. 그래서 그런지 내 의견을 궁금해하는 두 녀석이 고맙다.

"또 무슨 주제로? 그리들 날이 서 있어?
다른 사람이 보면 둘이 싸우는지 알겠다."

Episode 2
소주 한잔

"소주 한잔하자."

1. 사회에서 만난 승기는 1살 많은 형이다. 형이지만 회사 동기여서 친구처럼 지낸다. 보슬보슬 비 내리는 소리를 안주 삼아 소주를 마시고 싶다며 강변역 정류장 주위에 쭉 늘어선 포장마차에서 보자고 했다. 비가 와서 그런가? 옷이 줄었다. 살이 찐 건 아니다. 출근하면서 평소에 즐겨 입던 옷과 실랑이를 벌였다. 어느 날부터 비만 오면 옷을 입기가 불편하다. 살이 찐 건 정말 아니다. 이유를 모르겠다. 두 달 만에 승기를 본다. 살이 좀 쪘다고 한 소리 하려나? 아니다, 승기가 매사에 잔소리는 심하지만, 외모 지적질은 안 한다. 잡다한 생각에 벌써 강변역에 도착했다. 개표구를 지나 1번 출구로 나와 신호등 앞에 서 있다. 눈앞에 즐비한 주황색 방수 천막이 줄을 지어 나를 반긴다. 떨어지는 빗소리와 타인의 발자국에 발맞춰 남몰래 춤을 추며 건널목을 걷는다. 포장마차 안으로 들어왔다. 승기는 이미 자리를 잡고 혼자 마시고 있다. 온실가스의 공범인 플라스틱 파란색 테이블과 등받이 없는 빨간색 의자, 이들의 동침이 오늘따라 대한민국의 고단함을 그

려 낸 태극기의 태극문양 같다. 하지만 그 고단함 안에서 웃음을 잃지 않으려는 수많은 '나'와 마주하는 게 때로는 위로가 된다. 사람들은 술 잔을 기울이며 그렇게나 재미없는 이야기를 그렇게나 즐겁게 떠들고 있다.

이들의 몸은 고단했기에
고달픈 마음 누군가는 위로해야지.

닭똥집에 계란말이 그리고 오도독뼈
소주 한잔하면서 이들을 씹으며

오늘을 견딘 나를 위로하며
내일을 견딜 나를 사랑하자.

2. 승기에게 소주는 특별한 신호다. 소주는 주로 허물없이 친하게 지내는 이와 무언가 논쟁을 하고 싶을 때 마신다. 난 술을 못한다. 알 코올을 섭취하면 바로 머리가 지끈거리기에 맛을 느끼기 어렵다. 술 이 맛있다고 표현하는 이를 보면 부러울 때가 많다. 가질 수 없는 감 정이라서 그렇다. 승기도 잘 안다. 술을 못하는 나를. 그래서 승기가 맥주가 아닌 소주를 마시자고 할 때는 술을 먹고 싶어서가 아니다. 내 생활에 관해 대화하고 싶을 때이다. 대화는 무슨……. 곧 난 초토화될 예정이다. 승기의 팩트 폭력은 정말 들어주기 힘들다. 너무나 맞는 말 만 해서 도망가고 싶다는 게 정확한 표현이다. 오지랖이 넓은 성격도 아닌데 유독 내 생활에 관심이 많다. 진짜다. 소주를 먹다 다른 이와

사회적 이슈에 관한 논쟁으로 술자리를 파한 상황을 목격한 일은 수도 없었지만, 누군가의 삶 안으로 들어와 이야기하는 경우는 극히 드물다. 1년 전, 회사를 그만두고 자기 경영에 관련한 글을 쓰겠다고 호기[3] 있게 말했다.

"도대체가 말이다. 네가 말하는 다른 삶이 무어냐?

1년을 지켜봤는데 변한 게 없어.

그래서 그때 말렸잖아. 신중하게 결정하라고."

3. 승기의 대화법은 일정한 알고리즘으로 답을 도출하려 한다. 사회생활을 하다 보니까 알겠다. 그의 능력이다. 승기는 명의[4]라 상대방의 문제점을 금방 파악해 해결책을 제시한다. 주위에 사람이 많을 법도 한데 나와 우현이뿐이다. 승기는 상대방의 감정을 고려해 대화하는 유형은 아니다. 상대방의 아픈 곳을 허락 없이 강제로 열어 확인하는 타입이다. 그러니 승기 주위는 시끄럽다. 젊은 시절에는 항상 사건·사고를 달고 다니는 '이슈메이커'였다. 그래서 승기가 사고 칠까 봐, 사건에 얽히는 게 싫어서 하나둘 곁을 떠났다. 나로서는 그게 싫지만은 않다. 미안한 이야기지만 승기의 사건·사고는 우리에게 살아 있다고 느끼게 하는 젊음의 표상[5]이었다. 승기를 통해 조금은 단조로운 일상에서 벗어날 수 있었다. 자기감정에 솔직한 승기를 바라보며 대리만족을 느꼈을까? 그래, 그랬을지도 모르겠다. 나는 지금도 그렇

---

3) 호기(豪氣): 씩씩하고 호방(豪放)한 기상.
4) 명의(名醫): 병을 잘 고쳐 이름난 의사.
5) 표상(表象): 대표적인 상징.

게 살지 못하니까.

"승기야,
네가 보기에는 답답해도
하루하루 변해 가고 있어."

그래, 다른 삶을 걷기로 했다.

Even if everyone is telling you that something wrong is something right. Even if the whole world is telling you to move⋯⋯ it is your duty, to plant yourself like a tree⋯⋯ look them in the eye and say "No, you move."[6]
모든 사람이 네게 잘못된 일을 옳다고 말해도, 전 세계가 네게 물러서라고 말하더라도, 굳건한 나무처럼 서서, 그들의 눈을 똑바로 바라보며 "아니, 네가 물러서."라고 말하는 게 네 의무야.

4. 영화의 멋진 대사에 감동하여 삶을 송두리째 변화할 만큼 어리석은 나이는 아니다. 아까 했던 말을 기억하는가? 투명인간이라고. 큰 뜻이 있어서 타인과의 관계에 초연한 것도 아니다. 그렇다고 주위 사람이 나를 배제한다고 생각지도 않는다. 더군다나 사람이 그리워 밤마다 베개를 감싸며 외로움에 몸부림치지도 않는다. 탁자 위에 놓인 스투키가 되고 싶다. 어떤 느낌인지 알겠는가? 사람의 행동을 방해하지 않는 동선에 놓여 짙은 초록색 빛깔을 내뿜는 스투키가 나는

---

6) 조 루소와 앤서니 루소(감독) 마블 스튜디오(제작) (2016). 〈캡틴 아메리카: 시빌워〉 [영화]. 미국: 월트 디즈니 스튜디오 모션 픽처스.

좋다. 아무도 스투키가 그 자리에 있다고 문제 삼지 않는다. 그렇다고 스투키가 사라진다고 누가 걱정이나 할까? 존재하면 미약하게나마 미관을 살리고 사라져도 타인의 공간을 그대로 살리는 그런 물질이고 싶다.

트라시마코스: 다스림 받는 자들에게 올바름은 그들 자신에게 해가 되지만 강자에게 이익이 됩니다…… [중략]…… 이러한 까닭에 저는 올바름이 강자에게 이익이 되고 올바르지 못함은 개인에게 이익이 된다고 말했던 것입니다.[7]

5. 『플라톤의 국가』에 등장한 트라시마코스의 사유[8]는 소크라테스의 논리 정연한 반박으로 부정되었다. 하지만 올바름에 대한 정의를 곱씹게 한 첫 번째 만남이었다. 내게 올바름이란 차갑지도 뜨겁지도 않은 적당한 온도의 관계다. 주위 사람의 관심에서 밀려나도 관계를 유지하려면 크고 작은 사건에 휘말리지 않아야 한다. 즉, 남들 입방아에 오르내리지 않아야 한다. 말은 쉽지만 실천하기 상당히 어렵다. 착해 보여도 문제다. 그렇다고 무관심하게 보여도 문제다. 더군다나 해를 끼치는 행동은 더욱더 안 된다. 그렇기에 준법정신은 투철한 편이다. 이는 공자가 강조하는 중용[9]과는 거리가 멀다. 그렇다고 수신[10]은 더욱더 아니다. 그래, 준법정신이 투철한 게 아니라 통념[11]에 순응

---

7)   플라톤, 『플라톤의 국가』, 최광열 옮김, 아름다운날, 2014, p66.
8)   사유(思惟): 개념·구성·판단·추리 따위를 행하는 인간의 이성적인 작용. 사고(思考).
9)   중용(中庸): 어느 쪽으로나 치우침이 없이 올바르며 변함이 없는 상태나 정도.
10) 수신(修身): 마음과 행실을 바르게 닦아 수양함.
11) 통념(通念): 일반 사회에 널리 통하는 개념.

해서 살아가는 거다. 다수가 좋아하면 적당히 분위기를 맞추어 따라가는 게 올바름이라 배웠다. 통념의 올바름은 누가 가르쳐 주지 않아도 몸이 반응한다. 그렇기에 올바름이 강자에게 이익이 되고 올바르지 못함은 개인에게 이익이 된다는 그의 의견은 살아온 삶을 반추[12]하게 한다.

소크라테스는 훌륭한 사람은 돈과 명예를 위해 관직을 나서지 않는다고 한다. 그렇기에 이들은 국민의 이익을 대변하는 참된 정치를 실현한다고 확신한다. 올바른 사람은 훌륭한 사람을 닮아 지혜롭고 올바르지 못한 사람은 못되고 무지한 사람을 닮았다고 한다. 그리고 올바른 사람은 행복하고 올바르지 못한 사람은 불행하다고 말한다.[13]

6. 내 깜냥[14]에 소크라테스의 생각을 감히 도전하지는 않는다. 이는 통념의 올바름이기에 그렇다. 그렇게 살아야, 적당한 거리를 유지하며 다수에 묻혀 즐겁지는 않아도 불행하지 않은 삶을 영유[15]할 수 있다고 믿는다. 나름대로 논리적이며 이성적인 판단으로 얻은 지혜다. 못 믿겠다면 스마트폰을 열어 당신이 검색하는 내용을 보라. 그게 좋은 일이든 나쁜 일이든 원인은 하나다.

적당한 거리를 벗어나
다수에 묻히지 않아서다.

---

12) 반추(反芻): 어떤 일을 되풀이하여 음미하고 생각함.
13) 플라톤, 『플라톤의 국가』 최광열 옮김, 아름다운날, 2014.
14) 깜냥: 스스로 일을 헤아림. 또는 그런 능력.
15) 영유(永有): 영원히 소유함.

7. 하인리히의 법칙[16]을 들어본 적 있는가? 우리에게 일어나는 좋은 일과 나쁜 일은 결국 애초에 어떠한 선택을 했느냐이다. 결과의 원인을 외부적 요인이라 말하고 싶어도 이조차 우리의 선택일지도 모른다. 잔인하다고 생각한다. 환경은 애초에 스스로 선택할 수 없다고 굳건하게 믿어서다. 좋은 일도 유지하려면 부단한 노력이 필요하며 나쁜 일도 전화위복[17]의 계기가 되려면 부단한 노력이 필요하다. 무엇을 하든 부단한 노력은 있어야 한다. 그럼 결국, 무엇을 하지 않으면 아무런 일도 일어나지 않는다는 뜻이겠지. 그럼 결국, 아무런 일도 일어나지 않으면 내 삶은 평온해지겠지. 그래, 아무것도 하지 말자.

그때 트라시마코스는 내게 속삭였다.

'통념의 올바름에 도전해.
소크라테스와 논쟁을 하라고.'

8. 올바름은 강자에게 이익이 되고 올바르지 못함은 개인에게 이익이 된다는 트라시마코스의 의견은 올바름이 무엇인지 생각하게 한다. 나의 행동은 올바름에 기인[18]한 결과인가? 올바르지 못한 선택의 저주인가? 소크라테스 말씀처럼 올바르지 못한 나의 선택은 무지로

---

16) 하인리히의 법칙(Heinrich's law) 또는 1:29:300의 법칙은 어떤 대형 사고가 발생하기 전에는 같은 원인으로 수십 차례의 가벼운 사고와 수백 번의 징후가 반드시 나타난다는 것을 뜻하는 통계적 법칙이다. [출처: 나무위키]
17) 전화위복(轉禍爲福): 재화(災禍)가 바뀌어 오히려 복(福)이 됨.
18) 기인(起因): 일이 일어나는 원인.

비롯된 불행의 결과인가? 아니면 올바르게 살아가려 하기에 일면식[19] 없는 강자에게 이익을 주는 저주에 걸린 것인가? 소크라테스 말씀처럼 현대 사회의 위정자[20]는 국민의 이익을 대변하는 참된 정치를 올바르게 실현하는가? 그동안 통념의 올바름을 따르며 살았기에 나는 모르겠다. 정말로 이제는 모르겠다.

어떤 종류의 행동이든지 정당한 이유 없이 다른 사람에게 해를 끼치는 것은 강압적인 통제를 받을 수 있으며, 사안이 심각하다면 반드시 통제를 받아야 한다.[21]

9. 확실한 것은 아무것도 없었지만 확실한 의문은 생겼다. 통념의 올바름은 결국 나를 위함이 아닌 통제의 수단일지도 모른다. 그래서 결심했다.

"승기야, 내 목소리를 내고 싶어.
이제는 차갑거나 뜨겁게 행동하고 싶다고."

승기는 대답을 듣는 둥 마는 둥 하며 말한다.

"됐고, 소주 한잔해."

---

19) 일면식(一面識): 서로 한 번 만난 일이 있어, 안면이 약간 있는 일.
20) 위정자(爲政者): 정치를 하는 사람.
21) 존 스튜어트 밀, 『자유론』, 서병훈 옮김, 책세상, 2005, p109.

Episode 3

도봉산

"안녕하세요! 사람 향기를 좋아하는
임우현입니다. 만나서 반갑습니다!"

1. 동아리 문을 연 후, 빼꼼히 머리만 들이밀어 내부를 살피는 우현이와 눈이 마주쳤다. 우현이는 미어캣처럼 큰 눈에 동글동글한 체형을 지닌 귀여운 외모다. 입고 다니는 옷을 보노라면 귀태가 흐른다. 서울 말씨를 쓰는 경상도 사람이다. 요즘이야 서울 사람과 지방 사람의 구분이 있겠는가? 하지만 우현이는 아니다. 농담인지 진담인지 알 수 없지만 자기만의 방식으로 서울 사람과 지방 사람을 구분한다.

"지역 번호가 '02' 아니면 다 지방이지.
그래서 난 지방 사람이야."

2. 우현이는 은연중[22] 서울 사람을 동경함에 틀림이 없다. 부모님 모두 서울 사람인데 우현이가 어렸을 때 이사했다고 한다. 그래서 그

---

22)   은연중(隱然中): 남이 모르는 가운데.

런가? 우현이 말투에서 경상도 말씨의 억양을 찾아보기 힘들다. 경상도 말투는 정말 즐겁거나 당황할 때 나온다. 동아리를 선택한 이유도 서울 여자가 많을 거로 생각해서다. 우현이를 옆에서 보면 여자를 참 좋아한다. 우현이의 여성 편력을 친구로서 다 드러내기는 어렵다. 그래도 하나 정도는 이따가 이야기하려 한다. 이런 남자를 조심해야 한다. 그렇다고 우현이가 성범죄를 저지르거나 다른 이에게 손가락질 받을 만한 행동을 한 게 아니니 오해하지 않았으면 한다. 오히려 외모와 어울리지 않는 이성적 판단은 놀라울 뿐이다. 다만, 오직 여자와 얽힐 때만 놀라울 정도로 총명하다. 박애주의를 가장한 어장관리의 끝판왕이다. 우현이는 이를 '감성적 상상력'이라고 표현한다. 심리학 시간에 배운 '도덕적 상상력과 민감성'[23]에 한참 심취하더니만, 이제는 박애주의를 가장한 어장관리를 모든 이의 마음을 이해하여 공감하는 감성적 상상력이라 우기고 있다. 헛소리다. 그냥 우현이는 여자가 좋은 거다. 우현이의 여성 예찬론은 가히 종교에 가깝다. 예를 들어서, 남자가 맛집을 찾는 이유도, 공부하는 이유도, 돈을 버는 이유도, 외모에 신경 쓰는 이유도, 모두 여자와 사랑하기 위해서라고 한다. 우현이는 모든 성취감의 원초적 이유를 여자라 확신한다. 우현이는 항상 강조한다.

"효상아, 10명의 여자가 네 스타일이라 치면, 10명에게 다가가 네 진심을 보여 줘. 그러면 최소한 2명은 관심을 보인다. 진짜다. 모든 여자가

---

23) 도덕적 상상력과 민감성: 상대방의 처한 상황을 이해를 바탕으로 상대방의 관점에서 행동을 상상하기에 타인에 대한 공감과 다양한 상황에 대한 민감성 발달로 이어진다. 이는 더 나은 도덕적 판단으로 구체적인 방법을 찾아내는 능력이다.

우리를 싫어하지는 않아. 결국, 사랑의 늪에 빠져 뒹굴고 싶다면 확률 싸움에 능해야 해. 우리는 어리다고. 사랑하려고 너무 많은 이유를 만들지 마. 네가 꼰대라면 모를까."

　미친놈이다. 그런데 이 말에 귀 기울이는 내가 더 한심하다. 우현이는 정말 확률 싸움에 능해 보였다. 알고 있는 우현이의 사랑만 손을 꼽을 정도다. 부러운 녀석이다. 그리 잘생기지도 않았는데 도대체 여자들은 우현이를 왜 좋아할까? 당최 이해할 수가 없다. 배우고 싶다. 좀 성의 있게 가르쳐 달라고. 속성으로. 나도 확률 싸움에 능하고 싶다고. 나쁜 놈, 소개팅 한 번을 안 해 주냐. 어떻게 한 번을…….

　우현아, 나 아직 모태솔로다.
　그렇게 다 가져가야만 했니?

　3. 우현이와 난 사진 동아리 부원이다. 카메라를 특별히 좋아하지는 않지만 사진 찍는 법을 배우고 싶어서 동아리에 가입했다. 동적인 것보다 정적인 것을 좋아하고 시끄러운 곳보다 조용한 곳을 선호한다. 나무, 돌, 물, 꽃, 흙 등 자연물은 말이 없다. 아니다, 온몸으로 자기 삶을 표현한다. 인간만 알아듣지 못할 뿐이다. 자연물은 욕심이 없다. 생존하려고 다른 종을 위협하지 않는다. 자연물은 하나님의 섭리를 벗어나 움직이지 않는다. 인간만 하나님의 섭리를 무시한다. 그래서 인간의 대화법이 아닌 아름다운 절제를 지닌 이들의 대화법을 익히고 싶다. 말하지 않아도 삶을 표현하는 법을 알아가고 싶다. 사진을 배우면 이들의 대화법을 알 수 있지 않을까? 또한, 왠지 사진 동아리

는 풍경 사진을 찍으러 다닐 것 같다. 그나저나 우현이는 정말 이곳에 서울 여자가 많을 거라고 믿은 걸까?

"도봉산? 나도 갈래.
감성적 상상력이 풍부할 것 같아.
내일 아침 7시, 역 앞에서 보자고."

4. 그냥 던진 이야기에 행복한 표정으로 제안을 수락한다. 이상하리만큼 우현이는 다른 이의 사생활에 관심이 많다. 친근감의 표현이라고 하지만 이러한 관심은 항상 불편하다. 그렇다고 친해지려 다가오는 손짓을 모른 척할 만큼 사람이 싫지는 않다. 다만, 등산은 삶에서 빠질 수 없는 일정이다. 사진 동아리를 가입한 이유도 산을 타며 자연과 만났을 때의 다양한 감정을 사진으로 담아 당시의 느낌을 간직하고 싶어서다. 문제는 다른 이와 산을 타면 페이스대로 움직이기 어렵다. 또한, 산을 탈 때만 느낄 수 있는, 올곧이 몸과 대화하는 다양한 고통을 즐기기 어렵다. 무엇보다 시시각각 변하는 자연물을 내 시간으로 만나기도 어렵다. 등산의 목적이 사람과의 친목 도모가 아니었기에 우현이의 관심은 불편하다. 혼자서 산을 타는 행복을 방해받기 싫다.

"우현아, 산 타는 게
익숙지 않으면
도봉산은 힘들 수 있어."

5. 넌지시, 거절의 표현을 돌려서 말했지만, 우현이는 걱정하지 않아도 된다고 한다. 의도를 파악하지 못한다. 물론, 혼자 가고 싶은 마음에 우회적으로 말했지만, 도봉산은 정말 힘든 코스다. 그래, 고생을 해 봐야 우현이도 느낄 거다. 십중팔구, 오늘 너의 행복한 상상은 괴로움의 결과를 맞이하리라. 그나저나 우현이뿐만 아니라 많은 이가 내 의도를 알아채지 못한다. 언어 소통의 문제가 있나? 심리학 교양 시간에 교수님께서 말씀한 '조하리의 창'[24]이 불현듯 떠오른다.

조하리의 창

나의 대화방식은 '숨겨진 창'에 가깝다. 이 영역에 속하면 자신은 알고 있는 성향을 남들은 모르기에 의사소통의 오해가 일어난다. 또한,

---

24) 러프트(Joseph Luft)와 해리 잉햄(Harry Ingham)이 공동 집필한 논문에 게재한 '조하리의 창' 이론은 타인과 자신과의 관계를 통해 어떻게 관계를 개선할지를 보여 주는 분석 도구이다.

비밀이나 콤플렉스가 있는 사람이 숨겨진 창에 속한다고 교수님께서 말씀하셨다. 특별하게 숨기고 싶은 콤플렉스가 있는 걸까? 콤플렉스까지는 모르겠는데 남들과 공유하지 않은 비밀이 있다. 비밀은 누구나 하나쯤 있지 않은가? 공유하고 싶지는 않다. 비밀을 공유하면 때로는 약점으로 활용해서다. 물론, 모든 사람이 다른 이의 소중함을 악용하지는 않겠지만 빌미25)를 제공해 내 공간의 좌표를 노출하기 싫다. 달리 생각하면, 천성26)적으로 사교성이 없어서 그럴지도 모른다. 하지만 사교성이 없었기에 짧은 인생 무탈하게 살았다고 생각한다. 모든 20대가 싱글벙글 활짝 핀 파리지옥의 포충엽처럼 살 수는 없다. 게다가 영화 속에 슈퍼영웅은 자신의 정체를 숨긴다. 물론 내가 히어로라는 뜻은 아니다. 그냥, 숨겨진 창에 속한 게 문제가 아니라고 말하고 싶다고. 비밀이 있는 게 잘못된 게 아니라고. 그렇게 생각하고 싶다고. 우현아, 이제 죽었다고 생각해라. 도봉산에서는 그 어떠한 감성적 상상력도 있지 않아. 하하하.

"효상아,
등산하기 딱 좋은 날씨다.
감성적 상상력이 이곳저곳에서
피어날 것 같아."

6. 우현이 복장에 기가 찬다. 샌들을 신고 왔다. 샌들을. 거기다가 맨발이다. 맨발. 민소매에 반바지 차림으로 세상 해맑은 표정으로 나

---

25) 빌미: 재앙이나 병 따위 불행이 생기는 원인.
26) 천성(天性): 선천적으로 타고난 성품.

를 반기는 우현이. 30분만 지나도 무슨 일이 벌어질지 전혀 모르는 우현이. 이런 차림으로 올 줄은 상상도 못 했다. 동네 뒷산도 아니고 초입부터 정상인 신선대까지 쭉 오르막길이다. 더군다나 신선대를 오르려면 미끌미끌한 화강암을 밟고 가파른 절벽을 타야 한다. 샌들로? 거기를? 아 정말 아서라.[27] 아서. 중간에 마당바위의 평지가 있기는 하지만 거기까지 오르는 길도 험하다. 내 이럴 줄 알았다. 이래서 누군가와 산을 타는 게 싫었던 거다. 하산할 때는 Y 계곡의 아찔함을 즐기려 했는데, 우현이에게는 무리다. 이 정도까지 산을 타 본 경험이 없는 줄 몰랐다. 죄책감의 밑물이 양심의 바다로 나를 이끈다. 복장을 어제저녁에 이야기해야 했었다.

"우현아,
샌들을 신고 등산하기 어려워.
민소매에 반바지 차림이라
이곳저곳에 몸도 쓸릴 거야.
여름이라 벌레도 많고."

"효상아,
정상에 둘시네아 공주가 나를 기다린다.
다 계획이 있으니 나를 따르라."

7. 이미 신선대 징상에 도착해 세상을 다 품은 남자다운 표정을 지며 내게 말한다. 등산하지 말자는 소리였는데 내 의도를 못 알아들었

---

27) 아서라: 그렇게 하지 말라고 금하는 말.

다. 걱정하지 말란다. 다 계획이 있단다. 걱정을 왜 안 하냐. 초입 길에 문제가 터지면 내려오거나 쉽지. 어느 정도 올라가다가 다치기라도 하면 내려오기도 힘들다. 우현이는 내 생각은 안중에 없다. 요즘 지겨울 정도로 둘시네아 타령이다. '둘시네아 공주'는 돈키호테 소설에 등장하는 허구[28]의 인물이다. 돈키호테는 말, 사랑하는 여자, 그리고 하인이 기사가 되는 조건이라 생각했다. 농사꾼 처녀인 알돈사 로렌소를 사랑하는 여자로 설정한 후 둘시네아 공주라 칭했다. 이야기를 진행할수록 돈키호테의 망상은 둘시네아 공주를 알돈사 로렌소와 관련 없는 완전한 허구의 인물로 만든다. 우현이는 지금 허상을 좇겠다는 건가? 돈키호테로 빙의한 네 모습을 보니까 바로 알겠다. 우현이가 책을 읽지 않는 게 분명하다.

"우현아! 우현아! 형은 네가 돈키호테처럼 열정적으로 대학 생활하기를 바란다. 돈키호테는 말이다. 용기를 잃으면 모든 것을 잃은 사람이라고 외쳤던 이 시대의 진정한 남자다! 포기하는 게 세상에서 가장 어려운 남자가 되어라. 마셔!"

8. 얼마 전 선배와 술자리에서 나눈 이야기 때문인 것 같은데……선배가 인용한 말은 돈키호테의 대사가 아니라 『돈키호테』의 저자 세르반테스의 유명한 명언이야. 그리고 우현아, 말을 하지 않았지만, 선배는 동아리 내에서 유명한 '퀴터'[29]야. 더군다나 돈키호테가 되려면

---

28) 허구(虛構): 소설·희곡 등에서, 실제로는 없는 일을 꾸며 내는 일. 픽션.
29) Quitter: 일을 끝까지 해보지 않고 포기하는 사람, 금방 체념하는 사람, 꾀부리는 사람, 겁쟁이.

먼저 정신이 오락가락해야 해. 마지막으로 너의 풋풋한 만용을 이해할 만큼 도봉산의 산행은 녹록하지 않아.

진정한 용기란 겁쟁이와 무모함의 중간에 있다.
-세르반테스-

완벽하게 햇빛을 가리는 매쉬(mesh) 재질의 등산모와 냉각과 방수 기능을 지닌 상·하의를 착용 후 비가 와도 젖을 걱정이 없는 고어텍스 소재를 사용한 등산화를 신었다. 미끄럼 방지 기능도 빠질 수 없는 등산화의 장점이다. 혹시 날이 추워질지 몰라서 바람막이까지 챙겨 왔다. 누가 봐도, 내 모습은 산악인이다. 반면에 우현이는 딱 바닷가 놀러 온 차림이다. 주위 등산객이 우리를 바라보면 얼마나 나를 욕할까? 돈키호테 도전의 결말이 눈에 선하지만, 산에 볼일이 있으니 이 상황을 잠시 눈 감기로 했다. 우현이가 포기하는 순간까지 계획대로 즐기고 싶어서다. 짙푸른 나무와 세상의 만남, 그들이 대화하는 순간을 사진으로 담는 게 여기에 온 목적이다. 하여튼, 청년의 불끈한 힘을 느끼게 하는 위험천만한 도봉산을 우현이가 제대로 만나는 순간이 우리 여행의 끝이다. 너무 빨라도 걱정이고 너무 늦어도 걱정이다.

"효상아. 안 더워?
딱딱한 등산화를 이 여름에 꼭 신어야 해?
넌 너무 팍팍해.
옆에 있던 감성적 상상력도 사라지겠다."

9. 산에 대한 예의도 없이 바닷가 차림으로 쫄래쫄래 온 네가 감히 지적하다니 기가 찬다. 당장이라도 돌려차기로 너의 무익[30]한 옥수수를 날리고 싶구나. 빌어먹을 그놈의 감성적 상상력. 아니다. 빌어먹을 네 깐족거림. 예전에도 이 점을 고치라 그리 말했건만…… 주위 사람은 우현이를 재미있는 사람이라 생각한다. 하지만 우현이는 특정인을 희롱[31]해 주위 사람을 즐겁게 하는 아주 몹쓸 악마의 능력을 지니고 있다. 특정인의 대상은 선배, 후배, 동기 등 가리지 않는다. 누구이 말하지만, 그냥 미친놈이다. 그런데 신기하게도 우현이 주위에는 사람이 끊이지 않는다. 놀림을 당해도 좋단 말인가? 나만 너무 예민하게 반응하는 건가? 밴드왜건 효과[32]인지, 후광 효과[33]인지, 칵테일 파티 효과[34]인지, 제길…… 무슨 효과인지 모르겠지만 다들 우현이의 행동을 개의치 않으니 오히려 내가 이상한 것 같다. 전해 주고 싶은 말씀이 떠오르네.

혀는 우리 지체 중에서 온몸을 더럽히고
생의 바퀴를 불사르나니

---

30) 무익(無益): 이로울 것이 없음.
31) 희롱(戱弄): 말·행동으로 실없이 놀리는 짓.
32) 밴드왜건 효과(bandwagon effect)는 어떤 선택이 대중적으로 유행하고 있다는 정보가, 그 선택에 더욱 힘을 실어주는 효과를 말한다. [출처: 위키백과]
33) 후광 효과(Halo Effect)란 사물이나 사람에 대해 평가를 할 때 그 일부의 긍정적, 부정적 특성에 주목해 전체적인 평가에 영향을 주어 비객관적인 판단을 하게 되는 인간의 심리적 특성을 말한다. [출처: 위키백과]
34) 칵테일 파티 효과(cocktail party effect)는 시끄러운 주변 소음이 있는 방에 있음에도 불구하고 대화자와의 이야기를 선택적으로 집중하여 잘 받아들이는 현상에서 유래한 말이다. 이런 선택적 지각이나 주의가 나타나는 심리적 현상을 일컫는다. [출처: 위키백과]

그 사르는 것이 지옥 불에서 나느니라.[35]

10. 천둥벌거숭이처럼 이리저리 주위를 두리번거리며 확률 싸움에 취한 너를 보니 아직은 걸을 만한가 보다. 사람들은 새로운 것을 확실하게 경험하지 않으면 믿지 않는다.[36] 이제 곧 종아리로 시작해 허리까지 전해 오는 섣부른 판단의 찌릿함을 온몸으로 경험하게 될 것이다. 그 시간이 다가오면 사람의 약점을 희화화[37]하는 너와 다르게 세상에서 가장 따뜻하고 포근한 단어를 전부 끌어와 진심으로 위로하마.

우리는 친구니까.
난 너랑 달라.

우현이가 곧잘 따라온다. 우현이는 그만 생각하고, 애초의 목적으로 돌아가련다. 나무와 세상이 대화하는 느낌을 말로 설명하기는 어렵다. 산을 타면 으레 정상에서 펼쳐지는 아찔한 절경을 바라보며 육체의 피로함을 털어내는 자신을 상상한다. 처음에는 이러한 상상을 하며 얼마나 빨리 정상에 도착하느냐가 목적이었다. 물론, 이 목적을 달성하려고 허벅지는 주인의 의지를 받들어 몰라보게 변한다. 이런 점은 좋다. 그런데 말이다. 어느 순간 이런 생각이 들더라.

---

35)　대한성서공회, 『개역개정 뱁티스트 성경전서』, (주)한일문화사, 2016, 야고보서 3장 6절.
36)　니콜로 마키아벨리, 『군주론』, 김운찬 옮김, 현대지성, 2021, p66.
37)　희화화(戱畫化): 어떤 인물의 외모나 성격 따위를 우스꽝스럽게 묘사함.

굳이 힘들게 오르고 내리려고
산을 타는가?

11. 정상을 다다라 지난날의 상념[38]을 털어 버리고 심기일전[39]하는 마음만 산을 타는 목적이라 말하기 어렵다. 적어도 그게 목적은 아니었다. 그래, 잠시나마 인간의 소음으로 지친 마음을 달래 주고 싶었다. 오히려 정상은 인간의 소음이 그득한 공간이었다. 어느새인가 인간은 산을 도구로써 활용하기 바쁘다. 인간에게 돌아갈 집이 있듯이 바위, 흙, 나무, 꽃, 물, 바람, 공기의 쉼터가 산이지 않을까? 그들만의 방식으로 이룬 아름다운 틀에서 인위적으로 발자취를 남기려는 온정주의 방식[40]이 얼마나 저열한지 인간만 모른다.

그때부터다.
산을 올곧이 느끼고 싶었다.
이들의 대화에 참여하고 싶었다.
이들과 친구가 되고 싶었다.
인간이 아닌 자연물로서.

12. 사진에 담을 적당한 장소를 찾았다. 하루아침에 이들의 언어를 이해하기는 어렵다. 우두커니 이들과 같은 자세로 한동안 움직임을 멈추고 눈을 감는다. 어디선가 바스락거리는 소리가 나를 감싼다. 귀

---

38) 상념(想念): 마음속에 품은 여러 가지 생각.
39) 심기일전(心機一轉): 어떤 동기로 이제까지 품었던 생각과 마음가짐을 완전히 바꿈.
40) 온정주의(溫情主義): 아랫사람에게 따뜻한 마음으로 대하려 하는 생각이나 태도.

를 쫑긋 세워 이들의 대화를 몰래 듣는다. 나무와 바람이 실랑이 중이다.

바람은 나무에 말한다.

"친구로서 말하는데,
네 스타일이 마음에 안 들어. 사치스러워. 언제까지 초록색 타령인데?"

나무는 지겹다는 듯 퉁명스럽게 반응한다.

"친구로서 말하는데,
내 스타일에 신경 좀 쓰지 마.
사치하고 싶거든? 언제나 초록색 타령할 건데?"

바람은 나무의 반응에 상처를 받은 것 같다. 바람의 큰소리가 나를 두렵게 한다.

"뭐라는데? 매년 너한테 말하기도 지겹다.
초록색 옷을 입겠다고? 쭉? 계속?
너 곧 실업자가 돼. 그럼 초록색 옷을 유지할 돈도 없어.
정신 차려라. 제발!"

바람은 당장이라도 나무의 스타일을 바꾸려 한다. 화가 난 게 분명하다. 하지만, 바람은 마음을 추스른 후 차분하게 나무를 설득한다.

"나무야. 곧 가을이야. 여름이 끝나가고 있어.
너도 알지? 기온이 떨어지면 수분 공급은 어려워져.
곧 실업자가 된다고. 실업자가 되면 엽록소를 사들이기도
광합성도 어려워. 이제 형편을 고려해야지. 안 그래?"

바람의 따뜻한 조언에 감동한 게 분명하다. 나무와 바람이 만나서 아름다운 연주를 시작한다. 나뭇잎의 살랑거리는 소리로 산 전체가 흔들리는 기분이다. 아름다운 협연을 더해 줄 연주자가 걸어온다. 성숙한 여성의 발걸음 소리다. 함박꽃이다.

"오래간만이네. 둘이 연주하는 모습.
나도 입 좀 맞춰 볼까?"

함박꽃의 단아하며 우아한 풀로랄 향의 바이올린 연주가 내 코를 찌른다. 이에 질세라 또 다른 연주자가 성큼성큼 뛰어온다. 듬직한 남성의 발걸음 소리다. 화강암이다.

"나만 빼고 너희들끼리만?
그럼 너무 섭섭하지."

사향처럼 우직하지만 부드러운 화강암의 드럼 연주가 더해져 내 몸을 떨리게 한다. 그 어떤 관현악단보다 아름다운 공연을 눈앞에서 펼치는 중이다. 서서히 눈을 떠, 이들에게 흠뻑 취하고 싶다.

그래, 가을이 오고 있다.

한순간도 이 느낌을 놓치고 싶지 않다. 부지런히 누르는 셔터 소리는 오늘의 공연이 얼마나 성공적이었는지 말한다. 하지만, 때가 되었다. 협연의 끝을 알리는 소리가 멀리서 들려온다.

"효상아, 그만 좀 올라가.
더는 못 간다. 내려가자 제발.
다음에는 무조건 바다다.
산은 정말 쳐다도 보기 싫다.
이곳은 감성적 상상력이 없다고."

Episode 4

우갈량과 두리안

"우현아, 여기는 승기.
승기야, 여기는 우현이.
서로 인사해.
승기는 사회에서 만난 친구고
우현이는 대학 동기야."

1. 어색하다. 날씨가 쌀쌀해서 그런지 셋을 감싸는 공기마저 무겁다. 평소에 귀가 아플 정도로 재잘거리는 우현이조차 말이 없다. 승기의 매서운 눈초리에 주눅이 들었나? 그럴 녀석은 아니다. 우현이가 말이 없을 때는 감성적 상상력의 찌릿함을 느끼지 못할 때다. 왁스로 떡칠해 한껏 멋 부린 우현이 머리, 반경 5m 이내에 있는 모든 여자에게 강한 수컷의 신호를 전달하는 지독한 페로몬 향, 하얀 셔츠와 재킷, 그리고 9부 코튼 팬츠와 로퍼 구두로 완성한 댄디룩. 네 복장을 보니까 알겠다. 소개팅 나왔냐? 소개해 줄 사람이 있다고 이야기했는데 여자라 생각한 것 같다. 결혼한 지 3년이나 지났는데, 개 버릇 남 못 준다. 우현이는 서울 여자와 연이 없었다. 결국, 자기 고향 사람과 결

혼했다. 수컷에게는 자신의 향기를 내뿜을 수 없다던 자칭 페미니즘의 끝판왕 우현이. 나름 귀여운 천벌을 받았다. 대학 졸업 후 우현이는 자신의 향기를 전혀 내뿜을 수 없는 남자만 득실대는 업종에서 제품을 파는 영업사원이 되었다. 그래서 아직도 감성적 상상력을 찾아 헤매는 하이에나 신세인 게냐.

2. 겉으로 보이는 서글서글한 모습과 시원시원한 성격으로, 우현이는 남자 선후배 사이에서 평판이 좋다. 우현이는 평소에 자기 이야기를 거의 안 한다. 그런데도 손쉽게 다른 사람의 깊은 이야기까지 꺼내는 놀라운 대화 능력을 지녔다. 그 능력을 남자한테 쓸 때는 어디에도 없는 훌륭한 책사[41]다. 학창 시절, 남자들 사이에서 우현이를 '우갈량'이라 불렀다. 잠시 당시를 회상하자.

"우현이 형, 고민이 있는데요, 여자 친구가 어느 순간부터 자기를 대하는 게 예전과 달라졌다고 불평을 해요. 처음에는 그러려니 했는데, 만날 때마다 그 소리를 해대니까 결국 다투고 말았어요. 저 진짜 변한 것 하나도 없이 똑같이 좋아하고 있어요. 무슨 방법이 없을까요?"

3. 우현이의 얼굴을 보니 별거 아니라는 표정이다. 가까이 오라는 손짓을 하며 목소리를 나지막하게 깔면서 이야기를 시작한다.

"연애하다 보면 누구에게나 다가오는 시련이지. 지금부터 내가 하는 말 잘 듣고 이성적으로 냉정하게 생각한 후 여자 친구를 설득하려 해. 감

---

41) 책사(策士): 책략을 잘 쓰는 사람. 계책에 능한 사람.

성적으로 덤비는 동물에게 감성적으로 대응하는 것은 정말 미련한 짓이야. 이성적으로 대처해."

누구에게나 다가오는 시련이라고? 나 같은 모태솔로는 후배가 무슨 말 하는지도 모르겠는데 우현이가 달라 보인다. 우현이가 〈명탐정 코난〉에 나오는 유명한 대사를 오마주로 말을 이어간다.

"여자 친구의 문제가 아니라고, 잘 생각해 봐. 변한 게 없는데도 여자 친구는 계속 네가 변했다고 말한다면 범인은 바로 너야."

4. 손가락으로 후배를 가리키며 위풍당당하게 이야기한다. 멋지다. 그렇군. 후배 녀석이 잘못했군. 그런데 뭘 잘못했다는 거지? 알쏭달쏭하다. 후배도 나와 같은 마음이다. 잠시 뜸을 들이다 우리 두 사람의 표정을 보며 고개를 절레절레 저으며 말을 이어간다.

"예를 들어서, 네가 클럽에서 마음에 드는 이성을 만났어. 어떻게 할 거야? 다가가, 온갖 감언이설로 그녀를 유혹하겠지. 안 그래? 그렇다고 그녀가 그리 쉽게 관심을 보일까? 네가 너무 좋다고 덥석 전화번호를 알려 줄까?"

"아닙니다."

"그래, 당연히 아니지. 상대방을 외모로 홀릴 만큼 우리는 잘생기지 않았어. 그렇다고, 한 번 거절했다고 포기할 거야? 그건 남자가 아니지.

그 느낌을 알잖아. 상대방이 정말 싫어하는지 아닌지. 이성의 얼굴만 봐도 보이니까."

5. 후배가 고개를 끄덕인다. 후배의 눈빛에서 우현이에 대한 무한 신뢰를 엿본다. 우현이가 이리 이성적인 놈이었나? 나와 있을 때와는 딴판이다. 그나저나 너희 둘은 이성의 얼굴만 보아도 너희를 싫어하는지 좋아하는지 알 수 있다고? 나도 좀 가르쳐 주라.

"각설하고, 결국, 마음에 드는 이성의 연락처를 얻었다고 가정하자. 잘 생각해 봐. 연락처 받으면 바로 사귀나? 연락처 받으면 상대방이 나를 좋아하는 건가?"

"흠…… 아닙니다. 먼저 썸부터 타겠죠. 그러다가 썸으로 끝나거나 사귀거나……"

그렇군, 연애에도 단계가 있구나. 둘의 대화에 낄 수 없는 내 모습이 참 처량하다. 뼈가 되고 살이 되는 이야기이기에 숨죽이며 청취자 모드 중이다.

"그래, 잘 알고 있네. 사귀기 전에, 썸이라는 단계가 있어. 우린 당장 진도를 빼고 싶지만, 여자는 그렇게 호락호락한 생물은 아니라고. 전화번호 하나 받았다고 기뻐서 동네방네 떠벌리는 유치한 남자들과 차원이 다르다고. 수제자라면 이미 이 정도는 알고 있을 것 아니냐."

"네, 선생님."

6. 잘못 들었나? 선생님이라고? 수제자였구나. 내게는 왜 전수를 하지 않는 거냐? 나도 너의 수제자가 되고 싶다. 가입절차가 따로 있는 거냐? 나도 사랑하고 싶다고. 이제야 주위 사람이 우현이를 우갈량이라 부르는지 조금은 알 것 같다.

"그렇다면 썸 타는 단계에서는 넌 무엇을 해야 하지? 다음 단계로 진행할 수 있게 최선을 다해야지? 최선이라는 의미는 무엇일까?"

"잘 모르겠어요. 어렵네요."

저도 잘 모르겠습니다. 우갈량 선생님. 제발 현명한 답변을 가르쳐 주세요. 그나저나 한 번에 다 말하지. 왜 이리 감질나게 문답형으로 진행하는 거야? 이전에는 돈키호테 타령이더니만, 오늘은 소크라테스냐? 소크라테스의 산파법[42]은 사람을 환장하게 한다. 전공 교수님이 자주 활용하는 고문이다. 답을 정해 놓고 피 말리는 질문으로 원하는 답변을 유도하는 게 우리 교수님의 특징이다. 산파법의 특징은 이미 답이 정해져 있다. 사실, 질문 자체가 무의미한 거다. 질문의 수가 늘어날수록 답변하지 못하는 학생의 부족함은 더욱더 드러난다. 빠른 결과만 원하는 제도권 사회에서 산파술을 통해 느긋한 과정의 즐거움을 알게 한다면 바람직한 방향이라 생각한다. 하지만 모든 대화

---

42) 소크라테스의 산파법(산파술)은 지속적인 질문으로 상대방의 무지를 깨닫게 하는 방법이다.

를 산파법으로 일관[43]하면 그곳이 어디든 다툼의 온상[44]으로 변할 수 있다. 우현이는 이를 잘 아는 것 같다. 우현이의 산파술은 누군가에게 우위를 점하고 싶을 때만 사용한다. 여자는 대상에 포함하지 않는다. 이것도 비결이라면 비결인가? 우현이는 입이 텁텁한지 혀를 날름거린 후 말을 이어간다.

"생각해야지. 답만 얻어간다고 문제가 해결되지는 않아. 그래서 넌 아직 멀었어. 최선을 다했다고 말하려면 네가 아닌 상대방이 그렇게 느껴야 해. 즉, 최선은 상대방의 기대를 넘어설 때 상대방이 전하는 감정이야. 당사자 간의 동의 없이는 최선은 성립하지 않아. 알아듣겠어?"

"항상 여자 친구에게 최선을 다했어요. 형도 아시잖아요."

"여전히 이해하지 못했구나."

7. 우현이가 흥미로운 이야기를 한다. 원래 이런 생각을 지닌 놈이었나? 그냥 미친놈인 줄 알았는데, 오늘따라 다르게 보인다. 연애가 이렇게 어려운 거였어? 가느다란 실을 끊어지지 않게 유지하려고 안간힘을 써야 하는 복잡 미묘한 관계가 연애란 말인가? 우현 선생님 더 알려 주세요.

"쉽게 설명하면, 연애의 초기 단계를 생각해 봐. 썸 타는 관계에서 사

---

43) 일관(一貫): 처음부터 끝까지 같은 태도나 방법으로 계속함.
44) 온상(溫床): 어떤 사물 또는 사상 따위가 발생하기 쉬운 환경.

귀는 단계로 발전하려면, 넌 미친 폭주 기관차처럼 달려야 해. 원래 모습으로는 기대 이상의 감정을 상대방은 느끼기 어려워. 시속 50㎞로 5시간을 달린다고 상대방이 노력한다고 생각할까? 무엇보다 5시간을 네 옆에 얌전히 있어 줄까? 결국, 30분 안에 승부를 봐야 해. 달려야 한다고. 미친 폭주 기관차처럼. 30분 안에 150㎞를 달려야 한다고. 30분 안에 상대방 감정의 변화가 없으면, 관계는 썸으로 끝나는 거야."

우갈량은 잠시 숨을 고른 후 말을 이어간다.

"썸 타는 30분의 기간을 남자가 정하는 게 아니야. 여자가 정하는 게지. 결국, 30분의 기간은 네 최선에 따라 짧아지거나 길어지는 거야. 네 경우는, 현재 사귀니까 30분의 시간은 끝났겠지. 하지만 문제는 지금부터야."

8. 인간은 입만 열면 방정[45]을 떤다. 나 역시 인간이기에 거친 생각을 입을 통해 여과 없이 말한 적은 한두 번이 아니다. 우현이 역시 말이 많아 실수가 잦다. 도봉산 사건 이후로 말만 앞서는 놈이라 여겼는데 우현이를 잘 몰랐던 것 같다. 오늘따라 우현이가 낯설다. 그러고 보면, 우현이가 무엇을 잘하는지 관심이 없었다. 아니다. 보려 하지 않았다. 어쩌면 질투가 났는지도 모른다. 부정하기 어렵다. 아니, 그렇게 생각해 본 적이 없었다가 솔직한 표현이다. 그렇게 생각해 본 적이 없었기에 우현이의 모습은 다소 충격적이다.

---

45) 방정: 찬찬하지 못하고 경망스럽게 하는 말이나 행동.

"문제는 넌 폭주 기관차가 아니라는 사실이야. 기계가 과열돼 멈추지 않으려면 시속 50㎞인 본래 모습으로 반드시 돌아와야 해. 어차피 과열해 기계가 고장 난다면, 그 순간 이별이겠지. 본능적으로 남자는 다 알아. 그래서 서서히 본래 모습으로 돌아가.

반면에, 여자 친구는 어때? 썸 타는 관계에서 느꼈던, 시속 150㎞로 미친 듯이 달렸던 과거를 본래 모습이라 생각할지 모르지. 그러니 체감이 큰 거야. 시속 150㎞로 아찔한 기분을 넘어서 위험하기까지 한 저돌성에 반했는데, 안전하다 못해 느려 터진 시속 50㎞를 경험하니 얼마나 많이 변했다고 생각하겠니? 아마도 네가 고장 났다고 느끼지 않을까?"

"그렇겠네요, 형! 그러면 제가 어떻게 해야 할까요?"

후배에게 전하는 지루할 새 없는 이야기의 끝이 보여 아쉽기까지 하다. 우갈량 상담의 끝이 보인다.

"여자는 남자랑 달라. 서서히 타오르는 거야. 썸 타는 관계에서는 방관자처럼 널 관찰했을 뿐이야. 언제 끝날지 모르는 관계니까. 썸이 지나야 비로소 타오르기 시작해. 관계에서 남자는 결과가 중요하다면 여자는 과정을 중요하게 생각하는 것 같아. 우리와는 다르지. 그냥 다른 거야. 스스로 물어봐. 깜빡이도 없이 속도를 너무 빨리 줄이지 않았는지. 그리고 이 문제를 서로 대화로 진지하게 풀어가려 했는지."

9. 누가 봐도 서울 사람 같았던 자유분방한 사고와 파릇함을 연상

케 하는, 싱그럽고 상큼한 시트러스 향으로 수많은 여자를 울렸던 우갈량은 청개구리 같은 인생을 살아가고 있다. 심리학자 칼 융은 인간이 스스로 부정하고 억누르려고 하는 모습을 '그림자'라고 부른다.[46] 금지된 열매를 따려는 우현이의 모습은 어쩌면 사회적 동물로서 살아가려는 그림자일지도 모른다.

어리석은 자는 온갖 말을 믿으나
슬기로운 자는 그 행동을 삼가느니라.[47]

10. 승기 또한 짧은 인사 후 말이 없다. 승기는 우현이가 마음에 안 드는 게 분명하다. 승기의 눈만 보면 알 수 있다. 승기는 자리가 불편하면 금붕어처럼 눈을 심하게 깜박인다. 오늘도 우현이를 보자마자 눈알이 요동친다. 눈으로 다양한 감정을 표현하는 승기가 놀랍기까지 하다. 사람들은 말한다. 눈은 마음의 창이라고. 창문을 다른 말로 개구부[48]라 한다. 문은 닫는 순간 안이 보이지 않는다. 그렇기에 안에 있는 사람이 문을 열어 줘야 안의 상황을 볼 수 있다. 반면에 창문은 문을 닫아도 안과 밖의 상황을 볼 수 있다. 그렇기에 개구부 중, 창문은 외부와 내부를 연결해 '우리'라고 말해 주는 유일한 매개자다. 창문을 제외한 다른 개구부는 독립성을 강조하는 역할을 해서다. 독립성이란 단어를 들으면 어떠한가? 긍정적으로 느끼는가? 부정적으로 느끼는가? 각자의 생각에 따라 연령대를 가늠할 수 있다. 독립성을 지

---

46) 로버트 그린, 『인간본성의 법칙』, 이지연 옮김, 위즈덤하우스, 2019, p384.
47) 대한성서공회, 『개역 개정 뱁티스트 성경전서』, (주)한일문화사, 2016, 잠언 14장 15절.
48) 개구부(開口部): 집의 창문·출입구·환기구 등을 두루 일컫는 말.

닌 자라면 외부로부터 간섭을 받지 않고 스스로 목표를 정해 목표지향적으로 살아간다. 다만, 자율성이 무엇보다 중요하기에 외부의 다른 의견을 받아들이기 어렵다. 독불장군이 될 수 있다는 뜻이다. 결국, 독립성을 지닌 사람은 어느 위치에서 어떠한 역할에 하느냐에 따라서 득이 되기도 독이 되기도 한다. 승기는 독불장군이다. 승기의 개구부는 철재로 만들어진 검은색 방음문이다. 무엇을 생각하는지 어떠한 행동을 하려는지 도통 감을 잡기가 어렵다. 분위기와 상관없이 하고 싶은 말을 하는 독불장군이기에 회사 내에서 승기의 별명은 독특하다. 승기의 별명은 '두리안'이다. 승기가 입을 열면 누군가가 불편해져서다. 이 문제에 관해서 승기와 이야기한 적이 있다.

"승기야, 상대방에게 부드럽게 말하는 게 좋지 않아? 아니면, 눈치를 좀 주든가. 진짜 깜빡이 좀 키고 들어오라고. 결국, 너도 상대방을 도와주려고 이야기하는데."

"효상아, 도와주려고 말하는 게 아니야. 부서 내에 피해가 뻔하기에 미리 방지하려는 것뿐이지. 그리고 사람들은 좋게 말하면 도통 들어먹지를 않아. 자기가 무슨 짓을 하는지도 몰라. 결국, 똥인지 된장인지 먹어 봐야 정신을 차리거든. 아니다. 똥을 먹어도 그게 된장이라고 믿는 사람이 더 많아진 것 같다."

11. 날 선 승기의 목소리로 죄인이 된 듯하다. 예전에는 무슨 말만 하면 꾸짖는 말투로 답하는 승기가 싫었다. 세상의 모든 답을 아는 듯한 눈빛으로 나를 깔보는 것 같아서다. 던지는 모든 질문이 승기에게

는 한심한 하소연처럼 들리는 듯했다. 시간이 지나야 승기가 말하고 자 하는 바를 알게 된다. 답답한 노릇이다. 꿰다 놓은 보릿자루처럼 더는 설명하지 않는 승기가 얄미울 때도 있었다. 타인은 타인에게 친절해야 한다. 적어도 난 그렇게 배웠다. 승기는 타인에게 친절하지 않다. 적어도 난 그렇게 생각했다. 승기는 말을 어렵게 한다. 승기는 참새를 대포로 잡으려는 심정으로 주제와 상관없이 깊은 대화를 유도한다. 모든 이가 승기처럼 깊은 대화를 원하지는 않는다. 아니, 대부분 가벼운 대화를 원한다. 살아가기도 퍽퍽한 숨쉬기 힘든 세상에서 작은 호흡의 연명[49]을 위한 대화까지 깊어지면 너무나 피곤해서다. 한번은 과장님과 이런 일도 있었다.

"승기 씨, 난 이번 생은 망했어. 이생망이라고, 인생 뭐 있어? 술이나 먹자고."

"과장님, 일어나시죠. 더는 과장님과 술을 마시고 싶지 않네요."

미친놈인가? 보는 내가 다 조마조마하다. 그냥 넘어가지를 않는다. 기분 좀 맞춰 주는 게 뭐 그리 힘들다고. 이미 과장님은 두리안을 처음 맛본 사람의 얼굴로 변했다. 과장님은 부하직원하고 싸우기 싫었는지, 옆에 있는 내 눈치를 본 건지 알 수 없었지만 부드러운 말투로 승기에게 말한다.

"승기 씨, 왜? 형편없어 보여? 그래서 같이 술도 마시기 싫은 거야? 오

---

49) 연명(延命): 목숨을 거우 이어 살아감.

늘 기분이 너무 별로야. 조금 위로해 줘. 까탈스럽게 굴지 말고."

"과장님, 까탈스럽다니요? 과장님이 기분이 안 좋으면 부하직원은 상사의 기분을 맞춰 줘야 합니까? 그런 회사 규정은 어디에도 없는데요."

12. 역시, 미친놈이다. 놀랍기까지 하다. 이 녀석은 목숨이 여러 개인가? 과장님의 언성이 높아질까 두렵다. 승기가 이처럼 행동하면 한동안 주위 사람만 피곤해진다. 특히, 나, 바로 내가 피곤해진다. 승기의 직설적인 행동으로 간접적 피해를 본다고 주위 동료가 승기에게 몇 번 이야기했었다. 그때마다 승기의 대답은 우문현답[50]이었다.

"과장님이 너를 괴롭힌다면, 이유는 네가 더 잘 알지 않아? 사람은 타인이 밉다고 타인에게 해를 가하지 않아. 적어도 사람이라면. 과장님이 동물은 아니지 않나?"

맞다, 이 녀석이 과장님에게 갈굼을 당하는 이유는 학생의 민원 때문이었다. 학생 앞에서 시답잖은 소리로 성희롱 아닌 성희롱 발언과 젠더 갈등을 유발하는 차별적 발언으로 물의를 일으킨 적은 한두 번이 아니다. 아직도 강의하는 게 신기할 정도다. 다만, 동기들끼리 쉬쉬하고 있지만, 승기가 이렇게 팩트 폭행할 때면 막힌 속이 뚫리는 기분이다. 단지, 팩트 폭행의 대상이 나라면 싫은 거다. 과장님의 표정이 조금씩 일그러지기 시작했다.

---

50) 우문현답(愚問賢答): 어리석은 질문에 대한 현명한 대답.

"승기 씨, 오해하지 않았으면 해. 요즘 힘들어서, 승기 씨라면 내 마음을 이해할 것 같아서, 상사답지 못하게 투정을 부렸네. 상사로서 미안하네. 내가 승기 씨 좋아하잖아."

13. 여자 친구의 삐침을 달래는 듯한 말투와 표정으로 승기에게 미안하다고 말한다. 과장님은 승기를 정말로 좋아하는 듯하다. 승기가 빡빡해도 허튼소리를 하지 않아서 그럴지도 모른다. 하지만 승기의 화는 아직 누그러지지 않았다.

"과장님, 제게 사과할 일은 아니에요. 이생망이라면서요. 왜요? 사모님 몰래 담보대출 받아서 주식 투자해 다 날려서요? 아니면, 당뇨로 그리 고생하면서 지금처럼 매일 술을 먹는 삶이 싫어서요? 아니면, 치고 올라오는 부하직원이 무서워서요?"

과장님이 담보대출로 주식 투자를? 당뇨가 있었나? 그나저나 이런 사실을 승기는 어떻게 알았지? 승기가 왜 그리 화가 났는지 모르겠는데, 과장님을 철이 없는 학생 다루듯 말한다. 적어도 지금만큼은 승기에게 혼나는 학생처럼 보였다.

"승기 씨, 잘해 보려고 그런 거야. 먹고살고자 그런 거라고. 승기 씨는 부양할 가족이 없으니까, 모른다고. 이 중압감을."

14. 넋두리처럼 늘어놓은 과장님 변명과 상관없이 승기의 대포는 참새를 잡으려 최선을 다한다.

"과장님, 술 그만 드시고, 귀가해 가족에게 사과하세요. 내 남편이, 우리 아빠가, 스스로 자기 삶을 망쳤다니, 끝났다니 한다는 것을 안다면 얼마나 가슴이 아프겠어요? 과장님, 이제 40대 초반입니다. 지금은 100세 시대라고요. 살아간 날보다 살아갈 날이 여전히 많이 남았다는 뜻이에요. 과장님은 우리 세대보다 누릴 것 다 누린 세대인데, 뭐가 도대체 이번 생을 망쳤다는 건가요? 대출할 담보도 있었고, 돈을 다 날려도 술 마실 돈은 여전히 있고, 후배가 치고 올라와도 옆에서 과장님 하소연 들어줄 부하직원도 있어요. 이제 과장님 인생에서 3분의 1을 살았어요. 최소한 인생의 4분의 3 정도는 살아 보고 이생망이라 말해야 하는 것 아닌가요? 적어도, 전 과장님이 부럽다고요."

참새가 대포알을 맞아 마지막 숨을 거두는 게 눈앞에 보인다. 과장님의 표정은 오히려 편안해 보인다. 누군가 이렇게 이야기해 주기를 바랐던 것 같다.

"승기 씨, 고마워. 내 생각이 짧았네. 그만 일어나지."

15. 두리안을 처음에 접하면 암모니아 냄새로 가득 찬 화장실에 있는 느낌이어서 거부감이 든다. 하지만, 실제로 두리안은 달콤하고 부드러운 고기만두 맛 같다. 그래서 두리안 맛에 중독되면 헤어 나오기 어렵다. 승기의 대화방식은 두리안을 먹는 과정과 비슷하다. 두리안의 역한 냄새가 특정인에게 불편할 수 있다. 그래서 먹기도 전에 두리안은 맛이 없다고 단정 짓는다. 문제는 특정인의 생각이다. 두리안 문제가 아니다. 또한, 두리안을 좋아하는 특정인도 있다는 사실을 애써

모른 척한다. 최소한 과장님은 두리안 맛을 즐기는 듯했다. 승기의 대화가 어려워 이해가 가지 않으면 애초에 물으면 된다. 모든 관계에서 바른 방향으로 이어지는 간단한 법칙이다. 그런데 그게 힘들었다. 무시당한다고 생각해서일까? 생각해 보면 승기는 누구도 무시하지 않았다. 그렇게 느꼈던 것뿐이다. 승기가 말하는 내용을 부인할 수 없지만 인정할 수도 없었다. 그렇기에 우리는 승기를 상대방을 무시하는 거만하고 오만한 놈이라 결론지었다. 전형적인 인지부조화[51]다. 그리고 승기가 거만하고 오만하다는 증거만을 찾아 자기 합리화했다. 확증편향[52]이다. 하지만, 정말 상대를 무시했다면, 굳이 힘들여 대포로 참새를 잡으려 했을까? 우리는 거기까지 생각하지 않는다. 자기를 드러내 나를 깎아내려 말하는 게 아닌데도 보고 싶은 대로 승기를 판단했다. 이성적인 머리가 다가온다. 귓가에 속삭인다. 승기를 바라보는 내 문제라고. 이성적인 머리는 조언한다. 이제는 두리안 맛을 즐기는 사람이 되라고.

　우리는 말한다.
　내가 느끼는 감정만 진짜라고.
　상대방의 의도는 상관없다고.

　우리는 모른다.

---

51)　인지부조화는 잘못된 믿음을 인정하기보다는 현실을 자신에게 유리하게끔 왜곡하는 이론이다.
52)　확증편향은 원하는 바대로 정보를 선택적으로 수용해 판단한다는 이론이다.

상대방이 우리에게 전하는
다양한 감정은 상대방의 감정과 상관없는
내 마음이라는 것을.

친절의 종류는 다양하다.

두리안의 맛을 즐기는 사람과
두리안의 맛을 싫어하는 사람이 있듯이.

16. 승기는 특정한 상황을 직관적으로 판단해 예견하는 능력을 지녔다. 다만, 좋은 쪽이 아닌 안 좋은 쪽에 촉이 밝다. 그래서 주위 사람은 승기를 멀리한다. 우현이를 보자마자 그런 촉이 발동했는지 눈을 심하게 껌벅인다. 이번에는 승기의 촉이 틀린 거다. 우현이는 가장 아끼는 친구니까. 서로에게 첫 만남이 마지막 만남이 될까 봐 불안하다. 내 마음을 아는지 모르는지 승기는 짧게 우현이에게 인사했다.

"안녕하세요."

Episode 5
볼드몰트

1. 전설의 헤비급 복싱 챔피언, 마이크 타이슨의 인터뷰가 떠오른다.

Everybody has a plan until they get punched in the mouth.
누구나 그럴싸한 계획은 있다. 처맞기 전까지는.

그래, 처맞기 전까지는 우현이의 계획을 긍정적인 도전이라 생각했다. 결국, 승기의 촉을 믿었어야 했다. 누구를 원망하리. 이미 셋 다 도망자 신세인 것을.

"대박! 진짜 돈 되는 아이템이야.
들으면 깜짝 놀랄 거다."

2. 우현이의 단톡방 문자다. 승기는 바쁜 듯 아직 문자를 읽지 않았다. 단톡방은 주로 우현이 놀이터다. 우현이는 단톡방에 좀처럼 듣기 어려운, 확인되지 않는 흥미로운 이야기를 올린다. 누군가는 우현이의 행동을 비난할지 모르겠다. 나는 좀 다르다. 우현이의 세상 이야기

를 읽는 게 즐거움이다. 오히려 기다리기까지 한다. 우현이가 퍼 나르는 내용의 주제는 일관성은 없다. 자극적이면 그게 무엇이든 퍼 날라서 공유한다. 생각보다 자극적인 내용을 좋아하는 것 같다. 특히 과거의 잘못으로 그동안 쌓은 가식적인 이미지가 무너지는 유명인의 기사를 너무나 사랑한다. 얼마 전, 세간의 이목을 끌었던 유명인의 이중생활로 이미지가 나락으로 떨어졌던 사건을 보면서 얼마나 통쾌했는지 모른다. 타인의 슬픔은 나의 기쁨인가? 타인의 기쁨은 나의 슬픔인가? 짧은 시간에 명성을 얻은 이를 보면 나도 모르게 삐딱한 시선으로 바라본다. 무언가 부적절한 행동으로 이룬 성과라 의심한다. 무언가 부당한 절차를 활용했다고 의심한다. 꼼수가 없다면 이처럼 이룰 수 없다고 확신한다. 생면부지[53] 없는 타인의 성공과 몰락에 왜 흔들리고 있을까? 어디서부터 잘못되면 이러한 감정에 휩싸여 상대방이 잘못되기를 바랄 수 있을까? 사탄의 속삭임에 완전하게 농락당한 기분이다. 나는 그들을 시기하는 것인가? 질투하는 것인가? 잠을 이룰 수 없다. 복잡한 마음에 성경책을 펼쳤다.

너희는 너희 아비 마귀에게서 났으니 너희 아비의 욕심을 너희도 행하고자 하느니라.[54]

너희가 욕심을 내어도 얻지 못하고 살인하며 시기하여도 능히 취하지 못하나니 너희가 다투고 싸우는도다.[55]

---

53)   생면부지(生面不知): 만나 본 적이 없어 전혀 모르는 사람. 또는 그 관계.
54)   대한성서공회, 『개역개정 뱁티스트 성경전서』, (주)한일문화사, 2016, 요한복음 8장 44절.
55)   대한성서공회, 『개역개정 뱁티스트 성경전서』, (주)한일문화사, 2016, 야고보서 4장 2절.

무슨 소리인지 알 수가 없다. 목사님께 여쭤봐야겠다.

3. 주일이다. 교회 가는 중이다. 한동안 예배 보러 가지 않았다. 아버지가 돌아가신 후 속죄하는 마음으로 다시 가기 시작했다. 아버지의 유언이었다. 그리고 혼란스러운 마음을 목사님은 해결할 수 있다고 생각한다. 기독교에서 시기는 7대 죄악 중 하나라서다. 내 질문을 듣고 환한 미소를 띠며 목사님은 말씀한다. 전교 4등의 성적표를 들고 환하게 웃던 아버지의 미소다.

"효상 형제님, 시기와 질투는 근본적으로 다른 감정이에요. 질투는 자신을 중심으로 상대방을 부러워하는 감정이기에 경쟁심을 통해 성장의 에너지를 발산할 수 있어요. 반면에 시기는 상대방의 불행을 기뻐하는 고약한 심술입니다. 또한, 상대방의 가진 것에 대한 이유 없는 불편한 감정이기도 해요. 그래서 시기는 존경심 또는 경쟁심으로 이어지지 않아요. 상대방을 그저 공격 대상으로 삼을 뿐이지요.[56] 어때요, 질문의 대답이 되었을까요?"

4. 우현이가 단톡방에 올리는 자극적인 내용을 읽으면 이유 없이 불편해지고 그들이 불행해지기를 바랐는지 조금은 알 것 같다. 직접 중상모략해 사적인 이득을 취하지는 않지만, 그들의 운이 꺾이기를 원했다. 원하는 대로 이들은 사악했다. 올바르지 못한 과정으로 명성을 훔쳤다고 믿고 싶다. 만약, 올바른 과정으로 짧은 시간 내에 이만큼의 부와 명성을 얻었다면, 스스로 초라해져서다. 올바른 과정으

---

56)   신원하, 『죽음에 이르는 7가지 죄』, IVP, 2020.

로는 단시간에 부와 명성을 쌓을 수 없다고 믿는 내 가설은 단톡방에서 공유하는 내용으로 충분히 증명했다. 결국, 그들은 감춰진 이중성으로 보호장비 없이 나락으로 떨어졌다. 그들은 악의 축이다. 사회에서 사라져야 할 암적인 존재다. 그리고 선의 승리를 조용하게 자축했다. 불행 중 다행인가? 아니면 다행 중 불행인가? 알 수 없는 슬픔이 목에 걸려 눈물샘을 자극한다. 눈물이 흐른다. 눈물의 의미는 무엇인가? 속이 시원하다고 느꼈던 것 아닌가? 시원하지 않다. 오히려 슬프다. 그래, 난 슬픈 것 같다.

그래, 난 그들을 시기했던 거다.
그래, 난 나를 원망했던 거다.

5. 우현이가 또 다른 메시지를 보냈다.

"너희들한테만 주는 정보인데,
나도 힘들게 얻은 정보야.
특히 효상이 너 말이야."

나를 위한다고? 하긴 대학 시절, 나의 사생활에 관심을 둔 사람은 우현이뿐이었다. 고맙게 생각한다.

"우현아, 나를 위한다고?
진짜냐? 무슨 정보인데?"

우현이는 영업사원이다. 그래서 그런지 나와 승기가 듣기 어려운 다양한 정보를 주위에서 얻는다. 일단 들어보기는 하자.

"이거 아는 형님이 사업하는 아이템인데, 같이 투자하면 좋을 것 같아. 특별하게 우리가 뭘 하지는 않아. 투자만 하고 매달 이자와 3년 후 원금을 받는 거야. 일종의 회사채를 구매하는 거야. 알지? 채권?"

대화에 참여는 안 하지만 승기는 우현이가 올리는 자극적인 내용을 분명히 싫어한다. 승기가 드디어 참여한다. 우현이의 말을 검증하고 싶나 보다.

"우현아, 무슨 사업인데? 그렇게 좋은 정보면 이미 주위 사람이 다 투자하지 않았을까? 너와 우리한테까지 온 거라면 사업 자체가 리스크가 큰 것 아니냐? 저번에도 설레발치다가 와이프 몰래 모은 비상금 한꺼번에 다 날렸잖아. 기억 안 나? 볼드모트[57] 사건?"

6. 아무에게도 말할 수 없는, 부끄럽고 비밀스러운 사건이기에 우리끼리 볼드모트 사건이라 부른다. 3년 전으로 거슬러 가자.

"더는 바보처럼 고객사에 굽신거리며 살고 싶지 않아.
이렇게 살려고 그렇게 힘들게 공부했나 싶다."

---

57) 영화 〈해리 포터〉의 등장인물로 해리 포터와 대립하는 악역이며 최종 보스이다. 영화에서 볼드모트의 이름을 실제로 불러서는 안 된다. 그만큼 위험한 존재다.

또 시작이다. 우현이의 술주정. 영업일이 힘든가 보다. 나와 승기는 선생질로 먹고살기에 우현이의 마음을 완전히 이해하기는 어렵다. 긍정적인 생각을 지닌 우현이가 이럴 때면 안쓰럽다.

"우현아, 많이 힘든가 보구나. 돈 버는 일이 쉬운 게 어디 있겠냐. 그래도 너니까 지금까지 참아 낸 거야. 긍정왕, 우갈량 선생, 술 한잔 마시고 털어내시게."

우현이가 우울할 때 우현이의 대학교 시절을 회상하게 하면 좋아한다. 하긴, 그렇게 수많은 여자를 울리며 연애상담으로 제 돈 내고 밥 사 먹은 적이 거의 없었던 우현인데, 이렇게 살아갈 줄 꿈에도 몰랐을 거다.

"호상아, 맞아, 넌 알지? 나? 나 우갈량이었어. 긍정왕이었다고. 그런데 안 통해. 내 말이 먹히지를 않아. 각 부서는 자기 할 말만 하고, 부장님은 영업량 채우라고 쪼아대고, 동료끼리는 눈에 보이지 않는 경쟁으로 하루하루가 힘들다. 이런 마음 꾹 참고 고객사 찾아가면 고객사는 물량으로 협박하고, 진짜 무엇을 위해 이렇게까지 살아야 하지? 나 돌아갈래. 긍정왕, 우갈량이었던 시절로."

7. 아무 말 없던 승기가 우현이의 어깨를 다독인다. 우현이의 술주정은 비단 우현이의 이야기가 아니어서다. 우리의 이야기다. 대학 졸업 후, 목에 걸려 있는 사원증의 무게를 감당하려고 우리는 자존감을 멀리했다. 자존감을 멀리하여 맞바꿔 일군 현재의 성과가 그리 자랑

스럽지는 않다. 결과가 좋으면 모든 게 좋아진다는 선배의 이야기를 믿고 싶었다. 도망치듯 내 향기를 무거운 돌덩이로 꽁꽁 감아서 시커먼 저수지에 던졌다. 승기도 나와 다르지 않았다. 처음부터 승기가 말수가 적었던 게 아니다. 시간이 흐르면서 입을 닫은 거다. 승기의 칼바람 같은 매서운 통찰력을 좋아하는 이가 없어서다.

몰라도 따라가고,

알아도 모른 척하고,

못 봐도 본 척하고,

봐도 안 본 척하고,

안 들려도 들은 척하고,

들려도 안 들은 척하며 살았다.

8. 대중매체에서 성공한 사람이 떠드는 따뜻한 말은 정말 듣기 싫다. 얼마나 세상 물정 모르고 떠드는 원론적인 이야기인가? 너희는 얼마나 좋으냐? 방송에 나와서 따뜻하고 건설적인 몇 마디 말만 떠들면, 너희의 말을 경청해 따라 하는 수많은 추종자가 생기니…… 그게 다 돈 아니더냐. 그래, 부럽다. 부러워. 그렇다고 스스로 못났다고 말하고 싶지는 않다. 다 그렇게 살아간다. 너희가 이상한 거다. 우리가 이상한 게 아니라. 누구는 그렇게 살고 싶어서 사는 게 아니다. 누구는 그것을 몰라서 이처럼 사는 게 아니다. 당장, 나만 바라보는 가족이 있는데, 무슨 꿈 타령인가? 무슨 내 향기를 찾아가겠는가? 얼어 죽어도 자존감은 밥을 주지 않는다. 성공하지 않았다고 게으르게 살았다는 뜻이 아니다. 타인에게 기약 없는 희망의 씨앗을 뿌려 밥벌이로

살아가는 모든 이에게 한마디 하고 싶다.

너희는 너희 세상에서
우리는 우리 세상에서

넘어갈 마음 없다.
서로 만나지 말자.

노블레스 오블리주?
양천대소[58]할 일이다.

9. 한바탕 우현이의 울부짖음을 다독이며 자리를 파했다. 그러고 한 보름이 지났나? 단톡방에 우현이가 메시지를 보냈다. 볼드모트 사건의 시작이다.

"드디어, 인생 탈출 계획을 찾았다. 기막히다. 진짜로 나 행복하다. 요즘."

보름 전만 해도, 힘들다고 울부짖던 놈이 이처럼 심경의 변화가 있다니, 가끔 우현이의 감정 변화가 무섭다.

"우현아, 보름 전만 해도, 다 죽을 것처럼 하던 놈이, 또 무슨 설레발이냐?"

---

58) 양천대소(仰天大笑): 터져 나오는 웃음을 참을 수 없거나 어이가 없어서 하늘을 쳐다보고 크게 웃음.

말이 없던 승기가 내 마음을 알았는지 무심하게 메시지를 단톡방에 보낸다. 매일 얼굴 보는 사이라도 승기와 단톡방으로 대화하는 것은 정말 오래간만이다. 이 대화가 조금 길어졌으면 좋겠다. 한마디 거들었다.

"우현아 지랄 좀 그만해라. 무섭다. 무서워. 무슨 변덕이 죽 끓듯 하냐? 그래도 네가 행복해서 다행이다. 무슨 일인데?"

10. 친구가 있다는 게 때로는 거추장스럽다. 생각도 다르고 나아가는 방향도 다르기에 대화를 섞다 보면 피곤할 때가 종종 있어서다. 20대, 내 인생의 중심은 친구였다. 친구가 너무 좋았다. 그리고 우정은 영원할 거라 믿었다. 40대로 진입하니, 친구가 더는 인생의 중심에 있지 않다. 남보다는 편하지만 그렇다고 아내보다 편하지는 않다. 물론, 아내에게 말하지 못하는 고민을 털어놓기는 한다. 승기는 그럴 때마다 아내 편을 들어 불호령을 내린다. 왜 그렇게 승기는 아내 편이지? 아내가 네 친구냐? 내가 네 친구다. 아내 편만 들어, 내게 뭐라고 하는 승기가 짜증이 난다. 진짜 재미있는 것은 우현이는 항상 내 편을 들어서 아내 욕을 한다. 그렇다고 기분이 나아질까? 인간의 감정은 웃기다. 사실, 그게 더 짜증이 나고 화가 난다. 아내 흉을 다른 사람에게 듣는 게 이렇게 싫은지를 우현이 덕분에 알게 되었다. 그 이후로 밖에서 아내 흉이나 욕을 하지 않는다. 결혼 후, 승기는 아내 이야기를 거의 하지 않는다. 결혼생활은 그리 평탄치 않을 거라 짐작한다. 나와 우현이는 승기의 아내를 종종 만난다. 이사할 때마다, 승기는 나와 우현이를 항상 초대해서다. 이야기는 않지만, 그때마다 승기와 아내의

관계는 서먹해 보였다. 이유는 나도 모른다. 어쩌면 나의 행동은 승기의 과거일지도 모른다. 그렇기에 승기는 미리 알고 있었나? 매번 놀랍다. 하여튼, 어렸을 때는 친구에게 고민을 털어놓으면 참 시원했는데, 이제는 아니다. 고민을 털어놓으면 오히려 불편하다. 이런 이야기를 하면 누군가는 이렇게 말한다.

힘들면 힘들다고,
아프면 아프다고,
참지 말고 말하세요.
스스로 따뜻하게 안아 주세요.
우리는 소중하니까요.

11. 백번 지당한 말씀이다. 다만, 내게는 이기적인 발상처럼 들린다. 힘들면 힘들다고, 아프면 아프다고 말하기 시작하면 상대방도 힘들고 아프다. 내 기분 좋아지자고 상대방 기분까지 망쳐야 하는가? 슬픔을 나눈다고 뾰족한 수도 없다. 관계만 해칠 뿐이다. 우리 셋이 무탈하게 지금까지 지내는 이유 또한 큰 사고를 치지 않아서다. 그리고 옛 속담 중 정답이 있지 않은가?

무소식이 희소식이다.

12. 물론, 작은 슬픔을 나누는 게 잘못된 행동이라 말하는 게 아니다. 작은 슬픔은 나눌수록 관계가 돈독해진다고 믿는다. 상대방은 이를 마음을 열었다고 생각하기에 그렇다. 하지만, 허구한 날 큰 슬픔을

나누려 한다면? 나조차도 피하고 싶다. 그게 친구인가? 호구다. 호구.
어느 드라마에서 망나니로 자란 아들이 아버지를 원망하며 소리쳤던
대사가 떠오른다.

"힘들다고 했을 때, 아프다고 했을 때, 조금은 혼자 해결할 수 있도록
지켜보지 그랬어요? 잠시도 기다려 주지 않고 다 해결해 줬어요. 그때는
너무 편했어요. 그런데요, 아버지 없이는 아무것도 못 하는 나약한 어른
으로 자랐다고요! 지금도 보세요. 병상에 누워 있는 아버지한테 투정이
나 부리는 50대라고요! 아버지가 세상에 없으면? 이제 어쩌죠? 왜 도대
체 몹쓸 병에! 당장 일어나세요!"

13. 서로 부담 없는 관계 또는 대가가 없는 관계가 좋다. 부담이 생
기고 대가가 발생한다면 그때부터 순수한 관계를 유지하기 어렵다.
그런 관계는 가족이면 충분하지 않은가? 그래, 내 생각이 틀렸을지도
모른다. 하지만 아직은 아니다. 만약에 우리 셋의 관계가 무너지면,
정말로 그런 날이 온다면, 그때부터는 힘들면 힘들다고, 아프면 아프
다고 모든 이에게 말하리라.

"효상아, 승기야, 잘 들어봐. 고객사 중에 아는 부장님하고 친분이 있
는 중국 바이어가 있는데, 예전에 한번 봤어. 우리 회사가 중국에 유통채
널 만들려고 하는 계획을 너희들도 잘 알잖아. 그래서 중국어도 공부할
겸 연락하며 지냈어. 그런데, 술자리 파하고 이틀이 지나서인가? 연락이
왔어. 비상장 회사인데, 올해 말 상장할 계획이래. 투자하면, 따따상은
보장한다고 하더라고."

14. 우현이의 목소리에 흥분을 녹인 기쁨이 그대로 드러난다. 사정은 모르겠지만, 절망의 울부짖음보다는 듣기 좋다.

"처음에는 믿기가 어려워 망설였어. 이렇게 좋은 고급 정보를 나한테 줄 리가 없잖아. 그래서 망설이니까, 실시간으로 투자한 금액의 수익률을 볼 수 있는 사이트를 보여 주더라고. 너희들도 방금 보낸 주소로 체크해 봐."

우현이가 보내 준 사이트를 본다. 전부 중국말이다. 무엇을 말하는지 알 수 없다. 우현이는 언제 중국어 공부를 했지? 그래도 그래프가 급격하게 우상향하고 있다는 것을 알 수 있다. 그래서 물었다.

"우현아, 그래서 재미 좀 봤어?"

"효상아, 지금까지 수익률 1000%다. 1000%!"

15. 승기가 가장 싫어하는 유형의 이야기다. 승기는 불로소득을 멀리한다. 불로소득은 직접 일하지 않고 얻은 소득이다. 승기는 땀을 흘리지 않고 무언가를 얻는다면, 그게 무엇이든 문제가 있다고 생각한다. 그래서 불로소득을 위해 투자하는 시간을 낭비라 여긴다. 그렇기에 불로소득을 얻으려고 노력하지 말고, 각자의 정체성을 말해 주는 본업에 더욱더 신경 쓰라고 강조한다. 하지만, 그게 말처럼 쉽나? 그리고 각자의 정체성? 다 부질없다. [59] 더군다나, 뼈 빠지게 고생해 본업

---

59) 부질없다: 대수롭지 않거나 쓸모가 없다.

으로 돈을 모으면 뭐 하나? 부동산으로 며칠 만에 1년 치 연봉을 벌 수 있는 세상이다. 백번 양보해서, 본업에 집중해 직무 능력을 계발한다고 한들, 연봉 인상은 한계가 있다. 어차피 내 실력으로는 억대 연봉 받기도 글렀다. 아이들한테 들어가는 돈은 해마다 늘어 가는데, 하긴 승기는 자신만의 교육관이 투철하다. 그게 통하지는 잘 모르겠지만. 아니나 다를까 승기가 비판적으로 단톡방에서 이야기를 시작한다.

"1000%? 그러한 수치가 말이 되나? 이렇게 단기간에? 하여튼, 지금 당장 투자한 돈을 빼. 떨어질 수도 있어. 그래도 엄청난 이득이니까. 그만 욕심부려. 그래서 얼마를 넣었어?"

"이억 원, 아내 몰래 모은 비자금 삼천으로 시작했다가 수익률이 너무 높아서 신용대출 좀 받았어."

우현이가 드디어 대박을 터트린 건가? 이억 원의 1000% 수익률은 도대체 얼마야? 11배인가? 뭐야, 그럼 22억? 정말로? 감도 안 잡히는 돈이다. 당분간 술값은 전부 우현이 몫이다. 우갈량이 진정으로 부활했다.

"우갈량, 살아 있네. 당분간 술값은, 아니 평생 안 낸다. 진짜 좋겠다. 축하한다. 축하해. 도대체 얼마나 번 거야? 투자금 언제 회수할 거야?"

"효상아, 승기야, 아직 너희들 자리 남았다. 돈 좀 있으면 투자해. 없으면 빌려서라도 투자해. 원래 기쁨은 나누는 거다. 우리 베프 아니가! 하하하."

16. 오래간만에 듣는 우현이의 거들먹대는 사투리다. 정말 즐거운 가 보다. 단톡방을 넘어서 우현이의 너스레 떠는 웃음이 여기까지 들리는 듯하다. 1000%면 놀라운 수익률이다. 우현이처럼 몰래 모은 비자금은 없으니 신용대출 좀 받아 볼까?

"고급 정보가 너까지 흘러왔으면 끝물일 수도 있어. 정보라는 게 그래. 돌아가는 순위가 있거든. 너하고 연락하고 지낸다는 중국인? 네 성격이라면 한 번쯤 중국인에 관해서 이야기해야 했는데 오늘 처음 들었다. 효상아, 너도 처음 듣지 않았어? 더군다나 중국인이야. 한국인이 아니라고. 아까 사이트 보니까 전부 중국말이야. 주식 공부하려면 한국어로도 시간이 필요한데, 한국 주식 시장도 아니고 중국 주식 시장이야. 다른 나라 사람의 말만 믿고 그대로 따라가는 방식이 옳다고 보지는 않는다. 넌 여기 사이트에 올린 글을 정말 다 이해하고 보는 거야? 그래프하고 숫자만 보고 좋아하는 것 아니야? 하여튼 많은 욕심이 모여 엄청난 수익률을 보일 때 빨리 투자금 회수해. 우린 술이나 얻어먹으면 돼. 효상이 너도 쓸데없는 생각 말고."

17. 차갑다 못해 시린 승기의 바닷물이 단톡방을 삼켰다. 썰렁하다. 승기답다. 승기의 말도 일리는 있다. 생각해 보니까 우현이한테 중국인을 들어본 적은 없다. 더군다나 온통 중국말로 쓰인 사이트를 신뢰하기도 어렵다. 아, 그래도 우현이 정보가 진짜라면 정말 투자 안 하면 바보인데…… 단톡방 안에는 승기가 있으니까 개인적으로 우현

이에게 따로 메시지를 보낼까? 고민된다. 진짜로.

"알았다, 알았어. 승기는 너무 겁이 많아. 정말로. 좀 사람을 믿으라고. 항상 그렇게 의심만 하면 도대체 기회를 언제 잡는데? 사실 승기 말도 일리가 있어. 투자금 일부는 빼려고 했거든. 조만간 투자금 일부 회수해서 술이나 먹자. 이번에는 내가 풀코스로 쏠게. 승기하고 효상이는 먹고 싶은 것 생각하고 있어. 기대하라고!"

18. 그리고 며칠이 지났다. 우현이가 말이 없다. 궁금하다. 메시지를 보낸다.

"우갈량, 왜 답이 없으신가? 이미 승기와 무엇을 먹을지 끝났네. 언제 날을 잡을 건가? 자네 먹튀 하는가?"

평소 같으면 바로 답했을 우현이다. 오늘의 답장은 느리다. 하루가 다 끝나가는 자정 직전에 단톡방이 시끄럽게 울린다.

"답이 늦었지? 오늘 급한 미팅이 잡혀서. 미안하다. 그나저나 술은 다음에 사야 할 것 같아. 중국인 친구한테 투자금 일부를 회수하라고 말했는데, 처음에 내가 이해를 잘못했어. 상장할 때까지 투자금을 회수 못 한다고 하더라고. 좀 아쉽지만, 상장하려면 4개월 남았어. 조금만 기다려. 그리고 이 정보 진짜니까 너희들도 후회 말고 돈 있으면 투자해. 오늘 하루 다들 수고했네."

그리고 우리 셋은, 적어도 나와 승기는, 볼드모트 사건을 잊고 4개월을 지냈다. 신용대출을 알아보려고 기웃거리다 포기했다. 막상 받으려니까 금리도 높고, 상장할 때까지 투자금 회수를 못 한다는 조건도 좀 불안했다. 그렇게 4개월이 지났다. 여느 날처럼 화창한 오후이다. 단톡방이 울린다. 우현이의 승전보를 올릴 오늘인가?

"애들아, 오늘 오후 8시, 강변역 포장마차 모여라. 할 말 있다."

19. 우현이가 드디어 게 탄 날인가 보다. 평소에는 먼저 술 먹자고 이야기하지 않는다. 단톡방에서 크게 활약은 없지만, 술은 항상 승기가 먼저 먹자고 한다. 그나저나, 자식, 좀 좋은 데서 쏘지. 강변역 포장마차라니. 1차는 가볍게 시작하려고 하나? 도대체 얼마나 좋은 곳을 가려고 하는 거야? 우현이는 영업직이라 상류층과 어울릴 기회가 많다. 물론, 일의 연장선이라 힘들기는 하지만, 상류층에게 영업한 우현이의 썰은 자극적인 영화를 본 것처럼 날 흥분시켰다. 다 믿을 수는 없는데, 서울 한복판에 정말 그런 곳이 있을까 싶다. 우현이도 항상 돈만 생기면 좋은 곳에서 술 한잔하자고 노래를 불렀다. 정말 기대된다. 우갈량, 너무 고마워.

"콜! 강변역 포장마차."

"오케이, 이따 봅세."

20. 포장마차 천막을 젖혀 안으로 들어갔다. 승기와 우현이가 보인

다. 온실가스의 공범인 플라스틱 파란색 테이블과 등받이 없는 빨간색 의자도 그대로다. 승기와 우현이가 아직 나를 발견하지 못했다. 둘이서 무슨 작당 모의를 하는지 모르겠다만 둘의 심각한 표정도 오래간만에 본다. 워낙 사는 방식이 다른 두 녀석이기에 둘의 대화는 깊이 없이 겉도는 경우가 많다. 보통 우현이는 승기의 깊은 대화를 참지 못한다. 우현이는 내일 일은 내일 고민하자는 생각으로, 오늘을 즐기려는 전형적인 욜로족이다. 반면에 승기는 미래의 결과는 오늘의 행동으로 이루어진다고 믿고 있는 전형적인 노머니족이다. 욜로족과 노머니족은 문제를 대하는 방식은 너무나 다르다. 길거리에서 지갑을 잃어버린 경험이 있었다.

당시에, 우현이는 이렇게 말했다.

"효상아, 털어버려. 더 안 좋은 일이 벌어질 상황을 미리 액땜[60]했다고 생각해. 그리고 이미 벌어진 일로 종일 기분을 망치면 너무 억울하지 않아?"

반면에 승기는 이처럼 말했다.

"효상아, 과거에도 물건을 잃어버린 경우가 있었는데, 기억은 나? 사소한 실수를 반복하면 그건 실수가 아니야. 별일 아닌 것처럼 털어 낸다고 네 잘못은 덮어지지 않아. 남한테 엄격하고 자기에게 관대한 사람이 되지 않기를 바란다."

---

60)　액땜(厄—): 앞으로 닥쳐올 액을 다른 고난을 미리 겪어 무사히 넘기는 일.

21. 승기와 우현이 모두 소주파다. 다만, 소주를 사랑하는 이유가 다르다. 승기는 물리적으로 취하려고 술을 사랑하지만, 우현이는 술자리의 분위기를 사랑한다. 예를 들어서, 승기에게 소주는 가성비가 높은 마약이다. 말 그대로 물리적으로 몸과 마음이 다르게 움직이는 상황을 즐기는 듯하다. 냉철하고 이성적인 승기에게 소주를 마시는 이유가 사뭇 어색하다. 승기도 사람인가? 이럴 때는 가시 돋은 복어처럼 느껴지지 않는다. 반면에 우현이는 소주를 먹을 때 풍기는 사람 냄새가 좋다고 한다. 사실, 사람 냄새가 날 리가 없지 않은가? 소주와 뒤섞인 안주 냄새가 전부이다. 그런데도 우현이는 소주의 특별한 능력이 모든 이를 하나로 만든다고 믿는 것 같다. 소주가 그런 능력이 있었던가? 이렇게나 둘은 다르다. 그렇기에 두 사람이 머리를 맞대고 고민하는 모습은 참으로 낯설다.

"뭐지? 낯선 이 광경? 해가 서쪽에서 뜨겠네. 우현이가 쏘는 날이라서? 승기야, 너무 변하면 죽는다. 그래도 오늘은 먹고 죽자고."

22. 승기도 우현이도 반응이 없다. 여전히 심각한 얼굴이다. 보통의 승기라면 득달같이 달려들어 물어뜯으려 할 텐데, 말이 없다. 자세히 보니까, 승기 자리에 소주잔이 없다. 반면에 우현이는 소주잔이 아닌 물컵으로 소주를 마시고 있다. 물컵에 소주를? 폭탄주도 아니고? 우현이가? 물리적으로 취하고 싶은가 보다. 도대체 왜? 오늘은 작은 성취를 축하하러 모인 자리가 아닌가? 너무나 기뻐서인가? 아니다. 무언가 깨졌다. 우리 셋의 정체성을 유지하는, 그 리듬이 깨진 느낌이다. 사회에서 눈에 보이지 않는 각자의 역할을 유지해야 각 집단은 안

정을 찾는다. 대표적으로 준거집단[61]은 사회를 유지하기 위한 안전장치 중 하나이다. 이성적인 판단으로 냉철한 승기와 낙천적[62]인 사고로 삶을 즐기려는 우현이, 내게 없어서는 안 될 준거집단이다. 승기와 우현이의 조언은 시너지 효과를 일으켜 나를 낙관적[63]인 사람으로 만들어서다. 그런 두 녀석이 무슨 일인지 이해할 수 없는 행동을 한다. 어색하다. 초조하다. 그리고 불안하다.

"효상아, 나 당했다. 사기당했다고! 5억 원이 사라졌다. 상장하는 날짜에 회사 홈페이지, 주식 사이트 모두 사라졌다고! 혹시나 해서, 중국 사이트에서 검색하니까 기사도 있어서 믿고 있었는데, 기사도 사기였다. 모든 게 가짜였다고! 대출받을 때 이자가 높았는데, 휴……."

잠깐? 2억 원이 아니라 5억 원이라고? 승기가 내 궁금증을 아는지 답한다.

"우현, 이 어리석은 놈이, 부모님의 집을……, 담보로 대출까지 받아서 아내 몰래 집어넣었더라. 어떻게 이렇게 낙천적으로 살 수가 있을까? 2억 원으로는 욕심이 채워지지 않았나 보다. 미리 알았으면 난리를 쳐서라도 말렸을 텐데, 그럴 줄 알고 효상이, 너한테까지 말을 안 한 거야. 이

---

61) 준거집단(reference group)은 개인이 행동함에 있어 그 행동 방향에 결정적인 영향력을 갖는 집단규범을 갖춘 집단, 즉 개인이 판단을 내릴 수 없는 문제에 부딪혔을 경우 참고로 하여 그 판단의 근거로 삼는 가치기준 또는 이데올로기나 행동원리 같은 것을 갖춘 집단이다. [출처: 위키백과]
62) 낙천적(樂天的): 세상과 인생을 즐겁고 좋은 것으로 여기는 것.
63) 낙관적(樂觀的): 사물의 진전을 밝고 희망적으로 보는 것.

런 부류는 다른 사람까지 위험에 빠뜨리게 한다고. 이 한심한 중생을 어쩌나……"

23. 하나님의 축복을 모든 이가 공평하게 나누지 않는다. 지금 고개 숙인 우현이를 보라. 운명을 관장[64]하는 행운의 여신 티케가 우현이를 모른 척한다. 돌이켜 생각하면, 의심스러운 점이 한두 개가 아니다. 부정적인 신호가 넘쳐 남에도 미래의 열매를 따기 위한 이대도강[65] 전략이던가? 결국, 하이리스크, 하이리턴[66]의 비참한 결괏값인가? 아니다, 우현이 경우는 그렇지 않다. 투자하는 금융 자산이 위험하다는 인지조차 없었다. 비슷한 사건이 터지면 승기를 포함한 많은 이는, 가해자가 아닌 피해자의 욕심을 질타하는 경우가 더러 있다. 하지만 말이다. 영원하리라 믿었던 20대의 순수한 시간을 보내니, 체급이 다른 시간을 만나야 했다. 놀라울 정도로 빠르게 흘러가는 시간, 선택한 길을 통해 결과가 조금씩 보이는 시간, 다시 시작하기에는 열정이 사라지는 시간. 그렇게 용기도 함께 사라져 가는 시간, 그렇다고 누군가를 탓하기에는 부끄러운 시간, 속절없는 시간의 흐름을 무시하는 너무나 더딘 과정, 땀을 흘려 버는 돈으로 원하는 목표를 달성하는 게 이제는 어렵다는 것을 깨닫는 시간, 그래도 한 번의 기회는 다시 오지 않을까 간절하게 바라는 시간. 그렇기에 이미 매진인 급행열차에 무임승차한다. 위험을 감수[67]하여 목적지에 빨리 가려 한다. 누군가는

---

64) 관장(管掌): 일을 맡아서 주관함.
65) 이대도강(李代桃殭): 작은 손해를 보는 대신 큰 승리를 거두는 전략.
66) High risk, High return(하이리스크, 하이리턴): 경제 투자 위험이 높은 금융 자산을 보유하면 시장에서 높은 운용 수익을 기대할 수 있는 관계를 이르는 말.
67) 감수(甘受): 책망이나 고통 따위를 달게 받아들임.

이러한 행동을 손가락질할지도 모른다. 적어도 나는 아니다. 그들의 간절함이 나와 다르지 않아서다.

매진된 급행열차에 무임승차하면
떨어져 죽을 수 있다.

그래도 운이 좋다면
목적지에 도착할 수 있다.

하이리스크, 하이리턴이다.

24. 우현이 경우는 다르다. 처음부터 존재하지 않는 급행열차에 탑승한 셈이다. 어찌 이들의 간절함을 욕할 수 있을까? 사기를 당한 이들 중, 도박 중독자나 한탕주의자는 별로 없다. 대부분 우현이처럼 평범한 가정의 가장이거나 가족 구성원이다. 그래 맞다. 이들이 조금 욕심부렸다. 그래, 조금 나아진 삶을 꿈꾸었다. 그게 그렇게 손가락질받을 일인가? 간절함을 악용한 시스템을 탓하는 이가 점점 사라지는 결자해지[68]의 삭막한 세상, 지금 우리가 살아가는 대한민국이다. 승기가 지금 우현이에게 딱 그러고 있다. 승기의 손가락을 부러뜨리고 싶구나. 그동안 옳은 말만 해 참았는데 오늘은 안 되겠다. 우현이가 남이냐? 네 친구다. 매정한 새끼야. 과장님과 술자리 이후로 승기의 독설을 다르게 보려 노력했다. 마음은 머리보다 열등한 존재일지도 모

---

68) 결자해지(結者解之): 맺은 사람이 풀어야 한다는 뜻으로, 자기가 저지른 일은 자기가 해결해야 한다는 말.

른다. 머리가 수습한 상황을 이해하고 따라가는 시간이 오래 걸러서다. 이성적인 머리로서는 감정적인 마음의 더딤이 답답한 노릇이다. 그래도 어쩔 수 없다. 마음이 다가온다. 귓가에 속삭인다. 여전히 두리안 맛을 견뎌내기가 힘들다고.

"승기야, 그만해. 엎질러진 물인데, 우현이를 탓해서 뭐 해? 그리고 이게 우현이의 욕심 탓이냐? 넌 친구라는 놈이, 사기를 친 빌어먹을 시정잡배를 욕해야지. 이때다 싶냐? 네 예상대로 돌아가서 기쁘냐? 속이 시원해?"

25. 평소에 두 녀석의 이야기를 주로 들어주는 쪽이라 이렇게 화를 낸 적은 처음이다. 화를 내니 뭔가 후련하다. 그동안 쌓였던 체증이 내려간 기분이다. 덕분에, 술 한 잔 안 마신 승기의 얼굴은 붉어졌다. 당황한 기색이 역력하다. 승기에게 쌓인 게 있었나? 그건 아니다. 화를 다스리지 못해 폭발한 분노는 상황을 점점 꼬여 또 다른 고통(수치심, 무력감, 공포심)을 낳는다고, TV 교양 프로그램에서 강연자가 이야기한 것을 들은 적이 있다.[69] 전문가가 한 말이니까 바른 소리겠지. 그리고 많은 이가 화를 다스리라 말한다. 나 또한 화를 다스리는 게 바른 방향이라 믿었다. 승기에게 화를 내기 전까지는. 화를 주위 사람에 뿌려 분위기를 어색하게 만드는 역할은 주로 승기다. 그동안 승기가 왜 그렇게 화를 내는지 내심 궁금하기까지 했다. 아니다, 화를 내는 이유가 있다고 믿었다. 하지만, 우현이에게까지 비판을 방패로 비난의 대포를 쏘아댄다. 지금은 머리도 마음도 승기의 편은 아니다. 지

---

69) 안광복, 『철학자의 설득법』, 어크로스, 2012, p98.

금이 우현이한테 화를 낼 일인가? 화를 낼 일이 아닌데도 그렇게까지 분노할 수 있을까? 가끔은 안쓰럽기까지 하다. 승기가 술 취할 때마다 하는 레퍼토리가 있다.

"예의가 없어, 예의가 없다고, 모든 사람이! 예의 없이 내 영역에 함부로 들어온다고. 난 그게 참을 수가 없어! 내가 처음부터 쓴 소리 해? 응? 말해 봐. 효상아. 아니잖아. 너도 알잖아. 그렇지? 어쭙잖은 지식으로 영역을 침범하니까, 나를 다 아는 척, 실제로는 자기들 똥도 제대로 못 닦으면서! 그러니까 참을 수가 없는 거야. 정말로!"

26. 말이 나와서 말인데, 예의 없이 자기 영역을 침범한다는 게 무슨 뜻일까? 자기 영역은 사람과의 관계에서 어디까지를 말하는 걸까? 관계를 진전하려면 상대방의 영역에 들어서야 한다. 자기 진영에서는 상대방을 이해하기 어려워서다. 예를 들면, 대한민국은 날이 갈수록 평균 초혼의 나이가 많아진다. 또한, OECD에 가입한 국가에서 대한민국은 가장 낮은 출산율을 보인다.[70] 높은 초혼 연령과 저출산 국가인 대한민국, 이를 바라보는 시각은 어느 진영에 있느냐에 따라 다르다. 결혼 적령기에 있는 MZ 세대라면 현실적인 요소를 고려한다. 현실적인 요소에서 국가의 존속을 걱정하는 순위는 아마도 뒷순위거

---

70) "한국은 경제협력개발기구(OECD) 국가 중 가장 아이를 안 낳고, 아이를 낳더라도 가장 늦게 첫째 아이를 가지는 나라로 꼽힌다. 한국의 합계출산율은 OECD 회원국 평균(2019년 기준)인 1.61명의 52.2% 수준이다. 한국이 OECD 회원국 중 합계출산율 꼴찌를 기록한 것은 벌써 7년째다." [출처: 박세인, 『청년층 절반 '나홀로족'…혼자 즐기는 문화 "긍정적으로 본다"』, 한국일보, 2021.08.25., https://m.hankookilbo.com/News/Read/A2021082511340002227?did=GO]

나 고려사항에 없을 수 있다. 결혼해서 얻을 수 있는 기쁨과 그 기쁨을 유지하기 위한 노력을 예측한다. 누군가는 결혼해 가정을 이루고 누군가는 연애만 추구한다.

MZ 세대는 결혼생활을 인생의 마이너스라 생각하는 이가 많으며, 동반자만 곁에 있다면 결혼할 이유가 없다고도 생각한다. 또한, 전통적 결혼제도를 현재의 자기희생을 동반한 족쇄라 느끼며, 갈수록 커지는 자녀의 양육 부담 가중으로 자기의 삶이 아이에게 묻힐까 두려워한다.[71]

반면에, MZ 세대의 이러한 사고방식을 기성세대는 이렇게 말하겠지.

아니다, 잘못된 생각이다. 결혼 문제를 이처럼 단순하게 기회비용을 예상해 선택할 수는 없다. 무엇보다 가정을 이루어야 한다. 어른이 되기 위한 필수적인 과정이어서다. 또한, 자기 행복과 나라를 유지하게 하는 근본적인 힘이다. 너희는 삶의 행복을 위해 선택한다고 말하지만 스스로 행복을 포기하는 일이다. 나라를 포기하는 일이다.

27. X 세대인 내 생각은? 어차피 답 없는 싸움이다. 기존의 시스템을 부정하는 MZ 세대를 바라보는 기성세대의 감정은 무엇일까? 안타까움일까? 부러움일까? 답답함일까? 멸시일까? 분노일까? 그 감정이 무엇이든 MZ 세대의 진영 안에서 일어난 감정은 아닌 게 확실하다.

---

71) 허민 외 3명, 『"결혼은 족쇄·하이리스크"…2명 중 1명 "안 해도 된다"』, 문화일보, 2021.
06.30., http://www.munhwa.com/news/view.html?no=2021063001030842000001

반면에, 금수저로 태어나지 않았다면, 종착지가 행복의 신기루[72]에 불과한 기존 시스템을 따르라는 기성세대를 바라보는 MZ 세대의 감정은 무엇일까? 안타까움일까? 부러움일까? 답답함일까? 멸시일까? 분노일까? 그 감정이 무엇이든 기성세대의 진영 안에서 일어난 감정은 아닌 게 확실하다.

밖에서 볼 때는 도긴개긴인데,
안에서는 원인과 결과가 명확한 명분 있는 싸움이다.

28. 그래, 승기를 보노라면 무협지에서나 나올 법하다. 검기를 뿌려 자기 영역 안에 들어오는 모든 것을 베는 무림의 고수처럼 행동해서다. 승기는 허락 없이 무단으로 자기 영역을 침범하는 자를 가차 없이 베어 버린다. 문제는 긍정적 관계를 위한 진전 역시 무단침입으로 생각할 때가 많다. 내가 볼 때는 그냥 다 베어 버린다. 무쌍 모드다. 시베리아 기단이 몰고 온 세상에서 가장 한랭한 단어만을 선택해 타인에게 무차별적으로 뿌린다. 마음은 말한다. 이러한 행동은 다른 사람의 처지를 무시했기에 가능하다고. 하지만 승기는 다른 사람이 자기 영역을 침범했기에 응수했을 뿐이라 말하고 있다. 마음은 그래서 화가 난다. 승기를 사랑하지만 이해할 수 없어서다. 옆에서 대부분 논쟁 상황을 지켜본 사람으로서 승기의 술주정은 난감하다. 그들이 먼저 승기의 영역을 침범했다고? 마음은 한 번도 그렇게 생각해 본 적이 없다. 항상 승기가 너무한다고 생각한다. 가끔은 공감 능력 장애가 있다고 느낄 정도다.

---

72)　신기루(蜃氣樓): 광선의 굴절로 인하여 엉뚱한 곳에 어떤 사물의 모습이 나타나는 현상.

마음은 말한다.
승기는 다른 이의 관점에서
생각하지 않는 유형이라고.

내가 왼손잡이인 것처럼.

29. 과장님과 술자리 이후로 그동안 말을 아꼈다. 머리가 시켜서다. 승기는 형 같은 존재다. 아니, 회사 동기이지만 물리적으로 한 살많은 형이다. 머리는 말한다. 두리안의 맛을 즐기라고. 시간이 지나면 승기의 예상은 신기할 정도로 거의 다 맞는다고. 정말로 그랬다.그리고 마음도 승기를 좋아한다. 냉랭한 언어로 많은 사람과 다툼은있지만, 자기의 이득을 고려해 없는 이야기를 지어내서 상대방을 깎아내리는 저열한 사람은 아니라고 굳게 믿어서다. 승기는 상대방이누구라도 개의치 않는다. 상황이 올바르게 흘러가지 않는다면 언제든지 하고 싶은 말을 한다. 마음이 보기에는 승기의 행동은 위험천만한 행동이다. 사회생활을 하면서 이처럼 행동하는 게 얼마나 어려운지 다들 공감하리라 믿는다. 반면에, 난 누구와 논쟁할 깜냥도 없지만, 감정을 표출해 나를 알리기도 힘들다. 소질이 없다.

머리는 말한다.
소질이 없으면 승기를 닮으라고.

30. 머리의 조언을 이해한다. 나도 승기를 닮고 싶다. 소질이 없다고 감정이 없는 게 아니어서다. 승기는 깊숙하게 박혀 썩은 내가 진

동하는 상대방의 티눈을 마취 없이 무자비하게 뜯는다. 승기의 특제 사이다 맛은 청량함을 넘어서 카타르시스를 선물한다. 정말 속 시원하다. 하지만 오늘만큼은 아니다. 우현이한테까지 그럴 필요는 없다. 그래, 오늘 네놈의 상대는 바로 나, 안효상이 얼마든지 상대해 주마. 덤벼라!

"효상아, 그래, 내가 말이 좀 심했다. 오늘 이후로는 이 사건을 더는 입 밖에 꺼내지 말자. 〈해리 포터〉영화 기억나지? 그러한 취지로 '볼드모트 사건'이라 부르는 게 어때?"

난타전을 예상했지만, 예상외로 싱겁게 끝났다. 오히려 다행이다. 이길 자신도 없었다. 그렇게 '볼드모트 사건'은 정리가 되었다. 그리고 지금도 그때와 다를 바 없는, 다시 한번 인생을 역전할 기회인, 정말 진짜였으면 하는, 그런 달콤한 이야기를 우현이가 제안한다.

"승기야, 이번에는 진짜야. 3년 전, 볼드몰트 사건과는 전혀 다르다고. 효상이도 좋아할 거야. 나 그럼 미팅이 있어서 다음에 이야기해. 곧 만나자."

우현이는 짧은 메시지를 단톡방에 남긴 후 사라졌다.

"효상아, 볼드모트 사건 때도 느꼈지만, 우현과 관련한 일은 네가 쉽게 흥분하는 것 같아. 우현도 소중한 친구지만, 넌 내게 특별한 사람이야. 우현이가 던지는 모든 이야기가 낭설이라고 믿지는 않아. 다만, 출처

없이 떠다니는 소문을 누군가는 검증해야 한다고 생각하고. 우현과 너를 위해서도. 곧 자세하게 말해 준다고 하니, 지켜보자고. 곧 봐."

승기는 장문의 메시지를 단톡방에 남긴 후 사라졌다.

난 꿈을 꾼다.
3층짜리 빌라를 지어서
셋이 함께 사는 꿈.

옥상은 잔디를 깔아
예쁜 테라스로 만들어
주말마다 바비큐 파티를 하고
지하실은 작업실로 만들어
옥신각신하며 우리만의 세상을
만들고 싶다.

우리 셋이라면
가능하지 않을까?

내 친구, 우현이와 승기가 함께라면.

Episode 6
트리거

"효상아, 자냐?
너희 집 앞인데, 잠깐 나올 수 있어?"

1. 새벽 3시다. 승기의 목소리다. 무슨 일이 있나? 처진 목소리다. 맞다, 얼마 전에 전화로 알 수 없는 소리를 한 적이 있다. 대상을 알 수 없는 위로 아닌 위로의 말이었다. 정말 무슨 일 있는 것 아니겠지? 아니다. 승기는 원래 말할 때 차분한 목소리다. 사람의 마음은 참 얄궂다. 처진 목소리나 차분한 목소리나 듣는 기분에 따라서 매한가지다. 그러고 보면 모든 게 듣는 사람 위주다. 말하는 사람의 의도는 중요치 않다. 사회의 구성원이라면 화자 중심의 화법이 아닌 청자 중심의 화법으로 의사소통해야 한다고 배웠다. 그런데 꼭 그래야만 하나? 뭘 그렇게나 듣는 사람을 배려하면서 대화를 이끌어야 하는지 가끔 혼란스럽다. 왜들 이처럼 피곤하게 살아가라 하는지 사회생활을 하면 할수록 의문이다. 나라님들만 봐도 그렇게 살지 않는다. 정치판이 대표적으로 청자 중심을 가정한 화자 중심 화법으로 의사소통하는 곳이 아닌가? 다들 눈치 좀 그만 보고 살았으면 좋겠다. 그래서 승기

가 부러울 때가 많다. 승기는 대표적인 화자 중심 화법의 장인이기에 그렇다. 새벽 3시에 나오라니? 승기답다.

"승기야, 무슨 일인데? 이 시간에 여기까지?
알았어, 잠깐만 기다려."

2. 빌어먹을, 승기처럼 말하기는 텄다. 뭘 잠깐만 기다려? 새벽 3시다. 시간이 걸린다고 말했어야지. 전형적인 청자 중심의 화법이다. 때로는 싫으면 싫다고 직설적으로 말하고 싶다. 그래, 자연처럼 직설적으로 말하고 싶다. 창문 너머 보이는 작은 바람에도 심하게 흔들리는 앙상한 나뭇가지를 보라. 작년 가을에 붉은빛의 파스텔로 그린 생생하고 화려했던 그러데이션 세상은 온데간데없이 사라졌다. 누군가와 이별로 슬픔을 온몸으로 표현하고 싶었을까? 아니면 노년이 되어 삶의 거추장스러움을 걷어내고 싶었을까? 아니면 다가오는 유행에 어울리는 옷을 장만하고 싶었을까? 언어 체계가 사람과 다르기에 무엇을 말하는지 이해하기는 어렵다. 하지만 자연은 본연[73]의 변화를 바로 알려 준다. 직설적이며 솔직하다. 자연은 엄살을 부리지 않는다. 자연은 허세도 없다. 만약 자연이 가식적이라면 가식 자체가 본연의 모습이다. 인간과는 참 다르다. 승기는 자연의 언어를 사용하고 있을지도.

아프면 아프다고
슬프면 슬프다고

---

73) 본연(本然): 자연 그대로의 상태, 본디 그대로의 모습.

화나면 화난다고
기쁘면 기쁘다고
힘들면 힘들다고
하면 어른이 될 수 없는가?

3. 마음 가는 대로 행동하기는 어렵다. 그러려면 받아주는 사람이 있어야 한다. 그렇기에 대중매체에서 마음 가는 대로 행동하라고 떠드는 컨설턴트를 사기꾼이라 생각한다. 누가 그것을 몰라서 마음 가는 대로 행동하지 않는 게 아니다. 누가 그것을 몰라서 우유부단한 게 아니다. 누가 그것을 몰라서 상대방에게 끌려다니는 게 아니다. 누가 그것을 몰라서가 아니다. 알아도 그럴 수가 없는 거다. 그럴 수가 없다고. 너희는 말을 들어주는 이가 많으니 꿈보다 해몽이 좋은 거다. 우리처럼 들어주는 이가 없다면 마음 가는 대로 행동할수록 골방에 갇혀 벽을 벗 삼아 혼잣말하는 자신을 만나게 될 거다.

그래서
아파도 이겨 내고
슬퍼도 이겨 내고
화나도 이겨 내고
힘들어도 이겨 내려 한다.

우린 자연이 아니니까.

4. 주섬주섬 옷을 입고 1층으로 내려왔다. 승기가 있는 곳으로 걸어

가고 있다. 공기가 차다. 까마귀 울음소리가 들린다. 웬 까마귀냐고? 계절이 겨울이다. 언제부터인지는 모르겠는데, 겨울이 다가오면 까마귀 소리로 머리가 지끈거린다. 특히, 새벽의 까마귀 소리는 을씨년스럽다.[74] 놀이터 그네에 앉아 있는 승기가 보인다. 승기를 비추는 놀이터 전등은 고장이 난 것 같다. 깜박깜박한다. 그러고 보니까 놀이터까지 오는 길을 비추는 전등의 불도 꺼져 있다. 시설관리가 엉망이네. 까마귀들 때문인가? 승기가 보인다. 그네에 앉아 있다. 멀리서 보아도 떨어져 있는 담배꽁초가 여러 개비다. 아마도 나한테 전화할지 말지를 고민한 것 같다.

"승기야, 오래 기다렸어?"

5. 말없이 고개만 끄덕이는 승기, 평소와 다른 침울함이다.

"어 효상아, 새벽에 불러내서 미안하다."

승기답지 않은 짧은 말투다. 무언가 말하고 싶은데, 말하지 못하는 그런 표정을 지으며 애꿎은 담배만 태우고 있다.

"승기야, 무슨 일인데? 급한 일이라서 나한테 전화한 것 아니야? 뭘 그렇게 뜸을 들여? 빨리 말해. 춥다. 여기."

일단 판은 깔아 줬다. 너무나 다른 승기 모습에 내가 더 불안하다.

---

74) 을씨년스럽다: 날씨나 분위기 따위가 몹시 스산하고 쓸쓸한 데가 있다.

평소에도 승기는 다른 이가 보기에 침울해 보인다. 하지만 그 침울함은 거만함에서 비롯된 자기애다. 이 감정은 승기가 아니기에 정확하게 설명하기는 어렵다. 그래, 승기는 자기와 비슷한 종족을 만나고 싶어 한다. 승기는 평소에 설명을 많이 한다. 설명은 보기 좋게 포장한 단어다. 승기는 설명을 가장해 상대방의 부족함을 드러나게 한다. 승기는 상대방의 부족함을 일깨우면 행동의 변화가 일어난다고 믿는다. 하지만 그런 적은 거의 없다. 십중팔구 언쟁으로 끝난다. 승기에게는 모든 이가 가르치는 학생으로 느껴지는 듯하다. 숱한 다툼으로 사람을 대하는 방식을 바꿀 만한데도 승기는 여전히 이 방식을 고집한다. 가끔 승기를 보면, 다른 행성에서 넘어온 외계인 같다. 지구인의 대화방식을 이해하지 못하는 지적 능력이 너무나 뛰어난 외계인. 지구인의 삶의 방식을 따르기는 죽기보다 싫은 외계인. 지구인은 이해할 수 없는 깨달음으로 홀로 모든 지구인을 계몽하려는 외계인. 스스로 대화의 창구를 닫아 독야청청[75]을 선택한 외계인. 그로 인해 승기는 평소에 말이 없고 어둡다. 하지만, 타인에게 비치는 그의 침울함은 어쩌면 승기에게는 가장 행복한 모습일지도 모른다. 오늘은 그런 침울함은 아니다. 불안함이 눈동자에 그대로 노출된 매우 인간적인 침울함이다.

"효상아, 미안한데…… 돈 좀 있냐? 급하게 써야 할 곳이 있어서."

6. 승기가 돈을 빌려 달라고 한다. 믿을 수 없는 광경이 내 앞에서 일어난다. 승기가 금전적 관계로 타인과 얽힌 사건을 한순간도 본 적

---

75) 독야청청(獨也靑靑): 홀로 푸르고 푸르다는 뜻으로, 높은 절개가 있음을 비유한 말.

이 없다. 그런 승기가 내게 돈을? 해가 어디에 있는지 고개를 들어 하늘을 두리번거린다. 해가 뜨기에는 이른 시간이다. 오늘의 해는 서쪽에서 뜰 예정이다.

"곧 집 계약 기간이 끝나. 주인집에서 전세금을 올려 달라고 해서 그만한 돈을 구하기가 힘들어서 이사하려고 했거든. 그런데 말이다······
효상아······."

그렇게 승기는 대화의 물꼬[76]를 텄다.

* * *

"여보, 주인집에서 전세금을 올려달라고 하네. 금액이 커서 고민이야."

"그래? 얼마인데?"

"오천만 원."

7. 아내가 말한다. 오천만 원이나? 그런 돈이 당장 어디에 있다고. 2년마다 주인집에서 전세금을 올릴까 봐 전전긍긍한다. 그러게 서울에서 사는 게 뭐가 그렇게 좋다고.

"자기야, 학교 성적이 좋다고 인생을 바르게 살아가는 게 아니잖아.

---

76)   물꼬: 일이나 이야기의 실마리.

그리고 좋은 대학에 입학한다고 행복한 삶을 보장하지도 않는 것 같아. 자기야, 난 말이야, 앞으로 태어날 우리 아이를 좀 다르게 키우고 싶어. 우리처럼 살아가라고."

사람들은 직면한 다양한 문제 중 의심할 여지가 없는 사안이라면 더는 고민하지 않는다.[77] 아이의 교육 방향은 아내가 확고하다고 믿었다. 그런 아내가 변했다. 아내는 아이의 교육을 위해 서울에 살기를 원했다. 심지어 아내는 학창 시절에 그리 열심히 공부하지도 않았다. 무엇이 아내를 변하게 했을까? 나 때문인가? 그래, 나 때문인지도 모른다. 아니다. 나 때문이다. 아내는 전형적인 이상주의자다. 그런 아내를 나는 사랑했다.

"자기야, 난 안목이 높은 여자야. 그러니까 자기는 아무런 걱정하지 않아도 돼. 자기를 믿기 어려우면 안목이 높은 나를 믿어 봐. 자기 역시 고급이니까. 다 잘될 거야."

8. 현실의 문턱을 넘어서지 못하면 이상의 날개를 펼치기 어렵다. 가정의 작은 균열은 접착제로 붙이며 살아가면 된다. 그렇게 작은 균열을 모른 척했다. 하지만 작은 균열은 서서히 생각지도 못한 큰 금을 불시에 선물한다. 서울로 이사 오기 전까지, 작은 균열이 이처럼 쌓여가는 줄 몰랐다. 너무 바쁘게 지내서다. 다들 그렇게 살아서다. 세상 물정 모르고 해맑게 웃던 아내의 모습은 기억 속에서 멀어져 갔다. 아내는 믿어 왔던 많은 것을 조금씩 의심하기 시작했다. 믿어 왔던 많은

---

77) 존 스튜어트 밀, 『자유론』, 서병훈 옮김, 책세상, 2005, p87.

것 중에 나도 포함한 것 같다. 어느 순간부터 아내의 응원은 꿈에서나 만날 수 있다. 살면서 아내의 응원을 마음에 두며 살지는 않는다. 그렇기에 서운함은 없다. 하지만 아내의 예지대로 난 고급이 돼야 했었다.

　우리는 서로 닮아 갔다.
　높은 온도의 물체를 따라 낮은 온도의 물체로
　열을 전도하는 것처럼
　우리는 서서히 중화[78]되었다.

　9. 닮아 간다는 표현은 참으로 따뜻한 느낌이다. 안 그런가? 나 역시 그렇게 믿었다. 열은 낮은 온도의 물체에서 높은 온도의 물체로 이동할 수 없다. 우리의 중화도 한쪽의 성향으로 치우쳤다. 뒤돌아보면, 살금살금 다가오는 밤도둑처럼 우리의 대화는 사라졌다. 그렇다고 서로 다른 문화가 만나 밤새도록 실랑이했던 그때가 그립지는 않다. 이렇게까지 다를 수 있단 말인가? 연애하는 동안 전혀 알아채지 못했다. 연애할 때 느꼈던 다름의 즐거움은 결혼 후 나를 힘들게 했다. 무엇보다 스스로 비참했던 것은 그녀의 바람에 한참 미치지 못한 경제적 능력이다. 이상은 현실을 이겨 내지 못했다. 아내는 불편한 옷을 전부 버렸다. 더는 양말과 수건을 따로 빨지 않는다. 아내는 식사가 끝난 후 더는 자리를 지키지 않는다. 아내는 더는 백화점을 가자고 조르지 않는다. 아내는 더는 말하지 않는다. 과거의 아내는 이제는 없다. 그렇게 평온한 날을 만끽 중이다. 사실, 이런 상황을 평온한 날이라 말하는 게 맞는지는 모르겠다. 그렇다고 하나부터 열까지 서로의

---

78)　중화(中和): 서로 다른 성질의 물질이 서로 융합하여 서로의 특징이나 작용을 잃음.

다름을 설명해야 했던 당시로 돌아가고 싶지도 않다. 그렇게 우린 닮아 갔다.

아내는 더는
나를 고급이라 하지 않는다.
더는 내게 기대를 거는 사람은 없다.

우리는 현실의 문턱을
넘지 못했다.

10. 지방의 작은 집을 정리한 돈으로 서울에서 전세살이를 시작했다. 아내의 말 따라, 지방을 벗어나 서울에 입성하면 아이의 교육을 걱정하지 않아도 된다고 생각했다. 돈에 맞춰 서울에서 전세살이를 시작할 때만 해도 아이 교육을 포함한 모든 조건이 지방에서 살 때보다 좋아질 거라는 장밋빛 미래를 꿈꿨다. 하지만 이는 오판이었다. 모든 게 팍팍해졌다. 팍팍함을 넘어서 인간의 존엄성까지 버리면서 살아간다. 효상이와 난 철학을 가르치며 밥벌이를 한다. 지금의 효상이는 회사를 그만두고 자기만의 길을 걷고 있다. 그의 길을 진심으로 응원한다. 계속해서 내 이야기를 하자면, 슬프게도 현실은 학생에게 가르친 내용과 거리가 멀다. 인생에서 소소한 행복을 찾으라 열변[79]을 토했지만, 서울살이는 그동안 믿어 온 신념의 부산물[80]과 거리가 멀었다. 한 번도 의심하지 않았던 가치가 흔들리기 시작했다. 아내는 심

---

79) 열변(熱辯): 열렬한 변론.
80) 부산물(副産物): 어떤 사물을 다루며 행할 때 부수적으로 생기는 일이나 현상.

지어 우울증까지 왔다. 이러한 괴리감은 어디서부터 온 것일까? 아내와 난, 남들과 다른 우리만의 인생 이야기가 있다고 굳게 믿은 나르시시스트였는지도 모른다. [81]

백로이기에 까마귀와
어울릴 수 없다고
믿었던 삶은 무너졌다.

처음부터 백로는 존재하지 않는
까마귀의 허상인가?

11. 지방에 있을 때도 풍족하게 살지는 않았다. 그렇다고 부족한 느낌도 없었다. 서울의 전세살이는 모든 게 부족하다고 느낀다. 두 해를 지낸 후 지방으로 돌아가자고 아내에게 말하고 싶었다. 하지만, 아내는 지금의 생활을 좋아하는 것 같다. 무엇이 좋은지는 잘 모르겠다. 현재의 환경에 익숙해지면 더 나은 환경을 동경하는 게 사람이다. 적어도 아내는 그래 보인다. 아이의 교육을 핑계로 서울에서 더 좋은 동네로 이주를 원한다. 그래, 핑계는 아니다. 아내는 진심이다. 진심으로 아이의 교육을 걱정하고 있다. 아마도 아내는 나에 대한 실망감을 다른 곳에서 보상받으려는 것 같다.

아내는 나를 포기한 걸까?

---

81) 제프리 밀러, 『스펜트』, 김명주 옮김, 동녘사이언스, 2010, p87.

12. 아내의 바람을 채우려고 자연스럽게 부동산 관련 정책에 귀 기울인다. 가난한 게 죄인 서울 생활은 참 외롭다. 정권이 바뀔 때마다 제일 먼저 손보려는 게 부동산 정책이다. 한쪽은 큰 정부 역할로 부동산 시장을 정부가 통제하려 하고, 다른 한쪽은 작은 정부 역할로 부동산 시장을 시장에 맡기려 한다. 그리고 약속한 듯이 모두 실패한다. 그런데도, 희한하게도, 누군가는 정권의 변화와 관계없이 꾸준하게 돈을 번다. 꾸준하게 돈을 버는 그들에게 부동산 정책은 중요치 않을지도 모른다. 그렇다면, 해가 지나도 그대로인 살림살이에 부동산 정책이 문제가 있다고 나는 단정 짓는 걸까? 그냥 원망하고 싶은 대상이 필요했을까? 어쩌면 부동산 정책은 문제가 없을지도 모른다. 가난한 게 문제일지도 모른다. 그래서 화가 난다. 당장 오천만 원을 구하기는 어렵다. 아내도 이를 잘 알고 있다. 아이 학교를 고민해 빚을 내어 이곳으로 이주했다. 아내도 나도 당분간 이곳에 지내기를 원한다. 도대체 서울에 번듯한 집을 가진 자는 나와 다른 게 무엇인가? 더는 이사하고 싶지 않다. 누가 좀 알려다오. 제발 좀 알려다오.

택시 창문을 넘어서
한강의 물빛을 조명 삼아
넓게 늘어진 수많은 주택 중

내 자리는 없다.

13. 집 근처 공인중개사 사무소에 들러 현재 전세자금으로 이사할 수 있는 매물이 있는지 알아봤다. 집주인이 전세금 오천만 원을 올리

려고 하는 게 터무니없는 가격이라 믿었는데 현실은 아니었다. 어디를 옮겨도 이 정도의 전세금을 요구한다. 당장 다음 달까지 인상한 전세금을 주거나 이사를 해야 하는데 딱히 방법은 없다. 한계치까지 대출을 받았기에 더는 끌어올 곳도 없다. 벌써 사무소만 10번째이다. 한결같은 목소리로 공인중개사들은 조언한다. 제일 나은 방법은 전세자금에 맞는 지역으로 이사를 해야 한다고. 이 조언을 따르면 아이가 통학하기는 어렵다. 전학을 고려해야 한다. 솔직히 이렇게 털어버리고 싶다. 얼마나 간편한 해결책인가? 그런데 난 죽기보다 이 말을 아내에게 하고 싶지 않다. 이 말을 전한 후, 나를 바라보는 아내의 표정을 겪고 싶지 않아서다. 그렇게 막막한 심정으로 11번째 사무소의 문을 연다.

"안녕하세요, 말씀 좀 묻겠습니다.

다음 달에 이사하려고 합니다. 전세입니다.

매물이 있습니까?"

14. '혹시나' 했던 기대는 '역시나'다. 현재 전세자금으로는, 이 근처에서 살기는 어렵다. 그게 내 결론이다. 더는 모르겠다. 이사를 해야 한다. 아이도 전학시켜야 한다. 또한, 허탈하게 나를 바라보는 아내의 표정도 익숙하다. 아내도 딱히 방법이 없다고 생각할 거다. 무능한 남편이라 비쳐도 할 수 없다. 더는 고민하고 싶지 않다. 어차피 난 무능한 남편이다. 허탈한 마음으로 11번째 사무소에 나오려고 할 때 중개사가 나지막한 목소리로 입을 연다.

"사장님, 매물이 딱 하나 있기는 해요. 지금 거주하는 곳하고 같은 평형대예요. 위치도 이 근처예요. 전세금도 지금과 동일하고요. 사실 다른 분이 오늘까지 확답을 준다고 해서 말을 안 했어요. 시간을 보니까 아무래도 그분은 거래하려는 마음이 없는 것 같고, 사정을 들어 보니 딱하기도 해서요. 어떠세요? 혹시 관심 있으세요?"

15. 한순간에 말콤 글래드웰과 팀 하포드에 버금가는 최고의 멘토처럼 느껴진다. 대중매체에서 매일 떠들어 세간의 관심을 독차지하는 멘토가 무슨 소용이란 말인가? 어차피 만나기도 어렵다. 또한, 20대에게나 통용할 만한 무책임한 감성적 멘토링이 필요한 나이도 아니다. 부동산 정책이 바뀌면 뭐하나? 정권이 바뀌면 뭐하나? 어디에서도 나의 문제를 해결해 주지 못했다. 나의 문제를 직접 어루만져 줄 사람이 곁에 있었으면 한다. 매물에 관심이 있냐고? 관심이 있다마다. 당신은 구세주다. 누가 채가기 전에 당장 말해야겠다. 오늘부터 당신을 나의 멘토로 임명합니다.

"정말요? 그런 매물이 있습니까? 너무나 감사합니다. 그럼 언제쯤 매물을 볼 수 있을까요? 아시다시피, 다음 달에 바로 이사해야 하는 상황입니다."

"걱정하지 마세요, 이번 주로 내로 사장님께 다시 연락할게요."

16. 좋은 소식을 알리고 싶어 집으로 바로 왔다. 아내가 보이지 않는다. 이 시간에 어디를? 보통 집에 있을 시간인데? 아이도 안 보인

다. 학원에서 돌아오지 않았나 보다. 집에 오면 아이들과 아내가 당연히 있어야 한다고 생각했다. 익숙한 장면을 놓친 기분이다. 텅 빈 집에 덩그러니 혼자 있으니 거실에 놓인 소파가 오늘따라 무척 커 보인다. 이렇게 큰 공간에 살고 있었던가? 혼자였다면 이곳은 나와 어울리지 않는 곳이다. 아이와 아내가 어서 빨리 집으로 왔으면 한다. 적막함을 찢을 뱃고동 소리가 가득하여 이 집이 시끄러웠으면 한다. 내게 말을 걸지 않아도 된다. 눈빛을 맞추어 웃어 주지 않아도 된다. 아이와 아내의 체취가 섞여 내 코를 자극한다면 그것으로 잘 살고 있다는 위안을 받는다. 현실의 무정함을 나의 부족함으로 깨닫게 된 아내, 그리고 엄마와 아빠의 불편한 동거가 영원할 거라고 한 치의 의심도 없이 믿고 있는 사춘기 아이, 이들 앞에서 행여라도 불안한 마음이 들킬까 봐 입을 닫은 나, 우리 가정은 그렇게 화목하다. 누군가는 우리 가정의 현실을 깊은 갈등으로 곪을 대로 곪아 터지기 일보 직전이라 말할지 모른다. 깊은 갈등의 고름은 손쓸 새도 없이 터져 악취가 사방에 진동하리라 예상할지도 모른다. 그런데 말이다. 그런데도 난 지금이 좋다. 문제점을 끄집어내어 헤집는다고 해묵은 감정의 실타래가 바로 풀리지 않는다. 얽히고설킨 감정의 실타래는 풀려 할수록 더욱더 강하게 꼬일 뿐이다. 강하게 묶일수록 그만큼 단단한 거다. 단단한 묶임을 찬찬히 들여다보면 여기저기 새어 나오는 서운함, 실망감, 미움 등의 악취를 막으려 땜질한 게 보인다. 굳이 아무도 모르게 땜질해 정리한 감정을 들추어 당시의 상황으로 돌아가게 하는 게 누구를 위한 해결책인가? 말하지 않고 마음에 묻었다면 그것으로 서로 배려한 거다. 그렇게 가족은 얽히고설킨다. 세상이 말하는 보여 주기 식의 화목함을 말하는 게 아니다. 진정한 화목함은 해묵은 감정의 실타래가 풀리지 않을 때 발현[82]한다.

"오천만 원을 구하지 않고, 현재 전세자금으로 이사할 수 있을 것 같아. 11번째 들른 공인중개소에서 하나 남은 매물을 소개해 줬어. 곧 연락을 다시 준대. 다행이야."

"혹시, 살림살이를 줄여서 가야 해? 나도 좀 알아봤는데, 현재 전세자금으로 근처로 이사하려면 작은 곳밖에 없는 것 같아."

"아니야, 지금과 같은 평형이야."

"그래? 그럼 다행이네."

17. 아내가 돌아왔다. 그렇다고 서로 웃으면서 안부를 묻지는 않는다. 아내에게 그동안 있었던 일을 전했다. 아내는 해결했으면 됐다는 표정으로 더는 묻지 않고 바로 안방으로 들어간다. 아이가 돌아왔다. 여느 때보다 일찍 귀가한 아빠에게는 관심이 없다. 가벼운 목 인사 후 핸드폰만 보면서 자기 방으로 들어간다. 여전히 거실에 혼자 있다. 하지만 더는 소파가 크게 느껴지지 않는다. 더는 이 공간이 낯설지 않다. 방문을 닫았기에 아내와 아이가 무엇을 하는지는 모른다. 안방과 아이 방에서 흘러나오는 크고 작은 소음과 이들의 체취가 문틈으로 삐져나온다. 그렇게 하나가 되었다.

---

82) 발현(發現·發顯): 숨겨져 있던 것이 드러남.

적막함을 찢을 뱃고동 소리가 가득하여 이 집이 시끄러웠으면 한다. 내게 말을 걸지 않아도 된다. 눈빛을 맞추어 웃어 주지 않아도 된다. 아이와 아내의 체취가 섞여 내 코를 자극한다면 그것으로 잘 살고 있다는 위안을 받는다.

18. 공인중개사에게 연락이 왔다. 공인중개사와 같이 차를 타고 매물을 보러 가는 중이다. 아내에게 같이 가자고 했지만 바쁜 일이 있는지 거절한다. 그 정도는 알아서 해결하라고 말하는 것 같다. 그래, 이 정도는 나 혼자 충분하지.

"사장님, 정말 운이 좋으세요. 현재 집주인은 해외에 거주 중이에요. 당분간 한국에 들어올 생각이 없어서 그런지 장기간 이곳에 머물 세입자를 찾고 있어요. 이전 세입자와 관계도 좋아서 크게 문제도 없었고요."

"이전 세입자는 어디로 갔습니까? 이 동네에서 이런 집을 구하기가 어려울 텐데요?"

"아 이전 세입자분은 지방발령으로 미리 이사했어요. 아직 계약 기간은 두 달 정도 남았거든요. 나가면서도 많이 아쉬워했어요. 사장님도 아시다시피 이 가격에 이런 전세물 이 동네에서는 없어요."

"그러게요, 제가 정말 운이 좋다고 생각합니다."

19. 중개사를 따라 곧 계약할 집으로 들어갔다. 중개사 말대로 현

재 사는 곳과 크기는 같은 것 같다. 다만, 연식이 된 빌라이기에 여기 저기 손볼 곳이 필요하다. 혼자 보내기는 불안했는지 아내는 문자로 집을 볼 때 확인해야 할 목록을 보냈다. 이렇게나 확인해야 할 목록이 많았던가?

"여보, 아무리 급해도 확인은 해."

1. 햇빛
2. 누수
3. 천장이나 벽 등에 곰팡이 흔적
4. 물의 배수
5. 싱크대, 수납장, 욕실 파손 검사
6. 냉장고 위치
7. 세탁기 위치
8. 베란다, 빨래 건조할 공간
9. 천장 높이(장롱)
10. 방범시설(방범창, 방충망, CCTV)
11. 환기
12. 주차장
13. 아이 학교와 가까운지
14. 대중교통
15. 편의시설
16. 층간소음
17. 소유자 확인 및 근저당 금액

20. 그동안 바쁘다는 핑계로 아내와 집을 보러 다닌 적은 없었다. 집 보러 다니는 일을 둘이서 함께한다는 게 비효율적으로 느끼기도 했다. 게다가 집은 더는 내게 사적 공간을 제공하지 않는다. 그래서 불편하다. 물론, 이는 안정감과 별개의 문제다. 아이와 아내가 있어야 비로소 하나라는 느낌을 받아서다. 어느새부터인가 서재는 아이의 놀이터로 변한 지 오래다. 아내는 서재에 수북하게 쌓였던 책을, 나의 정체성을, 공간이 좁다며 중고서점에 팔아 버렸다. 거실을 나가 봐도 아내와 아이의 흔적뿐이다. 안방은 아내의 옷과 화장품으로 즐비해 있다. 냉장고는 아이의 먹거리와 아내의 흑염소로 터질 것 같다. 몸에 열이 많다고 아내는 흑염소에 손도 못 대게 한다. 치사해서 안 먹는다. 도대체 이 넓은 공간에 내 사적 공간이 없다는 게 말이 되는가? 욕실 문틈 사이로 갈 곳을 잃어 어색한 자리에 놓인 전기면도기가 비웃으며 말하는 것 같았다.

"이게 네가 말하는 행복이냐?
어차피 숨 쉴 공간도 없는 이 집에서?
네 인생 참 딱하다. 딱해."

21. 가족의 소중함을 알 리가 없는 전기면도기의 비웃음을 참을 수 없었다. 쓰레기통에 바로 버렸다. 하지만 이내 아내의 얼굴이 떠올라 쓰레기통에 던진 전기면도기를 다시 꺼냈다. 가는 날이 장이었던가? 전기면도기에 걸려 딸려온 아내의 수북한 머리카락. 정말 더럽다. 이게 내 정확한 위치일지도. 그때부터다. 집은 내가 아닌 아내와 아이를 위한 공간이라 생각했다. 굳이 함께 집을 보러 다닐 필요가 없었다.

아내와 아이만 좋으면 그것으로 된 거다. 정말로 그것으로 된 거다.

"사장님, 집은 마음에 드세요? 한번 찬찬히 확인해 보세요. 그리고 웬만하면 오늘 확답을 주는 게 좋아요. 사장님이 오늘 거절하면 바로 다음 분 보여 줘야 해서요. 아시겠지만 이런 조건에 이런 매물을? 이 동네에서? 어림없어요."

"네, 알겠습니다."

22. 은인과 같은 중개사의 재촉이 오늘따라 아내의 잔소리처럼 들린다. 사람 마음 참 간사하다. 화장실 들어가 때와 나올 때가 다르니까. 어제의 멘토링이 오늘은 잔소리로 들리니 말이다. 주섬주섬 아내의 문자를 다시 확인한다. 그동안 아내는 혼자서 이 많은 것을 전부 확인했던가? 일단, 반지하 매물이다. 이 사실을 방금 알아서 좀 당황스럽다. 미리 좀 말해 주든가? 하긴 중개사가 말을 한들 내 결정은 달라지지는 않았을 거다. 벽면에 누수 흔적과 곰팡이가 보인다. 좀 시큼한 냄새가 난다. 도배가 필요하다. 불행 중 다행인지는 몰라도 창문 방향은 주차장 쪽이다. 여름에 창문을 열어도 사람들의 시선과 마주하지는 않을 것 같다. 다만, 창문에 방충망만 달려 있기에 방범창을 설치해야겠다. 욕실과 싱크대의 배수시설은 문제가 없는 듯하다. 물은 잘 나오고 잘 빠진다. 냉장고와 장롱이 들어갈 공간은 충분하다. 베란다는 없다. 베란다 공간까지 확장해 거실로 쓰고 있다. 세탁기를 화장실에 놓아야 한다. 아내가 싫어할 듯싶다. 아니면, 거실에 소파, 에어컨, TV 위치를 먼저 자리 잡고 남은 공간에 세탁기를 놓아야겠다.

"세대 수와 비교하면 주차공간은 협소한 것 같습니다.
세대마다 주차할 수 있을 것 같지 않습니다."

"사장님, 그 문제는 걱정하지 않으셔도 됩니다.
저 위에 공터 보이시죠? 다들 저기에 주차하세요."

23. 빌라에 살다 보면 노력하지 않아도 거주민과 친해질 수밖에 없다. 주차문제 때문이다. 주차공간이 협소하면 아침마다 차를 빼 달라는 전화로 불이 난다. 행여라도 뒤에 주차한 차를 막은 채로 외출하게 되면 얼굴을 붉힐 일도 가끔 생긴다. 선착순으로 주차하면 모든 게 좋아질 것 같지만 이는 세대 간 싸움만 부추길 뿐이다. 퇴근 시간과 출근 시간이 다른 세대라면 항상 밖에다가 주차해야 하는 불편함을 겪어야 한다. 그 불편함은 불법 주차이다. 게다가 세대 중 운행이 거의 없는 차도 있다. 한번 주차하면 몇 주 동안 그 자리에 있다. 덕분에 처음부터 없는 공간이라 생각해야 한다. 이것도 정말 화딱지 나는 일이다. 그렇기에 모든 세대가 주차하기가 어려운 경우라면 세대별로 날을 정해 다른 곳에 주차하기도 한다. 즉, 번갈아 불법 주차한다는 뜻이다.

모두에게 불법을 요구해 잠재적 범죄자를 양성하는 결정을 합리적인 해결책이라 믿는 우리. 하지만 누구도 이를 악하다고 생각하지 않는다. 개인이 아닌 집단의 형성을 통해 스스로 정의롭다고 믿어서다. 일그러진 정의의 책임은 누가 져야 하는가? 소리 없는 총성만 난무할 뿐 아무도 질 수 없다. 정의는 애초에 하나가 아니니까.

24. 아이가 도보로 통학할 수 있는 위치여야 한다. 아내에게 제일 중요한 문제다. 다른 조건은 안 좋아도 이 조건은 충족해야 한다. 걸어서 13분 정도 걸으면 아이가 다니는 학교가 보인다. 다만 지하철까지는 걸어서 20분 이상은 걸리는 듯하다. 바로 앞에 마을버스 정류장이 있다. 장은 주로 대형마트에서 본다. 근처에 작은 마트가 있는지 확인하면 될 것 같다. 이 정도면 나쁘지 않은 위치와 조건이라고 생각한다.

"전체적으로 마음에 드는 집입니다. 다만, 집주인에게 도배와 방범창 설치를 요구할 수 있을까요? 누수 문제도 있어 보입니다."

"사장님, 집주인이 해외 거주 중이라 연락이 잘되지 않아요. 연락은 하겠지만 아마 안 해 줄 거예요. 아시다시피 이 조건을 현재 가격으로 거래하는 게 힘들고요. 집주인으로서는 들어올 사람이 넘치는데 굳이 보수하고 싶지 않을 거예요. 워낙 싸게 들어온 매물이에요. 아쉬워도 우리가 더 아쉽잖아요. 도배와 방범창 설치는 자비로 하는 게 좋을 것 같아요. 누수 문제는 확인해 볼게요."

25. 혼자 정할 수 있는 사안이 아니라 집 안 곳곳 사진을 찍어서 아내에게 전송했다. 아내는 답이 없다. 답답하다. 벌써 10분이 지났다.

"사장님, 결정하셨어요?
오늘 계약 안 하면 다른 분 보여 줄게요."

"아내의 의견을 들어야 합니다.
잠시만 기다려 주세요."

아내에게 연락이 왔다. 나보고 결정하라고 한다. 정말 나보고 결정하라고? 아쉬운 마음에 아내에게 전화했다.

"보낸 내용은 제대로 확인한 거야? 나야 집에 있는 시간이 많지 않지만, 당신과 아이는 다르잖아. 중개소에서 오늘 결정해 달라고 하네. 이 정도면 나쁘지 않은 것 같아. 당신 생각은 어때?"

"지금 바쁘니까, 알아서 결정해. 그럼 끊어요."

26. 바쁘다고? 집 구하는 것보다 바쁜 일이 또 있다고? 다시 전화해 뭐라 하고 싶었지만 이내 그만두었다. 기억나지 않았던 내 모습이 떠올라서다. 지금 아내의 모습과 다를 바 없었다. 살갑게 다가와 의견을 묻는 아내의 얼굴에 차가운 물을 끼얹은 사람은 바로 나였다. 서울이라는 낯선 환경에서 남편과 아버지로서 꿋꿋하게 버티려면 영화 〈메멘토〉의 주인공처럼 단기 기억 상실증에 걸려야 한다. 눈을 뜨자마자 경쟁으로 내몰리기에 노력하지 않아도 상대적 박탈감을 느낀다. 영화 속 주인공처럼 10분만 기억할 수 있다면 초라하게 만드는 모든 기억을 강제로 간직하지 않아도 된다.

쇠사슬을 끊고 심연의 괴물이
탈옥한 첫날이다.

오늘을 기억해야 한다.

10년이 지나도
생생한 기억이기를 바란다.

꼭 그래야 한다.

27. 억지로 떠밀려, 쏘아보는 아내의 매서운 눈초리가 싫어서, 사회에서 강요하는 남자가 되려고, 조금은 그렇게 보이려고 집을 보러 나섰다. 중개소를 다니며 집을 보러 다닐 때만 해도, 뭐 하나 즐겁지 않은 서울 생활을 아내와 아이를 위해서 유지해야 하는 이유를 찾기 어려웠다. 서울을 떠나 돌아가고 싶었다. 하지만 돌아갈 명분은 없었다. 이번 기회를 내심 명분이라 속으로 생각했는지도 모른다. 그런 마음이었다. 서울은 더는 우리를 반기지 않는다고. 11번째 들른 중개소에서 적당한 매물을 들었을 때, 서울을 떠나는 날이 오늘은 아니라고 생각했다. 불행 중 다행인가? 온몸은 간지러운데, 정확히 어디가 가려운지 알 수 없는 심정이다. 적어도 사회가 요구하는, 아내가 바라는 남자 역할은 충분히 해낸 것 아닌가? 그래, 그 정도면 됐다. 하지만, 이 소식을 빨리 전해 주려고 일찍 귀가해 아이와 아내를 기다리는 동안, 아내의 문자로 이사할 집을 확인하는 동안, 나는 몰랐다. 내가 무슨 짓을 저질렀는지.

아내와 관계 개선도,
서울 생활도,

오월동주[83]이기에

연목구어[84]에 불과하다고 믿었다.

28. 시원함을 넘어서 불쾌한 두통을 유발하는 아내의 차가움, 굳이 이유를 알고 싶지 않았다. 사는 게 팍팍해서다. 굳이 문제를 만들고 싶지 않아서다. 해결책이 없는 대화는 스스로 비참하게 만들어서다. 이사 갈 집을 구석구석 점검하면서, 문득 알게 되었다. 결국, 원인은 나의 태도였다고. 이사철이 다가오면 쉬는 날마다 집을 보러 다니자고 애원했던 아내의 청을 모른 척했다. 바쁘다는 핑계로. 쉬고 싶다는 핑계로. 생각해 보면 꽤 오랜 시간을 아내는 혼자서 집을 보러 다닌 것 같다. 이사하기 한 달 전에 알아보면 될 일을 몇 개월 전부터 유난 떠는 아내를 이해하기 어려웠다. 그동안 아내가 집을 보러 다닌다는 핑계로 이곳저곳 다니면서 취미생활을 즐긴다고 믿었다. 아내가 확인할 내용을 문자로 보내지 않았다면, 현재 거주하는 공간이 얼마나 까탈스러운 조건을 통과한 노력의 자리인지 절대로 몰랐을 거다. 혼자서 집을 보러 다녔을 때, 기분은 어땠을까? 괜스레 미안해진다.

더운 날이면 아이스크림을 건네고,

추운 날이면 손난로 쥐여 주면서,

짜증이 밀려오는 날이면 싱거운 농담을 던지면서,

---

83) 오월동주(吳越同舟): 사이가 나쁜 사람끼리 같은 장소나 처지에 함께 놓임. 또는 서로 반목하면서도 공통의 곤란이나 이해에 대해서는 협력함의 비유.

84) 연목구어(緣木求魚): 나무에 올라가서 물고기를 구하듯 도저히 불가능한 일을 하려고 함.

상쾌한 날이면 희망찬 내일을 그리면서,

몸이 무거운 날이면 그녀의 팔과 다리가 되어서,
같이 다녔어야 했었다.

그렇게 해야 했었다.

29. 아내의 입술을 시작으로 내 몸을 따스하게 감쌌던, 감미로운 그녀의 응원이 사라진 이유를 조금은 알 것 같다. 단지, 아내의 침묵은 경제적 무능함에 대한 모멸감이라 생각했다. 이해는 해도 마음은 서운했다. 능력이 없다는 이유로 이렇게나 차갑게 변해 버린 아내에게 실망했다. 아니었다. 착각이었을지도 모르겠다. 아내는 끊임없이 손을 내밀고 있었다. 아내의 언어는 해독하기 어려운 암호가 아니었다. 듣지 않으려 귀를 막았다. 손을 잡기 싫어 뿌리쳤다. 보기 싫어 눈을 감았다. 아내를 제대로 보지 않았다. 나의 부족함을 비추는 거울처럼 느껴져서다. 깨닫는다고 달라지는 게 있을까? 너무 늦은 것은 아닐까? 그렇지는 않다. 효상이와 우현이, 그리고 강의하면서 학생들에게 항상 하는 말이 있다.

"내일 죽을 확률보다 10년을 더 살 확률이 통계적으로 훨씬 높아. 10년 후, 미래의 너에게 미안한 행동을 오늘 하지 말아라."

그녀와 아직 함께할 날이 더 많다. 더는 바보같이 그녀에게 미안할 행동을 하지 않으려다. 정말 그랬으면 좋겠다. 오늘이 아닌 내일을 그리면서 살아가고 싶어서다. 그러려면 오늘 부동산 계약을 마무리 짓는 게 중요하다.

"네, 계약하겠습니다."

30. 계약서를 쓰려고 중개소로 돌아왔다. 중개사도 오랜만에 거래를 성사시킨 것 같다. 얼굴에 웃음이 가득하다. 잠깐, 오늘 본 매물은 다른 사람도 군침을 흘리지 않았던가? 하긴, 군침만 흘리고 다들 계약하지 않았으니 중개사도 심적으로 지칠 만하다.

"사장님, 계약서예요. 찬찬히 읽어 본 후 궁금한 게 있으면 말씀 주세요."

찬찬히 읽어 볼 필요도 없다. 계약금이 너무 크다. 계약금이 육천만 원이다. 일반적으로 계약금은 10%가 아니던가? 그럼 이 매물의 전세금은 육억 원인가? 사억 원이라고 했는데? 잘못 들었나?

"계약금이 육천만 원이라고 쓰여 있습니다. 방금 본 매물 전세금이 사억 원이라고 말씀하셨는데 계약금이 잘못된 것 아닙니까?"

질문이 끝나기도 전에, 다른 계약서를 들이밀며 중개사는 목소리를 낮추며 말한다.

"사장님, 계약금 육천만 원은 맞아요. 그리고 이 매물 전세금도 육억 원이 맞아요. 혹시 '이중계약서'라고 들어보셨어요? 집주인이 해외에 거주 중이라 이야기했잖아요. 서울은 1주택자의 양도세 비과세 조건이 3년 보유, 2년 거주예요."

그래서, 뭐? 어쩌라고? 중개사가 내민 다른 계약서는 원래의 금액으로 적혀 있다.

"사장님, 이 동네에서 현재 전세금으로는 집 구하기 어려워요. 이미 많이 돌아다녀서 알고 있잖아요. 집주인은 여기에 거주하지 않으면서 1주택자로 양도세 비과세 조건의 대상이 되고 싶어 하세요. 그래서 전세금을 이렇게 시세보다 저렴하게 내놓았어요."

이런 경우는 처음이라 잘 이해가 가지 않았다.

"집주인 사정은 알겠습니다. 시세보다 낮게 전세금을 내놓은 이유가 있을까요?"

"네 맞습니다. 사장님은 거주하는 1년 동안 전입신고를 하면 안 됩니다. 그래야 집주인이 3년 보유, 2년 거주 조건이 채워지세요."

31. 많은 사람이 군침만 흘리고 계약하기 망설였던 이유다. 집주인은 위장전입을 원한다. 그래, 전입신고 1년 정도 하지 않는 게 문제인가? 당장 들어갈 집이 없는데? 다만, 전입신고를 안 하면 확정일자를 받지 못한다. 문제가 생기면 전세금을 받을 수가 없다. 계약 기간도 2년이 아닌 1년이기에 불안하다. 집주인이 1년 지나서 계약 연장을 안

하거나 전세금을 올리면 낭패라서다.

"혹시 계약 기간을 2년으로 연장할 수 없습니까? 집주인이 1년 지나서 계약 연장을 안 하거나 전세금을 올리면 어쩌죠? 그리고 문제가 생기면 전세금을 돌려받을 수는 있을까요?"

"사장님, 2년으로 연장해 계약서를 다시 쓰는 것은 어려울 것 같아요. 다만, 매년 연장하는 것은 어렵지 않아요. 전세금은 걱정하지 마세요. 미리 말씀했는데, 이전 세입자도 계약 만기 전에 퇴실했어요. 그런데도 집주인이 전세금을 돌려주었어요. 집주인 마음이 좋아서요. 전세금 떼일 일은 없습니다. 하하하."

32. 계약 만기 전에 나갔는데 보증금을 미리 줬다고? 그렇게나 순진한 집주인이 대한민국에 있다고? 총각 시절, 계약 만기 전에 집을 빼야 하는 상황이 있었다. 문제는 아직 만기까지 1년이나 남은 상황이라서 고민은 이만저만이 아니었다. 당시에 집주인은 친절한 할머니였다. 혹시나 하는 마음에 집주인에게 전화를 걸었다.

"안녕하세요, 잘 지내셨습니까? 다름이 아니라 제가 사정이 생겨서 만기 전에 집을 빼야 할 것 같습니다. 정말 죄송한데요, 혹시 보증금을 미리 받을 수 있을까요? 대신 월세 두 달 치를 미리 드리겠습니다."

"그건 어려울 것 같아요. 사람을 구한 후 나가야 할 것 같네요."

친절함과 합리적인 반응은 다르다. 할머니의 반응은 당연했다. 서운하지도 않았다. 다른 세입자를 구하느라 주위 중개소를 이 잡듯 뒤졌던 기억이 불현듯 떠오른다. 중개사에게 부동산 중개료를 2배 준다고 약속했지만, 이사 후, 4개월이 지나서야 세입자를 구했다. 그래, 이게 정상적인 순서다. 그리고 계약서가 두 장이라 계약금이 육천만 원인지, 사천만 원인지 헷갈린다.

"계약서가 두 장입니다. 혹시, 계약금은 육천만 원인가요? 사천만 원인가요?"

"아, 사장님 오해하셨구나, 계약서가 두 장이기는 한데요, 계약은 정상적인 가격으로 거래해야 해요. 그러니까 육천만 원이 맞아요. 계약금 사천만 원으로 적힌 계약서는요, 물론 사장님은 절대로 그럴 일이 없겠지만, 간혹 원래 계약서로 계약했다고 우기는 고객들이 있어서요."

"그게 무슨 소리인가요? 이해가 가지 않습니다."

"사장님, 그러니까요, 우리는 전입신고를 안 하는 조건으로 육억 원의 매물을 사억 원에 들어가는 상황이잖아요. 그런데 육억 원의 매물 계약서만 작성하면, 훗날 퇴실할 때 전세금을 사억 원이 아닌 육억 원을 요구하는 사람들이 있어요. 그래서 방지 차원으로 계약서 두 장을 작성하는 거예요. 사장님 경우는, 전세금의 10%인 육천만 원을 계약금으로 입금하시고요, 그리고 입주 후 나머지 삼억 사천만 원을 입금하면 됩니다. 이해가 되세요?"

33. 그래, 너무나 잘 이해가 간다. 계약금은 육천만 원이구나. 다만, 사천만 원이든 육천만 원이든 당장 큰돈은 현재 없다. 이 돈도 집주인에게 양해를 구해 받아야 할 판이다. 그래도 여전히 1년 계약은 불안하다. 전입신고도 못 하는데 이처럼 계약하면, 아무래도 아내한테 한소리 들을 것만 같다.

"제 처지에 이런저런 요구하면 안 되는 것은 알고 있습니다. 이 집 말고도 현재 대안이 없는 상황입니다. 전입신고는 그렇다고 쳐도, 1년 계약은 너무나 불안합니다. 1년 후 계약 연장 문제도 그렇습니다, 전세금 인상도 그렇습니다, 방법이 없을까요? 부탁합니다."

"그럼 잠시만 기다리세요, 사장님. 집주인은 해외에 거주하니 자녀분한테 전화해 사정을 이야기해 볼게요."

중개사가 전화하러 밖으로 나간다. 굳이 나가서 전화할 이유가 있나? 한 30분 정도 있었나? 환한 얼굴로 내게 다가온다.

"사장님, 정말 운 좋으세요, 방금 집주인 자녀분과 통화를 했는데요, 최대 3년까지 가능하다고 하네요. 어떠세요? 너무나 좋지요? 그럼 3년으로 계약서 작성할까요?"

2년도 아니고 3년? 구린 게 있어서 그러나? 생각지도 못한 횡재다. 3년 정도 더 거주할 수 있다면, 1년 동안 전입신고를 하지 않아도 아내에게 할 말은 있다. 1년 지난 후, 전입신고를 하면 되니까. 골치 아

픈 일을 해결하니 그동안 쌓여 있던 스트레스가 한 방에 날아간 기분
이다.

"좋네요, 감사합니다. 그럼 계약금은 언제까지 입금하면 좋을까요?"

"혹시, 내일까지 가능할까요? 그래야 집주인도 좋아할 것 같아요. 집
주인에게 3년 연장까지 받아내느라 좀 떼를 부려서요. 하하하. 아, 그리
고 집주인은 해외에 있어서 계약금과 잔금은 자녀분 통장으로 입금하면
됩니다."

"그래요? 알겠습니다. 일단, 계약금이 문제입니다. 내일까지요? 노력
해 보겠습니다."

34. 동네에서 조금 떨어진, 인적 드문 곳에 있는 중고서점에 왔다.
집에 들어가기에는 이른 시간이어서다. 서울 생활 후, 이곳은 아무에
게도 소개하고 싶지 않은 나만의 아지트다. 사장님은 무슨 사연으로
이런 곳에서 중고서점을 운영할까? 매번 오면서도 묻지는 않았다. 손
님도 거의 없기에 사장님도 나를 분명 알 터인데, 아직도 서로 눈인사
만 하는 사이다. 그런 사장님이 마음에 든다. 누구나 감추고 싶은 사
연 하나쯤은 마음에 품고 서울 생활하지 않나? 아내는 이곳을 꿈에도
모른다. 아내는 책 사는 것을 워낙 싫어한다. 특히, 그녀는 중고 책을
폐품이라고 여긴다. 책을 길바닥에 버려진 전단처럼 취급하는 그녀
를 이해하기는 어렵다. 가정의 평화를 위해 불필요한 논쟁을 안 할 뿐
이다.

결혼한 것을 후회하느냐고 물어본다면,
그래, 하루에도 수십 번 후회한다.

다시 기회가 주어져 결혼하지 않고
혼자 살겠느냐고 물어본다면,

아니,
그래도 결혼해 이 지옥을
다시 걸을 생각이다.

우주를 통틀어서
지랄 맞은 내 성격을 온전하게 아는 이는
아내가 유일해서다.

35. 우현과 효상이에게도 다 보여 주지 못한 성격적 결함은 수두룩하다. 예를 들어서, 정신병자처럼 혼잣말하는 것을 좋아한다. 화를 참지 못해 소리도 자주 지른다. 가르치는 일을 하지만 평소에는 육두문자의 사용을 즐긴다. 부정적인 성격이라 항상 비판적으로 말한다. 상대방을 무시하는 말투가 입에 뱄다. 허락하지 않는 이가 내 공간을 침입하는 행위를 몹시 불쾌해한다. 인간관계를 무의미하고 덧없다고 생각한다. 한마디로 괴팍하고 오만하다. 그리고 고독을 사랑한다. 아내와 결혼 후, 날것의 나를 그대로 보여 줘야 하는지에 대한 문제가 가장 큰 고민이었다. 아내를 순수하고 귀여운 토끼라 생각했기에, 날것의 나를 보여 주면 얼마나 나를 무서워하거나 혐오할지가 문제여

서다. 하지만 그건 큰 착각이었다. 아내는 맹수의 왕인 호랑이였다. 아내는 모든 것을 부정하고 갈기갈기 나를 찢으려 했다. 이는 혐오에 대한 감정은 분명히 아니었다. 그래, 그 표현이 딱 맞는 것 같다.

교정교화(矯正敎化)[85]

36. 그녀가 나의 부족함을 따스하게 안아 주리라고 어린아이처럼 기대했다. 그녀는 단호했다. 문제자로 취급했고, 자기의 가정을 지키려고 나를 교정교화하려고 했다. 교정교화가 필요한지는 모르겠다. 이제는 그러려니 한다. 하나하나 대응하기 시작하면 아무 일도 못 한다. 어느 순간부터 하나의 가정이 아닌 각자의 가정에서 살아가는 기분이다. 아이라는 교집합이 있기에 살고 있을 뿐이다. 아이가 없었다면 애초에 끝났을 결혼생활이라는 것을 서로 알고 있다.

그런데도
결혼하지 않고 혼자 살겠느냐고 물어본다면,
도대체 왜 이 지옥을 다시 걸을 생각이냐고?

37. 대인관계를 원만하게 지내는 성격은 아니기에 인간관계도 좁다. 서울 생활하면서, 그나마 만나는 사람은 우현과 효상이가 전부다. 효상이 소개로 우현을 만났지만, 난 우현을 좋아하지 않는다. 우현은

---

85) 수형자의 정신적 결함을 교정하고 선도하기 위하여 종교적·도덕적 방법 등으로 정신감화를 유도하여, 수형자의 도덕성을 회복하고 사회성을 배양하여 건전한 인격형성에 이바지하며 심성을 순화하고 범죄성을 제거하는 데 목적을 둔 활동을 말한다.

늘 긍정적이다. 아니, 모든 상황을 긍정적으로 포장한다. 우현을 볼 때마다 스톡데일 패러독스[86]의 사례가 떠오른다. 내가 좋아하는 이론이다. 스톡데일 패러독스는 냉혹하고 잔인한 현실을 받아들여 승리에 대한 확고한 믿음으로 힘든 상황을 이겨 내는 자세이다. 미봉책은 늘 더 큰 손실이 따르기 마련이다. 우현은 자기 인생이 항상 잘될 거라는 맹목적 믿음으로 가득 차 있다. 지구가 자기 위주로 돌아가고 있다고 믿는 것 같다. 이러한 믿음의 결말은 사기를 당하거나 호구로 살거나 둘 중에 하나다. 효상이가 물들까 걱정이다. 보통 이렇게 생각하면 우현을 멀리해야 정상이다. 친구로 두기에는 예측하기 어려운 돌발 요인이 너무나 많아서다. 여전히 우현은 가장 친한 친구다. 그리고 친구라는 호칭을 버리지도 않을 생각이다. 우현의 어리석은 믿음으로 파렴치한 사기꾼이 되더라도, 누군가를 잔인하게 죽인 살인자가 되더라도, 우리는 친구이다. 그렇다고 사회의 암적인 존재가 된 친구를 감싸 줄 마음은 추호도 없다. 친구로 여긴다면, 그가 무엇이 되든지 친구이다. 사랑도 이와 마찬가지다. 사랑한다면, 그녀가 무엇이 되든지 상관없다. 물론, 시도 때도 없이 아내로부터 생명의 위협을 느낀다. 진심이다. 아내가 이처럼 변한 것도 다 내 탓이다. 그녀가 나를 미워한다고 사랑은 변하지 않는다. 아내가 나를 어떻게 생각하든지 묵묵히 옆에 있는 게 선택한 사랑의 도리라 생각한다. 더군다나 이미 알고 있지 않은가? 묵묵히 곁에 머물러 준 이는, 내가 아닌 아내라는 사실을.

---

86) 스톡데일 패러독스(Stockdale Paradox): 현실을 직시하지 않고 낙관적인 생각으로 세상을 기대하는 사람을 비판할 때 쓰이는 이론이다.

어느 날,
아버지가 남자를 좋아한다고
가족 앞에서 커밍아웃했다.

충격이었다.
믿을 수 없었다.
믿고 싶지도 않았다.

그렇다고
아버지를 어머니라 부르지 않는다.

무슨 일이 있어도
아버지라는 호칭은 변하지 않는다.

내게는 사랑도 우정도
이와 비슷하다.

38. 나만의 아지트에서 책을 읽는 것도 좋아하지만 이런저런 생각을 정리하는 게 좋다. 무엇보다 이곳은 사람이 없다. 북적거리는 대형서점에 가는 것을 꺼린다. 첫사랑과 대형서점에서 안 좋은 추억이 있어서다. 대형서점은 스스로 생각을 정리해 나만의 길을 걸으라 말하지 않는다. 최신 트렌드에 맞게 요즘 스타일을 따르는 게 삶의 정답이라고 종용하는 영업사원처럼 느껴진다. 그래서 그런가? 방금 찍어 낸 인쇄물에서 풍기는 파릇파릇한 열정의 냄새보다는 다소 묵직하고 조

금은 쾌쾌한 인생의 향을 내는 중고 책을 사랑한다. 누군가에게 쓸모가 없어 잊힌 저 수많은 중고 책을 보노라면 비슷한 처지라고 느껴서다. 물리적으로 시간의 흐름을 역행하기는 불가능하다. 어디로 튈지 모르는 젊은이의 반짝거림을 물끄러미 바라본다. 이미 그 길을 걸었기에 나도 모르게 쓸데없는 잔소리를 한다. 겉으로는 이들의 장래를 걱정한다. 하지만 씁쓸해지는 이 기분, 중년이라면 모두 알고 있지 않을까? 6개월마다 신제품이 쏟아져 나오는 디지털 세상에서 느림의 아름다움은 웃음거리일 뿐이다. 느림의 미학을 사랑했던 친숙한 아날로그 세상은 더는 설 자리가 없다. 눈앞에 찬란한 생각으로 모든 이에게 사랑을 받았던 베스트셀러가 보인다. 고향 친구를 만난 듯, 기쁜 마음에 성큼 책장으로 다가선다. 하지만, 희뿌연 먼지가 소복하게 쌓여 다가가기 힘들다. 한동안 이곳으로 아무도 오지 않은 듯하다. 그렇게 찬란했던 네놈도, 이제는 누구도 찾지 않아 장식품에 불과해진 한때의 영광이구나. 한때 반짝거렸던 내 모습도 오래된 책장에 묻혀 기약 없이 새로운 주인을 기다린다. 펄떡이는 활어처럼 싱싱했던 젊은 날의 생각은 더는 찬란하지 않다.

영원하다고
찬란하다고
믿었기에
다시 반짝거리고 싶다.

39. 시간은 이리도 지났던가? 혼자만의 시간을 더는 즐기기 어려울 것 같다. 서둘러 서점을 나왔다. 가정이 생긴 이후로 혼자만의 시간을

가질 때마다 알 수 없는 죄책감이 나를 누른다. 엄밀히 말하면, 혼자만의 시간을 가지는 게 문제는 아니다. 혼자 할 수 있는 일을 즐기는 게 문제인 것 같다. 이 감정을 지금도 이해하기는 어렵다. 아버지라서 그런가? 아니면 남편이라서 그런가? 모르겠다. 적어도 난 다를 줄 알았다. 배운 대로 인생을 계획해 가르친 대로 살아가려 했다. 싫으면 싫다고, 좋으면 좋다고 담백하게 말하면 인생의 주인이 되리라 생각했다. 그렇게 살 수 있다는 확신 또한 있었다. 그저 착각해 불과했다. 아내와의 첫 만남은 처음부터 잘못되었다. 무엇 하나 마음 맞는 일은 없었다. 아내와 영화관 데이트를 즐긴 적이 있었던가? 보통 커플이라면 영화 취향으로 다소 행복한 다툼은 있을 수 있다. 이런 경우라면, 상대방의 취향을 존중하여 서로 번갈아 가며 원하는 영화를 보러 간다. 적어도 이들은 영화를 좋아함에는 틀림이 없으니까. 하지만 우리 아내는 달랐다. 영화 취향은 둘째치고 영화관 구조 자체를 싫어했다.

"자기야, 두 시간 동안 깜깜한 곳에서
서로 마주 보지도 못하고 앞만 보는 것?
난 정말 싫어. 영화관? 안 갈래."

40. 이뿐인가? 이슬비 보슬보슬 내리는 저녁, 창가에 부딪히는 빗소리를 들으며, 창문 너머로 바삐 움직이는 각양각색의 사람들을 바라보며, 몸과 마음의 무장해제 신호인 벌게진 얼굴을 바라보며 허심탄회한[87] 이야기를 나누는, 그러한 몽롱한 자리를 단 한 번도 가져 본 적이 없다.

---

87) 허심탄회(虛心坦懷): 마음에 아무 거리낌이 없고 솔직함.

"자기야, 맛도 없는 술을 왜 먹어?

세상에 맛있는 게 얼마나 많다고,

머리만 아프고, 주위 사람 보면 기분도 안 좋아지는데?

난 정말 싫어. 술? 안 마셔."

41. 슬프게도 좋아하는 음식까지 다르다. 바다에서 난 음식을 대부분 비려 한다. 특히, 과메기는 쥐약이다. 아직도 그때만 생각하면 몸서리친다. 아내는 연애 시절 좋아하는 음식이라면서 선물한 포항의 자랑, 과메기. 비림의 수준을 넘어서, 상상할 수 없었던 강한 향이 입안에 가득했을 때 그녀의 의도가 의심스러웠다. 과메기를 먹은 후 헤어질까도 심각하게 고민한 적이 있다. 골탕 먹이려 과메기를 선물한 게 분명하다고 확신해서다. 그것도 연애 후 처음 맞는 생일 선물로, 내 생애 최악의 생일이었다. 하지만, 그녀의 의도를 의심했던 마음은 이내 풀어졌다. 세상 모든 것을 가진 듯한 기쁨의 몸짓으로 행복을 표현하는 아내를 의심할 수는 없어서다. 나도 만들어 내지 못한 잇몸 만개 웃음을 과메기가 해냈다. 내 생애 최고의 선물이었다.

"자기야, 과메기 맛있지?

난 말이야, 좋아하는 것을 공유할 때 너무나 행복해.

생일 축하해!"

42. 아내를 만나면서 확고했던 내 신념은 조금씩 무너져 갔다. 오해하지 않으면 한다. 아내가 문제라고 말하는 게 아니다. 확신의 오만함은 자기만의 통제 안에서 왕 노릇을 한다. 이러한 오만함은 비단 개

인에게서 나타나는 현상은 아니다. 집단 간의 문화적 차이를 열등과 우등의 기준으로 바라본다면, 이 역시 확신의 오만함으로 가득 찬 단체이다. 이러한 부류는 자기 통제를 벗어난 순간부터 새로운 환경에 적응하지 못한 철부지로 전락하거나 새로운 환경을 거부하는 폭군이 되려 한다.

하지만,
누군가를 사랑한다면,
누군가와 함께하고 싶다면,

확신의 오만함으로
자기를 과시하는 게
초라할 뿐이다.

43. 아내가 거실에서 분주히 움직인다. 편한 옷으로 갈아입지 않은 채 저녁 준비 중이다. 아이들 학원 하원 시간에 맞춰 급하게 들어온 듯하다. 아내의 외출 복장을 오랜만에 본다. 조금은 다른 분위기를 풍기는 아내의 모습은 참 낯설다. 아내가 저리도 늘씬했던가? 생각해 보니까 아내의 키가 169㎝이다. 얼굴도 조막만 하다. 그래, 아내가 미인대회 출신이라는 사실을 잊고 있었다. 총각 시절, 그녀와 함께 다니면 주위 사람의 시선으로 난감했던 적은 한두 번이 아니었다. 심지어, 나를 삼촌으로 오해해 그녀에게 다가오는 남자들과 실랑이를 벌인 적도 여러 번이다. 당시에는 그렇게 불쾌할 수 없었는데, 돌아보니까 그녀와 난 그만큼 외적으로 어울리지 않는다. 그녀의 주위 사람은

늘 내가 못마땅했다. 특히, 결혼한다고 했을 때, 그녀의 친구들이 술 취해 찾아와 헤어지라고 고래고래 소리 지른 사건은 아직도 기억에 선명하다. 속 좁은 남자라서 그런지 결혼식 이후로 그녀의 친구를 만난 적은 없다. 만나고 싶지도 않다. 가끔 아내를 통해 친구들 소식을 듣기는 한다. 다들 외모가 출중한지라 결혼을 잘했다. 세상에서 말하는 능력 좋은 남자와 결혼했다. 그런 이야기를 들으면 부아가 치밀어 올라 상처 주는 말만 던졌다. 자격지심 때문이다. 그럴 때마다, 아내는 나를 항상 고급이라 불러주었다. 그게 복이었는지도 몰랐다. 이제는 주위 시선을 아랑곳하지 않고 나를 응원한 그녀의 모습은 존재하지 않는다. 그렇게 그녀의 복장도 편한 차림으로 변해 갔다.

평소와 다른 그녀의 모습에
미안함을 느끼는 감정은 무얼까?

함께하는 게 당연하다고 생각했기에
그녀의 아름다움을 잊고 지냈다.

44. 아내가 거실에서 진행 상황을 물어본다.

"중개사하고 마무리하고 왔어. 계약금을 내일까지 달라고 하네. 계약금은 육천만 원이야."

아니다, 아내에게 오늘 너무 아름답다고 이야기하고 싶었다.

"계약금이 왜 육천만 원이냐고? 걱정하지 않아도 돼. 우리는 사억 원에 계약했어."

아니다, 그동안 못되게 굴어서 미안하다고 말하고 싶었다.

"이게 좀 이해하기 어렵지? 이중계약서를 쓰는 거야. 본계약은 계약금 육천만 원에 육억 원 전세야. 우리는 계약금은 육천만 원을 입금하고 사억 원에 계약하는 거고."

아니다, 다시 고급이라고 불러 달라고 부탁하고 싶었다.

"맞아, 그래서 조건이 있는데, 1년 동안은 우리가 전입신고할 수가 없어. 집주인이 1주택자로 양도세 비과세 조건의 대상이 되고 싶어 해."

아니다, 내 옆에 있어 줘서 고맙다고 말하고 싶었다.

"그치, 1년 동안은 위장전입이지. 그래도 너무 걱정하지 마. 계약을 3년 했으니까, 1년 지난 후 전입신고하면 아무런 문제 없어. 당분간 이사 갈 걱정도 전세금 걱정도 안 해도 돼."

아니다, 내일부터는 잘하겠다고 말하고 싶었다.

"그나저나, 내일까지 늦어도 이번 주까지 계약금 육천만 원을 어디서 구할지가 걱정이야. 마이너스 통장 다 끌어서도 이천 오백만 원 정도인데……. 집주인한테 미리 전세금 조금이라도 달라고 부탁해 볼까?"

아니다, 사랑한다고 말하고 싶었다.

45. 아내는 저녁 준비로 바쁜지 이야기를 듣는 둥 마는 둥 한다. 갑자기 안방으로 들어간다. 잠시 후 통장을 툭 던지며 말한다.

"혹시 몰라서, 삼천만 원이야. 계약금을 사천만 원이라고 생각했는데 육천만 원이라고? 그래도 오백만 원이 부족하네. 집주인에게 한번 이야기해 볼게. 당신보다 말주변[88]이 더 있으니까."

웬 통장? 너무 뜻밖이다. 아내의 비자금인가? 큰돈을 어떻게 모았지? 돈 없다고 탈수기에 넣어 그렇게 쥐어짜면서? 그녀에게 미안했던 마음은 온데간데없이 사라졌다.

"처녀 때부터 가지고 있던 돈이야. 그동안 필요 없는 돈이라 말을 안 했어. 집주인한테 계약금을 미리 받을 수 있으면 좋고"

46. "좋은 게 좋은 게지"의 성격이 아닌지라 그녀의 말을 믿기는 어려웠다. 정말 그 돈이 없어서 힘들었던 날들이 많아서다. 삶의 벼랑 끝에 서서 서로의 마음을 난도질하기 전에 미리 말해줄 수는 없었는가? 벌써, 5년 전 이야기다. 아내는 볼 때마다 살이 쪄서 보기 싫다고 눈살을 찌푸렸다. 아내와 먹는 양이 그리 다르지도 않다. 따지고 보면

---

88) 말주변: 말을 이리저리 척척 둘러대는 재주.

가족 중 아내의 먹는 양을 따라갈 자는 없다. 아내는 먹는 것을 참 좋아한다. 가족 중 누군가 밥을 먹으면 식사가 끝날 때까지 옆에서 말동무 역할을 한다. 말동무뿐만 아니라 식사도 함께한다. 도대체 하루에 몇 번을 식사할까? 아내를 제외하고 누구도 이처럼 행동하지 않는다. 분명히 대식가다. 하긴 생각해 보면 아내가 언제 밥을 먹는지도 모르겠다. 아내는 항상 우리 옆에서 식사하니까.

아내는 먹는 것을 참 좋아한다.
아니다.
아내의 배려였다.

47. 엄청난 식사량을 고려하면 기초대사량이 좋은 게 분명하다. 아내는 살이 찌지 않는다. 세월의 풍을 혼자 맞아 눈에 띄게 퇴화한 나를, 아내는 이해하지 못한다. 노력의 문제라 생각해서다. 정답이 무엇이든 아내의 잔소리는 한 귀로 흘리면 된다. 하지만 여전히 아름다운 아내와 배만 볼록하게 나온 새치로 가득한 중년의 아저씨와 앙상블은 그리 반갑지 않다. 가끔 거울로 비친 두 명의 실루엣을 만나면 현실을 외면하고 싶다. 길거리를 나서면 삼촌과 조카로 오해하는 이가 더 많다. 누가 봐도 그렇다. 아내가 물리적으로 9살이나 어리고 심지어 심각하게 동안이다. 이런 오해가 처음에는 기분이 좋다. 마치 내가 능력이 좋아 보이게 느껴서다. 하지만 이런 오해를 반복하면 기분은 점점 더 더러워진다. 어리고 예쁜 아내와 함께 살지 않은 남자라면 내 기분을 모른다. 함께 있을 때조차 뭇 남성들이 다가와 아내에게 호감을 표시했다.

"혹시, 연락처 좀 알 수 있을까요?"

"죄송합니다. 옆에 있는 사람이 남편이에요."

48. 나를 빤히 바라보면서 머쓱한 표정을 지으며 떠나는 하이에나들, 그들에게 나는 처음부터 경계대상은 아니었다. 호탕하게 웃으며 아내의 미모로 일어나는 해프닝을 즐길 수는 없을까? 그런 남자가 될 수는 없을까? 될 수는 없을 것 같다. 이들의 위용[89]은 순수하다. 누군가에게 해를 끼치려는 의도는 없다. 이를 모르는 바 아니다. 하지만 과시적인 행동으로 자신의 강함을 표출하는 침팬지처럼 이들의 아름다움은 가히 위협적이고 과시적이다. 때로는 폭력적이기까지 하다. 나는 그럴 수 없어서다. 그럴 용기조차 없다. 대상을 겁내지 않는 기운을 보일 때 용기가 있다고 말한다. 하지만 대상을 겁내지 않는다고 대상의 감정을 충분히 헤아리고 있을까? 반대로 대상을 겁내면서 자신의 감정에 충실히 행동한다면 용기가 있는 사람일까?

용기 있는 자가 미인을 얻는다.

49. 이 말에 동의할 수 없다. 아내를 만나려고 세상에서 말하는 용기를 내어 본 적이 없어서다. 거짓말 같은가? 순도 100%의 솔직한 답변이다. 아내의 외모는 출중하다.[90] 사실이다. 심지어 아내는 남자의 로망인 무용과 출신이다. TV에 출연한 웬만한 여성 연예인을 보아도

---

89) 위용(偉容): 훌륭하고 뛰어난 용모나 모양.
90) 출중하다(出衆): 여러 사람 가운데서 특별히 두드러지다.

아내보다 아름답다고 생각지 않는다. 사랑의 콩깍지가 씌어서 그렇다고? 그렇지 않다. 앞서 말했지만, 아내를 만나려고 용기를 내어 본 적이 없어서다. 세상에서 말하는 사랑의 콩깍지는 처음부터 없었다. 그렇다고 능력이 좋아 돈이 많은 남자도 아니다. 알지 않은가? 아내가 그동안 말하지 않은 삼천만 원으로 이처럼 꽁한 마음을 지닌 남자다. 또한, 아내의 아름다운 외모로 많은 이가 성격까지 온화하리라 믿는 이가 많다. 연애 시절, 데이트 코스로 사주 카페를 자주 다녔다. 난 기독교인이지만, 굳이 종교 문제로 아내와 부딪치고 싶지 않았다. 그리고 사주는 어느 정도 일리가 있는 통계 자료라 생각한다.

"여자 친구가 참 인상이 좋네. 사주를 보니까 여자 친구는 나무가 많아. 자네는 불이 많고. 이런 조합을 목생화라 하는데, 여자 친구의 나무가 자네의 불을 활활 타오르게 할 거야. 나무와 불은 궁합이 아주 좋아. 다만, 여자 친구 마음고생이 심하겠어. 자네, 늘 감사한 마음으로 살아. 복이 많은 거야. 자네는."

50. 사주 카페에서 항상 듣던 소리다. 그래, 누가 봐도 내가 복이 많은 놈은 맞다. 이렇게 아름다운 여인의 옆자리를 노력하지 않고 얻었으니. 더군다나 사주까지 내게 도움이 되는 여자다. 주위에서 보면 전생에 나라를 구했다고 생각하지 않을까? 이쯤 되면 가스라이팅[91]으로 아내를 조종한 게 아닐까 의심할 만하다. 절대로 그렇지 않다. 가정에서 눈치를 보는 사람은 아내가 아니라 나다. 아내는 불이고 난 불 속

---

91) 가스라이팅: 상대방의 자기 의심으로 판단력을 잃게 해 상대방에게 지배력을 행사해 상황을 조작 또는 몰아가는 행위.

에 갇힌 양에 불과하다. 아내가 화를 내기 시작하면 주위의 모든 것을 다 태우기 전에는 멈추지 않는다. 불이다. 모든 것을 다 삼키려는 불. 양은 온순한 외모와 달리 공격성을 지녀 화가 나면 이곳저곳 들이받는다. 양의 공격성도 불 앞에서는 초라하다. 나는 정말 무섭다. 이런 내가 무슨 가스라이팅을 할 수 있겠는가?

아내가 날 선택했을 뿐이다.
사냥감을 정하듯.
나는 아내가 무섭다.

51. 아내와 상의 없이 자전거를 구매했다. 외적으로 아내와 어울리는 남자가 되고 싶다는 고상한 핑계였다. 사실, 자전거를 구매한 이유는 잃어버린 자아를 찾기 위한 공간의 투쟁이다. 특히, 공간의 경계는 내게 중요하다. 공간 안에 무엇이 놓였느냐에 따라서 역할을 달리한다. 거실 벽면에 설치한, 큰마음먹고 구매한 검은색 와이드 뷰 4K UHD TV를 즐기는 아내에게 거실은 영화관이다. 갈색 천연 면피로 제작해 우월한 착석감을 느낄 수 있는, 벽걸이 TV 맞은편에 있는 4인용 소가죽 소파에 누워 단잠을 즐기는 내게 거실은 침실이다. 거실 베란다 쪽에 아이들 안전을 고려해 미끄럼 방지 계단과 모서리를 라운드 처리한 분홍색 미끄럼틀을 즐기는 둘째 녀석에게 거실은 놀이터다. 벽걸이 TV와 소파 사이에 놓인 두께가 있는데도 섬세한 곡선 처리가 일품인 흰색 월넛목 테이블에 문제집을 펼쳐 놓고 공부하는 첫째 녀석에게 거실은 공부방이다.

물건과 사람에 따라서
같은 공간의
쓰임은 다르다.

52. 이처럼 눈을 감고도 물건의 위치를 꿰뚫고 있는 거실 공간이 정전으로 경계가 사라진 적이 있었다. 눈을 감고도 물건의 위치를 파악해 움직일 수 있다는 생각은 착각이었다. 소파에서 일어나 몇 발자국을 떼자마자 월넛목 테이블에 정강이를 부딪쳐 한 다리로 껑충껑충 뛰다가 첫째 아이 필통을 발로 밟았다. 정강이와 발바닥의 아픔보다 정전으로 어색해진 거실 바닥에 넘어질 수 있다는 두려움이 더 컸다. 이제는 거실 바닥에 무엇이 있는지도 거실에 무엇이 놓여 있는지도 혼란스러웠다. 넘어지려는 찰나에 반사 신경으로 손을 뻗었다. 넘어지지 않으려 무언가를 잡았다. 잡지 말아야 했었다. 아직 할부도 끝나지 않은 벽걸이 TV는 나와 함께 그대로 거실 바닥에 대자로 누웠다. 정전으로 익숙한 모든 경계가 무너졌다. 정강이 통증으로 오른쪽 다리가 욱신거린다. 다리가 뻣뻣한 느낌이다. 부러진 건가? 발가락을 움직여 보았다. 다행히 움직인다. 감각도 살아 있다. 골절은 아닌 듯하다. 모든 조건은 그대로인데, 빛이 사라졌다는 이유로 처음 느끼는 쓸쓸함과 외로움은 익숙한 공간을 채워 간다. 그렇게 어둑한 공간에 부서진 TV를 벗 삼아 한동안 누워 있었다. 의지와 무관한 콧노래를 시작한다. 의지와 무관한 눈물이 흐르기 시작한다. 통제할 수 없는 감정의 원인을 정강이 통증이라 애써 외면했다. 콧노래를 듣고 있는 귀가 흠칫 놀랐다. 잊고 있던 멜로디여서다. 조용필 선생님이 부른 〈바람의 노래〉였다. 애써 누른 감정이 터졌다. 울음이 멈추지 않는다. 꽉

곽한 삶을 위로받고 싶었나 보다. 힘들다고 말하고 싶었나 보다. 나
좀 봐달라고 이야기하고 싶었나 보다.

나의 작은 지혜로는 알 수가 없네.
내가 아는 건 살아가는 방법뿐이야.
보다 많은 실패와 고뇌의 시간이
비켜 갈 수 없다는 걸 우린 깨달았네.[92]

외톨이로는 만들지 말아 줘.

53. 어두고 깊은 수렁의 끝에, 나를 모른 척했던 내가 서 있다. 아버
지로서, 남편으로서, 선생으로서 살아가는 타인을 위한 인격체가 아
닌 올곧은 내가 그곳에 서 있다. 물리적으로 눈의 기능을 사라지게 하
니 비로소 나를 만날 수 있다. 오히려 비교할 게 사라지니 마음이 편
하다. 그래, 이런 공간을 항상 원했다. 올곧이 나와 대화할 수 있는 사
적인 장소. 거실에 불이 들어왔다. 거실은 그야말로 난장판이다. 첫
째 아이의 필통은 심하게 찌그러져 있고 벽걸이 TV의 액정 패널은 심
하게 파손되었다. 정강이는 심하게 부어올랐지만, 골절은 아닌 듯하
다. 불이 들어오니 다시 아버지로서, 남편으로서 이 상황을 어떻게 해
결해야 할지 고민뿐이다. 베란다 창문으로 다리를 절뚝거리며 거실
을 치우는 나를 만난다. 어느새 이렇게나 늙었던가? 배는 왜 이렇게
나왔는데? 창문에 비친 희미한 모습에도 한눈에 주변머리가 없어 보
인다. 주변머리가 이렇게나 사라졌던가? 사라진 머리카락만큼 소갈

92) 김순곤, 『바람의 노래』, 1997.

머리93)가 없는 사람이 되어 간다. 학원을 마치고 귀가한 첫째 아이는 찌그러진 필통을 부여잡고 고래고래 소리를 지른다. 버르장머리 없는 놈. 아내가 너무 애지중지94) 키웠다. 아버지가 다친 게 눈에 보이지 않느냐? 그깟 필통이 뭐라고? 자기 물건부터 눈에 들어오는 이 녀석은 따끔하게 혼나야 한다. 내가 물건보다 못한 존재란 말인가? 서러운 감정이 복받치니 돌아가신 아버지의 말씀이 떠오른다.

"왜? 내가 그리도 못마땅하냐?
네놈도 너와 똑 닮은 놈을 낳아 키우면
그때는 이 아비를 이해할 거다. 못난 놈."

54. 아내가 들어왔다. 이 시간까지 무엇을 하는지 알 수 없는 아내다. 요즘 유독 외출이 잦다. 요즘 유독 짜증 섞인 목소리로 화를 잘 낸다. 물어보기도 겁난다. 아내는 엉망이 된 거실과 내 몰골95)을 번갈아 본 후 한심한 듯 고개를 저으며 안방으로 들어갔다. 정강이가 너무 부어올라 움직이지도 못하겠는데, 엄청난 굉음96)에 놀라서 잠에서 깬 둘째를 업고, 아수라장으로 변한 거실을 혼자서 힘겹게 치우는 배불뚝이 대머리 아저씨가 되니까 알겠다.

아버지는 항상 외로웠다.
지금의 나처럼.

---

93) 소갈머리: 마음이나 속생각. 또는 마음 씀씀이.
94) 애지중지(愛之重之): 매우 사랑하고 귀중히 여김.
95) 몰골: 볼품없는 모양새.
96) 굉음(轟音): 크게 울리는 소리.

살아 계실 때

아버지에게 한 번쯤은 물었어야 했다.

"아버지, 괜찮으세요?"

"아버지, 힘들지 않으세요?"

내가 밤을 새우니

지붕 위에 외로운 참새 같으니이다.[97]

55. 정전사건 이후로 공간의 위로라 믿었던 집은 낯설다. 올곧이 나를 만날 수 있는 진심의 공간이 필요하다. 무작정 밖으로 나갔다. 탁 트인 강턱에서 불어오는 시원한 바람이 나를 부른다. 바람이 이끄는 곳으로 향했다. 눈치 보지 않고 숨을 쉬고 싶다. 그게 어디든 집보다는 편하지 않을까? 주변머리가 없는 배불뚝이 아저씨가 하나둘 보인다. 삼삼오오 모여 있다. 이들도 나처럼 집이 불편했을까? 그 공간에 들어가 그들 중 하나로 비치고 싶지는 않았다. 멀리서 보아도 그들의 모습은 볼품이 없다. 나는 그 정도까지는 아니라고 애써 위로한다. 참 모순적인 삶이다. 안 그런가? 그래도 그들 중 하나로 비치고 싶지는 않다. 확증편향 놀이에 푹 빠진 내 옆을 무언가 쏜살같이 지나간다. 그 물체를 한동안 바라본다. 자전거다. 공간은 그동안 정적이라고 생각했다. 공간은 스스로 움직일 수 없으니 내가 움직여 원하는 곳을 찾아가야 한다고 믿었다. 아니다, 공간도 움직일 수 있다. 생각해 보니까 공간의 위로와 진심의 공간을 동시에 만족하게 하는 물건이 있다.

---

97) 대한성서공회, 『개역개정 뱁티스트 성경전서』, (주)한일문화사, 2016, 시편 102편 7절.

자동차가 그렇다. 그 어떤 새로운 곳도 자동차 안이라면 나만의 공간이다. 그리고 지금 바라보는 자전거 역시 비슷한 역할을 한다. 더군다나 하체를 단련하는 운동 기능까지 있다. 다음 날 약 30만 원 상당의 자전거를 아내와 상의 없이 구매했다.

아내에게 일 년 치 욕을 한꺼번에 먹었다.
다음 날 바로 환불했다.
자전거를 구매한 일이 이렇게 욕먹을 일인가?
30만 원도 마음대로 쓸 수 없었다.

내가 주 예수 안에서 알고 확신하는 것은
무엇이든지 스스로 속된 것이 없으되
다만 속되게 여기는 그 사람에게는 속되니라.[98]

56. 그래서 아내의 삼천만 원이 이해가 가지 않는다. 차라리 그동안 빠듯한 살림에 생활비를 조금씩 떼어 모은 돈이라면 미안한 마음에 절이라도 할 판이다. 자전거를 샀다고 생각 없이 사는 남편으로 몰아갔다. 고작 30만 원이었다. 그리고 그 소비가 처음이자 마지막으로 나를 위해 소비한 돈이었다. 나를 위해 그 정도도 쓰지 못하는가? 더군다나, 서울로 이사 갈 때조차 삼천만 원을 이야기하지 않았다. 당시에 서울로 이사하기에는 자금이 넉넉지 않았다. 그리고 프리랜서 강사였기에 신용도 좋지 않았다. 이자율이 낮은 은행을 찾으러 수많은

---

98) 대한성서공회, 『개역개정 뱁티스트 성경전서』 (주)한일문화사, 2016, 로마서 14장 14절.

험지[99]를 누비며 고생한 것을 뻔히 알았으면서도, 자그마치 15년을, 15년 동안 말하지 않은 숨겨진 돈이라니, 무슨 생각이었을까? 비자금 한 푼 모으지 못한 채 아내에게 월급 모두를 건넨 자신이 초라한 오늘이다.

"이렇게 큰돈을? 당신 때문에 힘이 된다. 고마워."

57. 화가 나는 것과 별개다. 굳이 긁어 부스럼 만들 이유는 없지 않은가? 아내는 분명히 뜻밖의 선물을 주었다. 남은 오백만 원 정도는 우현과 효상이에게 빌리면 된다. 주인집에 아쉬운 소리를 하지 않는 게 어디인가? 분명히 고마워해야 하는데 고맙지가 않다. 배신한 게 아닌데도 배신당한 기분이다. 공중화장실에서 옆 칸에 있는 사람에게 휴지를 달라고 부탁했는데, 이면지[100]를 건네받은 상황이다. 분명히 고마운데, 찝찝하며 놀림당한 기분. 그래 이 기분이다. 고맙다고 해야 하나? 화를 내야 하나? 사람은 참 간사한 동물이 아닌가? 아내가 통장을 무심하게 방바닥에 툭 던지기 전까지, 그동안의 잘못을 깨닫고 그녀를 다시 사랑하기로 다짐했던 터다. 우현과 효상이가 이런 나를 보면 얼마나 비웃을까? 우현과 효상이 앞에서는 누구보다 비평적이고 계산적이며 냉철한 사람처럼 행동하는데 사실 이렇거나 감정적인 찐따[101]다.

---

99)   험지(險地): 험난한 땅. 또는, 그러한 곳.
100)   이면지(裏面紙): 한쪽 면은 사용되었으나 다른 한쪽은 사용되지 않은 종이.
101)   찐따는 '어수룩한 사람', '찌질한 사람', '어울리지 못하는 사람'을 뜻하는 비속어다.

시간과 공간의 뒤틀림을 견디지 못해
다른 인생을 선택하는 수많은 이를 목격한다.

사회 구성원으로서
버티는 게 더 힘들까?
연기하는 게 더 힘들까?

아니면
혼자인 게 더 힘들까?
몹쓸 병에 걸린 것 같다.

58. 육천만 원을 마련해 계약금을 치렀다. 한고비 넘겼다. 현재 전세금으로 근처로 이사하는 게 가능할까 싶었다. 인생이라는 게 그렇다. 시동이 꺼지지 않는 한, 깊은 수렁이나 경사가 너무나 높지 않은 곳이라면 어디든 간다. 아니다. 그렇지 않다. 오늘은 발을 디딘 장소가 깊은 수렁이라 느꼈다. 오늘은 손을 뻗어 오르려는 곳이 경사가 너무 높다고 느꼈다. 오늘을 버티면 좋아질까? 다가올 오늘은 수월할까? 그렇게 오늘만 살아왔다. 더는 꿈을 꿀 수 있는 나이가 아니다. 더는 나로 살아갈 수 있는 나이도 아니다. 열심히 움직이고는 있는데 도대체 어디로 가는지를 모르겠다. 그래도 말이다, 신기한 게 꾸역꾸역 또 돌아간다. 죽을 것같이 힘든 시간도 지나고 나면 별거 없다. 더군다나 추억까지 생긴다. 당시는 절대로 웃을 수 없었던 시간을 회상하며 웃고 있는 나를 발견한다. 드라마나 영화의 단골 소재[102]가 있다.

---

102) 예술 작품의 바탕이 되는 재료.

만약에 그동안 얻은 지식을 온전히 지닌 채 과거로 돌아가면 현재와 다르게 살 수 있을까? 그때보다 더 잘해 낼 수 있을까? 어느 때로 돌아가고 싶을까? 질문의 방향이 틀렸다. 이렇게 묻고 싶다.

과거로 돌아가면
부자로 살 수 있을까?

59. 인생에서 후회하는 게 있다면, 내일을 살아 보는 거다. 항상 오늘만 어떻게든 넘기려고 행동하니 내일을 맛보는 기분은 무엇인지 모르겠다. 오늘의 맛은 떫은 감 맛이다. 배고파서 허겁지겁 눈앞에 놓인 떫은 감을 먹는다. 그래서 통증, 속 쓰림, 메스꺼움 때로는 구토로 이어지는 소화불량의 인생이다. 내일을 기다렸다면, 떫은 감은 입안에 달콤함을 가득 채우는 홍시로 변했을까? 내일을 기다린 적은 없으니 알 수는 없다. 떫은 감조차 인생에서 사라질지 모른다는 불안감에 선택의 여지가 없었다. 그렇기에 오늘도 열심히 떫은 감을 먹는다. 축적된 지식을 지니고 과거로 돌아가면 난 홍시를 먹을 수 있을까? 장자의 잡편 중 제23편의 경상초 내용이 떠오른다.

知止乎其所不能知(지지호기소불능지), 至矣(지의)

지혜가 있어도 알지 못하는 것을
아는 것이 지극한 앎이니,

若有不即是者(약유부즉시자), 天鈞敗之(천균패지)

만약 이를 따르지 않으면,
자연의 균형은 무너질 것이다.[103]

60. 장자의 말씀처럼 미래의 지식을 지닌 채 과거로 돌아가 새로운 삶을 꾸는 것 자체가 이미 자연의 균형을 무너뜨리는 행위이다. 알지 못하는 것을 부끄러워 말고 스스로 한계를 인정할 때 행복한 삶은 비로소 다가온다고 학생들에게 수십 번 말했다. 하지만 정작 나는 떫은 감을 먹을 수 있다는 감사함보다 먹을 수 없는 홍시를 그리워하면서 지금까지 살아왔다. 어쩌면 홍시를 먹을 수 있다는 기대감으로 오늘을 버티며 살았는지도 모르겠다. 이율배반적인[104] 삶이다. 효상이와 우현 그리고 학생들에게 귀가 닳도록 강조한 말을 기억하는가?

"내일 죽을 확률보다 10년을 더 살 확률이 통계적으로 훨씬 높아. 10년 후, 미래의 너에게 미안할 행동을 오늘 하지 말아라."

61. 솔직히 부끄럽다. 난 위선자다. 주위 사람에게 다가올 미래를 상상하여 오늘을 살아가라 강조했지만, 정작 나는 내일을 그리며 살지 않았다. 지금도 그렇다. 결혼한 이후로 무엇이 나를 위한 내일인지 알 수 없어서다. 행복한 가정을 꾸리는 게 잘 살고 있다는 위안이라 생각했다. 지금도 그렇다. 답도 없는 수많은 상념[105]이 장자가 말씀하는 자연의 균형일지도 모르겠다.

---

103) 차경남, 『초월하라 자유에 이를 때까지』, 미다스북스, 2012, p73.
104) 이율배반(二律背反): 서로 모순되는 두 개의 명제가 동등한 권리로서 주장되는 일.
105) 상념(想念): 마음속에 품은 여러 가지 생각.

적막함을 찢을 뱃고동 소리가 가득하여 이 집이 시끄러웠으면 한다. 내게 말을 걸지 않아도 된다. 눈빛을 맞추어 웃어 주지 않아도 된다. 아이와 아내의 체취가 섞여 내 코를 자극한다면 그것으로 잘살고 있다는 위안을 받는다.

하지만, 그 위안은,
어쩌면 나를 포기한 작은 선물일지도,
처음부터 난 외톨이였다.

누군가는 이렇게 말한다.
살아 보니까 인생은 어떻게든 굴러간다고,
그러니 아등바등[106] 살아갈 필요가 없다고.

누군가는 이렇게 말한다.
살아 보니까 계획해 살아간다고,
행복을 보장하지 않는다고,
그러니 아등바등 살아갈 필요가 없다고.

누군가는 이렇게 말한다.
살아 보니까 배운 사람이나 못 배운 사람이나
모든 이에게 주어진 시간은 같다고,
그러니 아등바등 살아갈 필요가 없다고.

---

106) 아등바등: 몹시 악지스럽게 애를 쓰거나 우겨 대는 모양.

살아 보니까, 살아 보니까, 살아 보니까,
그러니 아등바등 살아갈 필요가 없다고.

그거 아는가?
이렇게 말하는 이는
항상 과거를 그리워한다.
항상 과거로 돌아가고 싶어 한다.

아무래도 난
과거로 다시 돌아가도
부자는 될 수 없을 것 같다.

그래서 난 말이다.
절대로 과거로 돌아가고 싶지 않다.

62. 나머지 잔금을 치른 후 새 둥지로 이주했다. 벌써 5개월이 지났다. 보통 이사하면 우현과 효상이를 불러서 집들이한다. 꼭 집들이가 아니더라도 특별한 날이면 우현과 효상이를 불러서 축하하는 게 우리 집의 문화라면 문화다. 아내가 효상이와 우현을 싫어하지 않는 눈치다. 이게 참 나로서는 신기한 노릇이다. 다른 동료는 다양한 이유로 탐탁지 않아 한다. 그 다양한 이유를 우현과 효상이만 비켜 간다. 정말로 이상한 현상이지만 딱히 설명할 길은 없다. 효상이와 우현은 아내에게 없는 사람이다. 아니, 그렇게 취급한다고. 워낙 친해서 그런가? 그 이유가 무엇이든, 아내의 눈치를 보지 않고 마음껏 술을 먹고

싶을 때는 효상이와 우현을 초대했다. 하지만, 이번에는 효상이와 우현에게 아무 말 하지 않았다. 전입신고도 못 하는 상황이고 이중계약서를 쓴 상태라, 이런 상황을 우현과 효상이에게 말하고 싶지 않다. 술만 들어가면 삼킬 말은 내뱉고, 내뱉고 싶은 말을 삼키는 청개구리 술버릇도 한몫한다.

63. 나도 안다. 주위 사람이 뒤에서 나를 '두리안'이라고 부르는 것을. 두리안의 역한 냄새를 나도 싫어한다. 효상이가 몇 번 권하기는 했다. 역한 냄새를 참으며 먹고 싶지는 않았다. 그래서 과일의 왕이라고 불리는 두리안의 맛을 아직도 모른다. 도대체 나를 왜 두리안이라고 부를까? 분명히 칭찬은 아니다. 눈치 보지 않고 직설적으로 말해서? 솔직히 억울하다. 누구보다 상대방의 눈치를 본다. 상대방을 배려해 말하는 게 정확한 팩트다. 우현은 워낙 열린 마음으로 상황을 바라보는지라 말투에 대해서 언질[107]을 준 적이 없다. 효상이는 다르다. 말투의 변화가 필요하다고 몇 번이나 걱정스럽게 언질 줬다. 탁자에 놓인 스투키처럼 조용하게 살고 싶다는 효상이가 가끔 단호히 내 말투에 관해서 이야기하면 적잖게 놀란다.

64. 사회에서 만난 친구라지만 효상이는 동생이다. 너무 꼰대 같은가? 그래도 어쩔 수 없다. 마음을 몰라주는 효상이에게 기분이 나쁠 때도 있다. 형한테 건방지게 떠들지 말라고 호통을 치고 싶지만 그럴 수는 없다. 효상이까지 잃으면 주위에 아무도 없어서다. 우현은 효상이에게 딸려온 덤 같은 친구다. 그런 인간들 있지 않은가?

---

107) 언질: 나중에 꼬투리나 증거가 될 말. 또는 앞으로 어찌할 것이라는 말.

가난하지도 않으면서
가난한 사람의 마음을 이해한다고 말하고.

부자를 싫어하면서
간절히 부자가 되고 싶어 하고.

싸구려 자존심을 지키려고
상대방의 장점을 보지 않고.

항상 쿨한 척하지만,
질투로 가득한 자신을 인정하지 않고.

정체성도 없으면서
허구한 날 트렌드 타령이나 하고.

어설프게 책 몇 권 읽고
세상을 다 아는 척 까불고.

매스 미디어에서 떠드는 잡소리를
자기의 의견인 양 떠들어대고.

상황에 따라서
좋아하는 게 싫어지거나
싫어하는 게 좋아지고.

성공의 기준을

재산의 유무로 파악하는

그런 유형의 인간.

그게 딱 우현의 유형이다. 그런 친구가 어떻게 효상이 옆에 있는지 알 수는 없다. 우현은 사람이 전부인 척하는 전형적인 내로남불형[108] 인간이다. 미안한 이야기지만, 난 우현을 혐오한다.

65. 물론 한 번도 속내를 우현과 효상이에게 보여 준 적은 없다. 효상이 때문이다. 그래서 좀 억울하다. 두리안으로 뒤에서 불리며 폭탄 취급당하는 게 억울하다. 싫어하는 대부분 상황을 참기에 그렇다. 정말 많이 참는다. 하고 싶은 말 중 백 분의 일도 안 한다. 직설적으로 의견을 표출하는 인간은 더더욱 아니다. 더군다나 행동과 말투에 도덕적으로 문제가 있다고 생각조차 안 한다. 그런데도 두리안으로 불리는 이유는 무엇일까? 도대체 직설적으로 말하는 기준은 무엇인가? 사람과 대화할 때 기준은 있다. 그게 다른 이와는 다르다. 말을 꺼내기 전에 대화의 주체를 선택한다. 예를 들면, 효상이와 대화한다고 효상이를 항상 대화의 주체로 생각하지는 않는다. B(효상)와 대화하지만 실제로는 C(우현)에게 말하고 싶은 이야기. C(우현)가 상처받을까, 이해 못 할까 봐 조심스럽게 우회적으로 전하는 방식. 다들 이런 경험이 있다고 생각한다. C(우현)가 싫다고 함부로 대하면 B(효상)에게도 함부로 대한다고 믿어서다. 물론, C(우현)는 여전히 의도를 알아

---

108) '내가 하면 로맨스, 남이 하면 불륜'이라는 뜻으로, 남이 할 때는 비난하던 행위를 자신 이 할 때는 합리화하는 태도를 이르는 말. [출처: 네이버 국어사전]

채지 못한다. 처음에는 이런 부분이 참 답답했다. 아무리 말해도 모르니까 말이다.

직접 말해야 할까?
그것은 싫다.
내키지 않는다.

가족이 아니라면
감정을 소비하면서
대화를 섞고 싶지 않다.

선을 넘으면
나도 참기 힘들어.

66. 감정을 소비해 대화하는 게 나로서는 힘들다. 효상이를 만나기 전, 누구보다 감정을 소비해 지인의 최선을 생각했다. 열정적으로 최선을 다해 인간관계에 참여했다. 최선이라는 단어를 적어도 입으로 내뱉으려면, 적어도 공감을 넘어서 가고자 하는 방향이 바른 지를 함께 고민해야 한다고 믿는다.

인생의 방향은 정답이 없다고
많은 이가 말한다.

인생의 방향은 다름만 존재한다고

많은 이가 말한다.

이게 무슨 귀신 싯나락 까먹는 소리[109]인가?

정답은 없고 다름만 존재한다면,
모든 결과는 요행[110]에 불과하다.

결과의 과정 자체가 없어서다.

그렇다면 인생에서 이루어진 희로애락[111]이 뜻밖에 얻는 행운이라는 말인가? 발자취는 분명히 있는데, 그것을 행운이라고 말할 수 있을까? 행운의 반대말은 불운이다. 행운과 불운은 과정이 없을 때만 일어난다. 과정이 있다면, 이는 성공과 실패로 불려야 한다. 정당하게 노력해서 얻는 대가이다.

어느 순간인가부터
사람은 행운과 불운으로
인생의 결과를 논하려 한다.

하루살이 인생이다.

---

109) 분명하지 아니하게 우물우물 말하는 소리를 비유적으로 이를 때 쓰거나, 조용하게 몇 사람이 수군거리는 소리를 비꼬는 경우, 또는 이치에 닿지 않는 엉뚱하고 쓸데없는 말을 이를 때 쓰는 속담. [출처: 국립국어원]
110) 요행(僥倖): 우연히 이루어져 다행인 것, 뜻밖에 얻는 행운.
111) 희로애락(喜怒哀樂): 기쁨과 노여움과 슬픔과 즐거움.

난 빠지련다.

밖에서 누군가 현관문을 두드린다.

"안효상 씨 계십니까?"

잘못 들었나? 효상이를 왜 여기서 찾지? 이제 귀까지 이상하다.

"무슨 일 때문에 그러시죠?"

"우체국입니다. 본인이세요? 내용증명입니다. 여기에 서명하세요."

흑화

1. 승기는 놀이터 그네에 앉아서 왼쪽 주머니에서 담뱃갑을 꺼낸다. 하지만 담배가 더는 없다. 땅바닥에 떨어진 장초를 찾아 다시 불을 붙인다. 승기는 담배를 끊은 지 20년이 넘었다. 무엇이 승기를 그렇게 힘들게 한 건가? 승기에게는 일어나지 않을 것 같았던 평범한 이야기를 들었다. 너무나 평범해서 믿을 수 없다. 이미 충분히 놀랐다. 카랑카랑하고 짱짱하게 보였던 승기가 이리도 외롭게 살았는지 전혀 눈치채지 못했다. 냉철한 이성을 자랑하는 승기도 감정을 지닌 사람이었다. 이렇게나 감정적인 사람이었던가? 조금은 실망스럽다. 다른 사람은 몰라도 승기는 끝까지 로봇이기를 바랐다. 설명하기 힘든 감정이다. 그 감정을 들키고 싶지는 않다. 그리고 아직 승기의 이야기는 끝나지 않았다.

"승기야, 이렇게 외롭고 힘들었는데, 평소에 왜 이야기하지 않았어? 섭섭하네. 그래서 도대체 무슨 일이 벌어진 거야? 이사한 지 벌써 10개월이나 됐어? 더는 숨기지 마. 응?"

"효상아, 내용증명을 받다니……. 믿을 수가 없다. 어떻게 내게 이런 일이 벌어질까? 그게 말이다, 그게……."

2. 승기의 손은 떨린다. 입술도 파랗다. 다른 사람한테는 일어날 법한 일이 승기에게 일어나서다. 승기조차 이 상황을 받아들이기 어려운 것 같다. 담배 연기를 길게 내뿜는다. 땅바닥에 떨어진 꽁초의 연기라서 그럴까? 가로등 불빛의 조명에 갇혀 균형을 잃은 담배 연기가 현재 승기의 처지를 대변한다.

그렇게 승기는 대화의 물꼬를 다시 텄다.

* * *

3. 내용증명? 내게? 누구지? 발신인[112] 이름을 보니 집주인이다. 집주인이 왜? 갑자기 심장이 뛰기 시작했다. 내용증명이 좋은 내용일 리가 없지 않은가? 서둘러 뜯어보았다.

1. 본인은 대박 부동산에 대하여 보증금 이천만 원에 월 임대료 이백만 원에 임대차기간을 2022.05.30.부터 1년간으로 하는 임대차 계약을 체결했습니다.

2. 수신인은 2022.07월분부터 3기 이상의 임대료 연체로 본 내용증명을 통하여 신속한 지급을 촉구합니다.

---

112)   발신인(發信人): 소식이나 우편, 전신 따위를 보낸 사람. 발신자.

3. 귀하께서 신속히 차임 지급요청을 거부하면 본인은 계약 해지를 통보한 후 관련한 법적 조치를 이행할 예정입니다.

4. 잘못 읽었나? 임대료 연체? 보증금 이천만 원? 임대료 이백만 원? 도대체 내용증명에 쓰인 글씨가 한글인가? 읽어도 알 수 없는 내용이다. 이성은 정신을 붙잡고 냉정하게 현실을 파악하라고 지시한다. 머리를 한 방 쥐어박았다. 그리고 뺨을 올려붙였다. 마음이 안정된 듯하다. 내용증명을 꼼꼼히 다시 읽었다. 아무래도 집주인이 다른 세입자와 착각한 게 분명하다. 월세 계약이라니? 난 전세 계약을 했는데? 분명히 착각한 게 틀림없다. 별일 아니다. 그래, 별일 아니다. 부동산에 전화하면 해결될 간단한 문제이다. 어랏? 몸이 이상하다. 현기증으로 초점은 흔들린다. 눈앞에 놓인 모든 사물이 흐릿하게 보인다. 어지럽다. 주위가 빙빙 돌아간다. 속도 울렁거린다. 다리에 힘도 풀린다. 금방이라도 쓰러질 것 같다. 의자에 잠시 몸을 의지했다. 몸은 이미 반응한다. 무언가 잘못되었다고.

Bodies never lie. -Agnes de Mille-
몸은 거짓말을 하지 않는다. -아그네스 드 밀-

5. 아내에게 이야기해야 할까? 아니다. 당분간 내용증명은 이야기하지 않는 게 좋다. 부동산에 전화하면 해결될 일이다. 긁어 부스럼 만들 이유가 없다. 부동산이 전화를 받지 않는다. 한 시간 후 다시 했지만, 전화를 받지 않는다. 오후 7시다. 너무 늦은 시간에 전화한 것 같다. 내일 아침에 다시 전화해야겠다. 조금은 불안했다. 하지만 별일

아니다. 스마트폰으로 나와 비슷한 상황이 있는지 검색했다.

  내용증명이 잘못 날라온 경우
  내용증명이 문제가 있을 때
  내용증명이 잘못되었을 때

  6. 아무리 찾아도 수신인을 착각해 내용증명을 보낸 사례를 찾을 수 없다. 비슷한 피해를 겪은 사람이 이토록 없단 말인가? 그나마 불행 중 다행인가? 내용증명은 법적 효력이 없다고 한다. 무슨 소리인가? 내 경우는 다르다. 법적 효력을 다툴 이유조차 없다. 그나저나 집주인에게 바로 전화해 항의하려고 했는데, 그러지 말라고 한다. 법적소송에 휘말리면 불리한 진술을 녹취당할 수 있어서다. 오히려 검색한 게 실수다. 머리가 더 복잡해졌다. 정말로 수신인을 착각해 보낸경우가 없을까? 불안하다. 불안해 미치겠다. 그래, 일단 사실 확인부터가 먼저다. 내일 아침에 부동산에 통화 후 다음을 생각하자.

  "지금 거신 전화는 고객의 요청으로 당분간 착신이 정지되어 있습니다."

  7. 부동산 중개업자가 전화를 받지 않는다. 몇 번을 해도 수화기 너머로 친숙한 여성의 목소리가 나를 불안하게 한다. 전화번호가 바뀔수도 있는 것 아닌가? 굳이 애써 스스로 지옥으로 걸어갈 이유는 없다. 엄마가 보고 싶다. 유년 시절, 오락실을 포기하고 엄마 손을 붙잡고 교회에 끌려갔다. 목사님은 정말로 영화 〈해리 포터〉에 등장하는 덤블도어 교수였다. 어찌 그리 내 마음을 아는지, 때로는 너무나 뜨끔

해 무섭기까지 했다. 목사님 설교가 떠오른다.

만일 네 손이 너를 범죄케 하거든 찍어 버리라. 불구자로 영생에 들어가는 것이 두 손을 가지고 지옥 꺼지지 않는 불에 들어가는 것보다 나으리라.[113]

만일 네 발이 너를 범죄케 하거든 찍어 버리라. 절뚝발이로 영생에 들어가는 것이 두 발을 가지고 지옥에 던지우는 것보다 나으리라.[114]

만일 네 눈이 너를 범죄케 하거든 빼어버리라. 한 눈으로 하나님의 나라에 들어가는 것이 두 눈을 가지고 지옥에 던지우는 것보다 나으리라.[115]

'다시는 주일에 오락실 가지 않을게요.'

8. 그래, 이곳은 지옥일 리가 없다. 나의 기우[116]일 뿐이다. 아무래도 반차[117]를 써 부동산에 직접 가야겠다. 그래, 모든 게 내 기우일 뿐이다. 버스 안에서 중개업자에게 다시 전화를 걸었다. 전화를 받지 않는다. 아니, 정확하게 말하면, 더는 이 번호를 누구도 수신하지 않는다. 제품을 판매하는 것도 중요하지만 재구매를 위한 사후관리가 또한 중요하다. 고객은 돌고 돌아서다. 그런데도 고객과 상의 없이 전화

---

113) 대한성서공회, 『개역개정 뱁티스트 성경전서』 (주)한일문화사, 2016, 마가복음 9장 43절.
114) 대한성서공회, 『개역개정 뱁티스트 성경전서』 (주)한일문화사, 2016, 마가복음 9장 45절.
115) 대한성서공회, 『개역개정 뱁티스트 성경전서』 (주)한일문화사, 2016, 마가복음 9장 47절.
116) 기우(杞憂): 쓸데없는 걱정.
117) 오전이나 오후 동안 주어지는 휴가.

번호를 바꾸다니…… 무례하다. 이런 식으로 영업하면 고객의 신뢰를 잃는다. 어쨌든 어려운 상황에 날 도와준 업자다. 이따가 도착하면 따뜻하게 한마디 해야겠다. 아무 일도 아니다. 단지 사소한 오해로 일어난 해프닝이다. 사람은 얼굴에 살아온 발자취가 쓰여 있다고 한다. 이마의 짙은 주름과 각진 눈썹으로 연륜과 다부짐을 느낄 수 있는 중개업자의 얼굴이 떠오른다. 시원스러운 너털웃음을 지닌 그는 누가 보아도 신뢰감이 느껴지는 사람이다. 그래, 전화번호를 바꾼 이유가 있겠지. 버스가 너무나 느리다. 차가 막히지도 않는데 이리로 거북이처럼 움직이는 이유가 무엇인가? 오늘따라 정류장마다 정차하는 시간이 길다. 아니다, 신호등의 빨간불이 오늘따라 꺼지지 않는다. 부동산에 도착하면 중개업자는 사소한 오해라 말하며 커피믹스를 내게 타 줄 거다. 달콤한 커피가 너무나 마시고 싶다. 기사님, 제발 속도 좀 내주세요. 급합니다. 급하다고요.

부동산 문은 굳게 닫혔다.
내 마음도 굳게 닫혔다.

9. 문 앞에 쌓인 지로용지 더미가 눈에 처음으로 띈다. 각종 광고 전단이 출입문에 덕지덕지 붙어 있다. 오랫동안 영업을 하지 않은 것 같다. 틈틈이 업자와 통화를 해야 했을까? 사실, 부동산 중개업자와 다시 통화할 일이 있겠는가? 정말 없지 않은가? 이사한 후 중개료를 업자에게 보내면 그것으로 만남은 종료다. 집주인은 해외에 있어서 통화하기 힘들다. 계약서에 적힌 집주인 자녀에게 전화를 걸었다. 한순간도 기대하기 싫은 익숙한 목소리를 또 듣는다. 어쩌면 전화번호를

착각했을지도 모른다. 스마트폰으로 찍은 계약서 사진을 확대해 확인했다. 번호를 잘못 누르지는 않았다. 중개업자 번호로 전화해도, 집주인 자녀 번호로 전화해도, 어떻게 같은 여자가 전화를 받을까? 도깨비에게 홀린 건가?

"지금 거신 전화는 고객의 요청으로 당분간 착신이 정지되어 있습니다."

몇 번을 전화해도 상황은 변하지 않는다. 전화기의 문제일 수도 있다. 효상이한테 전화를 걸었다.

"승기야, 이 시간에 전화를? 왜?"

"아니야, 너는 잘못하지 않았다고, 너도 잘하려고 그런 것 안다고."

"갑자기 무슨 소리냐? 뜬금없이?"

"끊는다."

10. 전화기의 문제는 아닌 것 같다. 답답한 속을 풀어줄 커피믹스 한 잔을 상상하며 이곳까지 한숨에 달려왔다. 숨이 차다. 빠르게 뛰어서 그런지 심장도 요동친다.[118] 심장이 뛰는 소리가 커 주위 사람에게 들릴 정도다. 귀가 멍해지면서 주위가 고요해진다. 누군가 강제로 음소거를 했나? 다리에 힘이 빠지며 후들거린다. 아직도 이 상황을 이해

---

118)   요동치다: 심하게 흔들리거나 움직이다.

하기 힘들다. 그냥 이해하고 싶지 않다. 자꾸 한 단어만 머릿속에 맴돈다. 언어의 생성을 관장하는 언어중추가 버퍼링으로 훼손되었다.

사기.사

기.사기.사기.사기.사기.사기.사기.사기.사기.사기.사기.사기.사기.사기.사
기.사기.사기.사기.사기.사기.사기.사기.사기.사기.사기.사기.사기.사
기.사기.사기.사기.사기.사기.사기.사기.사기.사기.사기.사기.사기.사
기.사기.사기.사기.사기.사기.사기.사기.사기.사기.사기.사기.사기.사
기.사기.사기.사기.사기.사기.사기.사기.사기.사기.사기.사기.사기.사
기.사기.사기.사기.사기.사기.사기.사기.사기.사기.사기.사기.사기.사
기.사기.사기.사기.사기.사기.사기.사기.사기.사기.사기.사기.사기.
사기.사기.사기.사기.사기.사기.사기.사기.사기.사기.사기.사기.사기.사
기.사기.사기.사기.사기.사기.사기.사기.사기.사기.사기.사기.사기.사
기.사기.사기.사기.사기.사기.사기.사기.사기.사기.사기.사기.사기.사
기.사기.사기.사기.사기.사기.사기.사기.사기.사기.사기.사기.사기.사
기.사기.사기.사기.사기.사기.사기.사기.사기.사기.사기.사기.사기.사
기.사기.사기.사기.사기.사기.사기.사기.사기.사기.사기.사기.사기.사
기.사기.사기.사기.사기.사기.사기.사기.사기.사기.사기.사기.사기.사
기.사기.사기.사기.사기.사기.사기.사기.사기.사기.사기.사기.사기.사
기.사기.사기.사기.사기.사기.사기.사기.사기.사기.사기.사기.사기.사
기.사기.사기.사기.사기.사기.사기.사기.사기.사기.사기.사기.사기.사
기.사기.사기.사기.사기.사기.사기.사기.사기.사기.사기.사기.사기.사
기.사기.사기.사기.사기.사기.사기.사기.사기.사기.사기.사기.사기.사
기.사기.사기.사기.사기.사기.사기.사기.사기.사기.사기.사기.사기.사
기.사기.사기.사기.사기.사기.사기.사기.사기.사기.사기.사기.사기.사
기.사기.사기.사기.사기.사기.사기.사기.사기.사기.사기.사기.사기.사
기.사기.사기.사기.사기.사기.사기.사기.사기.사기.사기.사기.사기.

11. 근처 카페로 왔다. 잠시 숨을 고를 필요가 있어서다. 아이스 아메리카노를 주문했다. 정신 차리자. 도대체 무엇을 놓친 건가? 내용증명을 다시 펼쳐봤다. 아내가 내용증명을 볼지도 몰라서 항상 몸에 지니고 있다. 더는 아내가 실망하는 모습을 보고 싶지 않다. 내용증명에 집주인 전화번호와 주소가 적혀 있다. 임대차 계약서와 비교하니 집주인 전화번호와 주소가 다르다. 심지어 집주인은 해외에 거주하지 않는 것 같다. 사실을 마주하려면 용기가 필요하다. 막스 베버의 '균형적 현실감각'[119]을 발휘할 때이다. 냉정해져야 진실을 마주할 수 있다. 해프닝이라고, 별일 아니라고, 수백 번 대뇌이며 여기까지 왔지만 모든 상황은 내가 사기당했다고 말하고 있다. 내용증명이 사실이더라도 아직 쫓겨난 게 아니다. 주문한 아이스 아메리카노를 단숨에 마신 후 내용증명에 적힌 전화번호로 전화를 걸었다. 신호가 간다. 누군가 받았다.

"여보세요."

"○○○ 씨 되시나요?"

"네, 그런데요, 누구시죠?"

"얼마 전 내용증명을 받은 세입자 김승기입니다. 다름이 아니라, 내용

---

119) "균형적 현실감각이란 내적 집중력과 평정 속에서 사물을 받아들이는 능력이자, 달리 말하면 사물과 사람에 대해 거리를 두는 능력을 말한다." [출처: 막스 베버, 『소명으로서의 정치』, 박상훈 옮김, 후마니타스, 2021, p93.]

증명에 문제가 있어서 연락했습니다."

"김승기 씨, 드디어 통화하네요. 월세를 제때 보냈으면 서로 얼굴 붉힐 일도 없었을 텐데요. 중개업자가 계약하면서 혹시라도 월세가 밀리면 바로 이야기하라고 해서 이상하다 싶었어요. 아니나 다를까 월세가 첫 달 이후부터 밀리더군요. 그래서 부동산 중개업자에게 월세를 내지 않는다고 몇 번을 이야기했어요. 그때마다 중개업자가 세입자가 사정이 있어서 그렇다고 보증금으로 월세를 제하라고 해서 참았습니다. 하지만 얼마 전부터 부동산 업자가 연락되지 않아서 내용증명을 보냈습니다."

"저희는 월세로 계약한 게 아니라 전세로 계약했습니다. 집주인분께서 해외에 거주한다고 해서 부동산에서 대리로 계약한다고 했습니다. 그때 집주인을 대신해 집주인 자녀분하고 통화도 했었습니다."

"무슨 소리인지요? 저희는 자녀가 없습니다. 그리고 해외에 거주한 적도 없고요. 주소를 보면 알겠지만, 지방에 살고 있습니다. 서울에 집이 필요한 상황도 아니고요. 집을 내놓으려 중개소에 찾아갔는데, 중개사가 이 집은 팔면 손해라고, 자기가 대리해서 월세 계약을 책임지겠다고, 일종의 연금이라 생각하라고. 그나저나 전세 계약이요?"

"네, 전세보증금 사억 원에 계약했습니다. 너무나 난감합니다."

"아무래도 경찰서에 신고하는 게 좋겠어요. 전세사기당한 것 같네요. 어쩐지 업자와 연락이 안 되더라니, 저는 월세 계약을 했습니다. 너무나 찜찜합니다. 제 물권을 범죄로 사용하다니, 김승기 씨 사정은 딱하지만 제가 도와줄 방법은 없을 것 같습니다. 내용증명의 내용대로 진행할 생각입니다. 그러니 월세를 내든지, 아니면 경찰서에 신고해 사기꾼을 하루빨리 잡으세요. 그리고 저한테 전화해 사정 이야기 마시고요. 저도 피해자입니다. 그래요, 당분간은 이천만 원 보증금에서 월세를 제할게요. 그 정도면 최대한 편의를 봐준 거예요."

"감사합니다."

12. 감사하다니? 무엇이? 사억 원을 날리게 생긴 이 순간에? 사실을 마주하니 감당할 자신이 없다. 완벽하게 당했다. 그래도 당분간은 남은 보증금으로 월세를 제해 준다는 집주인의 배려를 다행이라고 해야 하나? 배려라고 하기도 어렵다. 어차피 보증금으로 버틸 수 있는 기간은 길어야 5개월 남짓이다. 일단, 경찰서에 신고하는 게 먼저다.

"어떻게 오셨나요?"

"아무래도, 전세사기를 당한 것 같습니다."

"잠시만 기다려 주세요."

13. 경찰서 방문은 살면서 처음이다. 담당 형사를 만나려고 대기 중이다. 속이 더부룩하고 쓰리다. 복부 팽만감도 느껴진다. 긴장하면, 윗배가 팽창해 갈비뼈를 짓누르는 고통을 자주 겪는다. 풍선에 바람

을 가득 넣어 터지기 일보 직전의 모습이다. 이런 모습을 보고 우현은 체중 관리 좀 하라고 농담 아닌 농담을 한다. 기능성 소화 장애로 일어난 현상이라 몇 번이나 말해도 믿지 않는 눈치다. 하긴, 주위 동료도 불룩해진 배를 보고 살찐 것 같다고 한다. 그래, 차라리 체중이 늘었다고 생각하는 게 편하다. 긴장한 모습을 들키고 싶지 않아서다. 긴장할 때마다 배가 불룩해진다는 사실을 우현이 알면 얼마나 날 놀릴지 상상이 간다. 사람들은 내가 긴장한다는 사실을 모른다. 감정이 없는 기계처럼 냉정하고 비판적으로 상황을 바라본다고 생각한다.

그렇지 않다.
누구보다 감정적이다.
그리고 자주 긴장한다.

복부의 팽창으로 인한 고통은
나만 알고 있는 긴장의 흔적이다.

14. 하지만 긴장은 복부 팽창을 발생하는 도화선이지 직접적 원인이라 말하기 어렵다. 원인은 몸에 받지 않는 음식을 먹어서다. 하지만 어떻게 사람이 안 먹고살 수 있겠는가? 먹어야 한다. 그래야 산다. 밀가루 음식 때문이다. 그게 날 망치고 있다. 밀가루를 끊어야 한다. 이처럼 생각하면 뭐하나? 조금 전에도 밀가루 음식을 먹었다. 아이러니하게도 밀가루 음식을 하루도 거른 적이 없다. 매일 밀가루 음식을 먹는다. 밀가루 음식을 너무나 좋아한다. 신은 밀가루 음식과 긴장을 섞어 소화불량을 일으키는 몹쓸 몸뚱이를 주셨다. 그런데도 밀가루 음

식을 하루라도 먹지 않으면 안 되는 미각중독[120]에 빠졌다. 뇌와 몸이 따로 노는 몹쓸 저주에 걸린 게 분명하다. 뇌는 몸을 걱정하지 않는다. 쾌락 중추에서 뿜어 나오는 도파민을 맛보려는 뇌는 밀가루 음식을 끊임없이 먹으라고 강요한다. 도파민 분비로 인간은 행복함을 느낀다. 음식 섭취뿐만 아니라 새로운 경험이나 상상으로도 도파민을 분비한다. 가령, 영화나 드라마에서 감동하거나, 좋아하는 사람을 상상하거나, 속상한 마음을 어루만져주는 글을 읽거나, 무언가에 열중하거나, 목표를 달성했을 때다. 도파민 분비가 적으면 인간은 우울증에 빠진다. 반대로 도파민 분비가 과다하면 조현병에 이를 수 있다.[121] 몸의 거부반응에도 도파민 분비를 위해 밀가루 음식을 먹는 몹쓸 짓을 반복한다.

도파민이 행복을 관장한다면,
미각중독은 행복하지 않기에 일어나는 현상인가?

행복했다면 미각중독으로
밀가루 음식을 먹지 않았을지도 모른다.
그렇다면 소화불량도 없었겠지.

---

120) 미각중독이란 우리 몸이 특정 음식을 먹고 기분이 좋았던 느낌을 기억했다가 그 맛만 고집하는 것을 말한다. 그 맛만 고집하는 것을 말한다. 단맛, 짠맛, 매운맛을 느꼈을 때 활성화되는 뇌의 특정 부위는 마약을 투약하거나 담배를 피울 때 반응하는 부위와 동일하다. 즉 중독성과 내성이 강하다는 것이다. 이 때문에 이미 특정 맛에 길들여진 사람은 더욱 강력한 자극을 필요로 하고 이는 과잉섭취를 유발하게 된다. [출처: 이현정, 『달고·짜고·매운 음식만 찾는다면…'미각 중독' 의심해야』, 헬스조선, 2016.08.19., https://m.health.chosun.com/article/article.html?contid=2016081901410

121) 이해나, 『도파민 역할… 부족하면 생기는 중증 질병은?』, 헬스조선, 2014.01.15., https://m.health.chosun.com/svc/news_view.html?contid=2014011501117

소화불량은 몸을 인질로
행복하지 않다고 외치는
뇌의 긴장인가?

그래,
난 지금 행복하지 않다.

밀가루여! 부탁이니,
이곳에서 벗어나게 해 다오.
다 꿈이라 말해 다오.
제발.

15. 짧은 스포츠머리, 오른쪽 눈썹 위에 작은 흉터, 그리고 두꺼운 전완근이 눈에 띄는 다소 배가 나온 중년의 남자가 말을 건넨다. 무섭다. 여기가 경찰서가 아니라면 두말할 나위 없이 그를 조직 폭력배라 해도 믿을 외모다.

"안녕하세요, 전세사기 범죄를 신고하신다고요?"

"네, 아무래도 제가 전세사기를 당한 것 같습니다."

"알겠습니다. 몇 가지 물어볼 게 있으니 이쪽으로 오세요."

16. 형사 앞에 앉아 있다. 누군가가 나를 슬쩍 보면 용의자라 착각

하지 않을까? 영화 속의 주인공이 된 것 같다. 범죄심리를 다룬 영화나 드라마를 좋아한다. 그중 용의자가 억울한 표정을 지으며 형사와 대치하여 전개하는 심리전을 특히 즐긴다. 스산한 음악을 곁들인 인간미 없는 취조실은 오직 용의자와 형사, 둘만을 위한 무대이다. 침묵한 채 서로의 눈을 강하게 바라본다. 말은 안 하지만 형사는 용의자를 범인으로 확신하고 용의자는 스스로 무죄라 확신한다. 기세에 눌리면 용의자도 형사도 원하는 바를 이루기 어렵다. 드디어 입을 열어 서로를 탐색하기 시작한다.

* * *

"니가 이 신청곡 엽서 보냈지?"
"네."

"전에도 여러 번 보냈지?"
"네."

"꼭 비 오는 날 틀어 달라고 그랬지?"
"네."

"우울한 편지, 이 노래 나올 때마다 여기서 여자 죽은 것 알지?"
"아니요."[122]

---

122) 봉준호 감독, 『살인의 추억』, CJ엔터테인먼트, 2003, 2시간 11분, Blu-ray.

* * *

"저기요, 저기요, 선생님?

성함을 말씀해 주세요."

17. 잠시 졸았던가? 형사의 질문을 듣지 못했다. 바쁘게 돌아가는 상황을 버거워하는지, 정신은 나와 발맞춰 걷지 않는다. 우체부가 내 이름을 안효상이라고 불렀다고 착각한 것처럼. 요즘 정신이 오락가락한다. 이래저래 끔찍한 저주에 걸린 게 분명하다.

"죄송합니다.

이런 일은 처음이라 정신이 없습니다.

이름은 김승기입니다."

18. 형사는 내 사정을 집중해 들었다. 하지만 얼굴에 쓰인 표정만 보아도 알 수 있다. 그에게는 이러한 종류의 사기 사건은 자주 있는 일이다. 이야기를 듣는 내내 덤덤한 표정이어서다. 어떠한 감정의 동요도 느끼기 어렵다. 어떻게 그럴 수 있을까? 이렇게 손이 떨리게 무서운 일이 항상 그의 주위에서 일어나서일까? 형사가 딱하게 보인다. 얼마나 많은 무서운 사건을 자주 겪었으면 이처럼 무덤덤하게 반응할까? 이상하다. 바로 전만 해도 무섭게 느껴졌던 형사의 외모가, 특히 오른쪽 눈썹 위에 작은 흉터와 두꺼운 전완근은, 그가 얼마나 힘들게 살았는지를 말하는 것 같다.

"잘 알겠습니다. 일단 댁에 귀가하세요.

곧 다시 연락드리겠습니다."

19. 거실 소파를 등받이 삼아 앉아 있다. 평소처럼 보여야 한다는 생각에 노트북을 열어 수업을 준비하는 척한다. 오른손으로 마우스를 잡아 의미 없는 원과 직선 그리고 대각선을 마우스 패드에 그린다. 부자연스러워 보이면 안 된다. 주로 직선을 그리며 가끔 대각선과 원을 그려 정말로 수업을 준비하는 것처럼 보여야 한다. 나는 지금 수류탄이 사방에서 터지는 지뢰밭 한가운데에 서 있다. 지뢰의 위치를 숙지했기에 평소에는 걱정이 없다. 하지만 외부에서 무작위로 날아오는 수류탄과 대치할 때는 지뢰의 위치를 혼동한다. 그만큼 불안하다. 아내와 대화를 최대한 피해야 한다. 당장에라도 탄로 날 것 같아서다. 힘들게 모은 아내의 비상금까지 전세금으로 보탰다. 하늘이 무너지는 심정이 무엇인지 온몸으로 체험한다. 힘들게 끌고 온 인생의 종착지일지도 모른다는 두려움으로 온몸이 굳어 간다. 안 된다. 정신 차려라. 오른손을 끊임없이 움직여야 한다. 이대로 송두리째 행복을 빼앗길 수는 없다. 언젠가는 아내에게 이 상황을 말해야 한다. 하지만 오늘은 아니다. 스스로 생명을 단축하는 미련한 행동을 할 이유가 없지 않은가? 당분간 월세를 대체할 보증금은 어느 정도 있다. 그래, 생각하지 말자. 지금은 움직여야 한다. 연기해야 한다. 들키지 않아야 한다.

대각선, 대각선, 원, 대각선, 대각선, 원,

대각선, 원, 대각선, 직선, 직선, 직선,

소름……

난 왼손잡이다.

그리고

노트북 전원을 켜지 않았다.

20. 주방에서 저녁을 준비하는 아내가 깔깔대며 웃는다. 목을 쭉 빼 무슨 일인가 굳이 궁금해하지 않아도 된다. 돌고래는 한쪽 눈을 뜨고 언제 닥칠지 모르는 포식자의 출현을 감시하며 잔다. 수면 중 오른쪽 눈을 감으면 왼쪽 뇌가 휴식을 취한다. 반대로 왼쪽 눈을 감고 자고 있다면 오른쪽 뇌가 쉬는 중이다. 돌고래는 수면 중에도 늘 깨어 있다. 주변도 경계해야 하고 익사하지 않으려면 물 밖으로 올라와 호흡도 해야 해서다. [123] 아내를 대하는 정확한 내 모습이다. 난 두 눈과 두 귀를 독자적으로 움직이는 돌고래다. 거실에서 TV를 시청하면서, 수업을 준비하면서, 빨래를 개면서, 물건을 정리하면서, 아내가 주방에서 통화하는 내용을 대부분 감청[124]한다. 쪼다처럼 몰래 엿듣는 게 아니다. 물론, 감청은 수사기관의 영장을 필요로 한다. 그렇기에 수사기관의 영장을 포괄적으로 해석해야 한다. 가정에서 말하는 영장은 서로의 대화를 들어도 된다는 암묵적 용인[125]이다.

아내는 통화를 통해

---

123) 조홍섭, 『서서, 떠서, 누워…고래는 물속에서 어떻게 잘까?』, 한겨레, 2021. 03. 23., https://www.hani.co.kr/arti/animalpeople/ecology_evolution/987883.html]

124) "감청은 수사기관이 법원의 영장을 발부받아 국가기관 혹은 정보기관이 상시로 행하는 감시 및 정보수집 활동으로 합법적 정보활동이다." [출처: 남보수, 『도청과 감청의 차이짐은』, 대경일보, 2019. 07. 23., http://www.dkilbo.com/news/articleView.html?idxno=186693]

125) 용인(容認): 너그러운 마음으로 인정함.

현재의 기분을 넌지시 내게 알린다.

신혼 초에는 그 신호를 몰랐기에
천둥벌거숭이처럼 날뛰다가
아내의 벼락을 맞아 너덜너덜해졌다.

그래서 경험은 중요하다.

21. 나의 감청은 가정의 가지런함을 위해서다. '가지런하다'라는 뜻
은 "여럿이 층이 나지 않고 고르게 되어 있다."이다. 인간관계에서 여
럿이 층이 나지 않게 조화를 이루려면 누군가는 양보해야 한다. 이
를 타협이라 생각할지도 모른다. 하지만 타협이라는 과정은 누군가
는 불만 사항을 제시해야 하고, 누군가는 불만 사항에 대한 대안을 제
시해야 한다. 그 과정 안에서 서로 간의 차이점을 이해한다. 차이점
을 이해하면 비로소 양보가 이루어진다. 힘의 차이를 이해해야 서로
간의 원하는 타협을 이룰 수 있다. 그때 적용하는 전략이 처세술[126]이
다. 나와 아내의 힘 차이? 아이를 통해서 느낄 수 있다. 아이들은 내
눈치를 보지 않는다. 아비의 지엄함[127]을 가르치려 화를 낸 적도 있
다. 부끄러운 행동이다. 아내는 다르다. 눈빛만으로 아이를 제압한
다. 매일 아내와 아이들이 무엇을 하는지 알 수는 없다. 하지만 그들
만의 규칙은 분명히 존재한다. 가끔, 난 그게 부럽다. 그래서 경험은

---

126) 처세술(處世術)은 세상을 살아갈 때 상대 관계에서 능동적이고 다양한 활동과 판단 결
      정을 하게 되는 사고력 행위이다. [출처: 나무위키]
127) 지엄하다(至嚴--): 매우 엄하다. [출처: 국립국어원]

중요하다. 결국, 가정의 분위기는 아내의 기분으로 결정된다. 실세[128]의 기류[129]를 파악해 대처하는 것은 처세술의 기본 중 기본이다. 많은 이가 처세술을 사회에서만 적용하는 전략이라 생각한다. 사회의 가장 작은 단위는 가정이다.

공자는 말씀하셨다.
수신제가치국평천하(修身齊家治國平天下)[130]

자기 자신을 닦는 수신(修身)은
처세술로 어려울 수 있다.

스스로 속이기 어려워서다.

하지만, 집안을 가지런하게 한다는
제가(齊家)는 처세술로 가능하지 않을까?

22. 모르는 번호다. 전화가 계속 울린다. 일부러 모른 척한다. 처음 보는 번호지만 어디인지를 알아서다. 경찰서다. 아직 이중계약서를 쓴, 나의 행위를 말하지 않아서 불안하다. 전세보증금을 사기당한 일보다 나의 행위로 처벌을 받지 않을까 하는 불안함에 신고하는 것을 꺼렸다. 아내는 여전히 주방에서 친구와 통화 중이다. 아내의 즐거움

---

128) 실세(實勢): 실제의 세력이나 기운.
129) 기류(氣流): 어떤 일이 진행되는 추세나 분위기.
130) 몸과 마음을 닦아 수양하고 집안을 가지런하게 하며 나라를 다스리고 천하를 평한다는 뜻이다.

을 방해하고 싶지 않다. 혹시라도 타자 소리에 그녀의 즐거움이 깨질 수 있다. 노트북 전원을 켠 후 키보드에 손가락을 얹었다. 손가락은 살금살금 키보드 위에서 춤을 추었다.

타...아..닥, 타........아........악......닥,
타닥.........타닥........타.............아..........아....닥.

전세금 이중계약서, 임차인도 처벌
전세보증금 사기, 이중계약서 임차인 처벌

23. 검색어와 관련한 답변이 검정 티셔츠를 입은 어깨에 수북하게 쌓인 비듬처럼 포털 사이트에 널려 있다. 어깨에 묻은 비듬을 털어내 듯, 관련한 답변을 하나씩 클릭해 털어내고 있다. 갑자기 오한으로 온몸이 떨린다. 혹시라도, 노트북을 압수해 검색어를 확인하지는 않겠지? 비듬은 털어 버리면 그만이다. 하지만 검색은 기록이 남아서다. 어쩌다가 이런 걱정을 하게 되었는가? 누가 보아도 영락없는[131] 범죄자의 모습이다. 당시에 그런 조건을 수락하는 게 아니었다. 아내에게 더는 무능한 남편으로 보이기 싫었기에, 그런 마음을 아는지 모르는지, 달콤한 중개업자의 제안에 넘어갔다. 만약, 업자의 제안을 거절했다면, 우리는 아마도 더는 서울에 살기 어려웠다. 아이들도 전학해야한다. 이게 제일 문제다. 아내의 아이 교육은 정성을 넘어서 지독해서다. 아무래도 나에 대한 실망감을 아이에게 투영하는 듯하다. 하지만, 아내의 생각을 동조할 수는 없다. 아이의 교육만큼은 내 손으로 하고

---

131)   영락없다(零落—): 조금도 틀리지 않고 들어맞는다.

싶다. 그럴 자신도 있다. 대한민국의 무용[132]한 제도권 교육 안에서 아이를 키우고 싶지 않다. 눈에 넣어도 아프지 않을 내 아이는, 나처럼 무능한 어른으로 만들고 싶지 않아서다. 난 말이다, 사회를 겪으면서, 개구쟁이 스머프[133] 중 하나인 '투덜이'가 되었다.

불만이 가득한 얼굴로
사람들에게 말한다.

"난 ○○ 싫어."

24. 어려운 상황이 다가오면 입이 툭 튀어나온다. 투덜거리기 시작한다. 내 일이 아닌데도 말이다. 그리고 누군가 대신 이를 해결해 주기를 바란다. 그럴 때마다, 희한하게도 누군가가 다가와 이러한 문제를 해결해 주겠다고 약속한다. 물론, 그들의 감언이설[134]을 믿지 않는다. 다만, 탓할 누군가가 필요하다. 다만, 씹을 누군가가 필요할 뿐이다. 당연히 직면한 문제를 해결하지 못할 것을 알아서다. 얼마나 겁쟁이인가? 그렇다고 해결책을 말할 용기조차 없다. 혹시라도 내 이야기를 듣고 따라 할까 두려워서다. 그들의 인생을 책임지기가 싫어서다. 이런 마음으로 선생질을 하고 있다. 실체가 드러날까, 추악한 모습이

---

132) 무용(無用): 쓸모가 없음.
133) 개구쟁이 스머프(프랑스어: Les Schtroumpfs, The Smurfs)는 벨기에의 작가인 페요 (Peyo, 본명: Pierre Culliford 피에르 컬리포드)가 만들어 낸 만화 캐릭터들을 지칭한다. 스머프들은 유럽의 어느 숲에 살고 있으며 하늘색의 몸 색깔에 하얀 모자와 바지를 입는, 의인화된 작은 캐릭터들로 묘사된다. 원작을 기초로 해서 미국의 해나 바베라에서 1981년에 제작한 텔레비전용 애니메이션 시리즈로도 유명하다. [출처: 위키백과]
134) 감언이설(甘言利說): 남의 비위에 맞게 꾸민 달콤한 말과 이로운 조건을 내세워 꾀는 말.

세상에 낱낱이 드러날까, 너무나 무섭다. 자기 생각도 떳떳하게 말하지 못하면서, 부딪쳐 스스로 깨닫는 게 좋다고, 인생은 스스로 책임지라고, 보기 좋은 말로 애써 두려움을 감추려 한다. 이 얼마나 무책임한 행동인가? 오늘도 비난할 누군가를 하이에나처럼 찾아다닌다. 문득, 아이를 병원에서 처음으로 품었을 때가 생각난다.

콩알탄 정도 크기의 손으로 내 손가락을 힘겹게 잡은, 은하계에서 유일하게 나를 닮은 이 생명체를 바라본다. 이 생명체가 앞으로 만날 세상의 어두운 면을 최대한 늦게 알았으면 한다. 세상의 법칙을 빨리 만나서 아빠의 상황을 이해하는 조숙한 아이로 살아가기를 바라지 않는다. 아이가 세상의 부조리로 불편한 습관이 생겨 삐딱한 시선으로 세상을 바라보지 않았으면 한다.[135] 삶의 방향을 몰라서 슬퍼하지 않았으면 한다. 네가 태어난 이유가 타인이 출제한 세상의 정답을 찾는 행위가 아녀서다. 단순하고 자극적인 세상의 즐거움에 빠져서, 천천히 달아올라 어떠한 재미보다 강렬한 온기를 지속하는 독서의 즐거움을 늦게 깨닫지 않았으면 좋겠다. 마지막으로 칠흑 같은 어둠이 찾아오더라도 하나님을 의지해 담대하게 나아갔으면 한다.

내 아이는 적어도
나와 다른 방향으로 걸었으면 한다.

대중에 섞여

---

135) "아이로 하여금 어떠한 습관에 물들지 않게 하라. 가장 좋은 습관은 어떠한 습관에도 물들지 않는 습관이다." [출처: 장 자크 루소, 『에밀』, 이환 옮김, 돋을새김, 2015, p70.]

적당히 비난하며 살아가는

적당하게 똑똑하게 보이는

그런 어른이 되지 않았으면 한다.

아빠는, 아빠는 말이다.

아빠가 참 싫구나.

25. 하지만 아내는 나의 교육관을 귓등으로도 안 듣는다. 그녀는 '인터넷'이라 불리는 전지전능한 신을 믿는다. 인터넷을 집단지성[136]의 대표적인 예시라 믿어서다. 아내는 다수의 사람이 모여 서로 협력할 때 얻게 되는 시너지 효과를 강조한다. 즉, 다수의 힘이 소수를 압도한다고 생각한다. 집단지성을 맹신하는 아내이기에 무엇을 시작하기 전에 주위 사람에게 의견을 물어본다. 그 주위 사람 중 나는 없다. 자기 자식 교육 문제를 나보다 다른 사람 말을 따른다는 게 이해가 가지 않는다. 심지어 난 철학을 가르치는 강사다. 사회에서 말하는 물리적인 성공을 하지 못해서일까? 그녀는 내 교육관을 시대에 뒤처진 고리타분한 유물로 취급한다. 그렇다면 그녀의 조력자는 누구인가? 그렇다. 인터넷이다. 지라시에 적힌 신뢰성 없는 두루뭉술한 의심은 떠돌다가 대중의 기대와 맞물려 산처럼 커진다. 그리고 의심은 사실로 변한다. 인터넷의 떠도는 공신력이 있다고 믿는 의견의 실체가 대부분 이렇다. 물론 인터넷의 순작용을 모른 척하는 게 아니다. 하지만

---

136) 집단지성(集團知性, 영어: collective intelligence)이란 다수의 개체들이 서로 협력 혹은 경쟁을 통하여 얻게 되는 결과이다. 쉽게 말해서 집단적 능력을 말한다. [출처: 위키백과]

사람들은 인터넷이 세상에 출연한 후, 무엇이 사라지는지를 고민하지 않는다. 인터넷의 출현이 달갑지 않다. 인터넷으로 잃어 가는 아날로그의 소중함을 그리워해서다. 아날로그의 소중함은 느림의 가치다. 모든 게 순서가 있다고 말해 주는 정도의 가치이다. 선배와 후배가 경쟁적인 관계가 아닌 서로 협력하여 조화를 이루는 화합의 가치이다.

인터넷은
느림의 가치,
정도의 가치,
그리고 화합의 가치를
사라지게 한 주범이다.

분쟁과 파멸로
사회가 성장할 수 있다면
잠시 멈추는 게 좋지 않을까?

26. 강변역 포장마차에서 소주 한 잔에 취해 큰 소리로 떠들던 효상이의 비밀 이야기가 떠오른다.

"승기야, 우리가 386 세대라면, 회사 그만두고 글을 쓰는 멍청한 짓을 하지 않았을 거야. 초등학교 시절, 아, 우리는 국민학교 시절이지? 하하하, 하여튼 그때 방학 숙제로 원고지에 글짓기를 했던 것 기억나지? 빨간색 네모 칸에 맞춤법과 띄어쓰기를 생각하며 힘들게 한 자 한 자 적어 갔던 그 시절 말이야. 만약 그 시절에 글을 쓴다고 생각하면……, 진짜 시작할 엄두[137]조차 나지 않아. 부끄럽지만, 아직도 띄어쓰기와 맞춤법을 잘 몰라. 사실 몰라도 되거든. 인터넷에서 맞춤법 검사를 다 해 주는데, 굳이 이를 따로 공부할 이유가 뭐가 있겠어? 디지털화의 치명적 단점이지. 난 인터넷 도움을 받은 반쪽짜리 작가라고. 하하하 방금 한 말은 비밀이다. 쉿."

27. 효상이는 인터넷 도움을 받은 반쪽짜리 작가라 말한다. 부족함을 알고 있는 효상이를 누가 뭐라고 할 수 있을까? 오히려 솔직하게 부족함을 이야기하는 그의 용기가 부럽다. 비록 인터넷의 도움을 받더라도, 자기가 무엇이 부족하고 무엇을 원하는지 정확하게 알고 있지 않은가? 나는 두려워 맞서기를 거부했지만, 효상이는 세상과 맞싸우는 중이다. 그것만으로도 효상이의 결정을 존중한다. 다만, 효상이의 소설을 읽지는 못했다. 출간하지 않아서다. 회사를 그만두고 글을 쓰겠다고 결심한 순간부터 지금까지 효상이는 글을 쓴다고 말한다. 시간이 꽤 흘렀다. 효상이가 자기 결심에 마침표를 찍기를 조용히 응원한다. 효상이의 비밀 이야기처럼 인터넷은 모든 이의 지적 능력을 순간적으로 향상하게 했다. 아내가 인터넷을 집단지성의 집약체라 믿는 이유다. 사람들은 이를 장점이라 생각하지만, 이 저주받을 능력으로 사회는 불신으로 가득 찬 디스토피아가 되어 간다. 순간적으로 지적 능력이 향상해 모두가 똑똑한 사람이 된다면 모두가 전문가처럼 느껴져서다.

전문가의 조언은 믿지 않으면서

---

137) 감히 무엇을 하려는 마음.

인터넷의 조언은 신뢰하는 사회

전문가의 말은 비웃으면서
그들처럼 되려고
제도권 교육을 맹신하는
모순적인 사회

대한민국의 현주소다.

그래도 혹시 모르니, 지금은 인터넷의 힘을 믿어 보자. 지푸라기라
도 잡고 싶은 심정이어서다. 관련한 질문과 비슷한 모든 답변을 찾아
읽는다. 불행 중 다행인가? 다들 비슷한 이야기를 한다.

"이중계약서 관련해, 임대인에게 누락한 임대 소득을 추진한다."

"임차인은 계약서에 쓰인 금액 이외의 보증금 또는 세액 공제를 받을
수 없다."

28. 전세사기를 당하면, 보증금반환청구소송이 있다고 한다. 그런
데 난 여기에 속하는지도 확실치 않다. 이런 경우는 중개업자가 임차
인을 속여 전세로 계약한 후, 집주인과 월세로 계약해야 한다. 비슷한
사례이지만 내 경우와는 다르다. 난 전세금을 줄이려고 이중계약서
를 작성해서다. 더군다나 그 조건으로 전입신고를 하지 않았다. 집주
인이 퇴거 상태가 아님에도 전입신고를 할 수 있을까? 전입신고를 바

로 했다면 전세사기에 당했다는 것을 바로 알았을까? 계약 당시에는 궁금해하지 않았는데, 전입신고를 1년 후에 하는 게 가능할까? 도대체 뭐가 뭔지 모르겠다. 인터넷 검색을 통해 얻은 다양한 답변을 읽을수록 꼬일 대로 꼬인 뇌가 밧줄로 있는 힘껏 조여 터지기 일보 직전이다.

옳고 그름은 없는
신뢰하기 어려운
수많은 다름이 모인

수많은 다름을
판단할 능력이 없음에도
판단을 강요하는

이 쓸모없는 시스템을
집단지성이라 믿는
아내의 속을 알다가도 모르겠다.

물끄러미 주방에 있는 아내를 바라본다. 통화 삼매경에 빠진 아내의 웃음소리가 들린다. 주방에서 울려 퍼지는 아내의 행복한 웃음소리가 나를 더욱더 불안하게 한다. 깊이를 알 수 없는, 살짝 얼어 있는 시꺼먼 호수의 한가운데로 아내를 내몬 기분이어서다. 혼자 고민한다고 답도 없다. 전문가인, 변호사에게 묻는 게 빠르다. 더는 생각하지 말자. 너무 피곤하구나. 너무나 피곤해. 오늘은 여기까지.

"안녕하세요, 부동산 전세사기 관련해 궁금한 게 있어서요. 혹시 통화 가능할까요?"

"네 말씀하세요, 어떠한 일로 문의하셨나요?"

29. 변호사와 통화로 그간 있었던 일을 간단하게 설명했다. 경찰서에서 형사와 이야기를 나누었던 때와는 분위기가 사뭇 다르다. 형사는 담담한 어투로 이야기를 들어주었다. 형사는 무거운 분위기를 환기해 애써 위로하려 하지 않았다. 오랜 경험에서 나온 노하우였을까? 당신이 겪은 상황은 아주 고통스럽고 괴로운 일이기에 이 상황을 최대한 심각하게 바라보고 있다는 느낌이었다. 하지만 변호사가 나를 대하는 분위기는 조금 달랐다. 아니다. 상반된 느낌이다. 변호사는 내가 겪은 상황을 누구에게나 일어날 수 있는 일이라 말하며, 밝은 목소리로 최대한 나를 안심시키려 했다. 사건은 하나인데 접근하는 방법도 바라보는 시각도 너무나 다르다. 이 역시 오랜 경험에서 나온 노하우일까?

"승기 님, 그런 일이 있었구나. 매우 속상했겠어요. 결론부터 말씀하면, 소송을 통해 집주인으로부터 전세금을 돌려받을 수 있어요. 그리고 승기 님은 이런 일이 처음이라 당혹스럽겠지만, 이쪽에서는 빈번하게 일어나는 사건이라서요. 너무 걱정하지 않아도 될 것 같아요. 제가 또 이쪽 분야 전문가예요. 연락 잘하셨어요. 그동안 많이 힘들었죠? 앞으로는 저와 상의하면 될 것 같아요. 그런데요, 승기 님, 너무나 죄송한데요, 지금 다른 클라이언트와 미팅 중이라, 혹시 시간 될 때 사무실로 방문 가능할까요? 승기 님은 내용증명을 받은 상황이라 상담을 바로 하는 게 좋을 것 같아요. 언제쯤 방문할 수 있으세요?"

30. 하이톤의 당찬 목소리를 가진 변호사와 통화로 머리카락과 각종 이물질로 꽉 막힌 배수구가 뚫어진 기분이다. 혼자서 속 끓였던 어제의 내가 한심하다. 누군가에게는 이토록 간단한 일이었구나. 그래, 이토록 간단한 일이다. 며칠 동안 인터넷에서 쏟아지는 신뢰 없는 자극적인 지식에 둘러싸여 미련하게 놀아났다. 스스로 판단할 수 있다고 생각했을까? 그 생각 자체가 미련하다. 인지 심리학에서는 우리가 앞으로 겪게 될 다양한 지식과 경험은 우리가 이미 겪은 경험과 지식으로 상당하게 결정된다고 한다.[138] 이와 관련한 대표적인 속담이 있지 않은가?

콩 심은 데 콩 나고,
팥 심은 데 팥 난다.

31. 당연한 이치다. 그리고 군이 인지 심리학이라 거창하게 떠들지 않아도 살면서 이 정도 지식은 자연스레 깨닫는다. 그런데도 우리는 전문가의 의견을 무시하며, 경험한 적 없는 불모지를 힘들게 혼자서 헤쳐 간다. 무엇이 사회를 이렇게 만들었을까? 무엇이 그들을 이토록 불신하게 했을까? 무엇이 우리를 이처럼 자만하게 했을까? 선생은 다름을 가르치기보다는 옳고 그름을 가르치는 게 올바른 방향이라 믿

---

138) 김아영 외 3명,『교육심리학』, 박학사, 2003, p257.

는다. 그게 선생의 본분[139]이다.

선생이라면
과거로부터 지금까지 의심 없이 이어온,
보편적[140] 진실을 가르쳐야 한다.

선생은 보편적 진실에 반하는
가설을 이야기할 수는 있다.

하지만, 그 가설이 마치 보편적 진실과
대등한 힘을 지닌 것처럼 말하면 안 된다.

32. 문제는 이미 이 사회는 다름의 존중에 세뇌당했다. 그러니, 수업 중에도 불쑥불쑥 불청객이 강의에 난입한다. 자의[141]적인 해석을 앞세워 강의의 질을 떨어뜨리는 학생을 종종 만난다. 선생질하면서도 이러한 경우를 수도 없이 겪는다. 물론, 가르치는 내용이 철학이라서 그럴지도 모른다. 다름의 존중을 앞세워, 보편적 진실에 반하는 그들의 가설을 이야기하며 나와 토론하려 한다. 둘이 있을 때는 그러려니 한다. 다만, 공개적인 공간에서 이러한 무의미한 토론은 결국 다른이에게 안 좋은 영향을 끼친다. 옳고 그름을 바탕으로 다름을 존중해야 건설적인 사회가 이루어진다. 옳고 그름을 멀리한 맹목적인 다름

---

139) 본분(本分): 마땅히 지켜야 할 직분.
140) 보편적(普遍的): 두루 널리 미치거나 해당되는 것.
141) 자의(恣意): 제멋대로 하는 생각.

의 존중으로는 무엇도 조화롭지 않아서다. 그들의 생각을 앞세워 얻고 싶은 게 무엇일까? 혹시라도 그들의 생각을 옳다고 한다면, 선생의 본분을 망각[142]한 거다. 더군다나 강의를 듣는 학생에게도 안 좋은 영향을 끼친다. 물론, 시간이 흘러, 과거의 믿음이 무너지는 사건도 많다. 대표적으로, 철석같이 믿었던 천동설을 지금은 누구도 믿지 않는다. 그렇다고 천동설을 철석같이 믿었던 당시의 사람을 무지했다고 말할 수 있을까? 그런 생각을 하는 게 무지한 거다.

합리적 의심이라 우기며
자기 목소리를 키우는
다름의 세상에서

선생은
늘, 언제나, 항상
현재의 무지를
가르쳐야 한다.

콩 심은 데 팥 나고,
팥 심은 데 콩 나기 전까지.

33. 모르는 번호로 전화가 다시 온다. 알고 있다. 경찰서다. 변호사와 통화한 후 마음이 편하다. 받아 보자.

---

142) 망각(忘却): 어떤 사실을 잊어버림.

"안녕하세요, 승기 씨, 전세사기 신고로 이야기 나눈 형사입니다. 관련한 사건을 조사하니, 승기 씨뿐만 아니라 다른 여러 명도 동일인에게 같은 수법을 당한 것 같습니다. 승기 씨, 한 번 더 방문해, 진술조서를 작성해야 할 것 같습니다. 언제쯤 방문이 가능할까요?"

"진술조서요? 저번에 이야기한 것으로는 부족했을까요?"

"승기 씨가 경찰서에 방문했을 때는 사건이라 판단하기 어려웠습니다. 이럴 때는 보통 신고로 이해합니다. 그리고 당시에는 승기 씨가 처벌에 관련한 이야기도 없었어요. 그런 경우가 많지는 않지만, 승기 씨가 방문해 바로 처벌에 대해 요구를 했다면, 그때 진술조서를 작성했을 거예요. 관련한 사건을 조사 후, 승기 씨뿐만 아니라 다른 이도 동일 인물에게 상당한 손해를 보았다고 판단했기에, 정식으로 고소하려면 진술조서를 작성해야 합니다. 언제쯤 방문해 진술조서 작성하시겠어요?"[143]

"알겠습니다. 그나저나, 범인을 잡으면 사기당한 전세보증금을 돌려받을 수는 있을까요?"

"그건, 아직은 이렇다 저렇다 단정하기는 어렵습니다. 다만, 과거의 사례를 고려하면, 온전하게 전액을 찾는 게 쉽지는 않을 것 같습니다. 보

---

143) 형사소송법 제223조(고소권자): "범죄로 인한 피해자는 고소할 수 있다."
형사소송법 제234조(고발): "누구든지 범죄가 있다고 사료하는 때에는 고발할 수 있다."
형사소송법 제237조(고소, 고발의 방식): "고소 또는 고발은 서면 또는 구술로써 검사 또는 사법경찰관에게 하여야 한다.", "검사 또는 사법경찰관이 구술에 의한 고소 또는 고발을 받은 때에는 조서를 작성하여야 한다."

통, 용의자가 편취한 돈을 탕진한 경우가 많습니다."

"그렇군요, 알겠습니다. 경찰서에 다시 방문할 날짜를, 지금 바로 결정하기는 어렵습니다. 아내와 상의 후 다시 연락드리겠습니다."

34. 진술조서라니? 그렇다면, 계약과 관련한 부적절한 행동도 다 이야기해야 하나? 그것보다, 고소하면 아내가 알게 되는 것 아닌가? 아내가 영영 내 곁을 떠날까 봐 두렵다. 아내는 절대로 알아서는 안 된다. 진술조서를 작성하러 경찰서에는 가지 않을 거다. 어차피, 사기죄라면 고소가 없어도 수사를 진행하기에 친고죄[144]가 아니다. 샛길로 빠졌던 젊은 시절, 법 공부한 적이 있다. 생각만 하면, 꿈은 이루어지고, 꿈을 이루기 위한 고된 과정을 견뎌내는 노력은 저절로 따라온다고 생각했던 풋내기 시절, 친고죄를 이렇게 외웠다.

사자가 목욕하다가
비침에 찔려 비누를 밟았다.

사자명예훼손죄
모욕죄
비밀 침해죄
업무상 비밀누설죄

35. 사기죄가 친고죄가 아니든 말든, 공권력을 사용하지 않고, 내

---

144)   친고죄(親告罪): 피해자 및 그 밖의 법률이 정한 사람의 고소를 필요로 하는 범죄.

손으로 때려죽일 놈을 잡거나, 다른 곳에서 돈을 만들어야 한다. 그전에 변호사 사무실에 방문해 이 상황을 해결할 수 있는지 물어야겠다. 그리고 인터넷을 검색해 조각난 정보를 이리저리 끼워 맞춰 마음만 졸리는 미련한 합리적 의심을 더는 안 한다.

"승기 님, 부동산 관련 공문서를 개인이 확인하기는 어렵더라도 전입신고를 해야 했어요. 그래야 확정일자를 받아 우선변제권이 발생하니까요. 더군다나, 이중계약서를 작성하셨고, 위임장도 제대로 확인하지 않고 무권대리로 계약을 진행하신 것 같네요. 집주인이 일단 중개업자에게 월세 계약을 체결한 위임을 대리한 것으로 보이네요. 이런 경우에는 집주인에게 보증금을 돌려받으려면, 승기 님이 중개업자와 계약했을 때 전세 계약이 정당한지를 입증하는 게 중요해요.

그런데……, 문제는요,

승기 님은 위임장도 확인하지 않았고, 통장 명의가 자녀의 이름이라고 중개업자가 이야기했을 때, 집주인과 전화해 확인했어야 했어요. 설사 집주인이 사는 곳이 해외라도요. 미안한 말씀이지만, 쉽지는 않을 것 같아요. 집주인으로부터 전세보증금을 돌려받기는. 사기범을 검거해야 하는데요, 사기범을 검거해도 배상할 돈이 남아 있을지도 의문이에요. 안타까운 상황이네요."

36. 상담하러 왔는데, 계약 당시 내 부주의를 조목조목 말한다. 혼나는 기분이다. 물론, 친절한 변호사의 의도는 아니다. 정말로 걱정한

다는 게 느껴져서다. 다만, 이런 내용을 많이 접해 본 변호사의 말투는 친절하지만 기계적이다. 왠지 변호사는 토씨 하나 틀리지 않고, 다른 이에게도 똑같이 말할 수 있을 것 같다. 변호사에게는 그렇게 흔한 일처럼 느껴진다.

  그런데, 국가가 변호사의 입을 빌려
  내 사건을 구제할 수 없다고 말하는 것처럼 들린다.

  변호사의 이야기를 종합하자. 나의 부주의로 일을 그르쳤다고 하는 건가? 작심하고 속이려고 하는데, 당해낼 재간[145]이 있나? 이처럼 억울한 상황인데도, 국가는 나를 구제할 수 없다는 건가? 법적으로 보호받을 수 없다는 건가? 그럼, 국가의 존재는 무엇을 위해 있는가? 국가의 존재까지 부르짖기에는 너무 사소한 사건일까? 상황을 확장해석하는 건가? 내 일이라서?

  아니다!
  이 사건이 왜 사소한 일인데!

  37. 사형선고를 받은 기분으로 변호사 사무실을 나왔다. 지하철 탑승 후, 늘 하던 대로 스마트폰을 통해 기사를 훑어본다. 오늘따라 과욕이 낳은 섣부른 투자로 삶을 포기하는 사람이 많아지고 있다는 신문기사 내용은 나를 슬프게 한다. 볼드몰트 사건 때, 단톡방에서 우현에게 건넨 이야기가 떠올라서다.

---

145)   재간(才幹): 어떠한 수단이나 방도.

"고급 정보가 우현이까지 흘러왔으면 끝물일 수도 있어. 정보라는 게 원래 그래. 돌아가는 순위가 있거든."

그래, 그런 매물이, 그 동네에 있을 리가 없었다. 그런 고급 정보가 나까지 올 리가 없었다. 한 발자국 뒤로 물러나, 상황을 냉정하게 바라보았다면, 적어도 상황이 사건으로 이르지 않았을지도 모른다. 모든 게 이상해서다. 그런데도 모른 척했다. 아버지로서, 남편으로서, 더는 무능하게 보이기 싫어서였을까? 아니면, 볼드몰트 사건으로 고생하는 우현과 그를 두둔[146]하는 효상이한테 이처럼 소리 소문도 없이 움직이는 게 진정한 투자라고 너스레를 떨고 싶었던 걸까? 그토록 냉정하게 다른 이의 상황을 바라보면서, 도대체 왜! 내 머리는 깎지 못할까? 우현이 알면 얼마나 날 비웃을까? 그것보다 곧 쫓겨날 처지에 놓인 상황을 아내에게 어떻게 설명해야 하는가? 아내가 처녀 때부터 지금까지 힘들게 모은 비상금까지 전세보증금에 보탠 상황이다. 역시 대답은 하나다.

아내는 이 상황을
절대로 알아서는 안 된다.
내 힘으로 해결한다.
그 길이 설사 날 무너뜨린다고 하더라도.

* * *

---

146)　두둔(斗頓): 편들어 감싸 줌.

38. 벌써 새벽 3시다. 효상이 아파트 단지 내 놀이터다. 놀이터 그네에 앉아서 효상이한테 전화해야 하는지를 2시간째 고민 중이다. 단지 내 모든 가로등은 꺼져 있다. 놀이터 주위는 암흑이다. 아무것도 보이지 않는다. 놀이터에 있는 내 모습은, 단지 내를 배회하는 수상한 사람이다. 불청객한테는 가로등을 켜 놀이터와 길을 비추는 것조차 아까운 비용이란 말인가? 국가를 포함한 모든 이에게 버림받은 기분이다. 구슬프게 울어대는 까마귀가 내 처지를 말한다. 이 시간에 전화하면 효상이가 나올까? 볼드몰트 사건 이후로 효상이와 관계가 서먹해졌다. 또한, 효상이가 글을 쓴다며 회사를 그만둔 이후로 만날 기회도 줄었다. 시야에서 멀어지면 마음에서도 멀어진다고 했던가? 가끔 통화해 안부를 묻기는 하지만, 효상이와 관계는 예전과 다르다. 그리고 우현을 그리 감싸고 달려들지도 상상하지 못했다. 평소에도 우현의 문제에 대해서 종종 이야기했기에 효상이의 반응에 사뭇 놀랐다. 다만, 당시의 느낀 감정은 우현을 감싸는 것은 허울이고 그동안 쌓여 있던 나에 대한 감정이 한꺼번에 터져 나온 듯했다. 사실 슬펐다. 효상이는 적어도 나를 이해하는 유일한 사람이라 믿어서다. 어쩌면 효상이도 다른 이처럼, 공감하는 척하며 내가 실수하기를 기다렸을지도 모른다. 그렇기에 적잖은 배신감도 느낀다. 아직도 효상이가 화를 낸 이유를 모르겠다. 만약에 우현의 꼬임에 넘어가 투자를 했다면? 우리 셋 모두 같은 신세였다. 오히려 고마워해야 하지 않나? 도대체 왜 그렇게 화를 낸 거냐? 어쩌면, 서울에 올라와 속을 터놓을 친구가 효상이 하나였기에, 그만큼 효상이에게 의지했는지도 모른다. 그만 생각하자. 답도 없다. 효상이한테 돈을 빌리는 게 더 중요하다. 월세로 제하는 보증금도 곧 바닥난다. 일단, 시간을 버는 게 중요하다. 그리고

어색해졌다는 감정조차 내 기준일지도 몰라서다. 전화해야겠다.

"효상아, 자냐?
너희 집 앞인데, 잠깐 나올 수 있어?"

"승기야, 무슨 일인데? 이 시간에 여기까지?
알았어, 잠깐만 기다려."

39. 반딧불이라도 있어야 주위가 조금은 보일 것 같다. 혹시라도 효상이가 놀이터로 오다가 나를 수상한 사람으로 착각하면 안 된다. 효상이가 올 때까지 담배를 태워야겠다. 적어도 그래야, 그 작은 불빛으로 얼굴이 보일 테니까. 놀이터에 쌓여 가는 담배꽁초만큼 불안함과 초조함도 쌓인다. 언제 올지 모르는 효상이가 이토록 불편하게 느껴지기는 처음이다. 불편하기보다는 두렵다는 표현이 더 맞다. 효상이가 내 편을 들어주지 않으면 더는 어떻게 해야 할지 몰라서다. 볼드몰트 사건을 언급하며 나를 힐난[147]할까 봐 두렵다. 나를 대하는 다른 이의 기분도 이와 비슷했을까? 언제 터질지 모르는 직설적인 표현으로 상처받을까 두려워했을까? 내 경우는 다르다고 믿었다. 냉철하고 이성적인 판단으로 상대방에게 다소 상처가 될지라도 바른 방향으로 인도하는 게 옳다고 믿는다. 이 생각은 지금도 변함없다. 미움을 받더라도 누군가는 그 역할을 해야 한다고 믿는다. 실제로 내 조언으로 많은 이가 어려움을 극복했다. 그건 옆에서 지켜본 우현과 효상이가 제일 잘 안다. 어느 순간부터 조언의 방향을 의심하지 않았다. 내 이야기가

---

147)   힐난(詰難): 트집을 잡아 거북할 만큼 따지고 듦.

최선의 방향이라 생각했다. 그리고 신기하게도 그들에게 행운은 기적처럼 일어났다. 그것도 자주 말이다. 스스로 믿었는지도 모른다. 매운맛 조언이 행운을 불러오는 마법의 부적이라고. 그래서일까? 난 내 조언에 취했다. 더는 무엇이 최선일까 고민하지 않았다. 행운은 또 다른 행운으로 이어지리라 확신했다. 그렇기에 내가 말하는 게 최선이라 믿었다. 계속해서 상대방에게 최선의 조언을 따르라 강요했다. '뜨거운 손의 효과'[148]를 기대했는지도 모른다. 하지만 틀렸다. 지금의 내 모습을 보니 알겠다. 철석같이 믿고 있는 자랑스러운 최선의 조언은 지금 내게서 행운을 빼앗아가고 있다. 더는 무엇을 어떻게 생각해야 할지 모르겠다. 최선의 조언이라는 실체가 이리도 한심하다. 어쩌면, 상대방을 생각하여 이야기했던 모든 표현은 그저 우월감을 보여 주려는 오만함의 결정체였을지도 모른다. 어두운 그림자가 조금씩 내게 다가온다. 효상이다. 조금만 더 천천히 이곳으로 왔으면 한다.

앞으로 일어날 일은
루비콘 강을 건넌 시저처럼
위화도 회군을 감행[149]한 이성계처럼

다시는 예전으로 돌아가기 어려울 것 같다.

---

148) "모든 것이 우연히 나타난 일이지만 잦은 행운이 계속되면 그다음에 이어질 일도 좋은 일이라고 믿는 것을 '뜨거운 손 효과'라고 한다." [출처: 문선아, 『행운은 또 다른 행운을 부른다고 믿는 뜨거운 손 효과(Hot-Hand Phenomenon)』, 시선뉴스, 2015.06.24., http://www.sisunnews.co.kr/news/articleView.html?idxno=22952]
149) 감행(敢行): 과감하게 실행함.

다는 모르겠지만,
하나는 확실하다.

난 사람에게 해를 끼치는
오만한 야만인이다.

이번이 마지막이다.
사람과 어울리는 삶은.

외톨이가 되어야겠다.
철저하게.

40. 그간 있었던 일을 효상이에게 털어놓았다. 효상이는 정말로 놀란 듯하다. 다행이다. 나처럼 반응하지 않아서. 근심이 가득한 효상이의 얼굴이 보니 여전히 우리가 끈끈한 사이라고 확신했다. 한동안 말이 없던 효상이가 드디어 입을 열었다.

"승기야, 아니 형, 오늘만 형이라 부를게. 아무래도 형이 싫어하는 소리를 해야 할 것 같아서. 형의 방식을 싫어하지 않아. 상대방이 듣기 싫어도 바른말을 하려는 형의 모습을 보면서 쾌감을 느낄 때가 많거든. 하지만, 이제는 현실을 직시해야 할 것 같아. 내 말 끊지 말고 끝까지 들어. 어쩌면 처음으로 조언하니까. 지금은 형의 방식으로는 이 문제를 해결하기 어려울 것 같아.

일단 최대한 끌어다 돈은 빌려줄 수 있어. 그런데 기껏해야 최대 3개월을 버티는 게 고작이야. 알잖아, 내 상황. 글 쓴다고 회사 그만두고 지금까지 특별한 벌이가 없어. 와이프 몰래 돈도 만들어야 하고. 여하튼, 그 말을 하고 싶은 게 아니고, 우현이가 저번에 말한 투자건 기억나? 벌써 이야기한 지 1년 정도 되었나? 아직도 우현이가 강변역으로 모이라는 말이 없어. 일단 볼드몰트 사건 때처럼 사기는 아닌 것 같아.

형이 우현이의 방식을 싫어하는 것 너무나 잘 알아. 그런데 지금, 방법이 없잖아. 이럴 때일수록 친구끼리 똘똘 뭉쳐야지, 안 그래? 매번 이 사람 저 사람한테 손을 벌릴 수도 없는 노릇이고, 그리고 형의 꼬장꼬장한 성격 때문에 친구도 없잖아. 돈을 어디서 빌릴 거야? 결국, 그러다 사채까지 쓴다. 이번에도 내 말대로 해. 우현이한테 사정 이야기하고 투자를 같이하자고. 사실, 난 이미 결심이 섰는데, 형 때문에 망설이고 있었어.

우리 곧 50대야. 형이나 나나 지금까지 열심히 살았어. 얻은 게 뭐야? 아무것도 없잖아. 정말 아무것도 없어. 열받지 않아? 탁자 위에 놓인 스투키가 되고 싶다고 항상 말하잖아. 그냥 그렇게 조용하게 살고 싶다고. 지금도 그 생각은 변함이 없는데, 그러려면 돈이 필요해. 아니야? 빌어먹을 돈이 없으니까, 형이나 나나 항상 최선이 아닌 차선을 선택하는 삶을 살잖아. 우린 결국 열심히만 살려 했지. 방향을 고려하지 않았어. 형도 돈 벌고 싶잖아? 형이 무슨 공자야? 예수야? 부처야? 설사 그렇게 살고 싶다면, 다른 사람에게 좋은 소리 하면서 살고 싶다면, 돈이 있어야 하지 않을까? 돈이 있어야, 아쉬운 소리도 안 하니까. 어쩌면 두 번 다시 없을 기회라고. 아니 이제 이런 기회는 없어. 이번에는 그냥 내 말대로 해.”

41. 효상이가 이렇게 자기표현을 확실하게 했던 친구인가? 다소 흥분한 어조로 열변을 토하는 효상이가 오늘따라 어색하다. 혼자만 잘났다고 생각했지, 효상이가 이처럼 자기 생각이 확고한지도 몰랐다. 그동안 기에 눌려 제대로 의사 표현도 못 한 게 아닌가 싶어 오히려 미안한 감정이 든다. 새벽에 나와 자기 일처럼 격양된 목소리로 조언해 주는 효상이가 고맙다. 볼드몰트 사건 때, 효상이가 그렇게나 화를 냈는지 이제는 알 것 같다. 사실, 효상이의 조언은 그리 객관적이지 않다. 너무나 주관적이고 강한 어조라 따르기도 힘들다. 하지만 말이다. 따뜻하다. 그리고 행복하다. 누군가가 나를 위해 앞뒤 재지 않고 이렇게나 흥분해 줄 수 있어서 말이다. 효상이에게 우리는 그런 존재인 것 같다. 이유 여하를 막론하고 무조건 편을 들어주는 그런 존재 말이다. 효상이 말이 다 맞다. 그래, 내가 틀린 거다. 그래, 가식적인 삶을 살았다. 그래, 돈을 많이 벌고 싶다. 그게 솔직한 심정이다. 더는 스스로 속이며, 다른 이에게 이용당하는 삶을 살지 않으련다. 누가 알아준다고? 그저 뒤에서 손가락질이나 당할 뿐이다. 이제 결심할 때이다. 행동으로 답할 때이다. 세계의 악이라 불리는 인물이 쓴 금서의 내용이 떠오른다.

In the winter of 1915-16 I had come through that inner struggle. The will had asserted its incontestable mastery. Whereas in the early days I went into the fight with a cheer and a laugh. I was now habitually calm and resolute. And that frame of mind endured. Fate might now put me through the final test without my nerves or reason giving way. The young volunteer had become an old soldier.[150]

1915년에서 16년의 겨울, 나는 내적 투쟁을 극복했다. 의지는 내적 투쟁의 명백한 지배력을 보여 줘서다. 초기에는 나는 환호와 웃음으로 전쟁에 임했다. 하지만, 지금의 나는 습관적으로 차분하고 단호하다. 그리고 그러한 정신적 틀을 지속한다. 그렇기에 운명은 정신력과 굴복의 이유를 초월해 마지막 전장으로 나를 이끌고 있다. 젊은 지원병은 이제 노련한 군인이 되었다.

그리고 니체는 내게 속삭인다.

He who fights with monsters should look to it that he himself does not become a monster. And when you gaze long into an abyss the abyss also gazes into you.

괴물들과 싸우는 그는 그가 괴물이 되지 않도록 조심해야 한다. 그리고 당신이 심연을 깊이 들여다본다면, 그 심연도 당신을 깊이 들여다볼 것이다.

-프리드리히 니체-

* * *

난 틀렸다.

사람은 바른 방향으로 살 수 없다.

---

150)   Hitler, 『Mein Kampf』, Vintage, 1992, p165.

옳은 말을 하고
올바르게 살아가려는 노력은

누군가에게 이용당하기 딱 좋은
순진한 생각이다.

털어서 먼지 안 나는 사람은 없다.
털리는 먼지가 사람이라는 증거일지도.

이제 난 그 먼지가 되려 한다.
그러면 조금 더 사랑받을지도.

괴물이 되려 한다.
아니,
오늘부터 난 괴물이다.

선택

"우현아, 전화로는 할 이야기는 아니고

만나서 이야기했으면 하는데,

혹시 오늘 저녁에 시간 돼?"

1. 오랜만에 듣는 소리다. 대학교 졸업 후, 효상이가 먼저 연락해 따로 만나자고 하는 일이 드물다. 아마도 승기와 자주 어울려서일지도 모른다. 효상이와 승기는 입사 동기다. 서로 전혀 맞지 않는 성격을 지닌 둘이 친하게 지내는 게 나로서는 별일이다. 그리고 솔직히 좀 서운하다. 아니, 정말 서운했다. 대학교 때 그렇게 친했던 우리여서다. 효상이와 어울렸던 대학 생활은 어머님의 그리 강조한 '끼리끼리'의 응용[151]이었다. 그리고 당시는 지지리 궁상맞던[152] 시절이었다. 물론, 효상이네 형편이 어려웠지, 우리 집 형편은 어렵지 않았다. 예를 들면, 지금이야 돈가스는 길거리에 널린 흔한 음식이다. 하지만, 어린 시절에 돈가스는 분식집이 아닌 레스토랑에서나 만날 수 있는 고급 요리

---

151)   응용(應用): 어떤 원리나 지식, 기술 따위를 다른 일을 하는 데 활용함.

152)   지지리 궁상맞다(窮狀一): 매우 심하게(지긋지긋하게) 초라하고 꾀죄죄하다.

였다. 운이 좋게도 아버지가 대구에서 큰 레스토랑을 운영했다. 1980년대, 100평형대의 레스토랑은 대구에서도 손꼽혀서다. 배고플 때마다, 아버지를 찾아가 원 없이 돈가스, 생선가스, 함박스테이크 등을 먹었다. 당시에는 그게 귀한 음식이라는 생각조차 없었다. 또한, 청소년 시절은 그 어떤 시대보다 해외 브랜드가 한국을 뒤흔들던 시대였다. 돌아보면, 그만큼 대한민국은 발전의 시대였다. 그렇기에 2022년을 살아가는 젊은이가 안타깝다. 국가의 발전이 무엇이라고 피부로 느끼기 어려워서다. 우울한 이야기다. 다시 1990년대 돌아가면,

마리떼 프랑소와 저버, 게스, 미찌코 런던, 인터크루
안전지대, 마우이, 퀵실버, 베이직, 캘빈클라인, 폴로,
보이런던, 배드보이, 펠레펠레, 리바이스, 겟유즈드

2. 언급한 모든 브랜드를 즐겨 입었다. 솔직히 말하면, 이 브랜드가 아니면 구매하지도 않았다. 특히, 마리떼 프랑소와 저버가 정말로 인기가 많았던 청바지인데, 바지 지퍼 부위에 붙어 있는 로고는 부의 상징이었다. 가격도 정확하게 기억난다. 65,000원이었다. 청바지가 몇천 원 하던 시절이었기에 65,000원은 정말로 비싼 청바지다. 소개팅에 이 청바지를 입고 나가면, 모든 여자의 관심은 내게 쏠렸다. 여자들은 누구보다 빠르게 입은 옷을 스캔했다. 마리떼 프랑소와 저버는 자존심이자 정체성이었다. 오랜만에 어린 시절을 돌아보니, 현재 내가 얼마나 무능한 아버지인지를 깨닫는다. 결혼해 아이를 키워 보니까 알겠다. 아이에게 입고 싶은 것, 하고 싶은 것, 원 없이 해 주는 게 말처럼 쉽나? 그래, 칠흑 같은 어둠이 오든지 말든지, 하늘에 있는 별

을 따서 내 아이를 웃게 해주고 싶다. 그런데, 그게 그렇게나 어려운 일이다. 마음만 먹는다고, 손을 있는 힘껏 뻗는다고, 사다리를 빌려 올라가더라도, 하늘에 있는 별은 딸 수 없다. 애초에 욕심이다. 그렇게나 어려운 일을 어린 시절에는 쉽고 간단한 일이라 생각했다. 내 아이와 과거의 내 어린 시절을 비교할 때가 종종 있다. 그럴 때마다 미안하고 또 미안하고 또 미안하다. 그리고 부모님께 정말로 감사한다.

말처럼 쉬웠다면,
난 어린 시절을
그리워하지도 않았겠지.

그리고
효상이에게도
승기에게도
이런 짓을 하지 않았겠지.

3. 말이 나와서 말인데, 1990년대 소개팅은 지금과는 다른 아날로그 형식이었다. 예를 들면, 얼굴을 보지 않은 채, 서로의 목소리로만 호감을 느낄 수 있게 하는 프로그램이 있었다. 당시는 인터넷이 없었던 시대라, 이를 뭐라 불러야 할까? 음성 데이트 프로그램? 이 프로그램은 특정 전화번호를 부여한다. 특정 전화번호는 일종의 사서함이다. 호출기(삐삐)와 비슷한 알고리즘이라 생각하면 좋을 것 같다. 지역을 설정하고, 인사말을 녹음해 사서함에 올린다. 비슷한 지역을 설정한 이성은 인사말의 녹음을 듣고 음성 데이트를 신청한다. 주로 남

자가 여자한테 신청하는데, 나는 달랐다. 당시에 경상도에서 서울말을 쓰는 10대는 드물어서다. 그게 호기심이든지 호감이든지, 내 말씨 덕분에 많은 이성과 음성 데이트를 했다. 음성 데이트가 무르익으면, 서로의 번호를 교환한다. 번호 교환 과정까지 오는 게 쉬운 일은 아니다. 보통 음성 데이트만 즐기다가 끝나는 경우가 대부분이다.

"너 어디 사는데?"
"나 범어동에 살아."

"삐삐 번호가 뭐야?"
"삐삐 없는데."

"아 그래? 그럼 집 전화번호를 알려 줘."
"내 집 완전 뚱뚱해가지고 만나면 실망한다."

4. 중학교 시절, 삐삐를 가지고 다니는 여학생은 거의 없었다. 삐삐는 청소년이 소지하기에 비싼 전자 제품이다. 오히려 여학생이 삐삐가 없는 게 내게는 호재였다. 당시는 삐삐를 지닌 청소년은 동경의 대상이어서다. 집으로 전화하면, 부모님이 전화를 받을 때가 많았다. 이게 문제다. 부모님에게 건전한 학생이라는 인상을 남겨야 해서다.

"안녕하세요, ○○이 친구, 임우현입니다. 혹시, ○○가 집에 있습니까?"

서울 말씨는 이성 친구 부모님에게도 좋은 인상을 남긴 것 같다. 항상 바꿔 주었다. 한참 이성 친구와 통화를 하다 보면, 갑자기 이성 친구가 사투리로 소리를 지른다.

"엄마는 왜 내 전화 엿듣는데! 내 전화다. 엿듣지 마라."

딸깍.

5. 이런 일은 비일비재했다. 그래서, 당시에는 각 방에 전화기가 있었다. 물론, 전화기를 사달라고 엄청나게 졸랐다. 거실이 아닌 방 안에서 누군가와 사적인 통화를 즐기는 행복은 청소년에게 로망과 같았다. 부모님으로부터 전화기를 받아내면 모든 준비는 끝났다. 달콤함을 즐길 여유만 있으면 된다. 학원을 거쳐 독서실에서 공부가 끝나면, 얼추 밤 11시가 넘었다. 서로 시간을 정해, 보통은 새벽이다. 그렇기에 부모님이 받기 전에 먼저 받아야 한다. 정말 잽싸게 받아야 한다. 새벽에 울리는 전화벨 소리는 경비 업체에서 보내는 경보음처럼 상상을 뛰어넘은 소음이어서다. 벨 소리가 제대로 울리기 전에 전광석화[153]로 전화를 받으면 그때부터 둘만의 달콤한 음성 데이트를 시작했다. 잠들기 전, 무거운 수화기를 귀 옆에 대고, 침대에 누워, 뜬눈으로 지새운 날이 참 많았던 시절이다. 지금 생각해 보면, 얼굴도 모르는 이성과 그렇게나 할 이야기가 많았을까?

목소리만 듣고,

---
153) 전광석화(電光石火): 아주 신속한 동작.

누군가를 상상하며 좋아할 수 있었던

그때가 그립다.

6. 하루하루 살아가는 게 버거워, 삶의 달콤함이 무엇인지 고민하지 않은 지 오래다. 생각해 보면, 청소년 시절은 그렇게나 어른이 되고 싶었다. 부모님의 잔소리도 싫었고, 학교라는 시스템에 얽매여 통제당하는 것도 싫었다. 타인의 속박[154]에서 벗어나, 원하는 행동을 눈치 보지 않고 펼치는 그런 날을 매일매일 꿈꿔 왔다. 하지만, 어른이 되어 보니 알겠다. 청소년 시절이 얼마나 눈부시고 행복했던 순간이었는지를. 적어도 사회가 감옥이라는 사실을 알지 못해서다. 어른이라는 명찰을 가슴에 단 순간부터, 거대한 힘을 지닌 타인의 속박으로 이루어진 감옥에 제 발로 들어가야 한다. 그것도 무기징역이다. 들어가기 싫다고 거부할 수도 없다. 암흑이 전부인 관을 내 집으로 삼기 전까지는 이곳을 벗어날 수는 없다. 다만, 감옥도 나름 소소한 재미는 있다. 드라마에서도 나오지 않는가? 어울리는 세력에 따라서 행동의 범위가 죄수마다 다르다. 적어도 효상이와 승기보다는 다양한 것을 누리며 징역[155] 중이다. 그래서 승기를 보면 안쓰럽다. 감옥 안에 갇힌 줄도 모르고 아직도 혼자 〈트루먼 쇼〉[156]를 촬영 중이다. 감옥 안에 갇힌 죄수라는 사실을 승기가 깨닫는다면, 승기는 뭐라고 답할까?

---

154) 속박(束縛): 어떤 행위나 권리 행사를 자유롭게 행하지 못하도록 얽어매거나 제한함.

155) 징역(懲役): 교도소 안에 가둬 일정한 기간 노동을 시키는 형벌.

156) 1998년에 개봉한 미국의 SF 드라메디 사실주의 영화이다. 현실처럼 꾸며진 스튜디오 안에 살고 있다는 사실을 인식하지 못하는 한 남자의 인생 연대를 전 세계 사람들에게 쉬지 않고 방영하는 텔레비전 쇼와, 주인공이 그 사실을 조금씩 인지해가고 자신의 삶의 진실을 발견하려고 파고드는 이야기이다. [출처: 위키백과]

자기는 억울하게 옥살이 중인 백로라 항변[157]할까? 아니면 현재 상황을 받아들일까? 아니면 존재하지도 않는 바깥세상을 지어내어 탈옥을 시도할까? 궁금하기는 하다. 효상이는 승기보다는 낫다. 수형[158] 중이라는 사실을 알고 있다. 다만, 존재하지도 않는 바깥세상으로 탈옥을 시도 중이다. 회사를 그만두고 자기만의 길을 걷는다고 하는데, 감옥 안에서 자기만의 길을 걷는 게 무슨 의미가 있는지를 모르겠다.

모두가
감옥에 갇힌 까마귀다.

그 안에서
선량한 척 사는 게
더 위선적인 삶이 아닌가?

까마귀는 백로가 될 수 없다.

난 차라리
까마귀 왕이 되고 싶다.

7. 어머님은 '끼리끼리' 어울리라고 항상 강조하셨다. 하지만 '끼리끼리'의 의미를 청소년 시절에는 이해하기 어려웠다. 대부분 내 시간은 경상도에 머물렀다. 그렇다면, '끼리끼리'의 지칭은 경상도 사람들

---

157) 항변(抗卞): 대항하여 자신을 변호함.
158) 수형(受刑): 형벌을 받음.

이라는 뜻이다. 하지만, 서울에 있는 대학교로 보내려고 그렇게나 악착같이 공부하라고 했을까? 모순적인 말씀이다. 어렸을 때, 서울에 살았던 기억은 없다. 친구라는 개념을 이해한 후, 줄곧 경상도에 있었다. 조금 더 구체적으로 말하면, 대구다. 불알친구[159]가 있는 곳은 대구다. 어머님은 항상 정말 귀 딱지 앉도록 이야기한 게 있다.

"우현아, 사람은 끼리끼리 만나야 해.
누구랑 같이 있느냐에 따라서
네가 만날 수 있는 환경이 변해.
그러니, 집에서는 꼭 서울말을 써."

8. 우여곡절[160] 끝에 서울에 있는 대학교에 합격했다. 공부를 못한 것은 아니었다. 다만, 서울에 있는 대학교에 합격할 만한 성적이라고 말하기는 모호[161]했다. 운이 좋았다. 당시의 대학 수학능력시험의 난도[162]가 대폭 하락해서 점수가 많이 올라서다. 나보다 상위권에 있는 친구들은 이로 인해 엄청난 손해를 봤다. 그들의 수능 점수는 더 올라가기 어려워서다. 반면에 나처럼 중상위권에 있는 학생은 행복한 비명을 지르며 고민에 빠졌다. 수능 성적이 대폭 상향해서다. 정말로 운이 좋았다. 그리고 너무나 행복했다. 꿈에나 그리던 서울 생활의 시작이라니. 동대구역에서 무궁화호 열차에 탑승 후, 서울역까지 이르는

---

159) 불알친구(親舊): 남자 사이에서, '어릴 때부터 같이 놀면서 친하게 지낸 친구'를 이르는 말.
160) 우여곡절(迂餘曲折): 뒤얽혀 복잡한 사정.
161) 모호(模糊): 말이나 태도가 흐리터분하여 분명하지 않다.
162) 난도(難度): 어려움의 정도. 난이도(難易度).

지루한 4시간이 이렇게나 행복할 수 있었을까? 무엇보다, 부모님 통제에서 벗어나 다양한 이성과 데이트할 수 있다는 생각뿐이었다. 공부는 고등학교 때 지겹게 했다. 더 공부할 필요가 있을까? 부모님이 다 해 줄 거라고 믿었다. 매달 용돈은 주지, 서울에서 혼자 자취하지, 부족한 게 없었다. 완벽한 자유다. 사람들과 어울려 사랑하고 사람들과 섞여 즐겁게 살아가고 싶었다. 물론, 사람의 예는 여자만을 말한다. 20대 때, 나의 최대 과제는, 많은 이성을 만나 매력을 뽐내는 일뿐이었다. 칙칙한 남자를 만나는, 그런 상상하기도 싫은 범죄 같은 행동은 대구의 불알친구로 충분했다. 서울에서는 더는 남자와 우정을 쌓는 일은 없을 거라고 다짐했던 게 엊그제 일처럼 생생하다.

딱, 한 명
효상이만 예외였다.

9. 여자가 좋아할 만한 동아리를 가입하는 게 첫 번째 학교생활의 미션이었다. 당시의 유행은 누가 뭐래도, 디지털카메라였다. 보통은 '디카'라고 줄여서 말했다. 지금이야 핸드폰으로 모든 게 가능한 세상이지만, 당시만 해도 어깨에 디카만 걸쳐도 이성이 바라보는 눈빛부터 달랐다. 이성에게 자랑하려면 최소한 100만 화소를 지닌 디카가 필요했다. 문제는 가격이다. 물론, 책값을 핑계 삼아 부모님으로부터 용돈을 더 달라고 요구할 수는 있었다. 하지만, 책값을 핑계로 용돈을 더 달라는 꼼수는 비상상황을 대비해 남겨두고 싶었다. 사실, 디카를 사고 싶지는 않았다. 처음부터 사진을 찍는 게 목적이 아니어서다.

요즘 스타일인 '엣지남'[163]이 되는 게 목표였다. 그렇기에 반드시 사진 동아리에 가입해야 했었다. 그곳에는 판타지를 채워 줄 수많은 디카가 날 기다려서다.

"안녕하세요! 사람 향기를 좋아하는
임우현입니다. 만나서 반갑습니다!"

10. 동아리 문을 연 후, 빼꼼히 머리만 들이밀어 카메라가 어디 있는지 살피다가 효상이와 눈이 마주쳤다. 생각보다 연식이 있어 보였던 외모를 지닌 효상이를 선배라고 착각해 나도 모르게 인사를 했다. 효상이는 자기에게 한 인사가 아니라고 생각했는지 다시 자기 일에 집중했다. 말수가 적었던 효상이는 사진 촬영을 정말로 좋아했다. 자기 카메라도 아니면서, 선배가 시키지도 않았는데 동아리 카메라를 매일같이 닦고 또 닦았다. 대학 시절, 효상이는 내성적이라 자기표현을 하지 못했다. 지금도 자기표현을 못 한다. 효상이는 집단에서 있는 듯, 없는 듯, 살고 싶다고 말한다. 사람과의 관계를 유지하는 게 귀찮은 일이라 생각한다. 지금이 행복하다고 말한다. 하지만 그런 효상이를 보고 있으면, 어디에도 끼지 못하는 외톨이처럼 느껴졌다. 항상 혼자가 좋다고 말하는 효상이의 진심이 내게는 들리는 듯했다.

외톨이로는 만들지 말아 줘.

---

163) 남들과는 다르고 개성 있는 삶을 추구하며 살아가는 여자들 또는 남자들을 일컫는 말.
  [출처: 네이버 오픈사전]

11. 그래서 마음이 더 갔다. 효상이가 하고 싶은 말을 대신해 줘야 한다고 생각했다. 그렇지 않으면, 동아리 선후배는 효상이가 누군지 기억하기 어려워서다. 무엇보다 일반인 눈으로 보았을 때는, 효상이는 워낙 특징이 없다. 효상이를 밖에서 마주치면 많은 이가 모른 척하고 지나칠 때가 많았다. 먼저 인사하면 될 텐데, 효상이는 그런 숫기도 없었다. 참 답답했다. 하지만 그게 또 좋았다. 효상이와 진중하게 대화하지 않는 한, 효상이의 생각이 얼마나 풍부하고 아름다우며 깊은지 알지 못해서다. 서랍장에 꼭꼭 숨겨 놓은 나만 볼 수 있는 보물이었다. 승기가 내 보물을 공유하는 것 같아서, 효상이가 다른 사람에게 마음을 보여서, 그게 좀 섭섭하기는 하다.

멀리서 형체만 보아도
난 효상이를 느낄 수 있다.
효상이와 난 하나니까.

12. 하지만, 내 눈에는 누구보다 명확한 외모를 지닌 친구다. 효상이는 쌍꺼풀이 있는 봉황 눈을 지녔고 웃을 때 덧니가 보인다. 그리고 왼쪽 눈썹 위에 점과 오른쪽 눈썹 위에는 흉터가 있다. 코는 약간 들창코에 입술은 아래로 처져 있다. 그리고 작은 타원형 얼굴에 목이 두꺼워 거북이처럼 느낄 때가 종종 있다. 효상이는 무엇보다 걸음걸이가 특이하다. 땅바닥을 가볍게 치며 통통 튀며 걸어서다. 마치 농구공 같다. 그리고 팔이 짧아 긴소매 옷을 사면 늘 접어서 입어야 한다. 그에 반해 손이 가늘고 예쁘다. 손만 보면 여자라고 해도 믿을 판이다.

시간이 흘러도

아직도

널 이렇게나 기억해.

그런 너에게

무슨 짓을 하려는 걸까?

13. 대학 시절, 효상이와의 추억은 너무나 많다. 그중 하나만 이야기하면, 술과 얽힌 이야기다. 효상이는 술을 못한다. 당시의 선배들은 한국 사회에서 살아남으려면 술은 극복해야 하는 과제라고 입이 닳도록 떠들었다. 효상이도 이에 동참했다. 간 훈련 초기에는 효상이를 데리고 다니며 학교 근처 핫한 술집만 다녔다.

쪼끼쪼끼, 비어캐빈, 고흥 분식,

맥주창고, 거경선, 실크로드,

조마루감자탕 그리고 마도로스

14. 당시는 오이 소주, 레몬 소주, 체리 소주, 요구르트 소주 등, 칵테일 소주가 유행이었다. 하지만 칵테일 소주는 먹을 때나 맛이 있다. 아침에 일어나면 숙취로 고생해야 한다. 또한, 여자가 있으면 모를까, 남자끼리는 칵테일 소주를 먹지 않는다. 모양 빠지는 행동이어서다. 너무 달기도 하고, 간 훈련에도 맞지 않는다. 효상이와 다른 술을 마셨다. 이름하여 '오십세주'다. 당시는 백세주와 소주를 섞은 '오십세주'가 유행이었다. 백세주는 소주보다 비싸다. 이성과 소개팅할 때

나 먹던 술이다. 하지만 효상이에게는 아깝지 않았다. 그리고 처음부터 강한 술로 훈련하면, 효상이 간만 망가진다. 효상이의 간을 보호하려면 안주도 있어야 한다. 효상이는 소시지 야채 볶음인 '쏘야'와 '황도'를 그렇게나 좋아했다. 일주일에 3번 정도를 효상이와 술을 먹으러 다녔다. 자연스레 가진 돈도 금방 사라졌다. 돈이 없다고 효상이와 시작한 간 훈련을 멈출 수는 없었다. 본게임을 시작했다. 드디어 강한 술이다. 한겨울에도 효상이와 난 간 훈련을 쉬지 않았다. 주로 술을 학교 안에 등나무 벤치에 앉아서 먹었다. 음악이 빠질 수는 없다.

아이언 메이든의 〈Fear of the dark〉을 들으며,
웅장한 기타 소리와 베이스의 멜로디에 맞춰,
우리는 소리를 질렀다.

"워워워~워워워~워워~
Fear of the dark! Fear of the dark!"

20대였던 우리에게 추위는 우정을
돈독[164]하게 하는 도구에 불과했다.

15. 라면 수프에 새우깡을 안주 삼아, 빨간색 뚜껑을 자랑하는 두꺼비로 간을 훈련했다. 어찌나 구토를 많이 하던지, 옆에서 보기에 안쓰러울 정도였다. 뭐든지 본게임은 힘든 거다. 추위로 등나무 벤치에서 먹기가 너무 힘들면, 몸을 녹이려 동아리로 갔다. 24시간 열려 있는

---

164) 돈독하다(敦篤—): 도탑고 성실하다.

동아리가 가끔 잠긴다. 당시는 아직 1학년이라 동아리 열쇠를 받지 못했다. 1년 동안 동아리 활동에 꾸준하게 참여해 신뢰를 쌓아야 한다. 그래야 다음 해에 동아리 사람으로 인정을 받아 기수에 이름을 올린 후 열쇠를 받는다. 효상이와 난 23기다. 또한, 고가의 장비가 많은 곳이다. 가끔 신입생인 척하고 디카를 훔쳐 가는 몹쓸 녀석들이 종종 있다. 결국, 동아리 열쇠는 신뢰의 증표다. 여하튼, 그럴 때면 학생회관 의자에서 서로의 온도를 의지 삼아, 부둥켜안으며 잠을 자곤 했다. 우리는 그런 사이였다. 모로 가도 서울만 가면 된다는 말이 있지 않은가? 꾸준한 간 훈련으로 효상이는 소주 한 병은 거뜬하게 마실 수 있는 남자가 되었다. 그런데 이상하다. 승기는 효상이가 술을 못한다고 생각한다는 거다. 승기는 효상이에게 술을 권하지 않는다. 가끔 효상이에게 술을 강요하면, 승기는 아주 몹쓸 행동을 본 것처럼, 한심하게 날 쳐다본다. 효상이는 왜 술을 못 먹는 척할까? 그 이유를 아직도 모른다. 항상 셋이 만나니 물어보기도 모호하다. 그만큼 지금은 효상이와 단둘이 만날 일은 드물다. 그런 효상이가 오랜만에 독대[165]를 청했다. 오랜만에 둘이 만날 것 같다. 기분이 너무 좋구나. 단둘이라니.

사실, 난
산을 타는 게
죽기보다 싫은 남자다.

16. 요즘에도 가끔 셋이서 산을 탄다. 효상이는 내가 등산을 즐긴다고 생각한다. 대학 시절, 도봉산을 따라가는 게 아니었다. 당시의 결

---

165) 독대(獨對): 중요한 지위에 있는 높은 사람을 단독으로 면담하는 일에도 씀.

정을 너무나 후회한다. 사실, 도봉산에 따라간 이유는 선배의 부탁이었다. 그때나 지금이나 워낙 말수가 적은 효상이다. 동아리 선배가 걱정 반, 호기심 반으로 효상이가 무엇을 하는지 알아보라고 했다. 나 역시, 효상이가 걱정되었다. 태어나서 처음으로 산을 탔었다. 아직도 기억난다. 도봉산에 혼자만 무장하고 나타난 효상이. 등산화까지는 바라지도 않는다. 적어도 운동화를 신고 오라고 귀띔[166]은 해 줘야 하지 않았나? 민소매를 입어서 팔에는 모기가 맛있게 식사한 자국 천지였다. 산모기한테 당하지 않은 자라면, 붓기와 가려움으로 얼마나 고통스러운지를 알지 못한다. 모기에 물린 자국 또한 혐오스럽다. 한동안 한여름에 긴소매를 입고 다녀야 했다. 엎친 데 덮친 격으로, 접지력이 약한 샌들을 신고 효상이를 따라가느라 미끄러지기 일쑤였다. 피가 거꾸로 솟고 목덜미가 쭈뼛해지는 순간이 너무나 많았다. 살아 있는 게 천운[167]이었다. 덕분에 손바닥과 발은 물집과 피멍으로 만신창이가 되었다. 등산은 처음이라고 이야기했는데도 효상이는 복장에 대해 일언반구[168]도 없었다. 설마 일부러? 아직도 미스터리다. 선배의 부탁으로 이게 무슨 개고생이었던가? 물론, 도봉산 등산 이후로 우리의 사이는 급속도로 가까워졌다. 하지만, 지금까지도 등산을 즐기는 자를 이해할 수 없다. 산이 싫다. 징그럽다. 정말로.

왜 굳이 힘들게 올라가서
내려와야 하는가?

---

166)   귀띔: 눈치로 알아차릴 수 있도록 미리 슬그머니 일깨워 줌.
167)   천운(天運): 하늘이 정한 운수.
168)   일언반구(一言半句): 한 마디의 말과 한 구절의 반.《아주 짧은 말》

17. 회사 근처 카페에서 보자고 효상이에게 문자가 왔다. 오랜만에 둘이 만나는 거라, 이게 뭐라고 심장이 두근거린다. 승기가 아닌, 내게 먼저 다가와 고민을 털어놓는다는 생각에 기분이 너무 좋다. 그래, 효상아, 우리 정말 친했다. 이제야 내 친구, 효상이로 돌아왔구나. 허구한 날, 가시 돋친 말로 다른 사람에게 상처나 주는 승기가 뭐가 좋다고. 승기의 영향으로 효상이도 가끔 승기처럼 냉소적으로 상황을 바라볼 때가 있다. 내가 알던 효상이의 모습이 사라지는 게 못마땅하다. 어른이 되는 과정에서 일어나는 자연스러운 변화와는 다르다. 친구 따라 강남 간다고, 이래서 누구를 만나느냐가 중요한 거다. 갑자기 어머님 말씀이 떠오른다.

"우현아, 사람은 끼리끼리 만나야 해.
누구랑 같이 있느냐에 따라서
네가 만날 수 있는 환경이 변해."

18. 말을 안 해서 그렇지. 승기는 하관이 발달해서인지, 구강구조가 문제인지, 입을 열 때마다 소리가 난다.

딸깍딸깍, 딸깍딸깍, 딸깍딸깍, 딸깍딸깍
딸깍딸깍, 딸깍딸깍, 딸깍딸깍, 딸깍딸깍

그 소리가 듣기 싫어 죽겠다. 바늘로 심장을 쿡쿡 찌르는 고통이 느껴져서다. 볼드몰트 사건 때, 위로는 못 할망정, 조언을 방패 삼아 딸깍딸깍 소리를 내는, 바늘로 내 심장을 찌르는 승기의 턱주가리를 아작[169])내고 싶었다. 그때, 효상이가 내 편을 들지 않았다면, 나와 승기 사이는 진작 끝났을 거다. 몇 시지? 효상이가 오기까지 시간이 좀 남 았네. 나도 모르게 거울을 힐끔 보며, 옷매무새를 다듬는다. 승기보다 더 신뢰감 있는 인물로 보이고 싶어서다. 제기랄, 어제 접대의 흔적은 얼굴에 그대로 묻어 있다. 보통 밤새도록 접대하면 다음 날 늦게 출근 하는데, 글로벌 미팅이 갑자기 아침에 잡혀서 씻지도 못하고 급하게 나왔다. 떡진 머리, 덥수룩한 수염, 그리고 옷에는 어제의 음식을 예 상하게 하는 냄새가 고스란히 배어 있다. 영업부 직원에게 이런 일은 비일비재하다. 그렇기에 책상 서랍 안에는 면도기, 칫솔, 세안제, 샴 푸, 속옷, 양말 그리고 탈취제로 수북하다.[170] 물건이 다 떨어지면, 그 때 새로 사야 하는데, 생각날 때마다 구매해서다. 그래서 서랍 안에는 유통기한이 지난 제품이 군데군데 숨어 있다. 날짜를 꼭 확인해야 한 다. 얼마 전에도 유통기한이 지난 세안제를 사용해 얼굴이 뒤집혀 고 생한 적이 있어서다. 물건을 챙겨서 화장실로 갔다.

가는 날이 장날이라고 하지 않나?
머피의 법칙[171]이다.

19. 수염을 세워 면도날과 마찰을 줄이려면 쉐이빙폼이 필요하다. 안 가지고 왔다. 세안제로 그 역할을 대신해야 한다. 세안 후 거울에

---

169) 아작: 잘게 부서지거나 깨어짐.
170) 수북하다: 물건이 많이 담겨 있거나 쌓여 있다.
171) 머피의 법칙(영어: Murphy's law)은 어떤 일이 잘못되어 가는 상황에 대해 이야기할 때 서양에서 흔히 사용되는 말이다. 즉, 하려는 일이 항상 원하지 않는 방향으로만 진행되 는 현상을 이르는 말이다. [출처: 위키백과]

비친 내 모습을 보았다. 얼굴 주위가 울긋불긋하다. 또, 유통기한이 지난 세안제를 사용했나? 그건 아니다. 환장하겠다. 이런 모습은 효상이에게 신뢰감을 주기 어렵다. 더군다나, 떡진 머리를 대충 물로 씻었는데, 오히려 더 지저분해 보인다. 하필, 그렇게나 많던 일회용 샴푸가 똑 떨어졌다. 화장실 가기 전에, 편의점 가서 구매했어야 했다. 물로만 머리를 감으면, 현재 상태보다 좋아지리라 생각한 근거가 무엇인가? 더군다나 드라이어기도 없다. 일주일 전에 파마해서, 드라이어기가 없으면 꼬일 대로 꼬인 머리카락은 그대로 굳는다. 양배추 인형이 따로 없다. 꼬일 대로 꼬인 머리카락은 현재 심정을 그대로 대변한다. 이처럼 간단한 일도 제대로 해내지 못하면서 효상이에게 어떻게 신뢰감을 줄 수 있을까? 한심하다. 얼굴은 어쩔 수 없다. 당장 미용실에서 머리를 다듬어야 한다. 내 친구, 효상이를 악마 승기로부터 다시 찾아야 하니까. 내 엄청 외로웠다고! 내 친구 뺏어가지 마라! 김승기!

"오늘 중요한 고객을 만나야 하니,
깔끔하게 다듬어 주세요."

20. 카페 문을 열었다. 효상이가 보인다. 무언가 부탁할 게 있는가 보다. 소개팅하러 온 사람처럼 댄디한 슈트 차림이어서다. 다만, 겨울과 어울리지 않는 화이트 톤 베스트와 시커먼 복사뼈가 다 드러나는 줄무늬 팬츠, 그리고 세월의 흔적이 묻은 스니커즈가 효상이의 궁핍함을 말한다. 회사를 그만두고 글을 쓰는 중인데, 그래서 돈을 빌리러 왔나? 아니면 글 쓰는 것을 포기했나? 그래서 회사에 자리가 있나 부

탁하러 왔나? 아니면 오래간만에 외출해 기분 전환하러 나왔나? 영업하면서 배운 게 있다. 상황을 짐작해 선불리 결정하지 말고, 상대방에게 물어서 답을 듣는 게 중요하다. 실전은 다양한 생각을 지닌 사람들과 상대해야 한다. 오랜 영업 생활을 통해서 이들을 만나 보니 직관적으로 깨닫는 게 있다.

사람은
그리 복잡하지 않다.

그런데도
우리의 예상은
대부분 틀린다.

21. 물론, 승기가 입이 닳도록 강조하는, 다양한 경우의 수를 예상해, 다가올 위험에 대처하는 능력 또한 있어야 한다. 그런데 말이다. 승기의 조언은 탁상공론에 불과하다. 승기가 만나는 사람은 기껏해야 학생이 전부다. 그런 만남은 실전이라 말하기 어렵다. 선생이 학생에게 떠드는 조언 중 인생에서 정말로 도움이 되는 게 있기는 한가? 대학 생활을 내내, 많은 교수가 상식과 공정은 건강한 사회를 건설할 수 있다고 강조했다. 그래, 맞는 말이다. 교수의 조언처럼 살아 보려 노력했다. 그런데 살아 보니까 말이다. 상식과 공정을 지키려 할수록 바보가 되는 기분이다. 나만 굳건히 지키면 뭐 하나? 다른 사람은 상식과 공정 위에서 미련한 내 신념을 비웃는다. 대중매체는 상식과 공정을 무시하는 사람이, 대부분 우리가 만나기 어려운, 가진 자라 이야

기한다. 그렇게 가진 자와 가지지 못한 자를 갈라치기한다. 처음에는 그리 믿었다. 가진 자는 상식과 공정을 무시해 온갖 더러운 일로 가지지 못한 자의 자리를 뺏는다고. 그렇기에 처음에는 내 신념을 비웃는 가진 자가 곧 대가를 치르리라 확신했다. 그런데 살아 보니까 말이다. 대중매체에서 떠드는 가진 자를 만나기 어렵다. 그리고 정말 슬픈 사실은 말이다.

가지지 못한 자도
보이지 않는 손의 힘을 따라
공정과 상식을
조금씩 무시한다는
사실이다.

가진 자의 출발은
가지지 못한 자였고

가진 자와 가지지 못한 자의
기준은 상대적이다.

22. '아빠 찬스' 혹은 '엄마 찬스'로 사회에 물의를 일으킨 고위 공직자 사건이 한참 대학가를 들썩거렸다. 철석같이 공정과 상식을 믿었기에 이들의 파렴치한 행동에 분노하여 효상이와 술을 자주 마셨다. 어찌하다 보니, 졸업 후 영업사원으로 사회의 첫발을 내디뎠다. 그리고 모든

사람은 '상대적 찬스'로 그들의 잇속[172]을 챙기는 것도 자연스레 알게 되었다. 난 영업사원이다. 영업은 인맥의 중요성을 어떤 분야보다 강조한다. 인맥을 통해 성과를 내어 유지하는 게 일반적이다. 접대도 인맥을 유지하는 방법 중 하나다. 선임들은 인맥관리가 진정한 능력이라며 너스레를 떨었다. 그 조언을 받아들이기 어려웠다. 경쟁사와 비교해 자사 제품의 경쟁우위를 설파해 고객사를 설득하는 일은 많지 않았다. 제품 사양보다 떡밥에만 관심을 보이는 거래처도 있다. 호형호제[173]하면서 얼마나 이들과 끈적한 관계를 유지하느냐가 내년에도 계약을 이어갈 수 있는 가장 빠른 방법이다. 이것도 상식과 공정을 기반으로 키운 능력인가? 이런 게 바로 '상대적 찬스'가 아닌가?

"형님, 내년에도 부탁합니다. 우리 끝까지 가야죠? 안 그래요? 제가 형님 영전[174]하는 길, 뒤에서 열심히 서포팅하겠습니다. 그나저나, 이번에 원자재 가격 상승으로 불가피하게 제품의 가격을 상승해야 할 것 같습니다. 저는 거짓말 안 합니다. 형님한테는 원가표 다 공개하잖아요. 예전처럼 진행했으면 해서요. 무슨 말인지 아시죠? 형님 사랑합니다! 한잔 제가 말아드리겠습니다!"

23. 첫 접대 자리에서 선임이 고객과 나누었던 대화다. 그저 공짜로 비싼 술을 먹는다는 기쁨에 따라갔는데, 솔직히 그들의 대화를 이해하기 어려웠다. 사수가 이직으로 인수인계할 때 비로소 그들의 대화

---

172) 자신에게 이익이 되는 실속.
173) 호형호제(呼兄呼弟): 서로 형이니 아우니 하고 부른다는 뜻으로, 매우 가까운 친구로 지냄을 일컫는 말.
174) 영전(榮轉): 전보다 더 좋은 자리나 직위로 옮기는 일.

를 이해했다.

"우현아, B사의 부장님은 위스키 중 싱글몰트만 마셔. 보통 접대할 때는 글렌피딕 18년 산으로 하고, 재계약을 해야 하는 시점은 맥켈란 21년이나 25년으로 접대해. 늘 그렇게 해 왔으니까, 잘 기억해. 가끔 다른 술을 먹자고 추천해 보라고 하는데, 그게 일종의 시험이야. 그러니까 비슷한 가격대의 싱글몰트를 미리 숙지해. 듣보잡 술을 추천했다가 욕먹지 말고.

그리고 일단 직급을 불리는 것을 싫어해. 형님이라 부르면 좋아해. 우현이 너와는 나이 차가 좀 있기는 한데, 일단 상황 봐서 슬쩍 형님이라고 해 봐. 좋아하면, 그때부터, 물론 진짜는 아니지만, 형, 동생 하면서 지낸다고 생각하면 돼.

절대로 사적으로 전화하면 안 된다. 하지만 부장님이 전화하면 반드시 받아라. 새벽이라도. 꼭. 우리 회사에 많은 매출을 담당하는 고객사야.

그리고 지금부터 민감한 내용을 말해야 하는데, 그동안, 이 형님과 모종의 뒷거래가 있었어.

실제로 제시한 가격보다, 조금 더 비싼 가격으로 제품을 공급해. 예를 들면, 실제로 개당 1500원이라면 납품할 때는 1530원이야. 그러면 30원의 차익이 우리 회사로 들어오잖아. 그러면 우린 그 30원의 차익을 부장님의 부인과 자녀 통장에 나눠서 순차적으로 넣어 줘야 해. 회사 이름으로 이체하면 안 되고, 우리가 관리하는 대포 통장이 있어. 그 통장으로만 계좌이체해야 해. 물량이 워낙 크다 보니까 30원의 차익도 엄청난 금액이지. 물량을 늘리는 경우면 그에 따라 가격이 조정되고. 그리고 이도 저도 안 되면, 우리가 손해를 좀 봐야 해. 마진을 좀 줄여서라도 챙겨 줘야 해. 절대로 실수하면 안 된다. 그 사람 심기 건드려, 타사로 갈아타면, 회사의 막대한 손해야."

24. 입사 후, 남자 직원만 득실득실해[175] 땀 냄새가 여름에 진동하는 영업부가 싫었다. 하지만, 기술직 영업은 제품의 특성상, 남자가 영업하는 게 계약될 확률이 높다. 땀 냄새로 진동해도 이해할 수 있었다. 남자로 구성한 영업부는 영업 전략을 잘 활용한 사례라 믿어서다. 하지만, 사수의 인수인계는 납득하기 어려웠다. 무엇보다 이런 개소리를 영업 노하우라고 숙지해야 한다는 게 더 싫었다. 이게 무슨 공정과 상식인가? 퇴사까지 고민했었다. 내 신념에 비추어 이러한 방식은 공정과 상식에서 한참이나 벗어나는 행동이어서다. 그리고 인생 처음으로 사표를 썼다. 부장님이 호출했다. 퇴사할 거라 아무도 예상하지 못한 듯했다.

"이유가 무엇인가? 이제 3년 차 아닌가? 정말 좋은 기회인데? 네 선임이 그동안 관리했던 어카운트가 얼마짜리인 줄 알아? 기회라고, 기회. 원래는 경력사원을 뽑아 대체하려 했어. 그리고 그게 맞아. 하지만 사수가 네게 기회를 줘 보라고 하도 강력하게 주장해서, 자네는 운이 좋은 거야. 이런 기회가 흔해? 좋은 사수 덕분에, 자네가 그 기회를 잡은 거야.

---

175)   사람이나 동물 등이 많이 모여 어수선하게 자꾸 움직이다.

진짜 좋은 기회.''

25. 부장님은 기회라고 몇 번이나 반복하여 말한다. 공정과 상식을 위배[176]하는 어카운트가 기회라고? 사회생활 시작한 지, 고작 3년 차다. 이제 시작하는 내 삶을 시궁창으로 몰아넣는 게 아니고? 부장님의 날렵하고 각진 턱이 빛을 발하는 날이다. 완벽한 악당, 조커의 얼굴이다. 웃을 때마다 보이는 촌스러운 금니가 악당의 얼굴을 완성하는 완벽한 액세서리다. 부장님은 이렇게나 무섭고 소름 끼치는 얼굴을 지닌 사람이었나? 남자들만 득실대는 이곳을 3년이나 몸담은 이유는 따로 있다. 돈 때문에? 난 효상이가 아니다. 평생 돈에 구애[177]받지 않았다. 그럼 명예 때문에? 난 승기가 아니다. 애초에 그런 게 임우현 마음에 있을 리 만무[178]하다. 나, 임우현에게 돈과 명예는 자유로운 영혼의 삶을 망가뜨리는 해충 같은 존재다. 솔직히 말하면, 회사 꼰대들이 꼭꼭 숨겨 놓은 럭셔리한 비밀 장소를 공유할 수 있어서다. 이게 영업인의 묘미[179]라고 해야 할까? 어린 나이에 이런 곳을 구경할 수 있다는 것만으로도 즐거웠다. 그것도 공짜로 말이다. 새로운 신세계를 경험했다고 말해야 하나? 말로 형용하기 어려운 아름다움이다. 직접 경험해야 한다. 물론, 사비로 다니지 못할 만큼 집안 형편이 어렵지도 않다. 그런데 말이다. 희한하게도, 그동안 뻔질[180]나게 다녔던 접대 장소는 인터넷으로 아무리 뒤져도 나오지 않는다. 그들만의 세

---

176) 위배(違背): 위반.
177) 구애(拘礙): 거리끼거나 얽매임.
178) 만무(萬無): 전혀 없음.
179) 묘미(妙味):미묘한 재미나 흥취.
180) 뻔질: 드나드는 것이 매우 잦다.

상이다.

젊은이는 그들만의 세상에
입장할 수 없다.

그들의 인생에 기생해
기쁨을 공유하는 게
참 좋았다.

26. 젊음은 영원하지 않다. 젊음을 앞세워 세상에서 가장 똑똑한 척
해도, 천둥벌거숭이처럼 혁신을 설쳐대도, 결국 기득권이 걸었던 그
길을 걸어야 편안하게 콩고물을 먹을 수 있는 불편한 법칙, 그것이 세
상의 법칙이다. 승기처럼, 자존심만 센 부류는 세상의 법칙을 부정하
려 한다. 항상 어른들이 문제라고 말한다. 지도 다 큰 어른이면서, 자
기는 아직 사랑을 받을 청년이라 박박 우긴다. 승기는 내일모레 쉰 살
이다. 쉰 살인 청년도 존재하는가? 그래, 소싯적[181] 책을 좀 읽었나 보
다. 말은 청산유수[182]다. 지가 도대체 청년에게 무슨 도움을 주고 있
다고?

승기가 자기 학생에게
제일 많이 하는 조언은,

---

181) 소싯적(少時─): 젊었을 때.
182) 청산유수(靑山流水): 푸른 산에 맑은 물이라는 뜻으로, 막힘없이 말을 잘하거나 그렇게
      하는 말의 비유.

"너 자신을 좀 더 믿어 봐."

승기야, 헛소리 그만하고
너나 좀 믿어라.

그만 세상 탓 좀 하고.

27. 승기는 세상을 바꾸려고 나서지도 않는다. 승기의 외침은 술 한 잔을 기울일 수 있는 안줏거리에 불과하다. 입만 열면 정치 이야기다. 가진 자의 사악한 음모로 오늘도 힘들게 살아간다고 푸념한다. 집을 살 능력도 없으면서, 그렇게나 부동산 정책에 관심이 많은지 모르겠다. 돈부터 먼저 모아라. 선비놀이 좀 그만해라. 네 와이프가 불쌍하다. 겉으로는 재물에 초연한 척한다. 하지만, 속으로는 너무나 부자가 되고 싶어 하며, 동시에 가진 자를 시기하는 그런 부류가 딱 김승기다. 한때는 승기가 베스트 술친구였다. 회사 사람들과 마음을 터놓고 말하기가 쉽지 않다. 금방 소문이 퍼져서다. 접대 자리로 회사 사람들과 숱한 술자리를 가진다. 하지만, 이는 그저 업무의 연장선이다. 늘 긴장해야 하고, 항상 조심한다. 그리고 시간이 지날수록 즐겁지 않다. 승기는 회사 사람이 아니라 좋았다. 자주는 아니어도 승기의 매운맛도 좋았다. 터놓고 이야기해도, 고과 평가에 영향을 주지 않는다는 사실은 가장 매력적인 장점이었다. 효상이는 술을 못한다. 더군다나 효상이가 집 안에 처박혀 글을 쓴다고 선언한 후, 효상이를 불러내기가 어렵다. 자연스레 승기와의 만남은 잦았다. 만남 초기에는 승기가 소주파라는 사실을 몰랐다. 둘이서 싸구려 양주를 엄청나게 마셔댔다.

당연히 승기는 양주파라고 생각했다. 그래서 순수한 마음으로 눈 호강도 시킬 겸, 비싼 곳을 데려갔다. 승기가 좋아할 거로 생각했다. 하지만, 내 예상은 보기 좋게 빗나갔다.

"승기야, 부자들만 다니는 비밀 아지트야.
여기서 진짜 양주를 먹을 수 있어.
그동안 우리가 먹었던 싸구려 술 말고."

"우현아, 난 소주가 더 편해.
이런 곳은 사치스러워.
너도 정신 차릴 때도 됐잖아.
언제 철들래?"

28. 웬 훈장질? 정말 지랄도 가관이다. 곧 죽어도 대장을 해야 하는 성격이다. 누가 너보고 돈을 내라고 했나? 네 주머니 빈털터리인 것? 내가 제일 잘 안다. 언제부터 소주만 먹었다고. 나와 싸구려 양주를 기울이던 날은 기억 속에서 사라진 거니? 까마귀를 삶아 드셨나? 그날 이후로, 승기는 내 앞에서 소주만 먹는다. 가증스럽다. 효상이가 물들까 걱정이다. 어쩌다 소주파가 된 김승기 씨, 그냥 그렇게 다른 사람 탓, 세상 탓하면서 소주나 먹고 살아라. 그게 딱 너랑 어울린다. 세상 탓은 그리하면서, 기득권이 만들어 놓은 길에서 벗어나려고 노력조차 하지 않는다. 말만 번지르르하지, 기득권에 기생해서 사는 게 딱 김승기다. 최소한 효상이는 그렇게 살지 않으려고 노력이나 한다. 그 길이 쉬워 보이지는 않는다. 물론, 간혹 천재들이 기성세대와 자웅

[183)]을 겨뤄 자신만의 길을 개척하는 예도 더러 있다. 적어도 효상이 이야기는 아니다. 그래서 효상이를 진심으로 응원한다. 힘내라, 효상아!

자신만의 길을 개척하라?
그건 천재들의 이야기다.

내가 천재는 아니지 않은가?

그리고 천재들의 전략이
인터넷에 있을까?

우리는 속고 있다.

천재들은 기득권 품에서 자란
다른 의미의 기득권이다.

29. 사표를 던진 다른 이유도 있다. 공정과 상식을 무시한 처사[184]라서? 물론, 아니라고는 말 못 한다. 아니다, 거짓말이다. 공정과 상식의 위반은 사표를 내기 위한 구실에 지나지 않는다. 3년이면 충분히 다닐 만큼 다녔고 마실 만큼 마셨다. 부장님이 말하는 기회로 돈을 더 벌 수는 있다. 하지만, 사수가 해 오던 더러운 일을 이어서 한다고 생각하니, 인생이 구질구질하게 느껴진다. 모양이 안 난다. 적어도 그런

---

183) 자웅(雌雄): 강약 · 승부 · 우열 따위의 비유.
184) 처사(處事): 일을 처리함. 또는 그런 처리.

기회를 원하지 않는다. 사표를 호기롭게 낼 거다. 우리 집은 부자다. 그렇기에 승진이나 월급 인상에는 큰 미련은 없다. 부모의 재력은 큰 버팀목이다. 이는 사회생활을 시작하면서 더욱더 실감한다. 그래, 이런 생활이 지겹다. 무슨 거지들도 아니고, 그렇게까지 해서 돈을 벌어야 하나? 아버지한테 부탁하면, 서울에서 적당한 크기를 자랑하는 카페 사업은 바로 시작할 수 있다. 구차[185]한 인생을 살고 싶지는 않다. 전화벨이 울린다. 어머니다. 어머니는 다급한 목소리로 내게 말한다.

"우현아, 아버지가 큰 사기를 당하셨어. 어쩌면, 너한테도 사람들이 찾아갈지도 몰라. 상황이 조금 힘들 거야. 너 역시 그만큼 지금까지 누렸으니까, 엄마가 미안하다고는 하지 않을게. 힘들어도 버텨. 어떻게든, 아버지가 해결할 거야. 아니, 우리가 해결해야 해. 당분간 연락은 잘 안 될 거야. 회사 잘 다니고. 밥도 잘 챙겨 먹어."

어머니와 통화 후, 바로 부장님께 전화를 걸었다.

"생각이 짧았던 것 같습니다. 기회를 주셔서 감사합니다. 사수가 믿어준 만큼, 부장님을 실망하게 하지 않도록 노력하겠습니다."

어머니의 전화 한 통으로,
난 알게 되었다.

영원한 버팀목은 그저 아이들이 꿈꾸는

---

185) 구차(苟且): 말이나 행동이 당당하거나 떳떳하지 못함.

유토피아에서나 나올 법한 이야기라는 사실을.

30. 그런 이유로 버티다 보니, 벌써 15년 차다. 여전히 부모님을 찾는 빚쟁이가 나를 찾아온다. 영업직이라 전화번호를 바꾸지 못해서다. 여전히 물질적 도움을 많이 주기는 어렵다. 그래도 조금씩 주려고 노력은 한다. 그래서일까? 몇몇 빚쟁이들과 막역한 사이가 되었다. 사정이 서로 딱해서다. 부모님이 자취를 감추었던 당시는 30대 초반이었다. 무엇을 책임지기에는 어린 나이였다. 아버지의 문제를 책임지라고 몰아대는 연좌제[186]식 사고에 치를 떨었다. 너무 무서웠다. 생명의 위협까지 느껴서다. 아버지가 그런 사건에 연루되어 있을 거라고는 꿈에도 몰랐다. 하루아침에 죄인이 되어야 하는 억울한 심정을 대부분 모를 거다. 돈이 너무나 무서웠던 그때가 떠오른다.

딩동, 딩동, 딩동, 딩동, 디잉동 딩동 딩동 딩동 딩동 딩동 딩동, 디잉동, 딩동, 딩동, 딩동, 딩동, 딩동, 딩동, 딩동, 딩동, 딩동, 디잉동 딩동 딩동 딩동 딩동 딩동 딩동, 디잉동, 딩동, 딩동, 딩동, 딩동, 딩동

초인종을 없애 버렸다. 초인종 소리에 머리가 폭발할 것 같아서다. 그리고 세상에서 가장 소름 끼치는 소리라 느껴서다. 하지만 초인종을 없앤다고 사태를 해결할 수 없었다.

쿵, 쿵쿵, 쿵쿵쿵, 쿵쿵쿵쿵, 쿵, 쿵, 쿵, 쿵, 쿵, 쿵쿵쿵쿵쿵쿵쿵, 쿵, 쿵

---

186) 연좌제(連坐制): 범죄자의 친척이나 인척까지 연대적으로 처벌하거나 불이익을 주는 제도. 우리나라에서는 1980년대 이후 사실상 폐지되었음.

쿵, 쿵쿵쿵, 쿵, 쿵, 쿵, 쿵, 쿵, 쿵쿵, 쿵쿵쿵, 쿵쿵쿵쿵, 쿵쿵, 쿵쿵쿵, 쿵쿵쿵쿵, 쿵, 쿵, 쿵, 쿵, 쿵

처음에는 불을 끄고, 집에 없는 척했다. 하지만, 어둠을 틈타, 그들은 나의 공간까지 침입하려 한다.

삐삐삐삐삐, 삐리삐리삐리삐리, 삐삐삐삐, 삐리삐리삐리삐리, 삐삐삐삐삐, 삐리삐리삐리삐리, 삐삐삐삐, 삐리삐리삐리삐리, 삐삐삐삐, 삐리삐리삐리삐리, 삐리리삐리리삐리리삐리리삐리리

31. 그 이후로 한동안 찜질방에서 지냈다. 설사, 문을 따고 집에 들어온다고 한들, 내가 없다면, 그들은 제풀에 지쳐 떠날 거라는 얕은 생각을 해서다. 하지만, 아녔다. 그들 역시 지푸라기라도 잡는 심정으로 나를 찾아온다. 그들은 포기하지 않는다. 내가 집에 오기만을 기다린다. 모두가 잠든 시각인 새벽에, 아파트 복도를 범죄자처럼 살금살금 까치발로 걷는다. 행여라도 누구한테도 들키고 싶지 않아서다. 하지만, 뒤에서 나를 부르는 소리가 어김없이 들린다.

"임우현 씨! 임우현 씨! 맞지요? 아버지 지금 어디 계세요? 언제까지 아버지를 숨길 작정입니까? 이 사태를 해결할 사람은 당신 아버지뿐이라고요! 당신 아버지 때문에, 많은 가정이 파탄 났어요. 최소한의 양심이 남아 있다면, 아버지와 연락해 자수하라고 하세요. 아니에요, 자수는 안 해도 됩니다. 단지, 우리 돈! 돈! 피 같은 돈! 제발 돌려달라고요!"

32. 인간이 큰 병에 걸려 죽음에 직면하면, 이를 받아들이기까지 다섯 단계를 거친다고 한다.

부정, 분노, 타협, 우울, 수용[187]

부정: 아니에요, 우리 아버지가 그럴 사람일 리가 없어요. 저한테 얼마나 다정했던 사람인데요, 그런 분이 당신들한테 그런 몹쓸 짓을 했겠어요? 정말 맞나요? 저희 아버지가? 혹시 헷갈리신 것 아니에요? 제발 저그만 괴롭히고 제대로 확인부터 하세요. 자꾸 이렇게 행동하면, 경찰에 신고하겠습니다.

분노: 정말! 말귀를 못 알아듣는 사람들이네! 아니라니까! 아버지는 그런 파렴치한 사람이 아니라고! 당신들! 내가 무슨 잘못이야! 내가 아버지야? 난 그 사람의 아들이라고! 지금 연락도 안 된다고! 핸드폰 보여줘? 그럼 내 말을 믿을 거야? 제발 그만하고 사라져! 제발!

타협: 또 오셨네요. 지겹지도 않으세요? 매번 같은 소리를 해야 하는 우리가? 알겠습니다. 저 역시 최대한 노력할게요. 다만, 이제 사회생활을 시작해, 당신들한테 줄 수 있는 돈이 없어요. 그리고 아버지의 문제를 제가 해결할 이유도 없고요. 그래도 도의적으로 아버지가 현재 어디에 있는지, 저 역시 궁금하니까, 열심히 찾아볼게요. 아버지를 대신해 정말로 죄송합니다. 아버지와 연락이 닿으면 바로 말씀할게요. 정말로 죄송

---

187) 분노의 5단계(five stages of grief)는 엘리자베스 퀴블러 로스가 거론한 죽음과 관련된 임종 연구(near-death studies) 분야의 이론이다. [출처: 위키백과]

합니다.

우울: 부모님과 연락이 끊긴 지가 벌써 2년째다. 어디서 무엇을 하고 있을까? 혹시라도 죽은 게 아닐까? 겁이 난다. 만약, 부모님 모두 잘못된 선택으로 세상에서 사라졌다면, 남겨진 나는 어떻게 살아야 하나? 매일 같이 찾아오는 빚쟁이와 무엇을 할 수 있을까? 내 삶은 이미 끝났다. 희망이 보이지 않는다. 불행 중 다행은 아직 결혼하지 않았다는 거다. 내가 죽더라도 힘들게 살아갈 남겨진 가족이 없어서다. 가끔 회사까지 찾아와 난동을 부린다. 정말 다 그만두고 싶다. 내가 죽으면 끝나는 거다.

수용: 아버지를 원망해서는 안 된다. 그동안 덕분에 잘 살지 않았나? 아버지의 선택이 무엇이었든지, 그로 인해 누렸던 행복을 잊어서는 안 된다. 그리고 아버지의 사랑은 거짓이 아니다. 그러니 지금까지 연락이 안 되는 거다. 나를 모른 척하는 게 아니다. 나까지 믿지 않으면, 아버지는 정말로 나쁜 사람이 되는 거다. 다만, 이제는 인정해야 할 것 같다. 아버지의 선택으로 많은 사람은 현재까지 고통의 나날을 보내고 있다. 그래, 아버지도 피치 못할 사정이 있었을 거다. 언젠가는 아버지가 내게 연락하리라 굳게 믿고 있다. 그러니 그때까지 포기하지 말자. 이제 33이다. 결혼도 하고 싶고, 아이도 낳고 싶다. 그러려면, 그들에게 최소한의 도의적 책임을 지는 게 옳다고 생각한다. 항상 이 문제를 외면할 수는 없다. 인생을 포기하기에는 너무 젊다. 내 인생을 살자.

33. 내 인생을 살기로 한 후 3년이 지났다. 여전히 난 혼자다. 누군가를 만나는 게 쉬운 일은 아니다. 더군다나 이런 빚쟁이를? 그러려

니 한다. 결혼은 나와 관련 없는 단어일지도. 매달 5일은 월급이 들어오는 날이다. 매달 조금씩 빚쟁이에게 돈을 보낸다. 가끔 보너스 달과 겹치면, 월급이 쏠쏠하다. 빚쟁이들이 보너스까지는 건들지 않는다. 배려라면 배려랄까? 여느 달과 다름없이 핸드폰 애플리케이션으로 얼마가 찍혔는지 확인을 한다. 눈알이 갈피를 못 잡고 요동친다. 30대 중반에 벌써 노안이 왔는지도 모른다. 믿을 수 없는 숫자가 찍혔다. 잔액이 삼천 오백만 원이다. 심박 수가 급격하게 상승한다. 가슴이 너무 나대 밖으로 튀어나올 것 같다. 나도 모르게 가슴을 쥔다. 내 감정을 들키고 싶지 않아서다. 하지만 기쁨보다 걱정이 앞선다. 꼭 돈을 훔친 것 같은 느낌이 들어서다. 월급은 제대로 들어왔다. 문제는 모르는 사람의 이름으로 들어온 삼천만 원이다. 회사와 은행에 번지수가 잘못된 돈을 말하지 않을 거다. 쭉 함구[188]하고 싶어서다. 너무나 간절한 행운이어서다. 그렇게 한 달이 지났다. 회사도 은행도 잘못된 삼천만 원에 대해서 말하지 않는다. 혹시나 하는 마음에 한 달을 더 기다렸다. 잔액은 여전히 삼천만 원이다. 그제야 확신했다. 이 돈은 내 돈이라고. 중국에서 전화가 온다. 요즘 중국 바이어와 대화가 잦다. 큰 계약 건이라 각별히 신경 쓰는 중이다.

"Hello, this is Mr. Im speaking."

"우현이니? 아버지다. 오랜만에 통화하네. 한 5년 만인가? 그동안 어떻게 지냈니? 많이 힘들었지? 아들아, 아비로서 면목이 없구나. 엄마와 난 중국에서 살고 있어. 몇 달 전, 네 통장에 다른 사람 이름으로 돈을 조

---

188) 함구(緘口): 입을 다물고 말을 하지 않음.

금 보냈어. 앞으로도 종종 돈을 보내 줄게. 요긴하게 써. 슬슬 결혼도 해야지. 당분간은 아버지가 고국에 돌아가기는 어려울 것 같구나. 10년이 걸릴지, 15년이 걸릴지는 모르겠어. 아버지도 억울하구나. 상황이 이렇게 흘러가서. 전부를 말할 수는 없지만, 네가 들은 이야기가 모두 진실은 아니다. 아버지가 그리 나쁜 놈은 아니다. 가끔 이렇게 통화하자. 핸드폰 번호는 수시로 바꾸니까, 저장은 하지 말고. 전화해도 받기 어렵다. 아버지가 전화할게. 자주는 힘들고. 가끔. 사랑한다. 아들아. 그리고 버텨 줘서 고맙구나."

34. 그렇게 또 10년이 흘렀다. 아버지는 때마다 큰돈을 보낸다. 어디서 이런 큰돈을 만드는지 궁금하지만, 묻지 않는다. 그 돈이 절실해서다. 그 돈으로 결혼도 했고, 빚도 조금씩 갚는 중이다. 결혼식 날, 정말 많은 빚쟁이가 찾아와 결혼식장을 꽉 채웠다. 초대도 안 했는데, 어떻게 알았을까? 빚쟁이들은 혹시라도 부모님이 왔을까 하는 생각에 한참을 두리번거렸다. 부모님은 오지 않았다. 장인어른과 장모님께는 중국의 사업 문제로 당분간 오기 어렵다고 말했다. 하지만, 많은 사람이 신랑 측 하객으로 참석했다. 예상외다. 와이프는 내심 놀란 눈치다. 아버지 지인이거나 고향 친구라고 이야기했다. 웃픈 사실은 결혼식 날 지인들과 찍은 단체 사진에서 효상이와 승기를 제외하면 대부분 빚쟁이다. 와이프는 그 사정을 모르니, 단체 사진을 확대해 거실에 걸어 두었다. 내 주위에 사람이 많은 게 멋지다는 이유였다. 속도 모르면서. 새벽에 물 마시러 거실에 나갈 때마다 깜짝 놀란다. 그들이 나를 노려보는 것 같아서. 빚쟁이들은 부모님과 연락한다는 사실을 모른다. 말한다고 달라질 게 뭐가 있나? 하긴 모른 척할지도 모

른다. 그들은 매달 돈만 받으면 그것으로 충분해서다. 여전히 부모님이 어디 계신지 정확히 모른다. 심지어 전화번호도 모른다. 아버지와 어머니는 15년째 중국에서 숨어 살고 있다. 사실, 승기와 효상이도 모른다. 자세하게 부모님의 사정을 이야기하지 않았다. 효상이는 대충은 알고 있다. 하지만 모른 척한다. 그게 참 고맙다. 난 승기와 다르다. 효상이가 무엇을 이야기해도 이해하고 감싸 줄 생각이다. 모름지기 친구는 그래야 한다. 엎지른 물을 굳이 담으려는 게 미련한 짓이다. 승기처럼 과거의 행동을 비판해 문제를 바라보는 게 친구끼리 무슨 도움이 되는지 모르겠다. 친구끼리는 위로가 필요할 뿐, 비판은 선택지에 없는 길이다.

"효상아, 오래 기다렸어? 그나저나 무슨 일이야?

웬일로 승기 없이 따로 보자고 하고?

대학 시절 기분도 나고 좋다."

35. 효상이는 그간의 승기 소식을 내게 알렸다. 승기는 전세사기를 당했다. 그렇게 바라던 일이 일어났다. 그리 잘난 척하고 살더니만, 드디어 나무 위에서 떨어졌다. 그런데 기분이 유쾌하지 않다. 더군다나 속이 시원하지도 않다. 씁쓸했다. 그리고 걱정이 앞섰다. 사이즈가 달라서다. 전세보증금 4억은 승기에게 전부다. 그 전부를 하루아침에 날릴지도 모른다. 뉴스에서 누군가 회삿돈을 몇십억 횡령했다고 한다. 라디오에서 누군가 몇십억을 뇌물로 받았다고 한다. 기사에서 누군가 몇십억을 벌었다고 한다. 대중매체의 안줏거리가 되려면, 최소한 몇십억을 벌거나, 받았거나, 훔쳐야 한다. 그렇기에, 1억 원은

푼돈처럼 느껴지는 대한민국이다. 하지만 통장에 천만 원도 없는 사람이 대다수다. 요즘, 중고 마켓에서 물건을 사고파는 게 취미라면 취미다. 보통은 물건을 확인 후, 이상이 없으면 계좌이체한다. 스마트폰으로 계좌이체를 하기에, 본의 아니게 구매자 통장 잔고를 보게 된다. 걸어오든, 자전거를 타고 오든, 차를 끌고 오든, 구매자의 통장 잔액은 대부분 기백 만 원이었다. 그렇게 다들 가난하다. 통장에 천만 원도 없는 사람이라면 1억 원은 꿈의 돈이다. 평생 만지기 어려운 돈이다. 승기는 그 가난한 사람 중 하나이다. 효상이도 그 가난한 사람 중 하나이다. 나 역시 그중 하나이다.

구매자의 통장 잔액은
대부분 기백 만 원이다.

쓸쓸함과 동시에
이들의 가난함은
내게 위로가 된다.

나만 힘들게 사는 게 아니라서.

36. 볼드몰트 사건 때, 무리하게 대출받은 돈을 갚을 길은 없었다. 그래서 승기의 기분을 너무나 잘 안다. 나 역시 막막했다. 물리적으로 방법이 없어서다. 최악의 상황까지 고려했다. 아버지의 죗값을 대신 받는 기분이었다. 승기가 그리 좋아하는 소주 1병을 단숨에 마신 후, 절대로 가서는 안 될 장소로 갔다. 당시는 아내와 아이를 볼 자신

이 없었다. 그래, 난 마포대교로 갔다. 어두워서 다리 아래가 잘 보이지는 않았다. 오히려 잘됐다고 생각했다. 얼마나 높은지 감이 없어야, 뛰어내릴 용기도 생겨서다. 바람 소리는 거셌다. 나의 멍청함을 비웃는 듯했다. 생각보다 깊었으면 좋겠다고 생각했다. 아니, 투신할 때 기절하면 좋겠다고 생각했다. 그래야 아픔을 느낄 수 없으니까. 이제 상상할 수 없는 속도로 떨어질 일만 남았다. 마지막으로 신이 있다면 묻고 싶었다. 하늘을 향해 고래고래 소리친다.

"난 신을 믿지 않습니다. 하지만, 효상이가 말했습니다. 신은 항상 우리를 지켜보고 있다고. 당신은 나를 보고 있습니까? 효상이가 말했습니다. 신은 항상 우리를 사랑한다고. 당신을 믿지 않는 나도 사랑합니까? 아니면, 당신을 믿지 않았기에 저를 이처럼 하대[189]합니까? 효상이가 말했습니다. 감당하지 못할 어려움을 당신은 시험하지 않는다고. 저는! 지금 저는! 감당하기 어렵습니다! 당신을 믿지 않기에, 이처럼 감당하기 어려운 일을 제게 던지셨습니까! 제가 어디에 있는지 보입니까? 맞아요! 지금 마포대교에 있습니다. 죽으려 합니다! 너무나 억울합니다! 효상이가 말했습니다. 당신에게 기도하면 들어준다고. 이 말은 정말입니까? 기도하면 이 상황을 해결할 수 있습니까? 제발……. 제발……."

37. 거센 바람 소리와 맞물린 자동차의 소음으로 귀가 먹먹하다. 기적일까? 아니면 간절함의 응답일까? 전화벨이 울린다. 마포대교의 잡스러운 소음은 갑자기 사라진다. 카랑카랑한 전화벨 소리만 내 귀를 사로잡는다. 해외에서 온 전화다. 아버지다.

---

189) 하대(下待): 상대방을 업신여겨 소홀히 대우함.

"아버지, 얼마 전에 중국 놈들한테 속아서 큰 사기를 당했어요. 정말 죽고 싶어요. 아니 죽으려고요. 해결할 방법이 없어요. 와이프와 아이를 살리려면 이 방법이 최선이에요. 아파트 담보대출과 신용대출로 투자한 돈을 전부 잃었어요. 하긴, 아파트 담보로 대출을 받았으니까, 정확하게 말하면 제 돈이라 할 수는 없겠네요. 아파트도 아버지 돈으로 샀으니까, 도대체, 도대체 어떻게 회수할 수 있을까요? 이게 다 아버지 탓이라고요. 아버지가, 아버지가, 아버지가! 올바르게 살았더라면, 그렇게 살았더라면! 제가 왜 이런 사기를 당했겠어요? 당신의 잘못을 제가 왜 책임져야 합니까? 네? 말 좀 해보세요! 한국에 저 혼자예요. 부모님이 없으니, 상의할 곳도 없고 가정을 꾸리는 게 이렇게 많은 돈이 필요한지도 몰랐고, 저도 살아 보려고, 멋진 남편으로, 아빠로서, 그렇게, 정말 그렇게 살고 싶었다고요! 이제 연락하지 마세요! 이제 전화받을 수 없으니까요!"

미련한 속풀이를 아무 말 없이 한참 듣던 아버지가 내게 묻는다.

"사기당한 돈이 얼마냐?"

"5억 원이요."

38. 희한하게도 최악의 상황을 해결해 준 사람은 신이 아니라 아버지였다. 일주일 후, 통장에 5억 원이 찍혔다. 출처를 묻지는 않았다. 그게 무슨 돈이든 무슨 상관인가? 대단해 보였다. 일주일 만에 5억 원을 만들 수 있는 아버지의 능력이. 그래, 신은 내 기도에 응답하지 않

았다. 응답한 것은 아버지다. 아버지가 신이다. 효상이도 속은 거다. 신은 세상에 존재하지 않는다. 인간의 의지는 흔들리는 낙엽보다 가볍다. 그날 이후로 아버지가 다르게 보인다. 아버지가 중국에서 무엇을 하는지 궁금하다. 아버지가 아직 말씀은 없지만, 기회가 있으면 같이 일하고 싶은 생각이다. 그게 무엇이든, 영업직으로 사는 인생보다 속 편해서다. 때를 기다리는 중이다.

"우현아, 그래서 말인데, 단톡방에서 네가 말한 그 투자, 나와 승기도 낄 수 있어? 자리가 있어? 없더라도, 마련 좀 해 줘. 승기가 너무 딱해서. 너도 볼드몰트 사건 만회하려고, 투자하고 있는 것 아니야? 말한 지가 벌써 1년 정도 지났는데, 아직 사기당했다는 소식은 없으니 믿을 만한 것 같고, 더군다나, 볼드모트 사건 때문에 힘들어하던 네가 요즘은 멀쩡한 것 같고, 승기가 네가 하는 일은 무조건 반대부터 하니까, 하여튼, 이번 기회에, 우리 셋, 모두 한몫 챙기자고. 부탁할게, 우현아."

39. 효상이가 무엇을 말하는지 잘 모르겠다. 투자? 무슨 투자? 승기가 설치는 게 꼴 보기 싫어서, 볼드몰트 사건 이후로, 단톡방에 없는 사실도 있는 것처럼 이야기한다. 아마도 그 없는 사실 중 하나인 것 같다. 승기와 효상이는 아직도 볼드몰트 사건으로 고생하는 줄 안다. 아버지 이야기를 하지 않았다. 보나 마나 승기는 돈의 출처를 물으면서 삐딱하게 말할 게 뻔해서다.

"효상아, 그 투자? 기억나네. 참 빨리도 말한다. 맞아, 나 요즘에 그 투자로 사기당한 돈 거의 갚았어. 믿을 만한 정보라고. 그러게 효상아, 왜 승기와 붙어 다니면서, 세상을 볼 줄 모르는 거야? 이번에 잘 찾아왔어. 승기라면, 절대로 나한테 부탁하지 않았을 텐데, 그나마 네가 친구라서 다행이야. 승기가 깐족거리는 게 보기 싫지만, 그래도 친구니까 도와줘야지. 승기 상황이 안쓰럽기도 하고, 그런데, 그게 회원제라서, 바로 자리를 마련하는 게 쉽지가 않아. 보안이 생명이어서. 일단은 그쪽 형님들과 이야기한 후에 최대한 긍정적인 방향으로 만들어 볼게. 효상아, 나 알지? 우갈량이라고. 오랜만에 둘이서 본다. 대학 시절 기분도 나고. 내가 쏠게. 일단은 맛난 것 먹으러 가자. 내 친구, 안효상이."

40. 거짓말쟁이가 되지 않으려면, 다른 거짓말로 급한 위기를 모면하는 게 영업사원의 노하우라면 노하우다. 오해하지는 않았으면 한다. 정말로 거짓말을 한다는 게 아니라……. 어떻게 설명해야 하나……. 그래, 계약에 성공하려면 약간의 도덕적 해이[190]가 필요하다. 계약과 관련한 회사의 잠재적 위험은 영업사원만 알고 있어서. 즉, 서로 간의 조율로 해결할 수 있는 문제라면 굳이 계약 전에 잠재적 위험을 미리 고지하지 않는다. 물론, 잠재적 위험은 해결 가능한 문제만 말한다. 처음부터 미주알고주알[191] 회사의 문제점을 이야기하면 누구도 계약하지 않는다. 아니면 불리하게 계약해야 한다. 이는 상대방도 마찬가지다. 계약한 후, 조금씩 서로의 내부 사정을 알리는 게 정석[192]

---

190) 쌍방 간의 계약이 이루어진 이후 정보의 비대칭성 때문에 서로에 대한 의무를 소홀히 하는 현상. 미국에서 보험가입자들의 부도덕한 행위를 가리키는 말로 사용되기 시작했다. 윤리적으로나 법적으로 자신이 해야 할 최선의 의무를 다하지 않은 행위를 나타내는데, 법 또는 제도적 허점을 이용하거나 자기 책임을 소홀히 하는 행동을 포괄하는 용어로 확대됐다. [출처: 시사경제용어사전]
191) 아주 사소한 일까지 속속들이. 고주알미주알.
192) 정석(定石): 사물의 처리에 정하여진 일정한 방식.

이다. 세상 물정 모르는 햇병아리는 이를 두고 상식과 공정을 무시한 도덕적 해이의 대표적 사례라 비난할지 모른다. 물론 나도, 상식과 공정으로 세상의 잣대를 판단해야 한다고 믿었던 대학교 시절만 해도, 이런 일은 상상하기도 어려웠다.

공정과 상식의 잣대를
어디에 두느냐에 따라
같은 사실을 전혀 다르게 이해한다.

41. 스스로 옹호하는 게 참 멋쩍은데, 공정과 상식의 잣대는 살면서 계속 바뀌더라. 또한, 계약을 성사하기 위해 이 정도 공정과 상식의 위반은 이해할 수 있다. 오히려 회사의 내부 사정을 말해, 계약을 망치는 게 더 미련하다. 무슨 기준으로 이를 상식과 공정을 위반했다고 자신할 수 있는가? 그리고 정작, 나만 깨끗하면 뭐 하나? 모두가 깨끗해야지. 나 혼자는 어렵다. 꼭 이런 상황에, 무슨 잔 다르크처럼, 착한 척, 고상한 척, 남을 위하는 척, 그렇게 '척'하는 인간들이 있다. 하지만 이들의 '척'의 기준은 상대적으로 변한다. 그 대표적 예시가 승기다. 승기를 봐라. 무슨 생각으로 문제가 있는 집을 계약해 이 사단을 만들었는지 모르겠다. 정말 잊지도 않는다. 골백번[193]도 더 들었다. 그 죽을 놈의 사자성어! 승기의 트레이드마크!

안분지족[194]

---

193) 골백번(一百番): '여러 번'을 강조해 이르는 말.
194) 안분지족(安分知足): 편안한 마음으로 제 분수를 지키며 만족함을 앎.

안빈낙도[195]

42. 승기가 제 분수를 안다면, 그 돈으로 그 동네에서 살기 어려웠다는 것은 이미 알았을 거다. 안분지족을 실행하려면 와이프를 설득해 서울을 떠나야 했다. 하긴, 승기는 이미 제 분수에 맞지 않는 와이프와 살고 있다. 그것만 보아도 안분지족은 승기와 거리가 멀다. 안빈낙도는 어떠한가? 승기는 편안한 마음으로 가난을 즐기는가? 단연코 그렇지 않다. 자기에게 주어진 경제 상황을 만족했다면 효상이를 통해 같이 투자하자고 말하지도 않았을 거다. 그 덕분에 효상이가 내 앞에 있기는 하다. 결국, 승기의 욕심이 빚어낸 결과 아닌가? 고고한 척하려면 끝까지 하든가. 그래, 이해는 간다. 승기의 행동으로 하루아침에 길거리에 앉을지도 모르는 가족은 무슨 죄인가? 과거의 사건을 떠올리면, 단전의 힘을 모아 분노의 울분을 승기에게 토해 내고 싶다. 그렇게 하면 스스로 자기가 못난 것을 인정할까? 아니다, 그러고 싶지도 않다. 승기는 그냥 그렇게 살았으면 한다. 효상이 부탁만 아니라면 솔직히 도와줄 마음도 없다. 그렇다고 이 상황을 모른 척하지는 않는다. 오히려 감싸 줄 생각이다. 물론 이유는 따로 있다. 승기와 어울려 같잖은 사상에 물든 효상이를 구제하고 싶어서다. 여하튼 효상이가 부탁한 투자는 처음부터 존재하지 않는다. 하지만 지금부터 찾으면 된다. 그러면 처음부터 존재한 투자처다. 또한, 얼마 전 아버지와 이야기한 게 있다.

"아버지가 사람이 필요해. 그래서 말인데, 우현아, 네가 아버지 일을 도와줬으면 해. 믿을 만한 사람이 필요해서. 생각 있으면 언제든지 말해."

---

195) 안빈낙도(安貧樂道): 가난 속에서도 편안한 마음으로 도(道)를 즐김.

43. 당시는 아버지 제안을 일언지하[196)]에 거절했다. 중국에서 무슨 일을 하는지도 모르겠고 아버지에 대한 신뢰도 없어서다. 정기적으로 큰돈을 보내는 것도 의심스럽다. 그렇기에 아버지와 관련한 일에 굳이 깊게 관여하고 싶지 않았다. 하지만 볼드몰트 사건 이후로 아버지 일이 궁금하기 시작했다. 도대체 무슨 일을 하면 일주일 만에 현금 5억 원을 만들 수 있는지를. 아버지 연락처를 모르니 일단 연락 올 때까지 기다려야 한다. 그리고 이야기나 다시 들어보자.

"아버지, 예전에 말씀하신, 아버지를 도와줘야 한다는 그 일 말이에요. 아직도 가능한가요? 이야기 들어보고, 좋은 사업이면, 이번 기회에 아버지와 함께 일하고 싶어서요. 친구들도 같이 참여하면 좋고요. 중국에서 무슨 일을 하세요?"

기뻐서인지, 당황해서인지 모르겠으나 아버지의 목소리는 미세하게 떨렸다.

"우현아, 아버지가 하는 일은 조금 위험한 일이야. 보안이 생명이야. 그만큼 수익은 보장할 수 있어. 그렇다고 그렇게 위험한 일은 아니고. 간단하게 설명하면, 네가 할 일은 한국에서 사람을 모으는 일이야. 전화로 이야기하기는 한계가 있구나. 중국으로 놀러 오는 게 어떻겠니? 주위 사람한테는 중국 출장 간다고 이야기하고. 일정 알려 주면, 아버지가 항공권과 숙소 예약해 보내 줄게."

---

196)　일언지하(一言之下): 한마디로 잘라 말함.

44. 중국에? 이렇게 갑자기? 나쁘지 않다. 부모님 못 뵌 지도 워낙 오래되었다. 아버지의 사업 아이템만 좋다면 회사도 그만 다니고 싶다. 누군가에게 내 정수리를 보여 줘야 하는 삶은 지치고 힘들다. 나도 누군가의 정수리를 바라보며 살고 싶다. 그래, 현재는 욕심이다. 그렇기에 어쩌면 아버지가 내 삶을 바꿀지도 모른다는 실낱[197]같은 희망을 걸어 본다. 또한, 이번 기회에 승기의 코도 납작하게 해 주고 싶다. 아니다, 이번 기회에 승기가 정신 좀 차리고 그만 '척'하고 살았으면 한다. 승기에게 전화를 걸었다.

"승기야, 이야기는 들었다. 많이 힘들겠구나. 효상이가 회사로 찾아와 자초지종[198]은 대충 말했다. 돈이 아주 필요하겠네. 그 기분 누구보다 잘 안다. 볼드모트 사건 때, 나도 무척이나 힘들었다. 나쁜 생각하지 말고, 가족만 생각해. 친구 좋다는 게 뭐겠어? 이럴 때 돕고 살아야지. 안 그래?"

45. 승기는 말이 없다. 상관없다. 이미 난 네놈보다 대인배다. 절대로 널 비난하지 않는다. 똑같은 놈이 되기 싫으니까. 말을 이어갔다.

"예전에 단톡방에서 말했던 투자 관련한 이야기는 아버지 사업을 돕는 일이야. 아버지에게 너희 둘 이야기하니까 일단은 아버지가 긍정적으로 생각하는 것 같아."

승기는 특유의 의심을 시작한다.

---

197) 실낱같다: 아주 가늘다.
198) 자초지종(自初至終): 처음부터 끝까지의 과정.

"우현아, 네 말은 고마운데, 아버지 일은 무엇을 말하는 거야? 부모님 못 뵌 지가 벌써 10년은 넘은 것 아니야? 확실한 정보냐? 그리고 너 볼드몰트 사건으로 아직도 힘든 상황 아닌가? 네 코도 석 자일 텐데 누구를 돕는다고 하는 게냐?"

승기의 냉소적 반응에 전화를 끊고 싶다. 효상이 생각해 참으려 했는데 한마디는 해야겠다.

"승기야, 넌 그게 문제야. 아직도 날카롭다고 생각하는 거야? 이 헛똑똑이 양반아! 날카로우면 그딴 사기는 왜 당하는 건데? 네 불쌍한 와이프와 자식 좀 생각해. 좀 자신을 제대로 보려고 노력 좀 해. 효상이가 오죽했으면 나한테 찾아왔을까? 나도 돕고 싶지 않아. 그동안 네가 한 짓거리들을 생각해 봐. 누가 너를 돕고 싶겠어? 주위에 사람이 있기는 해? 자업자득[199]이지 안 그래? 하여튼 네가 싫으면 그만둬. 미쳤다고 그런 취급받으면서 아버지한테 부탁하니? 무슨 수로 그 일을 감당할지 모르겠다만, 난 이미 할 만큼 했다. 효상이 얼굴 봐서 연락한 거야. 그럼 없던 일로 할게. 그래, 소주는 얼마든지 사줄 수 있으니까, 나중에 소주나 먹자. 정신 좀 차리고. 네가 제일 미련해. 좀 거울 좀 봐라."

46. 너무 세게 말했나? 승기가 또 말이 없다. 답답하다. 그래도 속은 시원하다. 이번 기회로 사이가 멀어진다고 해도 상관은 없다. 미안한 감정은 없다. 승기가 말을 이어간다.

---

199) 자업자득(自業自得): 자기가 저지른 일의 과보를 자기가 받음.

"우현아, 네가 몰아치지 않아도 충분히 병신인 것 잘 안다. 고마움을 그렇게 표현한 거다. 너도 힘들 텐데, 나까지 신경 써 주는 게 고마워서. 그래 네 말대로 이런 말투도 고쳐야겠지. 오해하지 않았으면 해."

평소와 다른 맥없는[200] 승기의 반응이다. 이 상황이 정말 힘들어 보인다. 승기가 나처럼 마포대교에 가기를 바라지 않는다. 실낱같은 희망을 승기에게 던져 주고 싶다. 난 네놈보다 대인배니까. 앞으로는 이 우갈량을 본받기를 바란다. 이 헛똑똑이야.

"승기야, 나도 모르게 좀 심하게 말했네. 너무 개의치 말아라. 다만, 그이야기는 할게. 너와 효상이한테 말하지 않은 게 있어. 혹시라도 상대적 박탈감을 느낄 것 같아서. 그래, 볼드몰트 사건은 이미 해결했어. 5억 원을 다 갚았다고. 물론 내 돈은 아니고, 아버지가 해결했어. 그것도 일주일만에. 좀 감이 와? 그런 아버지가 너희 둘을 긍정적으로 생각하는 거라고."

47. 승기가 아무 말 없다. 흐느끼는 소리가 나지막하게 들린다.

"⋯⋯⋯⋯."

"⋯⋯⋯⋯."

"⋯⋯⋯⋯."

"⋯⋯⋯⋯."

"⋯⋯⋯⋯."

"⋯⋯⋯⋯."

---

200) 맥없다: 기운이 없다.

말하지 않아도 승기가 어떠한 상태인지 충분히 전달된다. 힘겹게 승기가 입을 뗀다.

"우현아, 나 좀 도와줘. 도대체 뭘 어떻게 해야 할지 모르겠다. 평생을 모은 피와 땀이 한순간에 사라졌어. 국가에서는 이러한 상황을 구제할 방법도 없다고 해. 우현아, 그동안 정말로 미안했다. 다시는 모질게 말하지 않을게. 아버지한테 말 좀 잘해 줘. 아버지 사업에 참여를 못 해도 좋아. 다만 조금이라도 돈을 빌릴 수 없을까? 내가 뭐든지 다 할게. 부탁이다. 정말로 죽고 싶다. 우현아, 외톨이로는 만들지 말아 줘."

밀림의 사자가 혓바닥이 잘렸다. 밀림에서 사자의 울부짖음을 더는 듣기 어렵다. 바람이 멈추었다. 수사자의 상징인 풍성한 갈퀴도 이내 축 처진다. 카리스마를 내뿜던 날카로운 말투는 온데간데없이 사라졌다. 그토록 바랐던 승기의 모습을, 그토록 궁금했던 승기의 모습을 지금 확인한다. 워낙 자기 생각이 강했던 친구다. 그런 친구의 자아가 붕괴[201]하였다. 상상은 상상이었을 때가 즐겁다. 얄밉기는 해도 승기가 무너지기를 바라지는 않았나 보다. 괜스레 코끝이 찡하다.

"승기야, 마음 굳게 먹어. 나쁜 생각은 절대로 하지 말고. 일단, 아버지 만나러 곧 중국에 갈 거야. 최대한 네 상황을 이야기해 볼게. 정말로 나쁜 생각하지 마. 가족만 생각해. 그럼 중국 다녀온 후 효상이와 다 함께 모이자. 승기야, 우리는 널 외톨이로 만들지 않아."

---

201) 붕괴(崩壞): 허물어져 무너짐.

Episode 9
출장

　1. 희뿌연 연기가 하늘을 덮어 낮인지 밤인지 알기 어려운 상해에 도착했다. 상해는 올 때마다 느끼지만, 마스크 없이 이곳에서 살아가는 중국인이 신기할 정도다. 상해에 처음 도착했을 때 눈에 이물질이 들어간 줄 알고 수시로 비볐던 기억이 난다. 그리고 택시 운전사가 담배를 태우며 운전하는 모습 역시 충격적이었다. 음식은 어떠한가? 특유의 향으로 머리가 지끈거린다. 대부분 음식이 기름지기에 맥도널드에서 햄버거만 먹었다. 문제는 햄버거조차 중국 특유의 향이 배어 있다. 더군다나 영어를 구사하는 사람도 많지 않다. 지금도 여전하다. 중국은 모든 게 나와 걸맞지 않다. 중국은 그래, 미개한 나라다. 아니다, 미개한 나라였다.

　그 미개한 나라는
　우리 회사를 먹여 살리는
　최고의 고객이다.

　2. 세월이 흘러, 누구도 중국을 가난한 나라라 생각하지 않는다. 미

국 다음으로 큰 경제 규모를 자랑한다. 상해를 처음 갔을 때만 해도 이렇게 빨리 대한민국의 기술을 따라잡을지 예상하지 못했다. 현재 중국의 기술력은 특정 영역에서 대한민국의 기술력을 압도한다. 시진 핑의 원대한 계획인 '중국몽'을 실현하기 위한 대표적인 표어가 있다.

자력갱생(自力更生)

3. 시진핑은 "중국의 먹거리는 스스로 지켜 내야 하며 경제 역시 자기가 책임져야 한다."라고 중국 산업의 자력갱생을 강조했다. 코웃음을 쳤던 기억이다. 남의 기술을 훔쳐 베끼는데 급급한 삼류 저질의 '떼쟁이 작품'으로 경쟁이나 가능할까 싶었다. 안일하게 생각했다. 한류가 영원할 거로 생각했다. 우리는 그들의 저력을 무시했다. 우리 회사뿐만 아니라 대한민국 회사가 내놓은 중국과 관련한 예측은 대부분 틀렸다. 슬프게도 중국 시장은 대한민국 시장과 달리 자급자족 경제가 가능한 나라다. 중국 시장에서 대한민국 상품이 설 자리가 점점 사라진다. 중국인은 더는 대한민국 제품을 좋아하지 않는다. 우울한 이야기는 그만하자. 그리고 걱정한다고 대한민국 경제의 흐름은 변하지 않는다. 경제를 조금만 공부한 사람이라면 다 알고 있다. 각자도생[202]해야 한다. 그런데 아무도 각개전투[203]하라고 외치지 않는다. 그게 문제다. 세상은 변했는데 여전히 같은 전략으로 대응한다.

뭉치면 살고

---

202)   각자도생(各自圖生): 제각기 살길을 도모함.
203)   각개전투(各個戰鬪): 병사 개개인이 총검술 따위로 벌이는 전투.

흩어지면 죽는다.

아직도
이 말을 믿는 순진한 사람이 있는가?

4. 정확히 반대로 행동하려 한다. 각자도생을 위한 각개전투를 준비하러 중국에 건너왔다. 물론, 각개전투를 위한 전우가 필요하다. 승기와 효상이다. 최소한의 인원으로 우리만의 세상을 만들고 싶다. 사공이 많으면 배가 산으로 간다. 물론, 아버지의 이야기를 듣고 난 후, 결정해야 한다. 리스크가 있다고 했으니, 그것도 계산해야 한다. 만약 리스크가 크다면, 일단 사업 아이템을 공유한 후 선택은 승기와 효상이에게 맡기려 한다. 일단은 아버지가 일러 준 주소로 가야 한다. 택시를 탔다.

"Please go to this address."

"什么?"

"Please go to this address."

"听不懂."

택시기사와 전혀 대화가 안 된다. 답답하다. 아버지가 보낸 주소를 직접 보여 주었다.

"Here!"

"好的, 知道了."

5. 택시가 움직인다. 중국에 오면 말이 통하지 않으니 불편하고 불안하다. 도대체 어디로 데려갈지를 알 수 없어서다. 상해는 바가지요금으로 유명하다. 10분 타고 200위안 이상을 낸 경험도 부지기수다. 누군가는 상해의 택시비가 싸서 택시만 타고 다닌다는데, 도대체 그게 가능하기나 할까? 어디론가 나를 데려간다. 한참을 간다. 택시에 탑승한 지 1시간이 지났다. 너무나 불안하다. 그곳에 아버지가 없을까 봐. 그것보다 아버지의 사업이 별로일까 봐 그게 더 겁난다.

"How long does it take to get there?"

"会说中文吗!"

6. 답답하다. 뭐라는 거냐? 그리고 왜 그렇게 소리를 지르는데? 아직도 간다. 납치당하는 것 아닌가? 얼마 전, 상해에서 일본인 관광객을 납치해 엄청난 바가지요금을 물게 했다는 기사를 읽었다. 무섭다. 택시 안에서 상상할 수 있는 옵션은 많지 않다. 모든 옵션은 절망적이다. 도착지를 알 수 없는 인생의 여정을 신뢰할 수 없는 사람과 걷는 기분이다. 아무래도 납치당한 것 같다. 그냥 택시에서 뛰어내릴까? 아니다. 그게 더 위험하다. 사실, 뛰어내릴 용기도 없다. 지갑을 열어 돈이 얼마나 있는지 확인했다. 공항에서 50만 원을 환전해 남은 돈은

2000위안 정도다. 그래, 호랑이에게 물려가도 정신만 차리면 산다고 했다. 그리고 아직 아버지도 만나지 않았다. 불안하고 무섭고 답답하다. 정신 차리자. 아버지가 일러 준 애꿎은 주소만 바라본다.

上海市闵行区东川路800号

집 주소? 주상복합상가? 쇼핑몰?
아니면 폐공장??
도대체 이곳은 어디냐!

7. 택시가 서서히 멈춘다. 납치는 아니다. 단지 불친절한 택시기사다. 다행이다. 아직 내 운은 끝나지 않은 것 같다. 내린 곳 또한 한적한 폐공장은 아니다. 다만, 도착한 곳이 아버지가 일러 준 주소인지는 알 수 없다. 아버지에게 전화를 걸었다.

"도착했어요. 아버지가 일러 준 주소가 대학교였어요? 저 지금 대학교 정문 앞에 있어요."

"알았다. 금방 나가마. 조금만 기다려라."

불친절한 택시기사가 정확하게 안내한 듯싶다. 이제야 마음이 놓인다. 불안함이 사라지니, 나도 모르게 크게 한숨을 쉰다. 한숨을 쉬고 주위를 둘러본다. 나무, 멀리 보이는 육교, 오래된 상가, 그리고 수많은 자동차가 보인다. 멍하니 풍경을 바라보다 놀라운 점을 발견한다.

나른한 냄새? 목욕탕에서 때를 민 후, 다시 태어난 상쾌함을 만끽하며 거리로 나왔을 때 한적한 거리의 냄새. 이 상쾌함을 유지하려면 반드시 '솔의 눈'을 먹어야 한다. 오늘이 일요일이라고 말하는 그 거리의 냄새. 나는 지금 그 냄새를 이곳에서 느낀다. 휴일인가 싶어서 요일을 확인한다. 아니다. 평일이다. 왜 이런 기분을 느낄까? 한적해서다. 한국처럼 빽빽하게 붙어 있는 빌딩은 보이지 않는다. 공간의 여유로움을 뽐내는, 듬성듬성하게 놓인 건물이 눈에 띈다. 그렇다고 산업화가 덜 된 도시의 느낌도 아니다. 현대식 건물과 중국 특유의 향을 자랑하는 건물이 얽히고설켜서다. 그래, 대륙의 스케일이다. 건물이 많아도, 사람이 많아도, 나무가 많아도, 각종 조형물이 많아도, 압도적인 크기를 자랑하는 대륙을 채우기에는 턱없이 부족하다. 이렇게 많은 사람과 건물이 있음에도 한적한 냄새를 풍길 수 있는 도시가 존재하다니. 조금은 부럽다. 한편으로 무슨 짓을 하면 이렇게나 큰 대륙의 하늘을 뿌옇게 덮을 수 있는지도 궁금하다. 이 또한 대륙의 스케일이라 말할 수 있을까?

"오랜만이구나. 아들. 제법 어른스럽네.

이제 너도 중년이구나."

8. 담담하게 말하는 아버지가 낯설다. 상상한 부자간의 상봉[204]은 아니다. 15년 만이다. 첫눈에 알아보기 어려웠다. 상상한 외모와 전혀 다른 모습이어서다. 수척[205]해진 아버지의 외모를 상상했다. 보통

---

204) 상봉(相逢): 서로 만남.
205) 수척하다(瘦瘠—): 몸이 마르고 파리하다.

야반도주하면 그런 모습을 상상하기 마련이다. 아버지는 너무나 건강해 보인다. 살도 제법 찌고, 누가 봐도 성공한 사업가의 모습이다. 이처럼 잘 먹고 잘 지내고 있었나니! 그동안 마음고생을 한 내가 불쌍하게 느껴진다. 그래도 건강한 아버지의 모습을 보니 안심이다. 상상한 외모의 아버지를 만나는 게 더욱 괴로운 일이다. 아버지가 무슨 일을 하는지 더욱더 궁금하다. 건강한 외모만큼 돈이 될 거라는 기대가 들어서다.

"우현아, 보는 눈이 많아서, 이곳에서 만나자고 했어.
아버지 차는 저쪽에 있어. 따라서 오너라."

아버지를 만나면, 그동안의 설움과 원망 그리고 그리움을 동시에 토해낼 거로 상상했다. 막상 아버지를 만나니 꿀 먹은 벙어리가 되었다. 딱히 할 말은 없다. 설사 있더라도 말하고 싶지 않다. 결혼 후 아이를 키우니, 조금은 알겠다. 아버지의 심정을. 고등학교 때 아버지와 심하게 다툰 적이 있다. 뭐, 다투었다기보다는 일방적으로 아버지에게 불만을 토로[206]했다. 한참 전 일이라, 왜 그랬는지는 모르겠다. 기억이라는 게 그렇다. 매일 아침에 먹는 시리얼의 브랜드는 기억도 못한다. 반면에 한 달 전, 지하철 안에서 잠시 스쳐 간, 물방울무늬를 지닌 하얀 원피스를 입은, 짧은 단발머리에 굵은 웨이브가 돋보이는 발롱펌을 한, 초롱초롱한 눈망울이 매력적인, 아나운서 스타일의 귀여운 여성의 사랑스러운 모습은 아직도 뇌리[207]에 선명하다. 와이프는

---

206)   토로(吐露): 속마음을 죄다 드러내어 말함.
207)   뇌리(腦裡): 생각과 기억이 들어 있는 머릿속.

절대로 알아서는 안 된다. 내 선별적 기억력을.

기억이라는 게 그렇다.
사실을 이야기하지 않는다.
당시의 감정을 대변한다.

9. 여하튼, 당시에 아버지가 한숨을 쉬며 던진 말씀이 있다.

"왜? 내가 그리도 못마땅하냐? 네놈도 너와 똑 닮은 놈을 낳아 키우면 그때는 이 아비를 이해할 거다. 못난 놈."

나와 똑 닮은 놈을 낳아 키우니 알겠다. 아버지와 어머니가 살아가는 세상의 고난과 무서움은 크고 깊었다. 아이는 이러한 세상을 알아서도 안 되고, 이해해서도 안 된다. 매일같이 사회의 칼날에 베인 상처를 감추며, 행복하고 따뜻한 사회를 보여 주려 했던, 아버지와 어머니의 숭고함은 아이를 키우니 저절로 깨닫게 된다. 아버지와 어머니처럼 내 아이가 몸담은 사회가 행복하고 따뜻했으면 한다. 설사 아이가 성인이 되어, 그토록 감추려 한 사회의 추악함으로 상처를 입을지라도, 지금은 가르쳐 주고 싶지 않다. 그게 부모의 마음이다. 고등학생이었던 내가 그 숭고함을 알 리가 없었다.

좋아하는 사람에게
다가가는 관심은 따뜻하다.

하지만

지속적이지 않다.

사랑하는 사람에게

다가가는 관심은 불편하다.

하지만

지속적이다.

타인의 짧은 명언에 깨달음을 얻어

세상에 건배하지 않았으면 한다.

잇몸으로 자갈을 씹으며

피투성이의 발로

당신을 위해

길을 내어 준 사람이

누구인지 기억했으면 한다.[208]

10. 30분을 아버지 발걸음에 맞춰 아무 말 없이 걷는다. 누군가 아
버지에게 인사를 한다. 운전기사다. 멀리서 보아도 웅장한 크기를 자
랑하는 차가 보인다. 과거 영국을 대표하는 자동차 브랜드 중 하나다.
얼마나 광택을 냈는지 주위의 모든 빛을 반사한다. 반사된 빛은 사방
팔방 뻗어가 차 주위를 환하게 한다. 아니다, 눈이 부실 정도다. 더군

---

208)   안정호, 『나는 B급 소피스트입니다.』 북트리, 2021, p130.

다나 빨간색 세단이다. 모든 이가 아버지의 차를 힐끔힐끔 바라본다. 주인이 누구인지 궁금한가 보다. 하긴 나였어도 궁금했을 거다. 자동차도 아우라가 있을 수 있다는 사실을 방금 깨닫는다. 진짜 간지 폭발이다. 이게 아버지 차라니! 미심쩍었던 아버지의 제안은 성공의 확신으로 변한다. 승기야! 효상아! 우리 정말로 인생 2막 시작이다!

아버지는
완벽하게
재기[209]했다.

11. 하차감의 끝판왕인 자동차를 타고 왕족 놀이 중이다. 처음부터 아버지 일을 도왔어야 했다. 어설픈 의심으로 아버지의 능력을 무시했다. 생각해 보니까, 아직도 아버지가 무엇 때문에 야반도주했는지 모른다. 주위 사람과 채무 관계에 얽혔다는 정도만 알고 있다. 하지만 때마다 보내 준 돈으로 그 채무 관계도 거의 끝나간다. 그렇기에 일부 빚쟁이와 돈독한 관계로 변한 거다. 빚쟁이 중, 우리 회사 제품과 관련한 분야에서 일하는 사람도 있다. 그로 인해, 영업 실적도 다수 올렸다. 어찌 보면 이것도 아버지 덕분이다. 돈가스 사장님이었던, 남들보다 조금 돈이 많았던, 그가 지금은 거대한 산처럼 느껴진다. 거대한 산이 내 옆에 앉아 있다. 곧 다양한 질문이 내게 쏟아질 것 같다. 그리고 내 역량을 다양한 질문의 답변으로 가늠[210]할 것 같다. 아버지와는 20대 초반에 헤어졌기에, 아버지는 그때의 나를 기억하고 있을 거다.

---

209) 재기(再起): 다시 일어남.
210) 가늠: 일이 되어 가는 모양이나 형편을 살펴보고 하는 짐작.

원하는 게 있으면 온갖 떼를 썼던 그때의 나. 이게 치명적인 아킬레스건[211]이다. 지금도 달라진 게 없다. 얼마 전, 다리에 뛰어내려 죽는다고 그 난리를 쳤다. 얼마나 한심하게 비쳤을까? 아버지의 사업 제안으로 중국에 왔다. 효상이와 승기 그리고 나를 위해 이곳으로 왔다. 아니다, 이는 다 핑계다. 날 혼자 두고 중국으로 야반도주한 아버지를 원망하러 온 거다. 아버지를 원망하여 속풀이를 하러 왔는데, 분명히 그러려고 왔는데, 그럴 수가 없다. 최종 면접으로 밖에서 대기하는 기분이다. 제기랄, 아버지는 신경도 쓰지 않는데 나도 모르게 자세를 고쳐 정자세로 앉는다. 부끄럽다. 너무나 오랜만에 만나서일까? 아버지라기보다는 회사 사장님과 독대하는 기분이다. 아버지한테 잘 보이고 싶다. 이게 아들이 아버지에게 가질 수 있는 감정인가? 이런 감정은 처음이라 너무나 낯설다. 왕족 놀이는 더는 할 수 없다. 그동안 맛볼 수 없었던 극락세계를 자랑하는 아버지의 자동차 좌석은 가시방석으로 변한다. 뭐 이렇게 떨리지? 하지만 이는 기분 좋은 떨림이다. 확실하다. 이미 난 이 기분을 몇 번 맛보았다. 승진 명단 리스트에 이름이 있을 때와 기분이 같아서다. 이성적인 판단을 담당하는 전두엽은 강하게 그리고 자극적으로 신호를 보낸다.

'우현아, 이건 기회야. 아버지가 무엇을 하자고 해도 무조건 잘해 낼 수 있다고 말해.'

12. 아버지 차는 한참을 달린다. 발달한 도시의 빌딩은 점점 보이지 않는다. 사람을 보기 어렵다. 일직선 도로 위로 달리는 빨간색 세단만

---

211) 아킬레스건: 치명적인 약점의 비유.

있을 뿐이다. 이처럼 긴 일직선 도로가 있다는 사실이 놀랍다. 육안으로는 곧게 쭉 뻗은 도로의 끝을 가늠할 수 없다. 일직선 도로의 끝에는 무엇이 있을까? 아버지를 힐끔 보았다. 눈을 감고 있다. 다시 아버지를 찬찬히 바라보았다. 세월이 지나도 귓불이 두툼한, 크고 단단한 잘생긴 귀는 여전하다. 하지만 아버지의 얼굴은 주름살로 가득했다. 군데군데 검버섯도 보인다. 얼굴에 점이 저리도 많았던가? 영락없는 노인이다. 아버지도 그리 쉬이 살지는 않았나 보다. 깊게 팬 팔자 주름에 입꼬리가 축 처져 있다. 생각에 잠긴 듯하다. 무슨 생각에 잠겼을까? 혹시라도 내 모습에 실망해 사업하기는 이르다고 생각한 것은 아닐까? 아버지와 사업을 하지 않더라도, 아버지의 재력을 일정 부분 확인했기에, 앞으로 펼쳐질 삶의 여정은 예전과는 다르다고 확신한다. 설사 어리광을 부리는 아들로 돌아간들 아버지가 나를 모른 척하지는 않을 거다. 그게 원래 내 모습이다. 어쩌면 사업은 핑계고 아버지의 재기를 눈으로 확인하라고 불렀을지도 모른다. 그래, 일정 부분로또를 맞았다. 다만 1등은 아니다. 1등과 2등 사이라고 하는 게 맞다. 1등처럼 한꺼번에 큰 금액을 받는 게 아니지만 꾸준하게 2등 정도의 금액을 받을 수 있다고 생각해서다. 그렇다고 빈손으로 돌아갈 수는 없다. 효상이와 승기에게 면이 서지 않아서다. 그리고 조금은 높은 단계에서 승기를 내려다보고 싶다. 무시하고 싶다는 생각은 아니다. 다만, 승기가 갇혀 있는 작은 세계관을 부수고 싶다. 스스로 철장 문을 걸어 감옥생활을 자처하는 승기가 안타까워서다. 더는 외롭게 두지 않으리라. 자기 생각만 정의라고 믿는 승기에게 변화를 주어야 한다. 난 할 수 없었다. 하지만 아버지라면 가능하다. 그러려면 승기와 효상이가 아버지 사업에 참여해야 한다. 지금부터라도 아버지에게 성숙한 모습을 보여 줘야 한다. 그리고 난 1등을 원한다. 철부지 아들이 아닌 아버지의 조력자 역할로.

덜컹 우우우웅 우우우우우우우우우웅 덜컹 우우우웅 우우우우우우우우우웅 덜컹 우우우웅 우우우우우우우우우웅 덜컹 딸깍딸깍딸깍딸깍 우우우우우우우우우우우우우우우우우우우우우우우우우우우우우우우우우 우우우우우우우우우우우우우우우우우우우우우우우우우우우우우우우우우 우우우우우우우우우우우우우우우우우우우우우우우우우우우우우우우우우 우우우우우우우우우우우우우우우우우우우우우우우우우우우웅 덜컹 우우우웅 끼이이이이이이이이이익

13. 유난히도 방지턱이 많은 도로다. 우회전 깜빡이를 켠 후, 아주 긴 다리로 진입한다. 마지막 방지턱을 넘어 차가 서서히 멈춘다. 가톨릭교회를 연상하는 고딕 양식의 거대한 철문 앞이다. 철문의 높이는 어림잡아 5m다. 철문을 넘어서 무엇이 있을지 상상하기 어렵다. 아버지는 무슨 일을 하기에 인적이 드문 곳에 자리를 잡았을까? 철문 위에 설치된 감시 카메라가 이쪽을 바라본다. 그리고 굳게 닫힌 철문은 굉음을 내며 달팽이의 움직임을 연상하듯 아주 천천히 열린다. 안에서 사람이 무거운 문을 직접 여는 듯싶다. 검게 그을린 중국인 4명은 아버지에게 큰 소리로 말한다.

"下午好, 老板!"

답답해 죽겠다. 도대체 뭐라는 거냐? 아버지는 차의 창문을 잠깐 열

이 뭐라고 말한다. 알아들을 수 없다. 그래도 중국어를 편하게 구사하는 아버지 모습은 멋지다. 철문 너머는 예상과 다른 풍경이다. 또 다른 도로다. 도대체 아버지는 어디로 나를 데려가는 걸까? 그렇게 한 5분을 더 달렸다. 그리고 5분 전에는 상상조차 할 수 없는 풍경으로 입이 떡 벌어진다. 온갖 수식어로 표현하고 싶어도 머릿속에 떠오르는 단어는 딱 하나다.

'콘크리트 요새'[212]

14. 콘크리트 요새다. 드라마나 영화에서나 나올 법한 요새다. 티를 내고 싶지 않아도, 난생처음 펼쳐진 광경에 눈은 휘둥그레진다. 얼추 4층 정도 되는, 찔러도 피 한 방울 나오지 않을 것 같은, 차갑고 견고한 콘크리트 건물이다. 꼭대기 층을 제외하면 창문은 보이지 않는다. 창문 없이 건설한 이유가 있을까? 그래도 숨은 쉬고 살라고 말하는 것 같은, 손바닥 정도 크기의 사각형 구멍은 군데군데 보인다. 무엇으로부터 당신을 보호하려고 이런 곳에서 살고 있을까? 검게 그을린 중국인이 분주하게 움직인다. 얼추 보아도 열댓 명은 된다. 아버지가 차에서 내리자 모두가 약속한 것처럼 하는 일을 멈추고 아버지에게 고개를 숙이며 말한다.

"下午好, 老板!"

---

212) 요새: 적의 어떠한 공격에도 견딜 수 있도록 조직적이며 견고하게 구축된 군용 시설, 또는 그와 같은 시설이 되어 있는 전략적 요지. [출처: 두산백과]

15. 직감적으로 무슨 뜻인지 알았다. 그리고 확신한다. 아버지는 이 곳의 주인이다. 차 안에서 그렇게 떨렸던 이유도 이제야 설명이 된다. 숨길 수 없는 아버지의 카리스마에 짓눌려서다. 내가 기억하는 돈가 스 사장의 아버지는 더는 존재하지 않는다. 아버지에게 성장한 모습 을 보여야 한다. 차 안에서 예상 질문의 답변은 어느 정도 준비했다. 대기하는 시간은 끝났다. 곧 최종 면접이다. 긴장을 늦추지 마! 임우 현! 콘크리트 요새에서 한 여성이 뛰어나온다. 멀리서 보아도 한눈에 알 수 있다. 어머니다. 타지생활로 마음고생이 심했나? 아버지와 달 리 무척 수척해진 모습이다. 너무나 보고 싶었다. 어머니를.

"내 아들, 우현이 맞니? 정말 우현이니? 정말 우현이구나. 내 아들 우현 이. 오는 길은 불편하지 않았니? 어디 좀 보자. 어디 좀 봐. 정말 많이 컸구 나. 엄마가 미안하구나. 엄마가 미안해. 그때 같이 왔어야 했는데…… 어 린 너만 혼자 남겨두고…… 그동안 혼자서 헤쳐가느라 고생이 많았지?"

16. 그래, 이러한 대화가 15년 만에 만난 부모와 자식 간의 대화다. 상상한 이산가족의 상봉을 드디어 실현한다. 흐느끼며 말하는 어머 니의 고해성사를 감정적으로 이겨 낼 재간은 없다. 빚쟁이에 시달린 설움이 북받쳐 오른다. 그토록 아버지에게 성장한 모습을 보여야 한 다고 다짐했건만, 20대의 철부지로 돌아간다. 어머니를 끌어안으니 눈물샘을 꽁꽁 묶은 고무줄은 자연스레 끊어진다.

"엄마, 왜 이렇게 마른 거야? 아버지는 저리 뚱뚱한데? 응, 나 힘들었 어. 엄마, 나 많이 힘들었어. 왜 나만 남겨두고 가버린 거야? 내 편은 어디에도 없었어. 빚쟁이 때문에 얼마나 힘들었는지 알아? 철저하게 난 혼자였어. 외톨이였다고! 외톨이! 이제 다시는 그러지 마. 외톨이로는 만들지 말아 줘!"

아버지는 우두커니 우리를 바라본다. 모자의 상봉을 감성적인 영화의 한 장면 정도로 생각했을까? 이내 고개를 저으며 요새로 먼저 들어간다. 나약한 모습에 실망한 걸까? 정신이 번쩍 든다. 아직 최종 면접이 남아 있다. 눈물을 훔친 후, 어머니와 함께 요새로 향한다. 요새 안은 어떠한 모습일까? 너무나 궁금하다. 친구들과 다시 한번 오고 싶다. 승기와 효상이, 두 녀석 모두 깜짝 놀랄 게 틀림없다. 그리고 승기에게 넓은 세상을 보여 주고 싶다. 승기가 변해야 효상이도 변해서다. 눈앞에 펼쳐진 환경을 보기 전까지는, 우리의 뇌가 상상해 그려 낼 수 있는 장면은 단 하나도 없다. 모든 게 상상 이상이다.

끼이이이이이이이익

"와……."

17. 도대체 오늘 몇 번을 놀라는가? 눈앞에 펼쳐진 내부 모습으로 단전[213]에서 우러나온 진한 탄성을 내뱉는다. 태어나서 처음이다. 어떻게 내부를 이처럼 만들 수 있을까? 가운데 위치한 엘리베이터를 기둥 삼아 T자형으로 이루어진 내부다. 끝도 없이 펼쳐진 하얀 대리석

---

213) 단전(丹田): 배꼽 아래로 한 치 다섯 푼 되는 곳. 아랫배에 해당하며 여기에 힘을 주면 건강과 용기를 얻는다고 함.

으로 이루어진 바닥은 고급 병원을 떠오르게 한다. 내부가 이리도 크리라 예상치 못했다. 가정집이라 생각해서다. 가로와 세로의 길이가 족히 300m는 된다. 대리석 바닥을 바라본다. 얼마나 청소를 열심히 했을까? 얼굴이 다 비칠 정도다. 벽의 소재는 외부와 같다. 무늬 없는 회색 콘크리트다. 가운데를 중심으로 양쪽으로 줄지어진 검은색 철제 책상과 파란색 노트북은 테헤란로를 연상케 한다. 그런데도 오히려 뻥 뚫린 한산한 느낌이다. 층고가 상당히 높아서다. 얼추 3층 높이는 되는 것 같다. 높은 층고에 매달린 수많은 원통 LED 레일 조명은 마치 CCTV를 연상케 한다. 아니나 다를까, 조명 사이로 수십 개의 감시 카메라가 눈에 띈다. 음악이 흐른다. 잊을 수 없는 클래식 음악이다. 영화 〈스타워즈〉의 메인 테마를 연상케 하는 웅장함, 강렬하고 폭발적인 연주에도 몸에 소름이 끼쳐 한여름에도 한기를 느꼈던 음산함, 그리고 아름다운 평온한 선율에도 연주의 강약조절로 무슨 일이 벌어질지도 모른다는 불안감을 느끼게 했던 그 음악이다. 연예 시절, 와이프가 좋아했기에 유일하게 기억하려고 노력했던 오페라.

바그너의
〈방황하는 네덜란드인(Der Fliegende Holländer)〉
또는 〈유령선(Le vaisseau fantôme)〉의 서곡

18. 일하는 많은 사람이 분주하게 움직인다. 음악과 어울리는 옷차림이다. 한껏 그들의 맵시를 뽐낸, 짧은 남자 머리를 대표하는 리젠트 컷과 스와트 컷, 내근보다 외근이 어울릴 만큼 햇볕에 탄 얼굴, 숨쉬기 힘들어 보일 만큼 목을 죄는 밝은 파란색 넥타이를 맨 짙은 남색

정장 차림의 그들. 그들의 다부진 눈빛과 도도한 표정은 한눈에 보아도, 아버지와 일하는 오늘을 자랑스러워하는 것 같다. 이들을 뭐라고 불러야 할까? 효상이와 승기에게 꼭 보여 주고 싶다. 사진을 찍으려 핸드폰을 들었다. 중국인 한 명이 다가와 손을 들며 소리친다.

"不可以! 禁止拍照!"

"우현아, 이곳을 촬영하면 안 된다."

자상하게 말하는 아버지 목소리는 단호하다. 오히려 부드럽게 말하니 더욱더 카리스마가 느껴진다. 그리고 아버지는 중국인에게 소리친다.

"对不起, 对不起, 对不起!"

아버지가 소리치자마자 중국인은 고개를 숙이며 연신 이 말을 내게 반복한다. 미안하다고 말하는 뉘앙스다. 아버지의 아들이어서 다행이다. 아버지 아들이 아니었다면, 어디론가 끌려가 쥐도 새도 모르게 사라지지 않았을까?

"우현아, 사무실로 가자."

19. 가운데에 있는 빨간 엘리베이터로 아버지와 함께 향한다. 신기하게도 엘리베이터에 버튼은 없다. 아버지는 손바닥을 펴 엘리베이

터 문 옆에 있는 검은색 사각형을 누른다. 조금 있다가 엘리베이터 문이 열린다. 아무래도 생체인식 시스템이 있는 듯하다. 아버지 사무실의 모습은 어느 한국 가정집과 다르지 않다. 어머니가 살 만한 공간이라서 다행이다. 어머니는 엘리베이터를 사용할 수 없다고 한다. 엘리베이터는 오직 아버지만 사용할 수 있다. 어머니는 출입할 때 다른 문을 사용한다. 나 역시 어머니와 같은 문을 사용해 출입하라고 아버지는 말한다. 드디어 최종 면접이다. 어머니와 회포[214] 후, 준비했던 답변은 한 줌의 재로 바람에 날려 사라졌다. 40세는 유혹에 흔들리지 않는다고 공자는 말씀하셨다. 거짓말이다. 예나 지금이나 내 감정은 월영산과 부영산을 잇는 출렁다리와 같다. 출렁다리에 올라선 본 경험이 있는가? 70㎏의 성인 1500명이 동시에 통행할 수 있는 하중을 버티는 안전한 출렁다리.[215] 안전하다고 확신하지만, 안전 밧줄을 있는 힘껏 꽉 잡아 손바닥이 얼얼해지는 희한한 경험. 300m 남짓인 길이가 3㎞처럼 느껴지는 기하학적 착시 경험. 100㎏에 육박하는 몸무게임에도 살랑거리는 바람에도 날아갈지도 모른다는 섬뜩한 경험. 유리 멘털이다. 그런데도 주위 사람에게 태연하게 보이려는 상남자 코스프레. 그래, 맞다. 40세의 감정은 이렇게나 출렁거린다. 정신 차리자. 아버지에게 듬직한 아들로 비쳐야 한다. 더는 출렁다리를 걷는 기분을 느껴서는 안 된다.

"우현아, 아버지의 사업을 말하기 전에, 확실하게 알아둘 게 있어. 이일은 어느 정도 위험을 감수해야 해. 상황에 따라서 판단 실수가 커다란

---

214) 회포(懷抱): 마음속에 품은 생각이나 정(情).
215) 금산 구청 관광명소 '월영산 출렁다리'.

손해를 가져올 수도 있고. 그러니 위험을 감수할 결심이 없다면 아버지 이야기를 듣지 않는 게 좋아. 며칠, 엄마하고 여행 좀 하든가. 굳이 같이 일하지 않아도 돼. 너한테 틈틈이 돈을 보낼 생각이니까."

20. 첫 번째 면접 질문이다. 아버지의 질문은 처음부터 강공이다. 시작도 하기 전에 포기하라고 날 떠본다. 논리적으로 생각하면, 굳이 위험한 일을 하면서 수익을 만들 이유는 없다. 더군다나, 이 일을 참여하지 않아도 때마다 아버지가 돈을 보내 줄 거다. 그렇다고 이대로 물러날 수는 없다. 빈손으로 돌아가면 승기에게 할 말이 없다. 이번 기회가 승기에게 기댈 수 있는 마지막 동아줄이어서다. 승기의 마지막 희망을 꺾고 싶지는 않다.

"아버지, 위험을 감수하는 만큼 돈을 많이 벌 수 있는 사업인가요? 사실, 친한 친구 중 하나가 얼마 전에 큰 사기를 당해서 이를 만회[216]해야 하거든요. 아버지가 예전에 믿을 만한 사람이 필요하다고 말씀하신 것도 있고, 그래서 아버지도 볼 겸, 겸사겸사 찾아온 거예요."

21. 아버지의 표정을 읽을 수 없다. 정적이 흐른다.

똑딱똑딱 째깍째깍 똑딱똑딱 째깍째깍 똑딱똑딱 째깍째깍 똑딱똑딱 째깍째깍 똑딱똑딱 째깍째깍 똑딱똑딱 째깍째깍 똑딱똑딱 째깍째깍 똑딱똑딱 째깍째깍 똑딱똑딱 째깍째깍 똑딱똑딱 째깍째깍 똑딱똑딱 째깍째깍 똑딱똑딱 째깍째깍 똑딱똑딱 째깍째깍 똑딱똑딱 째깍째깍 똑딱똑딱 째깍째깍 똑딱똑딱 째깍째깍 똑딱똑딱 째깍째깍 똑딱똑딱 째깍째깍 똑딱똑

---

216) 만회(挽回): 바로잡아 돌이킴.

딱 째깍째깍 똑딱똑딱 째깍째깍 똑딱똑딱 째깍째깍 똑딱똑딱 째깍째깍 똑딱똑딱 째깍째깍 똑딱똑딱 째깍째깍

방정맞은 건지, 둔탁한 건지 알 수 없는 시계의 초침 소리가 커다란 사무실의 공간을 채운다. 초침 소리가 이렇게 거슬리기는 처음이다. 예민해졌다는 방증[217]일지도 모른다. 정적을 깨고 아버지는 말씀한다.

"친한 친구는 믿을 만한 사람이야? 이 사업은 보안이 생명이야. 그리고 네 친구는 이 일이 위험하다는 것도 알고 있어? 친구 사정이 딱하기는 하지만, 아버지는 사업에 신중해야 해. 아무나 팀원으로 받아들일 수는 없어."

두 번째 면접 질문이다. 아버지는 승기에 대해서 회의적으로 말한다. 효상이는 말하지도 않았다. 하긴 나라도 그렇다. 단지 아들 말만 믿고 새로운 사람과 일을 도모하기는 어렵다고 생각한다. 그렇다고 물러날 수는 없다. 아버지의 의심은 내가 위기관리능력이 있는 사람인지 알고 싶은 것 같다.

"아버지, 승기도 저도 곧 45살이에요. 그만큼 사회생활 경험도 풍부해요. 그리고 승기는 아주 똑똑해요. 감정에 흔들리지 않고 이성적으로 행동하는 친구예요. 그래서 얄미울 때도 가끔 있지만, 전 그런 점을 높게 사고 있어요. 그리고 아버지와 저, 15년 만에 만났어요. 짧으면 짧은 세

---

217)　방증(傍證): 사실을 증명할 수 있는 증거가 되지는 않지만, 주변의 상황을 밝힘으로써 범죄의 증명에 간접적으로 도움이 되는 증거.

월이고 길면 긴 세월이죠. 아버지가 보기에는 여전히 철없는 20대라고 생각할 수 있어요. 그런데요, 아버지, 지금은 어엿한 영업직 부장이라고요. 거래처 사람들 비위 맞추며, 쓴물 단물 다 맛보았어요. 아버지와 떨어진 15년 동안 놀고만 있지 않았어요. 결혼도 했고요. 아이도 있어요. 그렇게 성장했다고요.”

22. 훌륭한 답변이다. 짝짝짝. 그나저나 의외다. 승기를 칭찬할 줄은 꿈에도 몰랐다. 아버지는 얼굴을 찡그리며 입을 쭉 내민다. 원하는 답이 아니라고 느낄 때 나타나는 아버지의 습관이다.

“우현아, 네가 성장하지 않았다는 뜻은 아니란다. 여기는 엄연히 인사 시스템이 있단다. 아래에서 일하는 자신감 넘치는 직원을 보았지? 그들 모두 엄격한 면접을 통해 채용한 직원이야. 여기서는 내가 최종 결정권자이기는 하지만, 널 채용하면 본사에 보고는 해야 해. 그렇다면 이것은 어떠냐? 본사에 너만 보고하자. 네가 한국에서 일하려면 어차피 사람은 필요해. 그때 승기를 포함해 원하는 사람을 프로젝트 기간만 함께하는 게 어떠냐? 그러면 다른 사람은 본사에 보고할 필요가 없어. 그러면 복잡한 과정도 생략할 수 있고.”

본사라고? 아버지 사업이 아니었어? 그리고 프로젝트는 또 무슨 소리야? 도대체 아버지는 무슨 일을 하는 거야? 이 상황에서 어리숙하게 보이면 오히려 아버지가 날 미덥지 않게 생각할 수 있다. 담대하게 당연한 것처럼 이야기를 끌고 가자.

"1층에서 근무하는 직원을 보면서 대충 예상은 했었어요. 아버지가 혼자 운영하기에는 사이즈가 큰 것 같다고. 아버지, 그나저나 도대체 무슨 일을 하세요? 아버지가 말하는 한국 프로젝트는 무엇이고요? 아버지 말씀처럼 어느 정도 위험성이 있다면 제가 듣고 판단해도 늦지 않을 것 같아요."

고객을 상대하여 원하는 방향으로 이끌어 수익을 창출하는 나름 잔뼈 굵은 15년 차 영업사원이다. 아버지는 아무래도 한국에서 론칭할 사업에 내가 필요한 듯싶다. 그렇다면 주도권을 가져오는 게 편하다. 아버지에게 남자 대 남자로 대접받고 싶다. 하지만 아버지는 얼굴을 찡그리며 입을 쭉 내민다. 원하는 답은 아닌 듯하다.

"우현아, 아버지가 하는 일은 네가 생각하는 업무와는 결이 달라. 위험하다고. 말했잖니, 위험한 일이라고. 그렇기에 단호한 결심이 서지 않으면, 무슨 일인지 차라리 모르는 게 좋아. 이야기를 듣는 순간부터 넌 위험에 빠졌다고 생각해도 되니까. 물론, 큰돈을 만질 수는 있어. 신중해야 해. 한국 프로젝트가 틀어지면, 아버지도 위험해져. 그래도 정말 하고 싶니?"

23. 슬슬 짜증이 난다. 뭐 이렇게 겁을 주는데? 하라는 거야 말라는 거야? 그럼 처음부터 부르지 말든가. 조금 더 세게 이야기해 분위기를 내 쪽으로 가져와야 한다.

"그래서요? 아버지는 제가 필요하다는 건가요? 아닌가요? 뱅뱅 돌리지 말고 그냥 바로 말씀 주세요. 어머니와 만나서 잠시 과거로 돌아간 기분도 느꼈지만, 여기 놀러 온 게 아니라고요. 아버지가 불러서 온 거예요. 부모님이 보고 싶어서 온 게 아니라고요. 그렇게 못 미더우면 이야기 그만하시죠. 전 내일 돌아갈게요."

생각지도 못한 급격한 전개에 아버지가 내심 당황하는 게 보인다. 정적이 흐른다. 방정맞은 건지, 둔탁한 건지 알 수 없는 시계의 초침 소리가 다시 들리기 시작한다.

똑딱똑딱 째깍째깍 똑딱똑딱 째깍째깍

무언가 결심이 선 듯한 표정으로 굳게 닫힌 아버지의 입술이 떨어진다. 최종 면접은 드디어 끝난 듯싶다.

"임우현 씨 정식으로 채용하겠습니다. 앞으로 한국 프로젝트 잘 부탁합니다. 자세한 이야기는 내일 나누시죠."

24. 게스트룸에 누워 있다. 내일부터 인생의 어떠한 변화가 있을지 상상하기 어렵다. 나로 인해 승기와 효상이의 인생 또한 변하겠지. 부

디 변화의 종착지가 불행이 아닌 행복이었으면 한다. 아버지의 프로젝트가 우리 셋 모두를 밝은 미래로 걸어가게 하는 실마리이기를 간절히 바란다. 지금까지 벌어진 일이 꿈일지도 모르겠다. 볼을 꼬집는다. 꿈은 아니다. 잠을 이루기 어렵다. 겨드랑이가 땀으로 축축하다. 특별히 먹은 것도 없는데 소화가 안 된다. 약간의 두통도 있다. 의지와 다르게 몸은 긴장하고 있다. 그 원인이 불안과 공포인지 기쁨과 즐거움인지 알기 어렵다. 1층에서 흐르는 음악이 떠오른다. 그 음악이 계속해서 마음에 걸린다. 바그너의 〈방황하는 네덜란드인〉의 내용을 아는가? 자기의 능력을 과신한 오만한 선장의 판단으로 그의 선원은 하나둘 바다의 제물이 된다. 하지만 침몰하는 배 안에서 선장은 자신의 무능력을 신의 탓으로 돌린다. 신은 선장에게 저주를 내렸다. 유령이 된 선원들과 선장은 7대양을 평생 떠돌아야만 한다. 선장은 7년에 한 번만 상륙해 자신을 구원해 줄 여인을 찾는다. 그게 저주를 푸는 유일한 조건이다.[218] 이들은 저주에 걸린 유령이다. 마치 내가 본 모든 게 거짓일지 모른다는 생각을 하게 한다. 1층에서 분주하게 움직인 짙은 남색의 정장 차림의 직원들이 유령처럼 느껴진다. 아버지는 내 안에서만 존재하는 상상 속의 선장일지도 모른다고 생각한다. 모든 게 상상일지도 모른다. 다시 한번 확인해야 한다. 이 모든 게 진실인지를. 동그란 방문 손잡이를 잡았다. 손잡이를 돌려 밖을 확인하는 게 이리로 떨릴 수도 있단 말인가? 아무래도 꿈을 꾸는 것 같아서다. 그래도 확인을 해야 한다. 손잡이를 힘껏 돌려 문을 열었다. 진실을 확인할 자신이 없어 눈을 질끈 감았다. 포커에서 마지막 카드를 확인하는 마음으로 조금씩, 살포시, 그리고 아주 느리게 눈을 뜬다. 익

---

218) 〈방황하는 네덜란드인〉(오페라) [출처: 위키백과]

숙한 우리 집 아파트 거실은 아니다. 누군가의 실루엣이 보인다. 그리고 그 실루엣이 내게로 다가온다. 그리고 실루엣은 손짓한다. 그 손짓을 따라간다.

"아들, 잠이 오지 않아? 상상했던 아버지와는 조금 다르지? 처음이지? 남자 대 남자로 아버지를 만난 적은? 네가 아버지와 어렸을 때 헤어졌잖니. 그러니 아버지의 원래 모습을 알기 어려웠을 거야. 아버지는 일에서는 차갑고 냉정한 분이야. 그만큼 치밀하고 몰두하는 능력도 대단해. 엄마는 그 점에 반해서 결혼한 거고. 그렇다고 너를 사랑하는 마음이 변한 것은 아니니까 걱정하지 마렴. 급하게 한국을 떠날 때만 해도 이처럼 다시 만날 거라 상상하기 어려웠거든. 그래도 엄마는 늘 기도했어. 언젠가 우현이를 다시 만날 날을 상상하며. 그래서 엄마는 오늘이 너무나 행복한 날이야. 이렇게 성장한 우리 아들을 눈으로 직접 볼 수 있으니까."

25. 꿈은 아닌 듯하다. 엄마가 내 앞에 있다.

"엄마, 이게 꿈일까 무서워. 이곳도 너무 낯설고, 아버지가 이렇게 다시 성공했을 거라고는 상상도 못 했어. 꿈 아니지? 지금 내 앞에 있는 게 엄마 맞지? 정말 엄마 맞지? 꿈이 아니라고 말해 줘."

그래, 이 모든 게 사실이라고 누군가가 말했으면 한다.

"그럼, 우리 아들, 꿈이 아니란다. 우리 아들이 그동안 마음고생이 많았구나. 이러한 작은 행복도 의심하는 것을 보니까. 엄마가 마음이 아프네. 걱정 마렴. 내 아들, 앞으로 모든 게 잘 풀릴 거야. 우리 가족이 이렇게 다시 만났으니까. 내일부터 정식으로 아버지 일을 도우면 해야 할 일이 많을 거야. 엄마도 정확히는 잘 몰라. 아버지가 하는 일을. 그나저나 시간이 너무 늦었네. 남은 이야기는 내일 하자꾸나. 잘 자렴, 내 새끼."

어머니가 이마에 입맞춤한다. 어머니의 푸석하고 갈라진 입술이 이마에 닿을 때, 감정을 전달하는 편도체가 왼쪽 전전두피질을 두드린다. 왼쪽 전전두피질은 편도체의 방문을 환영한다. 그리고 내 안에 존재하는 긴장과 불안을 말끔하게 해소하는 마법의 주문을 속삭인다. 주문을 들은 후, 작은 미소를 입가에 머금고 잠이 든다.

"우현아, 행복해도 돼. 모든 게 사실이니까."

Episode 10

블루 고스트

"안녕하십니까? 정식으로 소개하겠습니다.

블루 고스트 아시아 헤드인 정호입니다."

1. 누군가 아버지 사무실로 들어와 한국어로 자기소개를 한다. 파란색 넥타이, 그리고 짙은 남색 정장 차림이다. 이 요새의 유일한 창문 사이로 스며드는 강렬한 햇빛으로 누구인지 알아보기가 어렵다. 누구지? 아버지인가? 블루 고스트? 아시아 헤드? 정호? 정호는 아버지 함자[219]인데? 눈부신 빛으로 가려진 실루엣은 점차 선명해진다. 아버지다. 아버지의 다른 모습에 사뭇 놀랐다. 아버지의 연세[220]가? 맞다 곧 여든 살이다. 하지만 전혀 그렇게 보이지 않는다. 너무나 건강해 보인다. 아니다. 건강을 넘어서 회춘[221]한 느낌이다. 더군다나 자기소개하는 아버지 모습은 당당하고 늠름하기까지 하다. 어제의 모습과 너무 다르다. 진시황이 아버지를 보고 있다면, 분명히 이렇게 물

---

219) 함자(銜字): 남의 이름을 높여 일컫는 말.
220) 연세(年歲): '나이'의 높임말.
221) 회춘(回春): 도로 젊어짐.

었을 거다.

"당신을 보니 내 의심은 확신으로 변했네.
제발 알려 주시게. 불로장생²²²⁾을 이루는 불로초의 행방을!"

아버지는 계속해 브리핑을 이어 간다.

"임우현 씨, 인간은 창조된 이후로 눈부신 문명의 발전을 이루었습니다. 그 덕분에 우리의 삶은 정말로 윤택해졌습니다. 불과 150년 전만 해도 비행기는 세상에 존재하지 않았어요. 가까운 과거로 가 볼까요? 불과 30년 전만 해도 손바닥만 한 휴대전화를 모든 인간이 사용하리라 생각이나 했을까요? 이처럼 인간의 발전과 변화는 어떠한 개체도 이루지 못한 위대한 업적입니다. 그런데요, 이러한 발전에도 불구하고, 그것을 나쁘다고 생각하지만, 인간이 유일하게 변화를 거부하는 게 있습니다. 그게 무엇인지 알고 있습니까?"

무엇일까? 모르겠다. 침묵으로 대답을 대신한다.

"모든 이가 오늘을 만족하지 않고, 더욱 나은 삶을 꿈꾸려면 무엇이 필요할까요? 그리고 문명을 이처럼 발달하게 한 근본적인 원동력은 무엇일까요? 그래요, 바로 인간의 탐욕과 욕망입니다. 임우현 씨? 당신은 무엇을 원해서 이 자리에 있습니까?"

---

222) 불로장생(不老長生): 늙지 않고 오래 삶.

2. 그 어느 때보다 목소리에 힘을 주어 아버지는 말한다. 아니면, 원래 아버지의 모습일지도 모르겠다. 블루 고스트 아시아 헤드 정호로 만나는 아버지는 낯설다. 이런 사내였단 말인가? 곧 여든 살임에도 여전히 꿈을 꾸며 설파하는 남자. 그리고 꿈을 공유해 세력을 확장하려는 카리스마 넘치는 남자. 그의 카리스마에 매료돼 자신의 꿈을 태운 수많은 사람을 이끄는 남자. 내가 알고 있는 돈가스 사장의 아버지는 처음부터 위장이었을지도 모른다. 어머니는 이런 남자에게 반했을지도 모른다.

"사랑하는 사람과 지금과 다른 환경에서 걱정 없이 살아가기를 바랍니다. 그 꿈을 이곳에서 이루었으면 합니다."

답변이 식상[223]했을까? 아버지는 알 수 없는 표정으로 나를 바라본다. 그리고 말을 이어간다.

"그렇습니다. 제가 만난 모든 사람은, 희한하게도 임우현 씨와 비슷한 말을 했습니다. 도대체 왜 우리는 서로 다른 인종, 문화, 그리고 성격을 지녔음에도 같은 바람을 말할까요? 도대체 왜요? 그래요, 행복하지 않아서입니다. 지금의 환경에서는 더는 답을 찾기 어려워서입니다. 안 그렇습니까? 우현 씨, 핸드폰을 꺼내세요. 그리고 눈에 띄는 기사가 무엇인지 찾아서 말씀 주세요."

아버지는 무슨 말을 하고 싶을까? 일단 아버지의 말을 따르고 싶다.

---

223) 식상(食傷): 같은 음식이나 사물의 되풀이로 물리거나 질림.

아버지의 이야기가 매우 흥미로워서다. 주머니에서 핸드폰을 꺼내 포털 사이트를 장식한 오늘의 메인 기사를 검색한다.

전 국민이 피해자
바닥이 없다 -72% 하락
빚투 개미 빨간불
2030 영끌족 패닉
신변비관으로 극단 선택 증가
내년 경제 더욱 암울

아무리 뒤져도
훈훈한 기사는 없다.
대한민국의 장래는 어둡다.

3. 세상이 이렇게 흉흉했나? 온통 빨간불이다. 눈을 부릅뜨고 보아도 훈훈한 기사를 찾기 어렵다. 이쯤 되면 대중매체가 의도적으로 부정적인 내용으로 도배하는 게 틀림없다. 현재의 다양한 감정은 같은 상황을 다르게 느끼게 한다. 이게 참 신기하다. 인간은 완전하지 않아서일까? 예를 들어서, 가끔 만나는 훈훈한 기사로 아직은 살 만한 세상이라 느낀다. 이러한 기사로 마음이 따뜻해졌다면, 길거리에서 분주하게 움직이는 사람들의 표정을 봤으면 한다. 따스한 햇볕만큼 감미로운 미소로 가득 찬 그들로 인해 웃음을 띠는 세상을 만나게 될 거다. 물론 반대의 감정으로 가득 찬 세상을 만날 때도 있다. 절망의 몸부림 끝에서 찾아낸 마지막 탈출구였던 마포대교, 그때의 세상을 잊

을 수 없다. 엄동설한 날씨에 얼어 버린 호수 위, 맨발로 있기에 발의 감각은 서서히 사라진다. 얼음 호수를 정처[224] 없이 걷고 있다. 언제 깨질지 모른다는 두려움에 나도 모르게 호수 아래를 바라본다. 아무 것도 보이지 않는다. 바닥을 알 수 없는 시커먼 호수 안은 무엇으로 가득할까?

멸시, 핍박, 조롱, 경멸, 배척, 외면, 모욕, 억압,
증오, 착취, 질책, 혐오, 구박, 질타, 지탄, 희롱, 그리고 냉대.

그래, 사람들은
세상 끝자락에 선 나를 그렇게 바라보았다.

하지만
오늘 날씨는 맑음이다.

기사의 제목을 아버지는 당연하다는 듯 고개를 끄덕이며 더욱더 강렬한 눈빛으로 나를 바라보며 말을 이어간다.

"절망적인 기사만 눈에 띄는 게 신기하지 않으세요? 대중매체의 습성이 이렇습니다. 그들은 우리의 절망과 고통 그리고 공포를 이용해 장사합니다. 그렇다면 우리의 절망과 고통 그리고 공포가 이들에게 왜 돈이 될까요? 인간은 타인의 고통을 통해서 삶의 위로를 얻습니다. 이는 인간의 본성이기 때문입니다. 임우현 씨도 그중 하나입니다. 그렇지 않다고

---

224) 정처(定處): 정한 곳. 일정한 처소.

요? 다시 한번 눈을 크게 뜨고 포털 사이트에 무작위로 올려진 기사를 다시 보세요. 아마도 다른 기사가 눈에 보일 거예요. 지금 찾아보세요."

4. 타인의 고통을 통해 위로를 얻는 그런 천박한 존재가 인간이라고? 아버지의 의견에 동의할 수 없다. 하지만 다시 한번 기사를 검색한다.

착한 기업 돈쭐 내는 소비자.
여학생들 대화 들은 손님이 베푼 선행
아이들에게 잊지 못할 하루 선물
각계각층 온정의 손길 훈훈
지구사랑 두 바퀴 대축제

아무리 뒤져도
훈훈한 기사만 보인다.
대한민국의 미래는 찬란하다.

아버지 말대로다. 훈훈한 기사는 곳곳에 널려 있다. 처음 검색했을 때는 왜 보이지 않았을까? 왜 타인의 절망과 고통 그리고 공포에만 관심을 보였을까? 어쩌면 타인의 훈훈한 생활에 질투가 나서 애써 모른 척하려고 했을지도 모른다. 마법 같은 아버지 손길에 점점 녹아든다. 냉정함을 유지하기 어렵다. 보물 지도를 손에 얻은 기분이다. 지금은 무엇보다 아버지의 이야기를 끝까지 듣고 싶다.

"정말 신기하지요? 대중매체는 인간이 좋아하는, 우리의 아픔으로 장사하는…… 한마디로 양아치입니다. 그런데요, 이들의 기막힌 장사수완으로 돈을 버는 존재는 누구인가요? 그래요, 부자입니다. 우리가 아니라. 부자는 더욱더 부자로, 가난한 자는 더욱더 가난한 자로 살아가야 하는 빈익빈 부익부 상황을 바꿀 수 있을까요? 아니요, 바꾸지 못합니다. 잔인하지만 그게 사회를 지탱하는 메커니즘입니다. 그리고 그 메커니즘은 어떠한 시스템보다 견고합니다. 그렇기에 이에 도전하는 어리석은 행동을 하지 않아야 합니다. 그건 풋내기 혹은 천둥벌거숭이의 객기일 뿐입니다. 그렇다고 이렇게 항상 가난하고 비참하게 살아야 할까요? 아닙니다. 방법은 있습니다."

5. 괄약근에 힘이 들어간다. 그래 뼈 빠지게 일해서 결국 회사 오너의 배만 불린다. 15년 차 영업사원의 연봉은 정말 짜다. 더군다나 내가 속한 곳은 사양산업이다. 관련한 시장은 점점 축소된다. 그렇기에 동기들도 하나둘 버티지 못하고 떠난다. 진작 떠났어야 했는데, 그래서 몇 번이나 이직하려 했지만, 결과가 신통치 않다. 15년 차의 능력 없는 영업사원을 받아 줄 회사가 많지 않아서다. 어느 회사가 부담만 증가하는 늙은 사원을 받아 주겠는가? 아버지의 작은 도움이 없었다면, 여전히 빚쟁이에 시달리는 비참한 인생을 살아가고 있을 거다. 그리고 몇 년째 연봉 동결이던가? 올라도 기껏해야 3%가 최대다. 물가 상승률을 반영해 연봉을 인상했다고 하는데, 시간이 지날수록 내 배는 더욱더 홀쭉해진다. 승기도 효상이도 나도 무언가 공평하지 않게 세상이 돌아간다는 사실은 진작 알고 있다. 하지만 문제가 무엇인지를 몰랐다. 단순하게 사회구조 시스템의 문제라 생각했다. 다들 그렇게 말하니까. 다들 그렇게 믿고 있으니까.

"가진 자를 위해 움직이는 사회의 메커니즘을 활용하려면 우리도 힘이 있어야 합니다. 세력을 만들어야 합니다. 목소리를 하나로 모아야 합니다. 블루 고스트는 파레토 법칙[225]을 거부합니다. 그리고 롱테일 법칙[226]을 고수합니다. 즉, 블루 고스트는 20%의 엘리트 집단이 아닌 80%의 평범한 이를 위해 만들어진 유령입니다."

6. 유령이라니? 서류상으로만 존재하는 페이퍼 컴퍼니라는 말인가? 아니면 아무것도 존재하지 않는 유령회사란 말인가? 그나저나 상위 20%의 매출액의 합계보다 하위 80% 매출액의 합계가 크기에, 다수의 아이템을 소홀하게 여기면 안 된다는 롱테일 법칙을 아버지 입을 통해 다시 듣다니 다소 놀랍다. 정말 단순한 돈가스 사장은 아니었나 보다. 다만, 아버지가 평범한 다수를 위해 무엇을 한단 말인가? 장황한 이야기뿐이다. 실무적인 이야기를 시작하지 않는다. 도대체 무엇을 팔아 다수의 입에 풀칠하려는지 알 수 없다. 보물 지도가 가짜일지도 모른다는 의심의 눈초리를 아버지에게 보낸다.

"세계화라는 단어를 주위에서 심심찮게 보고 듣습니다. 세계화는 기술력의 발전으로 세계가 하나의 사회공간으로 거듭나는 단일화 시장체제를 말합니다. 말이 어렵지요? 조금 쉽게 이야기하면, 미국의 악랄하고 야심 찬 제국주의 전략입니다. 미국은 후진국을 계몽한다며 세계화를 연일 떠듭니다. 세계화를 선한 영향력 혹은 온정주의라 말합니다. 하지

---

225)   전체 결과의 80%가 전체 원인의 20%에서 일어나는 현상. [출처: 위키백과]
226)   주목받지 못하는 다수가 핵심적인 소수보다 더 큰 가치를 창출하는 현상. [출처: 위키백과]

만 미국은 그들의 시스템을 전파해 그들의 언어와 재화, 그리고 가치관을 퍼뜨려 각 나라의 특색을 지우려 합니다. 자국의 고유문화보다 미국의 문화가 우월하게 느끼게끔 교묘하게 사람들을 세뇌합니다. 세계화는 현존하는 시스템 중 가장 폭력적인 인류집단세뇌 정책입니다."

세계화라니? 무슨 말을 하려는 걸까? 그나저나 아버지가 이렇게 박식한 분이었나? 햇빛에 비쳐 투명한 빛깔을 띠는 아버지의 빽빽한 흰 머리가 왠지 살아온 인생의 훈장처럼 느껴진다. 지금 아버지의 모습은 범접할 수 없는 아우라를 뿜어내는 간달프 마법사다. 아버지는 잠시 한숨을 쉰 후 말을 이어간다.

"제가 아까 말한 질문 기억하나요? 세계화가 인류사회를 움직이는 메커니즘이라면 우리는 세계화를 따라야 합니다. 우리는 통설인 세계화를 거부할 힘 또한 없습니다. 그렇기에 세계화를 올바르게 이해해 적용하는 힘을 길러야 합니다. 블루 고스트는 세계화 메커니즘 과정에서 발생하는 '에러'를 파악합니다. 블루 고스트는 잠깐 열리는 '에러'의 공간에 침투해 수익을 창출하는 집단입니다."

7. 세계화를 이처럼 진지하게 강조하는 한국인을 만나본 적이 있던가? 미국과 세계화? 물론, 미국에서 굵직한 사건이 터질 때면, 다음 날 대한민국 주식 시장에 부정적 영향을 미칠까 잠을 설친 적도 있다. 하지만, 이는 주식 초보자에게 일어나는 일시적 현상이다. 시간이 지나면, 미국에 폭탄이 떨어졌다고 해도, 잠을 깊이 잘 수 있다. 지금 내가 그렇다. 미국 시황을 보지 않은 지 오래다. 주식 초보자는 스스로 공

부해 투자하면 일확천금[227]을 달성할 수 있다는 근자감[228]을 지닌 게 공통점이다. 사실, 이는 주식 초보자만 지닌 게 아니다. 근자감을 지닌 사람들은 실패한 수많은 이보다 똑똑하다고 생각한다. 그들은 다양한 정보의 수집으로 날카로운 통찰력을 지녔다고 믿는다. 그들은 관련한 필드에 오랫동안 몸담은 다른 이의 충고를 철 지난 표어[229]로 치부한다. 그들은 듣고 싶은 목소리에만 반응한다. 그런데도 스스로 누구보다 객관적인 시야를 지녔다고 생각한다. 그렇기에 그들은 다른 사람과 다르다고 믿는다. 볼드몰트 사건 이전까지 나 역시 그랬다. 그 이유는 무엇일까?

다른 사람의 능력을 과소평가해서다.

무지해서다.

8. 얼마 전, 정신과 전문의를 통해 재미난 이야기를 들었다. '더닝-크루거 효과'라고 들어 본 적 있는가? 특정 영역의 전문가가 아님에도 자신이 알고 있는 지식을 과대평가하는 현상이다. "한 권의 책만 읽은 사람을 조심하라."라는 말이 '더닝-크루거 효과'의 대표적인 예시이다. [230] 볼드몰트 사건 이전까지는 금융업에 종사하는 분석가가 떠드는 원론적인 분석은 단지 그들의 수익을 위해 떠드는 거짓 정보라 확

---

227)   일확천금(一攫千金): 단번에 천금을 움켜쥔다는 뜻으로, 힘들이지 않고 단번에 많은 재물을 얻음을 이르는 말.
228)   '근거 없는 자신감'의 줄임말.
229)   표어(標語): 주의·주장·강령(綱領) 등을 간결하게 나타낸 짧은 어구. 슬로건.
230)   구재영, 『근거 없는 자신감이 과하다면…더닝-크루거 효과?』 경남도민일보, 2022.04.29., https://www.idomin.com/news/articleView.html?idxno=792739

신했다. 물론, 이런 기조는 여전하다고 믿는다. 업무 특성상, 다양한 국적의 바이어를 상대한다. 해외 영업을 통해 알게 된 수많은 지인으로부터 자연스레 관련한 산업 동향을 주워듣게 된다. 그렇기에 누구보다 거시적 관점을 지녔다고 믿는다. 사실은 거짓말이다. 신뢰성이 떨어지는 난잡한 정보임에도, 이를 분석할 힘은 내게는 없다. 그렇기에 눈을 질끈 감고 확신한다. 엄청난 정보라 호들갑을 떨면서 이야기하는 그들이 가짜 뉴스를 흘렸을 리가 없다고.

날것의 소문을
고급정보라고 확신했다.

일반적으로 한국 사람은 국제 정세에 밝지 않다. 대중매체에서 나오는 이야기가 그들이 들을 수 있는 전부다. 술자리에서 떠드는 안줏거리는 대중매체에서 떠드는 이야기를 앵무새처럼 떠드는 게 고작이다. 코웃음이 절로 나왔다. 이렇게 무지하다. 사람들은. 그렇기에 상대방의 무지를 계몽한다는 마음으로 가짜 뉴스를 흘리며 마치 자신의 분석인 양 너스레를 떨었다.

"뭐 이렇게 순진해? 진짜 믿는 거야? 방송에서 떠드는 소리를? 언제 좀 넓은 시야를 가질 거냐? 눈을 똑바로 뜨라고. 큰 숲을 보려고 노력해야지. 그쪽 사람들과 계약을 진행 중이라 잘 알고 있는데, 방송에서 나온 이야기가 진실은 아니야, 세계는 말이다……"

이렇게 물꼬를 트면, 대부분 쥐 죽은 듯 내 이야기를 듣는다. 곧 고개를 끄덕이며 엄지손가락을 추켜세운다.

"너희들은 운이 좋아. 이런 정보를 공짜로 듣게 되니까. 곧 좋은 소스 얻으면 공유할게. 총알 준비해. 대기를 타다가 바로 쏘려면."

9. 하지만, 모든 사람이 나를 추켜세우지는 않는다. 내 정보를 의심하는 유일한 놈이 있어서다. 김승기다. 효상이는 회사를 그만두고 글 쓴 지가 꽤 오래되었다. 아직 집필을 끝내지도 않았고, 사실 출판하더라도 효상이의 책이 베스트셀러가 되기는 현실적으로 불가능하다. 효상이 역시 이를 모르는 바 아니다. 그렇기에 마땅한 수익처가 없는 효상이는 내심 함께 투자하고 싶어 한다. 그걸 내가 모르는 게 아니다. 하지만 문제는 승기다. 김승기. 효상이는 승기 눈치 보느라 이러지도 저러지도 못한다. 이유를 모르겠지만 효상이는 승기에게 인정을 받고 싶어 한다. 무지한 승기의 코를 납작하게 만들고 싶었다. 승기야말로 '더닝-크루거 효과'의 전형적인 예시여서다. 볼드몰트 사건 때 승기의 반응은 역시 한결같았다.

"고급정보가 우현이까지 흘러왔으면 끝물일 수도 있어. 정보라는 게 그래. 돌아가는 순위가 있거든. 우현이하고 연락하고 지낸다는 중국인? 우현이 성격이라면 한 번쯤 중국인에 관해서 이야기해야 했는데 오늘 처음 들었다. 효상이 너도 처음 듣지 않았어? 더군다나 중국인이야. 한국인이 아니라고. 아까 사이트 보니까 전부 중국말이야. 주식 공부하려면 한국어로도 시간이 필요한데, 한국 주식 시장도 아니고 중국 주식 시장이야. 다른 나라 사람의 말만 믿고 그대로 따라가는 방식이 옳다고 보지는 않는다. 우현이, 넌 여기 사이트에 올린 글을 정말 다 이해하고 보는 거야? 그래프하고 숫자만 보고 좋아하는 것 아니야? 하여튼 많은 욕심이 모여 엄청난 수익률을 보일 때 빨리 투자금 회수해. 우린 술이나 얻어먹으면 돼. 효상이 너도 쓸데없는 생각 말고."

10. 당시는 승기에게 반론[231]을 펴기 어려웠다. 다 맞는 말이어서다. 오히려 승기에게 좌심방 방실판에 꼭꼭 숨겨 놓은 열등감을 들킨 기분이었다. 승기 말대로 투자금을 회수했어야 했다. 하긴, 투자금을 회수할 수 있는 구조도 아니었지만. 그냥 승기 말을 듣기 싫었다. 확성기를 사용해, 승기 귀가 피가 날 때까지 잘난 척 좀 그만하라고 소리치고 싶었다. 내 정보가, 내 의견이, 내 행동이 옳다고, 은근히 나를 무시하는 승기에게 소리치고 싶은 마음뿐이어서다. 그래서 하지 말아야 할 짓까지 한 거다. 승기의 코를 납작하게 하려고 무리하게 자금을 끌어와 투자했다. 결과는 보기 좋게 완패다. 이 얼마나 '더닝-크루거 효과'의 멍청한 예시인가!

"아버지, 아니, 블루 고스트 정호님, 방금 말씀한 '에러'라는 게 이해가 가지 않습니다. 구체적으로 설명 부탁합니다."

11. 아버지의 얼굴이 점차 붉어진다. 필리핀의 버려진 외딴섬에 수천 년간 발견되지 않은 황금을 가득 실은 난파선의 위치를 말하려는 사람처럼 흥분한 모습이다. 어린 시절이 떠오른다. 호기심이 많았던 그때, 밖은 온통 새로움으로 가득한 비밀공간이었다. 새로움과 호기

---

231) 반론(反論): 남의 의견에 대하여 반대 의견을 펌. 또는 그 반대 의견.

롭게 맞서려는 나를 응원하는 유일한 분, 아버지는 치트키와 같았다. 그래, 그 표정이다. 아들에게 새로운 세상의 문으로 들어가는 접점을 소개하면서, 상기된 얼굴로 나를 바라보며 즐거워하는 그 표정. 자기의 이야기를 통해 아들의 성장을 기대하며 흐뭇해하는 그 표정. 그래 그 표정이다.

"우현님, '에러'는 후진국에서 중진국을 거쳐 선진국으로 이동하면서 일어나는 공통적인 현상을 말합니다. 즉, 공통적인 현상을 찾아 각 나라의 발전 단계를 가늠할 수 있습니다. 그리고 발전 단계에 따라서 반드시 일어나는 '에러'의 시기를 예상해 공격적인 투자로 수익을 극대화합니다. 블루 고스트의 주요 사업전략입니다. 지금부터 긴 이야기가 될 터이니, 정신 반짝 차리고 잘 따라와야 합니다. 아시겠습니까? 임우현 씨?"

스케일 보소. 하하하. 뭐가 이리 거대해? 에러? 각 나라의 발전 단계? 반드시 일어나는 사건? 공격적인 투자? 수익 극대화? 듣기만 해도 짜릿하여 현실감이 떨어지는 낱말[232]이다. 하지만, 멋진 일임에는 틀림이 없다. 본능적으로 알 수 있다. 영화 속의 주인공이 된 기분이다. 이마에 식은땀이 흐르고 눈은 빠르게 깜빡인다. 긴장한 듯하다. 아버지의 설명을 바로 이해하기는 어려워서다.

"조금 어려운 내용인가요? 그래요, 조금 쉽게 풀어서 이야기해 볼게요. '에러'를 판단할 수 있는, 나라의 발전 단계를 예상할 수 있는 대표적인 지표가 있습니다. 무엇일까요? 쓰레기입니다. 이상한가요? 혹시 쓰

---

232)   스스로 일정한 뜻을 담고 있고, 자립성이 있는 최소 단어. [출처: 위키백과]

레기의 역사를 알고 있나요? 생존을 걱정해야 하는 후진국은 자연스레 쓰레기 배출량은 적습니다. 반면에, 쓸모 있는 물건도 오래됐다는 이유로 쓰레기로 여기는 선진국은 어떠할까요? 배출되는 쓰레기양은 후진국에 비해 어마하겠지요? 도시의 생활양식에 따른 행정 변화로 생활 쓰레기를 처리하는 방식은 발달합니다. 산업이 발달할수록 쓰레기의 종류도 다양해지고 배출량도 증가합니다. 즉, 쓰레기의 양과 종류로 각 나라의 발전 정도와 다음 단계의 미래를 예측할 수 있습니다. 이는 각 나라의 소비 수준을 엿볼 수 있는 좋은 지표가 될 수 있습니다."[233]

12. 쓰레기로 나라의 발전 정도를 가늠할 수 있다고? 듣도 보도 못한 참신한 접근이다. 그래, 생각해 보니까 과거의 대한민국은 종량제 봉투, 음식물 쓰레기, 재활용 분리수거는 존재하지 않는 시스템이다. 어느샌가, 아파트 한쪽에 자리 잡은 쓰레기 분리수거 공간, 와이프 성화에 수시로 재활용 쓰레기와 음식물 쓰레기를 버리러 간다. 와이프 등쌀[234]에 움직이지만, 와이프를 혼자 보내기에는 세상은 어수선하다. 남자인 내가 가는 게 마음이 편하다. 그리고 여성이 분리수거하는 모습은 무언가 어색하다. 정말 그렇다. 그래서 요즘은 대부분 남자가 쓰레기 배출 담당이다. 분리수거 공간에 옹기종기[235] 모여 있는 유부남들, 이들에게 이곳은 마음 편하게 담배를 태울 수 있는 공간이다. 분리수거가 끝난 후, 대화를 나눌 누군가를 기다리는 유부남들, 나 역시 그렇다. 가끔은 담배를 태우지 않고 누군가를 기다린다. 왜인지 모

---

233) 카트린 드 실기, 『쓰레기, 문명의 그림자』, 이은진 · 조은미 옮김, 따비, 2014.
234) 등쌀: 몹시 귀찮게 구는 짓.
235) 크기가 같지 않은 작은 것들이 많이 모여 있는 모양.

르겠다. 이웃사촌의 개념은 이미 대한민국에서 사라진 지 오래다. 분리수거가 끝난 후, 옹기종기 모여 담배를 태우며 짧은 담소[236]를 나누는 대한민국 유부남들. 가족이 있어도 혼자라고 느끼는 걸까? 아니면, 인간은 원래 외로운 존재일까? 대한민국의 유부남이여! 힘내시게!

인내는 연단을,
연단은 소망을 이루는 줄 앎이로다.[237]

아버지는 물을 마시며 잠시 호흡을 가다듬고 말을 이어간다.

"이제 본론입니다. 그렇다면 블루 고스트는 무엇을 투자해 수익을 만들어 내는 집단일까요? 임우현 씨, 국가의 탄생 이후로 다양한 경제 지표 중, 유일하게 단 한 번도 떨어지지 않고 우상향한 그래프가 있습니다. 그게 무엇인지 알고 있나요?"

내가 알 리 없다. 아버지는 잠시 텀을 둔 후, 본론을 이어간다.

"토지입니다. 즉, 부동산입니다. 모든 나라의 부동산 가격은 상승했습니다. 부동산은 이념과 체제를 뛰어넘는 무소불위[238]의 힘입니다."

13. 그래, 틀린 말은 아니다. 하지만 모든 나라의 부동산 가격이 상

---

236) 담소(談笑): 웃으면서 이야기하는 것.
237) 대한성서공회, 『개역개정 뱁티스트 성경전서』, (주)한일문화사, 2016, 로마서 5장 4절.
238) 무소불위(無所不爲): 못 할 일이 없음.

승했을까? 상당히 의심스럽다. 옆 나라, 일본만 보아도, 1990년대 이후로 장기간 부동산 침체로 '잃어버린 10년'이라고 하지 않나? 아버지의 이야기에서 '사'자 냄새가 물씬 풍긴다. 허무맹랑한[239] 소설 같다. 어쩌면, 지식수준의 한계로 세상을 바라보는 시야가 좁을지도 모른다. 그게 무엇이든 아버지의 이야기를 받아들이기는 어렵다. 그래, 질문하자. 모를 때는 물어야 한다. 돌려서 말하지 않고 직설적으로 솔직하게. 나의 부족함을 드러내어 정공법[240]으로. 15년 동안 영업하면서 깨달은 삶의 지혜다. 단순하게 이야기를 나눈다고 상대방과 대화를 하는 게 아니다. 이는 착각이다. 그리고 착각하는 사람은 참 많다. 물론, 나도 그중 하나였다. 상대방이 지닌 경력과 경험 그리고 배경을 바탕으로 인맥을 관리해야 한다. 사람 관리를 안 하고 사회에서 밥벌이하기는 어렵다. 아니 불가능하다. 그렇기에 15년 차 베테랑의 조언을 꼭 기억했으면 한다. 가끔 자존심을 대화의 최전선에 배치한 사람을 만난다. 대화의 무기가 자존심인 자는 상대방이 지닌 전투력을 계산하지 않는다. 이런 부류의 사람은 옳은 소리를 이상하게 적용하곤 한다.

모든 사람은 똑같이
존중받아야 한다.

14. 그래, 모든 사람은 똑같이 존중받아야 한다. 그것은 사회 공동체 구성원으로서 한시도 잊지 말아야 할 규범이다. 하지만 누군가는

---

239)　허무맹랑(虛無孟浪): 터무니없이 허황하고 실상(實相)이 없다.
240)　기교한 꾀나 모략을 쓰지 아니하고 정정당당히 공격하는 방법. [출처: 나무위키]

지독한 냄새가 들끓는 폐수를 바닷가에 방류하듯이 시간, 장소, 때를 고려치 않고 하고 싶은 말을 토해 낸다. 정말 지독한 대화의 악취로, 입을 열 때마다 그들의 썩은 가치관이 몸에 스며들까 걱정이다. 그들은 '더닝-크루거 효과'로 목욕한 상종 못 할 자이다. '낄끼빠빠'[241]를 무시한 자기 생각의 남발은 사회에서 존중받지 못한다. 그것 또한, 사회 공동체 구성원으로서 한시도 잊지 말아야 할 규범이다. 누누이 말하지만, 다른 사람 욕을 하는 게 아니다. 그게 바로 나였다.

존중받고 싶다면,
상대방의 공력[242]을 파악하는 게
첫걸음이다.

15. 대화의 정확한 의미가 무엇일까? "둘 이상의 실체 사이의 상호적 언어소통"[243]을 대화라고 한다. 그래, 대화는 모름지기 상호적이어야 한다. 즉, 상대방과 나 모두 영향을 끼칠 수 있어야 대화의 본질이라는 말이다. 물론, 상호작용은 항상 긍정적이지는 않다. 서로 부정적인 영향을 끼치는 관계 또한 얼마든지 있기에 그렇다. 여하튼 입술을 통해 던져진 낱말이 모여 문장을 이루어 상대방과 상호작용을 이루려면, 서로에게 의미가 있어야 한다. 우리는 정신적인 도움을 주고받는 사이다. 그렇기에, 효상이와 대화는 특별하다. 분위기의 진중함도 중요치 않다. 문장의 수준도 중요치 않다. 그리고 주제가 무엇이어도 괜

---

241) 유행어의 일종. '낄 때 끼고 빠질 때 빠져라'의 줄임말. 쉽게 말해 눈치껏 행동하라는 의미. [출처: 나무위키]
242) 공력(工力): 공부하여 쌓은 실력. 또는 공부를 함으로써 갖게 되는 힘.
243) 출처: 위키백과

찮다. 효상이 자체가 내게는 의미이다. 그래, 효상이가 던지는 모든 낱말을 사랑한다. 반면에 승기와 대화는 무의미하다. 얻을 게 있어도 얻을 게 없다. 참 설명하기 어려운 감정이다. 물리적인 또는 정신적인 관계 유지를 위한 상호작용을 그와 나누고 싶지는 않다. 단순하게 효상이를 통해 딸려온 덤에 불과한 친구다. 그렇기에 승기의 백 마디 똑똑한 조언은 아무런 상호작용을 내게 불러일으키지 못한다. 오히려 더 싫어진다. 잠깐 그와 어울리면서 더욱더 확신했다. 고개를 끄덕여 그의 말에 수없이 수긍했다. 웃으며 보냈던 시간도 상당하다. 하지만, 그와 대화를 나눈다고 생각지 않는다. 늘 '수박 겉핥기'[244] 식의 대화였다. 그리고 승기와 보낸 시간을 추억이라 말하고 싶지 않다. 승기와 보낸 시간은, 그래, 이 표현이 적당하다.

효상이를 위한 시간 버리기.

하지만 우리 관계가 좀 달라졌으면 한다.
효상이가 바라니까.

16. 아버지에 대한 의심을 풀고 싶다. 그리고 아버지와 상호작용을 일으켜 대화하고 싶다. 그러려면, 승기와 대화하던 방식으로는 무리다. 그것은 시간 낭비에 불과하다. 자세를 낮추자. 허무맹랑한 소설이라고 판단하기에는 부동산에 대해서, 국제 정세에 대해서, 모르는 게 많아서다.

---

244) 문자 그대로, 수박의 겉을 핥아먹는다는 의미. 사물의 속 내용을 모르고 겉만 건드린다는 일을 비유하여 아무런 소득이 없는 행위를 이르는 말. [출처: 나무위키]

"정호 님의 말씀이 바로 이해가 가지 않습니다. 일본의 경우는 어떻습니까? 말씀대로라면, 일본의 부동산 침체는 어떻게 설명할 수 있습니까? 내용은 흥미로운데, 선뜻 이해하기가 어렵습니다."

잠시 당황한 모습을 보였지만 이내 아버지가 흐뭇한 표정으로 바라본다. 우리의 대화는 상호작용의 올바른 예시다.

"우현 님, 다양한 관점에서 현상을 의심하고 이해하려는 자세가 마음에 듭니다. 일본의 '잃어버린 10년'은 우현 님 세대에 일어난 사건이 아닌데도 알고 있군요. 그동안 경제에 관심이 많았다는 것을 알겠네요. 좋습니다. '잃어버린 10년'이 일어나기 전, 1980년 말, 어떠한 키워드가 일본열도를 뜨겁게 했을까요?

'도쿄 황궁의 땅값이 미국 캘리포니아 전체의 땅값보다 비싸다.'[245]
'도쿄 긴자의 한복판, 신문지 한 장 넓이의 땅값은 우리 돈 1억 6천만 원이다.'[246]
'일본 부동산은 절대 망하지 않는다.'[247]

그 후, 1990년의 일본은 어떠했을까요? 닛케이 지수, 부동산 가격 등

---

245) 김현민, 『일본 버블붕괴①…비극의 서막, 플라자 합의』, 아틀라스, 2020. 11. 25., http://www.atlasnews.co.kr/news/articleView.html?idxno=2943

246) 양효걸, 『일본의 잃어버린 30년, 우리도 온다고?』, MBC, 2021. 09. 11., https://imnews.imbc.com/replay/2021/nwdesk/article/6300087_34936.html

247) 김성화, 『일본의 1980년 '광기, 패닉, 붕괴'』, 톱데일리, 2020. 03. 06., https://www.topdaily.kr/articles/31063

일본의 거시 경제는 그대로 고꾸라졌습니다. 자산 시장의 거품 붕괴는 디플레이션을 유발해 모든 소비와 투자를 꽁꽁 얼어붙게 했습니다. 수많은 기업은 줄줄이 파산했습니다. 그리고 지금까지 회복 못 하고 있어요.

하지만, 말입니다. 우현 님과 제가 기억해야 할 게 있습니다.

일본 경제가 이처럼 무너진, 붕괴의 원인을 파악해, 향후 대한민국 부동산 전망을 점치자는 게 아닙니다. 우리는 경제학자도 정치인도 아닙니다. 이는 그들의 업무이지요. 블루 고스트의 사업전략은 아닙니다. 우현 님과 저는 일본의 '잃어버린 10년'의 사건으로 무엇을 얻어야 할까요? 그래요, 바로 '에러'가 일어나기 직전의 상황입니다."

17. 아버지의 설명은 정말 예상 밖이다. 잠시 아버지가 하는 일을 폰지사기[248]라 생각한 내가 어리석었다. 아니, 그것보다 누군들 믿었을까? 아버지가 말하는 블루 고스트 사업을? 평생 돈가스 사장인 줄 알았는데, 경제에 이리도 박식하다니. 정말 놀랄 노자다. 아버지의 다음 이야기가 궁금해 미치겠다. 도대체 그 '에러'가 무엇이란 말인가?

"우현 님, 이제는 '에러'가 궁금해 미치겠다는 표정입니다. 그 감정을 잊지 마세요. 우현 님이 한국에 돌아가서 다른 투자자에게 전달해야 하는 감정이니까요. 지금부터, 그 '에러'에 대해서 이야기하겠습니다.

---

248) 폰지사기(Ponzi scheme)란 실제로는 이윤을 거의 창출하지 않으면서도 단지 수익을 기대하는 신규 투자자를 모은 뒤, 그들의 투자금으로 기존 투자자에게 배당(수익금)을 지급하는 방식으로 자행되는 다단계 금융 사기 수법을 말한다. [출처: 나무위키]

두 가지를 반드시 기억해야 합니다.

1. 국가 경제의 레벨

2. 각 레벨에서 발생하는 대중심리

첫 번째인 '국가 경제의 레벨'은 블루 고스트가 조절할 수 있는 요인은 아닙니다. 그렇기에 레벨의 정도를 판단하는 게 무엇보다 중요합니다. 하지만, 두 번째인 '각 레벨에서 발생하는 대중심리'는 충분히 우리 힘으로 조절 가능합니다.

늦출 수도 있고,

당길 수도 있고,

만들어 낼 수도 있고,

지울 수도 있고."

18. 너무나 재미난다. 근래에 들었던 어떠한 지라시 내용보다 흥미롭다. 정말로 이런 집단이 존재했다니! 그리고 엄청난 이야기를 아무렇지도 않게 말하는 자가 아버지라니! 정말 황금알을 낳는 거위를 손에 넣은 기분이다. 아니다, 겨우 거위 따위로 설명할 수 있는 감정이 아니다. 그래, 황금의 땅 엘도라도에서 형용할 수 없는 진귀한 보물로 가득 찬, 태어나서 처음 본 광경에 넋이 나간 상황이다. 눈으로 보고도 믿을 수 없는, 영혼이 빠져나가는 듯한 엑스터시의 황홀경이다. 효상이와 승기가 진심 옆에 있었으면 한다. 그리고 효상이와 승기에게 탑시크릿을 전달할 생각을 하니 심장이 터질 것 같다. 한편으로는 좀 허무하다. 그동안 우물 안에 개구리로 살아가면서, 도토리 키 재기 마

냥 세상을 바라보고 있었다. 결국, 우리 셋이 바라본 세상은 누군가의 강력한 최면으로 만들어진 허구였다. 그 허구 안에서 도긴개긴 설전하면서 살아갔던 거다. 얼마나 미련한 존재란 말인가!

"일본 당시의 상황을 예로 이야기해 볼게요. 1980년대 일본의 GDP 규모를 당시 한국과 비교하면 무려 17배를 넘는 수준이었습니다. 어마어마하지요? 당시 대한민국의 1인당 국민소득은 1685달러지만 일본의 1인당 국민소득은 무려 1만 달러였습니다.[249] 상상이 가세요? 1980년대 일본의 위상이? 일본은 압도적인 힘을 지닌 선진국이었어요.

일단, 1980년대 후반, 당시의 일본 경제 레벨을 볼까요?

1. 세계 50위 기업 중 33개가 일본 기업이 위치함.
2. 33개 일본 기업 중, 20위 위에 있는 기업이 16개였음.
3. 1위를 차지한 NTT(일본 기업)의 매출액은 상위 6개의 다른 나라 매출액을 합친 규모와 맞먹음.
4. 일본 GDP 규모가 모든 아시아 국가 GDP 규모를 합친 것보다 컸음.[250]

2차 세계 대전의 패전으로 일본은 모든 것을 잃었어요. 또한, 미국의 감독하에 많은 것을 제재당했습니다. 우리로서는 인과응보지요. 정말로 인과응보입니다. 그런데도 그들은 부활했어요. 패전국 중 세계의 중심

---

249) 김도훈, 『화려했던 '긴기라기니' 시대의 일본은 끝났다』, 한겨레, 2021.07.25., https://www.hani.co.kr/arti/society/society_general/1004962.html
250) 출처: 나무위키

으로 올라선 사례는 일본과 독일뿐입니다. 그렇기에 1980년대 일본은 아시아 국가 중, 미국의 아성[251]을 무너뜨릴 수 있는, 그런 가능성을 지닌 유일한 국가였습니다.

이제는 1980년대 후반, 일본의 대중심리를 알아볼게요. 대중심리는 당시의 여론으로 이해할 수 있습니다. 당시 가장 유행했던 단어가 무엇이었을까요? '재테크'입니다. '재테크'는 일본에서 건너와 한국에서 요긴하게 쓰이는 용어입니다. 당시 일본은 놀라울 정도였습니다. 이곳저곳에 투자할 만큼 엔화 가치가 상승하고 돈이 남아돌았습니다. 대표적으로 미국의 심장인 록펠러센터와 엠파이어 스테이트 빌딩을 일본 기업이 인수했습니다. 정말 대단한 이슈였지요. 또한, 부동산 가격이 6배 정도 상승한 것은 일반적인 현상이었어요. 누구도 6배가 올랐다고 놀라지 않았어요. 강력한 일본 경제력에 따른 반사적 이익이라 생각했으니까요.[252]

또한, 할리우드 영화에서 묘사하는 일본의 모습으로 당시의 일본이 세계에서 어떠한 위치였는지 알 수 있습니다. 예를 들어서, 1982년에 개봉한 〈블레이드 러너〉를 살피면, 미래의 미국은 일본 음식, 일본 옷, 일본 사람 등 일본 문화가 자연스럽게 녹아 있습니다. 또한 〈백 투 더 퓨처〉에서는 미래의 기업은 일본만 있다고 묘사합니다. 당시는 미국 내에서도 일본의 경제가 곧 미국을 넘어서는 불안한 예측을 영화로 표현했습니다.[253]

---

251) 아성(牙城): 매우 중요한 근거지.
252) 정철진, 『1980년대 일본 버블』, 교보(북모닝 CEO), n.d., http://www.bmceo.co.kr/mail/2015/pdf/150817_BookMorningCEO_1944.pdf
253) 출처: 나무위키

그러한 시대에 사는 일본인의 생각은 어떠했을까요?

'Japan as number one.'

이처럼 부동산 버블을 만드는 시그널이 블루 고스트에서 말하는 '에러' 중 하나입니다. 일본은 부동산 버블의 좋은 예시입니다. 각 나라에서 일어날 부동산 버블의 '에러'를 일본의 사례로 예측할 수 있습니다. 모든 나라는 반드시 '에러'가 일어납니다. 다만 시기가 다를 뿐입니다.

모든 나라는 후진국에서 선진국으로 동일한 방향으로 발전합니다.

왜 같은 방향으로 움직일까요?

빠르고 쉽게 부자가 되려는 인간의 비이성적인 심리는 국경, 문화, 인종을 초월합니다. 그렇기에 '에러'가 일어나는 시기를 예측해 초기에 진입하는 게 중요합니다. 블루 고스트는 '에러'가 유지하는 기간을 최장 3년으로 생각합니다. 그렇기에 그 안에 공격적으로 투자해 회수하는 게 중요합니다.

우현 님을 중국으로 부른 이유가 무엇일까요?

그 '에러'가 일어날 다음 국가가 '대한민국'이라고 판단해서입니다."

19. 지금 무엇을 들은 걸까? 아버지의 사업이 이처럼 거대한 프로젝트라 상상하지 못했다. 너무나 영화 같은 사연이라서다. 가슴이 벅차오른다. 눈가에 눈물이 고인다. 창틈으로 삐져나오는 햇빛이 찬란

하다. 주위에 있는 모든 사물이 새롭게 느껴진다. 나는 확신한다. 인생 2막을 시작하는 신호라고. 많은 이가 성공은 목표에 도달했을 때라고 믿는다. 그렇지 않다. 성공은 이를 꾸준하게 유지할 때다. 성공을 꾸준하게 유지하려면 무한 동력이 필요하다. 이게 어렵다. 돈이 되는 사업도 처음과 끝이 있어서다. 하지만 블루 고스트의 사업전략은 놀랍다. 필연적으로 일어날 각 나라의 '에러'를 이미 발생한 다른 나라의 예시로 판단해 예측한다. OECD에 가입한 국가만 200개가 넘는다. 적어도 내가 죽을 때까지는 '에러'가 마를 일은 없다. 블루 고스트는 확실한 '상대적 찬스'다. 이런 기회를 몇 명이나 잡을 수 있을까? 한동안 아버지를 원망했던 마음은 눈 녹듯 사라진다.

"정호 님, 아니 아버지, 제가 무엇을 할까요?"

"아들, 한국으로 돌아가. 그리고 사람을 모아. 그것부터 시작이니까."

Episode 11

인생 2막

"효상아, 승기 데리고 회사 앞으로 오늘 저녁에 와. 저번에 네가 부탁했던 투자 말이야. 그것 관련해서 이야기 좀 하려고. 그럼 이따가 봐. 기대해도 된다. 인생 2막이라고! 인생 2막!"

1. 오래간만에 듣는 우현이의 들뜬 목소리다. 얼마 전 출장으로 중국에 다녀온 게 잘 풀린 것 같다. 중국에 간다고 했을 때, 투자와 관련한 일은 아닐까 내심 기대는 했다. 그랬으면 좋겠다. 우현이 말대로 인생 2막이 우리에게 펼쳐지기를 바란다. 아파트 놀이터에서 시름없는[254] 목소리로 자신의 무지를 한탄했던, 승기의 낙담한[255] 얼굴이 뇌리에서 사라지지 않아서다. 전세사기는 절대로 부서지지 않을 것 같았던, 승기의 '철옹성'을 송두리째 뽑아 버렸다. 그야말로 산산이 조각난 철옹성의 흔적은 끔찍하기까지 하다. 그동안 무쇠로 만들어진 승기의 올바름은 난공불락[256]이었다. 누구도 그의 옳고 그름을 바꾸지

---

254) 시름없는: 근심과 걱정으로 맥이 없다. [출처: 국립국어원]
255) 낙담(落膽): 일이 뜻대로 되지 않아 마음이 몹시 상함.
256) 난공불락(難攻不落): 공격하기가 어려워 좀처럼 함락되지 않음.

못했다. 말 그대로 철옹성이다. 그 어떤 외압에도 자기만의 철학을 고수했던 승기다. 예를 들면, 승기는 지역별로 또는 시대별로 따르는 사회의 약속은 다르다고 생각한다. 그래서 누군가에게 용인[257]할 수 없는 '악법'[258]은 항상 존재한다고 말한다. 이를 부정해서도 거부해서도 안 된다고 말한다. 서로 다른 시대와 문화가 지닌 사회의 선은 존중받아야 한다고 믿어서다. 사회의 선은 항상 변한다고 믿어서다. 그렇기에 현대인의 가치관으로 과거인의 사건을 판단하지 말라고 말한다. 설사 현대인이 타임머신을 타고 과거로 돌아간다고, 당시의 결과가 바뀌지 않는다고 승기는 확신한다.

현대인은 과거인보다
더 악랄해졌고,
더 이기적이며,
더 가식적이라고 믿어서다.

2. 승기는 인간의 본성인 욕구를 사악함을 완성하는 파괴의 씨앗이라 말한다. 그리고 인간의 욕구 중 하나인 배움은 인간에게 양날의 검이라 말한다. 배움은 결핍을 낳고, 결핍은 탐욕을 낳아 문명을 발전시킨다고 믿어서다. 문명의 발전은, 인간의 위대함을 증명했을지는 몰라도, 지구는 파괴되었다는 방증이라고 개탄한다. 또한, 문명의 발전과 인간의 행복은 비례하지 않는다고 강조한다. 무엇보다 인간은 지구 멸망의 시간을 앞당기는 해로운 개체라 생각한다. 결국, 인간은 지

---

257) 용인(容認): 너그러운 마음으로 인정함.
258) 악법(惡法): 사회에 해를 끼치는 나쁜 법률.

구상에 존재하는 모든 동식물 중 가장 쓸모없는 존재라 믿는다. 그래서 지구에 기생해 사는 인간은 늘 미안한 마음을 가져야 한다고 승기는 취할 때마다 말한다. 그러한 인간들이 누군가를 위해 대변해 '악법'이라 주장하고, 그것이 정의가 아니라 외친다 한들, 지구 입장에서 바라보면 얼마나 가식적일까 반문하라고 이야기한다. 그게 다 결국, '인간의 이득'을 위해 포장된 선한 행동이라 주장한다. 자기에게 조금만 손해가 있으면 '악법'이라고 거품을 물고 떠들어 대는 부류를 승기는 저주한다. 그렇기에 승기는 '모든 법은 존재 이유가 있다.'라고 생각한다. 그리고 누군가 떠드는 '악법'으로 지구에 그나마 덜 미안하다고 말한다. 어쩌면 승기는 '악법'은 세상에 없다고 믿을지도. 누군가에게 '악법'은 다른 이에게 살아가는 힘일지도 몰라서다.

지구에
유일한 '악법'은
인간의 존재다.

3. 승기의 생각은 다소 과격하다. 하지만, 그게 난 또 좋았다. 아니, 자랑스러웠다. 승기처럼 외부와 타협하지 않고, 그만의 방식으로 올곧게 살아간다는 게 얼마나 어려운지 우리 또래가 되면 다들 안다. 승기처럼 외톨이로 사회에서 살아갈 수는 없으니까. 다들 그런 척할 뿐 아무도 그렇게 살지 않는다. 그것 또한 사회의 구성원으로서 살아가는 작은 깨달음일까? 모르겠다. 적어도 내 주위는 그렇다.

살아가다 보면,

자연스레 지켜야 할
소중한 가치가 생긴다.

그리고 소중한 가치는
불순한 먼지가 섞여 있다.

예외는 없다.
그 과정은 같다.

그래서
우리 또래가 되면
비겁해진다.

너희는 다를까?

4. 승기의 내적 파괴로 인한 극적인 변화는 너무나 놀랍다. 국가가 승기를 구제할 수 없다는 사실에 화가 나 있다. 승기가 그렇게나 저주했던 사람들, '악법'이라 외치며 자신의 이득을 챙기려는 그들과 진배없다.[259] 이건 승기에게 좋은 변화일까? 그래, 적어도 우현이가 말한 투자에 적극적인 관심을 보이는 게 좋은 변화라면 변화다. 더는 독야청청[260] 외계인은 아니니까. 승기도 이제는, 나와 똑같은, 지구 멸망의 시간을 앞당기는 해로운 인간이다. 더군다나 눈가의 그득한 먹

---

259) 진배없다: 그보다 못하거나 다를 것이 없다.
260) 독야청청(獨也靑靑): 홀로 푸르고 푸르다는 뜻으로, 높은 절개가 있음을 비유한 말.

구름으로 만들어진 수심[261]의 그림자를 뒤집어쓴 승기의 다른 고민은 나를 두 번 놀라게 했다. 승기는 아내가 이 사실을 알까 봐 전전긍긍한다.[262] 아내를 무서워하는 승기라니. 도저히 앞과 뒤가 맞지 않는다. 그동안 내가 알고 있던 승기의 모습은 무엇이란 말인가? 그나저나 어떻게 철옹성이 하루아침에 무너질 수 있을까? 철옹성의 재료가 무쇠가 아니었을지도 모른다. 무쇠를 가장한 마시멜로였을까? 승기의 불순한 먼지를 처음으로 목격했기에 안도감[263]과 실망감[264] 그리고 가엾음[265]을 동시에 느낀다.

"승기야, 이번에는 우현이한테 아무 말 마라. 그냥 하자는 대로 해. 볼드몰트 사건 때처럼 행동하지 말고. 진짜 부탁이다. 지금은 네가 부탁하는 처지야. 알지? 무슨 뜻인지?"

승기는 말없이 고개를 끄덕인다. 예전이라면, 벌써 한 소리 했을 법하다. 이유는 알 수 없지만, 우현이의 행동 대부분을 의심하고 싫어한다. 하지만 지금은 아무 말이 없다. 침묵은 불안하고 복잡한 그의 심리 상태를 대변한다. 그래도, 칙칙한 분위기로 우현이를 맞이할 수는 없다. 분위기 전환을 위한 주제를 찾아야 한다.

"승기야, 그래서 수사는? 진전은 좀 있어?"

---

261) 수심(愁心): 매우 근심함. 또는 그런 마음.
262) 전전긍긍(戰戰兢兢): 몹시 두려워 벌벌 떨며 조심함.
263) 안도감(安堵感): 안심이 되는 마음.
264) 실망감(失望感): 희망을 잃거나 일이 뜻대로 되지 않아 마음이 상한 느낌.
265) 가엾음: 마음이 아플 만큼 안되고 처연하다.

"진전은 개뿔. 수사를 의뢰한 이후로 전화 한 통이 없다. 한 통이. 나같이 능력 없고 연줄 없는 사람한테 신경 쓸 겨를이나 있겠어? 바쁘신 분들이? 도대체 국가는 국민을 위해 하는 일이 무엇이냐? '사람이 전부다.'라고 말만 번지르르하게 외치지. 아니다, 국가가 말하는 사람 중에 난 사람으로 취급하지도 않는가 보다."

5. 아뿔싸, 건들지 말아야 할 역린[266]을 건드렸다. 분위기 전환은 실패다. 차라리 고개 숙이고 침묵하고 있을 때가 보기 좋다. 승기의 목소리가 카페가 떠나갈 만큼 쩌렁쩌렁하게 울려 퍼진다. 덕분에 주위 사람 모두가 우리를 쳐다본다. 평소에 우아함을 강조해 공공질서의 미덕을 중시한 승기는 온데간데없이 사라졌다. 믿었던 주인에게 버림받아 분노로 가득 찬 상처 입은 미어캣이 눈앞에 있을 뿐이다. 미어캣은 귀여운 외모와 다르게 공격성이 매우 강해 흉포한[267] 동물이다. 동족을 가장 많이 살해하는 포유류다.[268] 지금 승기 모습이 딱 이렇다. 아군인지 적군인지 중요치 않다. 역린을 건드린 자라면 누구라도 물어뜯을 기세다. 항상 냉정한 모습을 보였던 승기라, 이런 모습은 놀랍고 낯설며 무섭다. 그러고 보니 승기도 미어캣과 닮았다. 승기 안에 우현이가 있을까? 다른 주제로 대화를 옮겨야 한다. 분위기를 전환해야 한다. 이러다가 우현이까지 물어뜯는다. 그럼 너도나도 더는 기회가 없다. 승기야. 정신 차려!

---

266) 역린(逆鱗): 임금의 분노《용의 턱 아래에 난 비늘을 건드리면 죽임을 당한다는 전설에서 나온 말》. 건드러서는 안 될 약점을 건드려 상대방의 분노를 사는 것.
267) 흉포: 흉악하고 포악하다.
268) 송혜민, 『포유류 중 동족살해 최고는 미어캣…인간은?』, 나우뉴스, 2016.10.04., https://nownews.seoul.co.kr/news/newsView.php?id=20161004601003

"승기야, 그나저나, 집에 처박혀 글만 쓰니까 네가 예전에 했던 말이 자꾸 떠오른다. '졌잘싸[269]'의 유혹' 기억나지? 내가 딱 그 상황이거든. '졌잘싸의 유혹'에 빠져 있는."

"효상아, 항상 강조했잖아. '졌지만 잘 싸웠다.'라는 개념은 자기변명을 위해 만들어 낸 허상에 불과하다고. '졌잘싸의 유혹'에 빠지는 부류가 밥 먹듯이 말하는 게 있어. 이번 과정을 통해 깨달음을 얻었다고. 그래서 모든 과정은 소중하다고. 이처럼 무책임하게 말하는 이를 보노라면, 정말로 뻔뻔하지 않냐? 위선의 가면을 쓴지도 모른 채 가식적인 자기 모습을 감추는 데 급급한데 말이야."

6. 분위기 전환에 성공했다. 승기의 두리안 냄새가 카페를 조금씩 점령 중이다. 이 기세를 몰아가야 한다.

"승기야. 네 말이 맞아. 그나저나 다시 한번 설명 좀 해 줄래? 인생에서 '졌잘싸'를 강조하는 이들이 왜 가식적인지를?"

"효상아, 일단, '졌잘싸'라는 표현을 쓰려면 두 개의 요건을 충족해야 해.

하나는 상대가 나보다 강해야 하고,
다른 하나는 보는 사람이 감동해야 해.

많은 이가 결과보다 과정이 중요하다며 '졌잘싸'를 인용해. 그들은 과

---

269) "졌지만 잘 싸웠다"의 줄임말.

정을 통해서 깨달음을 얻었다고 말해. 그리고 깨달음을 통해서 앞으로 나아갈 수 있는 길을 열 수 있다고 말하지. 누가 들어도 자아 성찰을 느낄 수 있는, 돋보이는 말 아니니? 그런데, 사실은 말이다. 자아 성찰의 개념을 '졌잘싸'에 적용하기는 어려워. 아니, 무리가 있다고. 자아 성찰을 했다면, 자기에게 '졌잘싸'라는 말을 쓰지도 않아.

잘 생각해 봐. 스포츠에서 강한 팀을 만나서 예상외로 선전[270]했어. 그리고 경기에 졌어. 그때 우리는 '졌잘싸'라는 용어를 쓰잖아. 처음에 말한 두 가지 요건을 충족해서야. 하지만 전제조건이 있겠지? '졌잘싸'를 적용하려면, 전투력이 강한 상대를 만나야 해. 감동은 다음 문제야. 강한 상대도 아닌데, 분투[271]했다면 관중으로부터 오히려 욕먹을지도 모르니까. 어른이 청소년을 상대로 최선을 다해 논쟁해서 진다면, 누가 그것을 '졌잘싸'라고 하겠어? 그리고 스포츠의 묘미 중 하나가 '졌잘싸'를 볼 수 있는 경기 관람이지. 골리앗과 다윗의 싸움이 스포츠에서는 빈번하니까. 그런데, 보통 골리앗과 다윗의 싸움이 일어날 수 있는 스포츠의 종류는 정해져 있어. 리그가 존재해 팀으로 이루어진 단체 스포츠야. 야구, 축구, 농구, 배구 등이 대표적인 예시지. 구성 요건을 갖춰 리그나 토너먼트에 참여하면, 규정의 특성상, 반드시 적어도 한 번은 강팀과 약팀이 만나서 경기를 해야 해. 그렇기에 자연스레 골리앗과 다윗의 싸움은 일어나지.

하지만, 팀이 아닌 개인으로 이루어진 격투기 스포츠는 골리앗과 다윗의 싸움이 처음부터 불가능해. 챔피언은 어떠한 상황에도 갓 들어온

---

270) 선전(善戰): 있는 힘을 다해 잘 싸움.
271) 분투(奮鬪): 있는 힘을 다해 싸우거나 노력함.

신인과 경기하지 않아. 승리를 떠나서 신인이 정말로 죽을 수도 있으니까. 잠재력이 높은 신인일지라도 챔피언과 경기하려면 순서가 있어. 일단, 레벨이 맞는 사람과 경기를 통해 자기 순위를 올려야 해. 그렇게 자연스레 실력도 상승하면서 단계를 밟는 거지. 결국, 레벨이 맞지 않으면 경기조차 성립하기 어려운 게 격투기 스포츠지. 물론, 격투기 스포츠에서도 '졌잘싸'의 경기가 있을 수 있어. 하지만 단체 스포츠처럼 현저한 전력 차이가 있는 싸움은 없어. 서로 비등비등한[272] 선수끼리만 경기하는 거고, 그 안에서 감동이 일어날 때, 우리는 '졌잘싸'라고 말해. 즉, 골리앗과 다윗의 싸움은 애당초 존재하지 않는다고.

인생에서 일어나는 사건은 둘 중 어디에 속할까? 인생은 격투기 스포츠와 비슷해. 단체 스포츠가 아니라고. 그리고 무엇보다 스포츠와 인생의 다른 점이 뭔지 알아? 스포츠는 '졌잘싸'를 말해 줄 관중이 있어. 하지만 우리 인생은 관중이 없다는 거야. 물론, 지인이나 가족을 포괄적으로 이해하면 관중으로 생각할 수는 있겠지. 하지만, 실상은 조금 달라. 모든 이는 각자에게 놓인 인생의 숙제를 해결하느라 다른 이의 인생을 진중하게 지켜볼 여유가 없어. 자기 문제로도 골머리가 아파. 그렇기에 스포츠를 시청하는 관중처럼, 사건의 시작부터 끝날 때까지 모든 과정을 시간을 내서 지켜보기가 어렵다고. 그게 가장 큰 차이야. 스포츠와 인생은. 결국, 인생에서 '졌잘싸'의 표현은 온전하게 처음부터 끝까지 과정에 참여한 자기 자신만 쓸 수 있다는 뜻이야. 다른 사람에게서 듣는 '졌잘싸'로는 위안을 얻기 힘들지. 설사 그게 위로로 건넨 말일지라도 그들은 우리의 인생을 제대로 관찰했을 리가 없으니까.

---

272) 비등비등(比等比等): 여럿이 모두 비슷하게.

이어서 말하면, 격투기와 비슷한 우리 인생은 원한다고 처음부터 골리앗과 싸울 수가 없어. 비슷한 전력을 지닌 상대와 경쟁해야 하니까. 그렇기에 조건이 비슷한 사람과 경쟁해서 졌다면? 그리고 이러한 상황을 반복한다면? 이유는 하나잖아. 방향은 둘째치고 노력을 안 한 거야. 노력을 안 한 거라고. 이러한 상황에서 '졌잘싸'를 외쳐 자기 위로를 하는 게 무슨 깨달음이 있을까? 순전히 방어기제[273]에 불과해. 그냥 핑계라고. 과정을 통해 깨달음을 얻은 자라면, 같은 상황을 반복하면서 '졌잘싸'를 외치지도 않아. 방어기제도 하루 이틀이면 충분하지 않아? 도대체 몇 살까지? 방어기제 타령하면서 '졌잘싸'를 외칠 건데? 결국, 천둥벌거숭이들이지.

천둥벌거숭이들은 자기 능력을 애써 모른 척해. 다들 과대망상자라니까. 그리고 단계를 뛰어넘으려 하지. 그들은 시도 때도 없이 자기 체급을 무시한 채 높은 체급과 경쟁하려고 해. 그들에게 끝임없이 시비를 걸어. 그런다고 누가 그 시비를 받아 주기나 할까? 무시나 안 당하면 다행이지. 아무도 그들을 상대하지 않아. 그래도 그들은 계속 시도할 거야. 계속 시비를 걸 거야. 그래야 스스로 대단한 일을 하고 있다고 착각하니까. 하지만 결론은 뻔하지 않을까? 제풀에 지쳐 자포자기하는[274] 상황이지. 안 그래?

그러니 인생에서 '졌잘싸의 유혹'에 빠진 부류는 처음부터 욕심내 이룰 수 없는 목표에만 몰두해. 너무 거창하다고. 꿈을 꾸는 것과 망상[275]을

---

273) 방어기제(防禦機制): 두렵거나 불쾌한 일, 욕구불만에 맞닥뜨렸을 때 스스로를 방어하기 위하여 자동적으로 취하는 적응 행위.
274) 자포자기(自暴自棄): 절망에 빠져 자신을 포기하고 돌아보지 않음.
275) 망상(妄想): 이치에 어그러진 생각. 사실의 경험이나 논리에 따르지 않는 믿음.

좇는 것은 다른 의미야. 꿈을 좇는 자는 단계를 무시하지 않아. 현재 자기 능력을 받아들이고 다음을 준비해. 하지만, 망상에 사로잡힌 자들은 단계를 무시해. 그들이 대단하다고 착각하지. 그리고 빠른 길이 있다고 믿어. 문제는 뭔지 알아? 이들은 각 단계에서 이루어지는 업무의 질과 강도가 다르다는 것을 몰라. 또한, 각 업무에 따른 부담의 정도가 얼마나 다른지도 알지 못해. 왜일까? 단계를 밟아 올라가려고 노력한 적이 없으니까. 그러니 바닥 신세를 면하기 어려운 거야. 늘 같은 자리에 있는 사람은 다음 단계에 어떠한 어려움이 있는지 알 길이 없잖아. 안 그래? 이들은 자기 능력과 관계없이 멋진 허울²⁷⁶⁾에만 집착한다고. 그게 남들한테 말하기도 멋지니까. 처음부터 알고 있을지도 몰라. 어차피 이룰 수 없다는 것을.

그래, 많은 사람이 너처럼 글을 쓴다고 해. 작가가 되고 싶어 해. 내 주위도 그러한 사람들이 좀 있어. 남들한테 글 쓴다고 하면, 왠지 있어 보이잖아. 실상은 무직이면서. 가족의 생계를 나 몰라라 하면서. 스스로 배고픈 소크라테스라 착각하면서 살지도 몰라. 그런데 너도 알잖아. 그러한 부류는 정작 몇 년이 흘러도 책을 완성하지 못해. 진짜 글을 쓰고 있는지조차 의심스러워. 오늘도 인테리어 예쁜 카페에 앉아 노트북을 켠 채, 고뇌에 빠진 자기를 사랑하겠지. 그리고 스스로 자기 창작에 빠져 있다고 세뇌하겠지. 그런다고 갑자기 글쓰기 능력이 향상될까? 카페에 앉아서 커피를 몇백 잔을 마신다고 작가가 될 수 있는 게 아니잖아. 그러한 부류는 결국 작가가 되고 싶었던 게 아니야. 그냥 그 허울을 따라 하고 싶겠지.

처음부터 이룰 수 없는

---

276) 허울: 실속이 없는 겉모양.

망상을 좇으며
허울을 사랑한 자라면

그의 마지막 정차역은
'졌잘싸'이지 않을까?

효상아, 넌 반드시 마침표를 찍어야 해. 넌 천둥벌거숭이가 아니니까.
반드시 마침표를 찍어서 '졌잘싸의 유혹'을 이겨 내야 해. 난 믿는다. 너
를. 그리고 인생은 순리대로 승수를 쌓아 챔피언이 되어야 해. 그래야 정
점에서 오랫동안 머물 수 있어."

   7. 반갑다. 내가 아는 김승기로 돌아왔구나. 그래, 이런 캡사이신
듬뿍 담은 두리안 맛이 승기의 전형적인 모습이지. 그런데 말이야. 승
기야. 이제 당할 만큼 당했고 데일 만큼 데었잖아. 모든 사람이 승기
너처럼 논리적이지 않아. 더군다나 순수하거나 이타적이지도 않아.
불현듯 초등학교 선생님의 말씀이 떠오르네. 선생님은 모든 길은 하
나로 이어진다고. 그래서 길을 이어 줄 건널목이 있어야 한다고. 그
리고 건널목을 안전하게 건널 수 있도록 신호등 또한 필요하다고 말
씀했어. 학교에서 배운 정의는 공정과 상식을 이루는 근간이래. 그리
고 공정과 상식은 수많은 건널목이라고. 그 건널목을 건너려면 교통
신호인 정의가 있어야 한다고 강조했어. 그래서 어린 시절에 나는 말
이야, 모든 어른이 건널목에서 신호등의 신호를 항상 지킨다고 굳게
믿었어. 단 한 번도 의심한 적은 없었지. 선생님이 그렇게 이야기했으
니까. 모든 사람은 일단 건널목에서 정지해야 해. 그리고 신호등의 신

호를 기다려야 해. 그리고 신호에 맞춰 길을 건너면 최종 목적지에 도착해. 그렇기에 출발점은 서로 달라도 지향하는 생각은 하나라고 믿었어. 그렇지 않으면 건널목을 건널 수가 없잖아. 건널목과 교통신호의 올바른 역할로 서로 다른 목소리, 지문, 발자국 그리고 생각을 지닌 어른들이 어우러져 살아간다고 배웠어. 적어도 우리 초등학교 선생님은 그렇게 말씀했어.

얘들아,
빨간불의 신호는 멈춤이란다.

얘들아,
녹색불의 신호는 출발이란다.

교통신호를 꼭 지키렴.
그래야 사고가 나지 않는단다.

그런데, 건널목에 서 있는
어른들은 이상하다.

빨간불의 신호에도
녹색불의 신호에도
반응하지 않는다.

노란불이 켜질 때만

건널목을 건널지 결정한다.

뛰어갈지
걸어갈지

노란불의 신호는
멈춤이라고 배웠는데?

선생님! 선생님! 왜 뛰어가세요??
노란불이잖아요! 사고 난다고요!

어른들은 이상하다.
이해할 수 없다.

건널목과 교통신호는
초등학생인 우리만
지키는 약속인가 보다.

8. 비정상이 정상을 대신하는 이상한 이곳에서 꿋꿋하게 살아가려면, 승기야, 맑은 수정체에 담긴 순도 100%의 아름다운 이상을 버려야 해. 더는 통하지 않으니까. 앞으로 우현이를 만나서 하려는 일은, 네가 말하는 순리를 거스르는 행동일지도 몰라. 혹시 그렇더라도, 다른 말하기 없기다. 그리고 꼭 알았으면 하는 게 있는데, 이 모든 일의 시작은 나도 우현이도 아닌 승기 너야.

"얘들아, 오래 기다렸어?

뭐 마실래? 아메리카노? 카페라테? 아니면 차?"

방실방실 웃으면서 다가온 우현이. 중국에 다녀온 후 2개월이 지났다. 먼저 연락하고 싶었다. 마음은 굴뚝같지만 참았다. 부탁하는 처지다. 승기에게는 어쩌면 우현이가 마지막 동아줄일지도 모른다. 우현이의 심기[277]를 건드리고 싶지 않다. 그나저나 오랜만에 봐서 그런가? 우현이의 분위기가 변했다. 살이 좀 쪘나? 아닌가? 이전과 다르게 편안함과 여유가 묻어 있다.

"너희들 계좌번호 좀 불러."

"우현아, 갑자기 계좌번호는 왜?"

"효상아, 그냥 형이 하라는 대로 해. 계좌번호가 뭐야?"

9. 승기는 아무 말이 없다. 보통은 꼬치꼬치 캐물었을 텐데. 전세사기 이후로 서로 대화는 했나? 승기에게 묻지는 않았다. 하지만 오히려 다행이다. 지금은 승기의 매운 두리안 맛은 아무런 도움이 안 된다. 갑자기 싸늘한 기운이 주위를 맴돈다. 어랏? 몸이 으스스하다. 기분 탓이다. 하지만 무언가 터질 것 같다. 눈동자가 내 지시와 관계없이 승기를 향한다. 승기의 입술이 떨린다. 말을 하려는 것 같다. 굳게 포개진 입술이 떨어진다. 곧 승기의 목소리가 들리겠지. 불안하다. 승

---

277) 심기(心氣): 마음으로 느끼는 기분.

기가 또 비판적으로 말할까 봐. 불안하다. 정말로. 승기야. 제발. 좀.

"우현아, ○○ 은행, xxx-xxx-xxxxxx"

엥? 정말로? 이렇게 군소리 없이? 우현이 말대로? 승기가? 둘의 관계가 미묘하게 변한 것 같다. 무슨 일이 있었나? 놀랍다. 분위기를 망쳐서는 안 된다. 나도 가세해야 한다.

"우현아, ○○ 은행, xxx-xxx-xxxxxx,"

문자가 온다. 스팸이겠지. 아니다. 은행에서 온 문자다. 숫자가 보인다. 숫자가 너무 크다. 이게 얼마야?

입금
10,000,000원 입출금(8284) 12.22 21:00
임우현

핸드폰을 열어 은행 앱에 들어가 계좌를 확인한다. 우현이가 보낸 돈이다. 그것도 천만 원을. 승기에게도 같은 일이 벌어진 것 같다. 승기도 핸드폰만 쳐다본다. 우현이가 우리에게 왜 돈을 보내지? 알 수 없다. 우현이는 엄청난 비밀을 말하고 싶어서 미칠 듯한 표정으로 우리를 바라본다.

"얘들아, 방금 보낸 돈은 사업을 위한 착수금이야. 말이 착수금이지.

그냥 너희 생활비야. 효상이는 글 쓴다고, 요즘 벌이가 없잖아. 당분간 이것으로 버텨. 승기 역시 안 좋은 일을 당했으니까, 이 돈을 월세에 보태. 그리고 프로젝트와 관련한 착수금은 이미 따로 마련했어. 그리고 매달은 아니지만, 수익이 생기면 그때마다 너희 몫도 있을 거야. 그러니 방금 보낸 돈은 그냥 편하게 써. 그렇다고 허투루 쓰란 소리는 아니다. 우리 사업이 언제 수익 궤도에 오를지 알 수는 없으니까.”

10. 뭐, 우현아? 천만 원을 그냥 준다고? 아무런 대가 없이? 승기도 믿을 수 없다는 표정을 지으며 우현이를 바라본다. 사실, 이 상황을 받아들이기가 어렵다. 통장에 친구의 이름이 찍힌 게 처음이라서다. 우리 셋은 돈거래를 하지 않는다. 말은 안 하지만 불문율[278]이다. 서로 용돈을 주는 사이는 더욱더 아니다. 그래, 생각해 보면 서로의 기념일을 챙긴 적은 있던가? 너무나 당연하다고 생각했는데, 우현이와 승기한테 생일 선물을 준 기억도 받은 기억도 없다. 대박! 방금 기억이 났다! 우현이가 결혼할 때도, 승기가 결혼할 때도, 축의금을 내지 않았다. 어떻게 그럴 수 있지? 하긴 우현이와 승기도 내게 축의금을 보내지 않았다. 누구보다 친한 셋이라 여겼거늘, 어떻게 이럴 수가 있지? 챙겨 주지 않아도 될 만큼 하나라고 생각했을까? 아니면, 서서히 멀어지는 관계를 모른 척했을까? 얼마 전 승기가 찾아와 돈을 빌려 달라고 한 게 처음이었다. 승기가 새벽에 돈을 빌리러 내게 오는 상황을 한 번도 상상하지 않았다. 그만큼 놀라운 상황이었다. 하지만 승기가 부탁하기까지 얼마나 고민이 많았을지는 승기 주위에 떨어진 담배꽁초만 보아도 어렴풋이 느낄 수 있었다.

---

278) 불문율(不文律): 어떤 집단에서 암묵 중에 지키고 있는 약속.

"우현아, 고마워. 네 진심을 의심하지 않아. 내가 그럴 상황도 아니고. 너무나 기뻐. 네 말대로 당분간 월세 걱정 안 해도 되겠다. 다만, 천만 원은 적은 돈이 아니야. 친해도 선뜻 줄 수 있는 돈은 아니라고. 우리가 그동안 돈거래를 한 기억도 없고. 그냥 받을 수는 없어. 돈을 떠나서, 우리가 해야 할 일은 뭐야? 방금 말했지만, 더는 의심하지 않아. 너를 도와서 사업을 잘 이끌고 싶은 마음뿐이야."

"얘들아, 지금부터 하는 말 잘 들어. 듣고도 믿을 수 없는 놀라운 일을 우리가 시작하려고 하니까. 관우, 장비, 유비가 집 뒤뜰에서 의형제를 맺은 일 기억나지? 그 도원결의를 우리는 이곳에서 시작하려 해. 다들 가까이 와. 이야기가 끝날 때까지 말 끊지 말고 집중해."

11. 우현이가 이렇게 즐거웠던 적이 있던가? '입이 귀에 걸려 있다.'라는 의미가 무엇인지 우현이는 몸소 실천 중이다. 웃음소리가 카페를 떠나지 않는다. 우현이의 표정을 분명히 어디서 본 듯하다. 기시감[279]일까? 아니면 미시감[280]일까? 둘 다 아닌 것 같다. 분명히 어디서 본 표정이다. 그래! 기억이 났다! 어렸을 때, 종종 할아버지 무릎에 누워서 할아버지의 무용담을 들었다. 수많은 무용담이 할아버지의 경험인지는 알 수 없다. 그게 뭐가 중요한가? 그저 할아버지 무릎이 좋았을 뿐이다. 할아버지 무용담은 그 어떤 수면제보다 강력한 자장가여서다. 헌책방에서 은은하게 낡은 한지의 향을 풍기는 할아버지의

---

279) 기시감(旣視感): 한 번도 경험한 일이 없는 상황이나 장면이 이미 경험하거나 본 것처럼 느껴지는 일.

280) 과거에 봤던 것을 처음 보는 것으로 느끼거나 잘 알고 있는 곳인데도 처음 와보는 곳처럼 느끼는 현상.

체취와 어우러지는 게 행복했을 뿐이다. 깔쭉깔쭉한 생선 가시가 목에 걸렸을까? 달그락달그락 쇳소리를 고명 삼아 사각사각 쉰 소리를 내던 할아버지가 그립다. 지금 우현이의 모습은 영락없는 하늘나라에 계신 할아버지다.

"얘들아, 믿어져? 정말 로또와 같은 일이 우리 앞에 놓였다고! 지금 말하면서도 손에 땀이 흥건해. 그동안 우리 셋, 정말 순진하고 순수하게 살았어. 우리끼리 아웅다웅 다투면 뭐 해? 그렇다고 해결이 돼? 답도 없잖아. 어차피 돈을 버는 사람은, 어차피 행복한 사람은 따로 있었어. 우리 같은 사람들은 그저 휩쓸리는 거라고. 결국에는 빈손에 흥건하게 묻은 후회의 땀만이 우리가 얻을 수 있는 전부라고. 이제라도 그 사실을 알았으니 얼마나 다행이냐. 안 그러냐? 승기 그리고 효상아! 하하하. 아! 진짜 행복하다!"

12. 우현이의 이야기를 솔직히 믿어야 할까? 듣고도 믿기 어렵다. 승기는 아무 말이 없다. 둘은 분명히 내가 모르는 일이 있었다. 승기의 초음파 레이더는 더는 작동하지 않는다. 이렇게나 순한 미어캣 김승기라니. 어쩔 수 없다. 승기의 일을 대신에 해야 한다.

"우현아, 정말 듣고도 믿기 어려운 이야기네. 블루 고스트? 아버님이 거기 아시아 헤드라고? 아버님이 그렇게 사업을 크게 하고 있었어? 전혀 몰랐네. 하긴, 너도 얼마 전에 아버님과 다시 만났지? 그런데 진짜 믿기 어렵다. 오해는 말고, 의심은 아니니까. 그러니까 네가 한 이야기를 다시 정리해 보면……. 그러니까, 블루 고스트에서 하는 일이라는 게……. 모든 국가가 발전하면서 필연적으로 발생하는 공통적인 '에러'를 파악한다는 거지? 그 '에러'를 이용해 공격적으로 투자하는 게 사업 전략이고? 그리고 대표적인 '에러' 중 하나가 부동산 버블이고, 그 버블이 곧 대한민국에서 벌어지고. 내가 이해한 게 맞아? 그런데, 네가 말하는, 아니 아버님이 말하는……. 버블을 어떻게 이용한다는 거야?"

13. 우현이가 또 이상한 표정을 짓는다. 숙제 검사를 마친 선생님의 흐뭇한 표정이다. 아무래도 내가 이해를 잘했나 보다. 그런데 버블을 어떻게 이용한다는 건지 도통 모르겠다. 그래, 요즘 대한민국 집값은 천정부지로 치솟는다. 서울에서 다른 이의 집에 전세로 더부살이하는 자는 매일 눈뜨기가 겁이 난다. 요즘처럼 부동산 가격이 급격하게 오르면, 전셋값도 더불어 상승하기에 고민은 이만저만이 아니다. 누군가는 말한다. 서울에 살면서 엄살 좀 그만 부리라고. 정말 억울하다. 나나 승기는 서울에 살고 싶어서 사는 게 아니다. 정말이다. 서울에서 생활한 지도 꽤 되었다. 하지만 옆집에 누가 사는지 여전히 모른다. 말이야 관계의 덧없음을 비판하며 탁자에 놓인 스투키처럼 살고 싶다고 했다. 물론, 탁자에 놓인 스투키처럼, 있는 듯 없는 듯, 살고 싶기는 하다. 하지만 그게 전부라고 말하기는 어렵다. 서울은 낯설고 여전히 무섭다. 물에 빠진 사람 구해 주니 처음부터 있지도 않은 보따리를 내놓으라고 하는 곳이 바로 서울이다. 사람들은 이런 무서운 곳이 뭐가 그리 좋다고 몰려들까? 결국, 우현이 말처럼 다른 이의 행복을 위해 우리 같은 사람들은 그저 휩쓸리는 걸까? 우리 같은 사람들이 얻는 것은 그저 빈손에 흥건하게 묻은 후회의 땀뿐일까?

아침엔 우유 한 잔
점심엔 Fast Food

쫓기는 사람처럼
시곗바늘 보면서

거리를 가득 메운
자동차 경적소리

어깨를 늘어뜨린 학생들
This is the city life! [281]

신해철 님이 그리운 오늘입니다.

14. 승기의 입이 삐죽거린다. 은연중, 무언가 마음에 들지 않는다는 뜻이다. 곧 승기의 입이 떨어지겠구나. 승기야, 이번에는 좀 매운맛으로 우리의 사업을 조금 더 견고하게 해 봐라. 침묵은 금이라 말하지만, 지금의 침묵은 금도 뭣도 아니다.

"우현아, 우리가 사업을 제대로 이해해 각자의 임무를 수행하려면, 아무래도 아버님의 이야기를 듣는 게 좋을 것 같아. 아버님하고 대화할 수 있을까? 그래야 사업의 가능성도 고려할 수 있을 것 같고."

---

281)　넥스트(N. E. X. T), 『도시인』, 1992.

반신반의하는 승기를 우현이는 쏘아본다. 이내 표정이 일그러진다. 그리고 격양된 목소리가 카페에 빈 곳을 채운다.

"승기야, 무슨 소리 하는 거야? 우리한테나 아버지지, 아시아 헤드라고 아시아 헤드! 이해가 안 돼? 아시아 헤드가 무엇이 아쉬워 너를 만나서 사업 설명을 해야 해? 무슨 정신 나간 소리를 하는 거야? 아버지가 한국에서 사업을 하려면 너한테 허락을 맡아야 해? 더군다나, 우리가 투자하는 것도 아니야. 그저 아버지의 생각을 따라서 블루 고스트의 착수금으로 실행하는 것뿐이잖아. 우리는 그저 수행원에 불과해. 안 그래? 저번에도 말한 것 같은데, 못 미더우면 빠지라고. 그때 끝난 이야기를 또 해야 해? 네가 아니어도 이 일에 참여하고 싶은 사람은 지천[282]에 널려 있어. 자꾸 그런 식으로 분탕질이나 치려면 천만 원 토하고 집으로 돌아가."

15. 볼드몰트 사건 때와는 사뭇 다른 우현의 반응에 내가 더 놀란다. 승기에게 이처럼 강한 적대감을 내비친 적은 처음이어서다. 평소의 우현이답지 않다. 확실히 둘 사이에 내가 모르는 대화가 있었다. 하긴 통장에 천만 원이나 입금했는데, 의심하는 승기가 서운할 만하다. 그렇다고 이렇게나 화를 낼 일인가? 우현이의 분위기가 변했다. 하지만 말로 설명하기는 어렵다. 도대체 이 분위기는 뭐지? 그래, 상사가 부하직원을 나무랄 때 이런 분위기다. 일단 승기의 반응을 지켜보자. 그 후, 둘을 중재할지 결정하자. 그래도 준 것을 다시 뺏으려 하냐? 승기 사정 뻔히 알면서.

---

282) 지천: 하도 많아서 별로 귀할 것이 없음.

"우현아, 미안하다. 그런 뜻은 아니었어. 이번 프로젝트로 한몫 크게 잡고 싶다. 그래 더는 묻지 않고 시키는 일 열심히 할게. 그럼 나와 효상이는 무엇을 해야 하지?"

상하 관계가 분명하게 정해지는 순간을 목격 중이다. 친구라 하더라도 사업을 하려면 상하 관계는 있는 게 좋다. 그래야, 중요한 사안을 결정할 때 잡음이 발생하지 않는다. 처음부터 우현이와 우현의 아버님이 도모하려는 사업이다. 나와 승기는 그저 그들이 짜놓은 계획 일부에 참여할 뿐이다. 솔직히, 우현이가 말하는 '에러'를 모르면 어떠한가? 블루 고스트가 존재하지 않으면 어떠한가? 분명한 것은 우현이가 보낸 천만 원이다. 돈은 거짓말하지 않는다. 그 어느 누가 공짜로 천만 원을 주는가? 내 주위에는 단연코 한 명도 없다. 그리고 대학 시절, 내 옆에서 말벗이 되어 준 유일한 친구다. 우현이가 없었다면 동아리 활동도 꾸준하게 하지 못했다. 워낙 표현을 못 하는 성격인지라 대부분 하고 싶은 말을 우현이가 대신해 주었다. 나도 눈치채지 못한 내 마음을 먼저 헤아려 챙기는 우현이의 살가운 행동은 늘 고마웠다. 그런 사람이 임우현이다. 우현이는 우리에게 해가 될 행동을 절대로 하지 않는다. 우현이는 나와 승기를 상대로 사기를 칠 놈이 아니다. 우현이가 가져온 놀라운 소식 때문이었을까? 크리스마스트리가 보인다. 카페에서 2시간째 있었는데도 트리가 있는지도 몰랐다. 며칠 후면 크리스마스다. 크리스마스트리에 달린 수많은 전구가 반짝인다. 일정한 규칙으로 전구가 깜박인다. 작고 아담한 전구의 불빛은 허전하게 느꼈던 카페를 채우고 있다. 따뜻하다. 내 마음도 덩달아 따뜻해진다. 올해도 곧 끝난다. 우현이는 하나님이 보내 준 크리스마스 선물이다. 하나님, 감사합니다.

"승기야, 그래 나도 알고 있다. 네 마음. 얼마나 간절한지. 우리는 널 외톨이로 만들지 않아. 일단, 오늘은 이 정도만 이야기하자. 다음 계획은 착수금으로 대한민국에서 회사를 설립해야 해. 회사를 만드는 것은 나와 아버지 일이야. 너와 효상이는 일단 기다리고 있어. 회사 만든 후에 다시 연락할게. 그리고 승기, 네가 고민하는 게 무엇인지 모르는 바는 아니다. 아버지와 상의 후 알려 줄게. 너희들과 대화를 할 수 있는지를. 나 그렇게 빡빡한 사람 아니다. 그런 사람이었다면, 너희들과 이런 기회를 나누지도 않았어. 나 역시 믿을 사람이 필요해. 너희도 알잖아. 우리 셋 뿐이라고. 이 험난한 세상에서."

16. 우현이와 만남 후, 두 달이 흘렀다. 우현이는 단톡방에서 진행 상황을 꾸준하게 말한다. 아주 신이 난 게 분명하다. 문자로도 금방 확인할 수 있다. 세상에 있는 온갖 이모티콘을 남발 중이어서다. 다른 사람이 단톡방을 보면 방금 사랑을 시작한 연인이라고 오해할지도 모른다. 그만큼 단톡방의 분위기는 화사하다. 회사 설립은 순조롭게 진행 중이다. 우현이는 사모투자전문회사를 만들려고 한다. 그리고 나와 승기는 무한책임사원이라고 한다. 우현이가 말하는 무한책임사원이 무슨 소리인가 싶어 검색해 본다.

회사의 채무에 관하여 회사 채권자에 대하여
직접 · 연대 · 무한의 책임을 부담하는 사원[283]

---

283) 두산백과 두피디아.

"직접·연대·무한의 책임을 부담하는 사원"이라는 게 부담스럽다. 위험한 일을 하려는 건가? 우현이는 아무 걱정하지 말라고 한다. 회사 설립 요건상, 이름이 필요할 뿐이라고 한다. 우리에게 피해가 갈 일은 전혀 없다고 호언장담한다. 하긴, 나와 승기에게 무슨 피해가 있겠느냐, 기껏해야 우리끼리 영차영차 하는 프로젝트인데. 하지만, 사모투자전문회사라는 회사 종목은 낯설고 어색하다. 이렇게까지 거창할 이유가 있을까? 승기는 아무 말이 없다. 단톡방에서 승기는 그저 이 문장만 복사해서 붙인다.

"어, 그래, 고마워.
준비해 바로 보내 줄게."

17. 승기가 고분고분해진 게 싫지는 않지만, 승기답지 않아서 걱정이기는 하다. 그리고 정말, 이 프로젝트에 관심이 있는지도 모르겠다. 정말 관심은 있는 걸까? 하긴 관심이 없다면, 자기 이름을 '무한책임사원'에 올린다고 했을 때, 엄청난 반응이 있었을 거다. 관심은 분명히 있다. 승기는 우현이의 천만 원을 요긴하게 쓰는 중이니까. 그래 그게 맞는 것 같다. 승기는 우현이를 상사처럼 대한다. 우현이의 천만 원을 받은 순간부터 자기를 고용했다고 생각하는 것 같다. 참, 오래 살고 볼 일이다. 우현이 말에 토를 달지 않는 승기라니. 우현이가 단톡방에 파일을 하나 보냈다. 관련한 내용을 꼼꼼하게 읽은 후 사인하라고 한다. 파일을 열어 본다.

사모투자전문회사 등록 신청서

업무집행사원의 확인서

본인은 [카테] 사모투자전문회사의 업무집행사원으로서 「자본시장과 금융투자업에 관한 법률」 제268조 제5항에 따라 [카테] 사모투자전문회사의 등록을 신청함에 있어 다음의 등록 신청 내용이 사실에 입각하여 작성되었고 등록 이후 허위 또는 부정한 방법에 의한 등록한 사실이 확인되는 경우 동 법률이 정하는 바에 따라 해산명령, 그 밖에 조치 및 처벌을 받을 수 있다는 사실을 인지하고 있음을 확인합니다.

2023년 2월 1일

[카테] 사모투자전문회사의 업무집행사원 임우현 [인]
[카테] 사모투자전문회사의 업무집행사원 안효상 [인]
[카테] 사모투자전문회사의 업무집행사원 김승기 [인]

「자본시장과 금융투자업에 관한 법률」 제268조 제5항에 따라 다음과 같이 등록 신청서를 제출합니다.

임우현 대표이사 [인]

우현이는 이런 서류를 어떻게 만들었을까? 우현이는 너스레를 떠는 이모티콘을 보내며 단톡방에서 말한다.

"금융감독원에서 배포한 '경영참여형 사모집합투자기구 실무안내'를 참조했어. 물론 대부분 과정을 아버지가 도와줘. 그래도 쉽지가 않아. 하지만, 미래가 확실하니까 정말로 즐겁다. 이게 다 너희들하고 잘 먹고 잘 살려고 하는 행동이다. 나중에 정말 고마워해야 한다. 알았지? 아, 그리고 무한책임사원으로 등록하려면 서류가 좀 많아. 지금 알려 줄게. 둘 다 준비해서 바로 보내 줘."

우현이가 요구하는 무한책임사원이 되려면 준비해야 할 서류가 제법 많다. 그래도 정말 확실한 무언가를 좇으니 이전과 다른 느낌이다. 정말 인생 2막이 펼쳐지려나? 그랬으면 좋겠다. 승기가 로봇처럼 맞장구를 친다.

"어, 그래, 고마워.
준비해 바로 보내 줄게."

18. 우현이가 요청한 서류를 보내고 약 2주가 지났다. 사실, 우현이가 무엇을 하려는지 전혀 알 수 없다. 정확히 말하면, 우현이의 아버님이 무엇을 하려는지 전혀 알 수 없다. 사모투자전문회사가 무엇을 하는지도, 무한책임사원이 무엇을 책임을 지는지도 모른다. 분명한 것은 우리의 장래가 밝다는 희망이다. 단톡방이 울린다. 우현이 소식이었으면 한다.

"애들아, 사무실 방금 계약했다. 다음 주에 보내 준 주소로 모여라. 그리고 승기가 이야기한 것도 반영했어. 다음 주에 아버지를 모시기로 했어. 아버지가 효상이와 승기에게 업무를 전달할 거야. 하지만 이처럼 직접 전달하는 경우는 처음이자 마지막이야. 보안이 생명이라. 이번에는 내 부탁으로 특별히 이루어지는 만남이야. 다음부터는 내가 전달하고 관련한 업무를 보고받을 거야. 그럼 다음 주에 보자고. 이제 진짜 시작이다. 우리의 인생 2막!"

숨도 안 쉬고 승기가 답장한다.

"어, 그래, 고마워. 다음 주에 보자."

19. 우현이가 보낸 사무실 주소는 사는 곳에서 꽤 거리가 있다. 넉넉하게 지하철로 1시간 30분 정도다. 우현이는 아버님과 만나 따로 출발할 예정이다. 승기와 중간 지점에서 만나기로 했다. 꾸부정한 자세로 담배를 피우는 시크한 것인지 우울한 것인지 알 수 없는 승기가 멀리서 보인다. 승기는 결국 담배를 다시 피운다. 금연은 실패다. 그래, 네 타는 속을 담배 한 모금의 연기가 위안을 준다면 얼마든지 다시 피우거라. 지하철을 타고 사무실로 향한다. 승기는 오늘도 조용하다. 사람이 한순간에 변하면 죽는다고 하던데, 승기의 갑작스러운 변화가 걱정스럽다. 무엇이 승기를 이처럼 변하게 했을까? 주위 사람의 대화가 자연스레 들린다. 너무나 다들 재잘거린다. 너무나 많은 사람이 동시에 재잘거리니 도통 무슨 말 하는지 알 수가 없다. 우리는 기분이 이렇게 안 좋은데, 지하철 안은 기분 좋은 소음만 가득하다. 솔

직히, 난 아니다. 기분이 좋다. 그리고 떨린다. 기분 좋은 떨림이다. 우현이의 아버님이 무척이나 궁금해서다. 어떤 분일까? 오늘 우현이 아버님을 뵙는 게 어쩌면 최종 면접일지도 모른다. 긴장된다. 물론, 나와 승기가 면접에서 떨어질 일은 없다. 우현이 덕분이다. 이것도 승기가 말하는 공정과 상식에 어긋나는 과정일까? 아무렴 어떠냐! 지인 찬스가 이렇게나 좋은 거다. 정말 뼈저리게 느낀다. 우현이 아버님도 나와 승기를 마음에 들어 하면 좋겠다. 곧 아버님과 면접인데, 이렇게 우울한 기분으로 면접장에 들어갈 수는 없다.

"승기야, 네 생각은 어때? 우현이 아버님 사업이 잘될 것 같아? 난 두근두근한다."

"효상아, 사업의 흥망성쇠가 우리에게 그렇게 중요할까?"

그래, 삐딱한 승기 어디 안 갔다. 사람은 쉬이 변하지 않는다.

"승기야, 그게 무슨 소리야? 사업이 잘되면 우리한테 좋은 거지, 안 그래? 왜 또 삐딱하게 굴어? 뭐가 마음에 안 들어?"

"효상아, 더할 나위 없이 좋다. 삐딱하게 구는 게 아니야. 지금 어느 때보다 냉정하다고. 잘 생각해 봐, 너, 우현과 평생 같이 일하려고?"

"승기야, 물론 그건 아니지. 그건 불가능해."

"그래, 효상아, 우리는 어차피 우현과 평생 일을 같이할 수는 없어. 안 그래? 그리고 굳이 따지면 우리는 직원에 불과해. 직원은 월급만 매달 밀리지만 않으면 된다고. 회사가 잘되고 안 되고는 사장의 고민이지, 직원의 고민은 아니야."

"승기야, 그래도 우리가 뭐더라? 맞다, 무한책임사원이잖아. 그럼 책임감을 느껴야지, 안 그래? 그리고 너와 나 그리고 우현이와의 관계가 단순하게 사장과 직원으로 나누기는 좀 그렇지 않아?"

"효상아, 우리가 언제 금전 관계로 얽힌 적이 있어? 이번이 처음이잖아. 그리고 한 사람도 아니고 너와 나 두 사람, 모두에게 천만 원을 주는 친구가 주위에 또 있을까? 적어도 내 주위는 없어. 더군다나 우리가 투자하지도 않았잖아. 그런데도 프로젝트 수익금 일부를 우리한테 준다고 이야기해. 그게 무슨 소리야? 뻔한 거지. 그 돈을 받은 시점부터 우린 이미 구두로 계약한 거야. 우리는 직원, 우현은 대표이사."

20. 승기의 이야기를 듣고 보니 그런 것 같기도 하다. 우현이와 관계를 단순하게 바라보았나 싶다. 하긴 우정이라고 하기에는 사업 규모가 남다르다. 도대체 무슨 일을 하려고 우현이는 회사를 차린 걸까? 그럼 우현이를 앞으로 대표이사로 불러야 하나? 갑자기 우현이 아버님을 뵐 생각에 온몸이 떨리기 시작한다. 승기가 사업에 관련해 그동안 아무 말이 없었는지를 조금은 알겠다. 말을 아낀 거다. 우현이를 친구가 아닌 상사로 대하기로 해서. 머리가 복잡하다. 우현이에게 전화가 온다. 냉큼 받는다. 늦게 받으면 안 될 것 같다.

"효상아, 사무실로 바로 와. 아버지가 너희와 만남을 아주 기대해. 곧 도착이지? 그럼 이따가 봐."

"넵, 아니, 그래, 알겠어. 이따가 보자. 긴장 엄청나게 된다."

"효상아, 우리 아버지 보는데 긴장을 왜 하냐? 무슨 면접 보러 오냐? 하하하."

문을 열고 들어선 사무실은 생각보다 작다. 사무실이라고 하기도 어렵다. 황학동 가구거리에서 급하게 중고로 구매한 철제책상 3개와 원탁 테이블 1개 그리고 짝이 맞지 않는 의자가 전부다. 위치를 찾지 못해 덩그러니 뻘쭘하게 놓인 스투키 한 그루가 현재 처지를 말하는 듯하다. 우현이가 떠벌린 사업 규모와 비교하면 사무실의 수준은 초라하다. 그렇다고 우현이에게 뭐라고 하기도 그렇다. 우현아, 이 사업, 제대로 가는 것 맞아?

"왔구나, 얘들아, 사무실 정리가 아직 덜 됐다. 하긴 정리할 기구도 없다. 보시다시피. 노트북만 있으면 되지. 안 그래?"

"우현아, 아니 대표님, 그렇게 부르는 게 좋겠지? 셋이 일하는데 사무실 환경이 좋으면 뭐 해? 이 정도면 준수하다. 일만 잘하면 되는 거지. 그나저나 아버님은 언제 오시니?"

"승기야, 대표님은 무슨, 우리끼리 있을 때는 편하게 해. 아버지는 오늘 오지 않아. 아버지는 사정이 있어서 한국에 오기 어려워. 그래서, 너희들을 위해 아버지와 영상통화를 하려고."

21. 여전히 적응이 안 된다. 보자마자 대표님이라니? 승기의 태세 전환은 놀랍기만 하다. 나도 그렇게 불러야 하나? 아직은 그렇게 부르는 게 어색하다. 우현이도 뭐, 편하게 하라니까. 여하튼 영상통화라니? 아버님은 사정이 있다고? 갑자기 불안하다. 합법적인 일이지? 맞지? 우현아?

"우현아, 아버님과 영상통화를?"

"효상아, 배 안 고파? 일찍 와서 정리한다고 혼자서 끙끙거렸더니 허기진다. 일단 뭐 좀 먹자. 영상통화는 이따가 하자. 중국집 콜?"

무엇을 고민할 필요는 없다. 이사 온 날은 무조건 중국집 음식이다. 승기는 이사할 때마다 우리를 불렀다. 메뉴는 항상 똑같다. 짜장면, 짬뽕, 볶음밥 그리고 탕수육을 주문한다. 사실, 주문한 음식을 다 먹지 못한다. 매번 남긴다. 항상 많이 시켜서다. 그래도 이처럼 많이 주문하면 혼자가 아닌 것 같아서 좋다. 지금이야 배달 애플리케이션으로 다양한 종류의 음식을 고르고 주문한다. 그만큼 세상은 편해졌다. 예전에는 배달하면 떠오르는 메뉴는 정해져 있다. 짜장면, 짬뽕, 볶음밥 그리고 탕수육이다. 신문지를 돗자리 삼아 잠시나마 논쟁으로 얼룩진 사회를 소르르[284] 풀리게 하는 따뜻한 공간이 필요하다면, 짜장

---

284)   소르르: 뭉치거나 얽히거나 걸린 물건이 잘 풀리거나 흘러내리는 모양.

면, 볶음밥, 짬뽕 그리고 탕수육을 주문해라. 맛있는 음식을 먹으며, 더러운 이야기로 기분을 망치고 싶은 사람은 없어서다.

"얘들아, 배도 든든하고 커피도 한잔하니 이제 좀 살 것 같다. 아버지와 만나 볼까? 긴장 좀 해. 우리 아버지 좀 깐깐하다."

22. 우현이는 노트북 바탕화면 안에 있는 파일을 클릭한다. 프로그램 구동 중이다. 프로그램이 열리니 아이디와 비번을 누르라고 요청한다. 우현이는 아이디와 비번을 누른다. 프로그램에서 영상화면을 창으로 띄운다. 한 남자가 걸어서 의자에 앉는다. 우현이 아버지다. 영상 속에 남자는 깔끔한 짙푸른 슈트 차림이다. 머리는 바짝 힘을 준 2:8의 포마드 스타일이다. 눈에는 뿜어져 나오는 강렬한 에너지가 영상을 뚫어 외부까지 전해진다. 포근한 옆집 아저씨의 느낌은 아니다. 그래, 카리스마 넘치는 군인에 더 가까운 모습이다.

"안녕하세요, 블루 고스트 아시아 헤드 정호입니다. 우현이를 통해 들었습니다. 친한 친구들이라고. 우현이 아비로서 여러분을 만나 참 기쁩니다. 다만, 오늘은 아버지가 아닌 상사로 여러분과 대면하려고 합니다. 사실, 블루 고스트는 말 그대로 '유령'이기에 이처럼 신분을 노출해 사람들과 접촉하지 않습니다. 하지만, 우현이가 친구 두 분한테 블루 고스트가 진행하는 사업에 대해서 제대로 전달하지 못한 것 같습니다. 우현이의 특별한 친구라 들었습니다. 그래서 이번에는 우현이 부탁으로 이루어진 특별한 경우입니다. 앞으로는 우현이를 통해서만 업무를 진행하니

유념[285]하세요. 궁금한 게 무엇인가요? 호칭은 정호 님이라고 하세요."

23. 궁금한 게 무엇이냐고 되물으니 막상 무엇이 궁금한지 생각하게 된다. 사실, 궁금한 게 있는지도 모르겠다. 우현이가 우리를 속일 리도 없거니와 우현이 아버님까지 등판한 이 마당에 앞으로 문제가 발생할까? 한 점의 의심도 없다. 그래도, 무언가 물어야 한다. 승기를 슬쩍 쳐다본다. 승기야, 매운맛은 이럴 때 사용하는 거다.

"안녕하세요, 우현이 아버님, 아니 정호 님, 처음 뵙겠습니다. 대표님을 통해 말씀은 많이 들었습니다. 저는 김승기라고 합니다. 정호 님이 진행하는 프로젝트를 의심하지는 않습니다. 다만, 프로젝트 사업을 원활하게 진행하려면 관련한 업무를 올바르게 이해하는 게 중요하다고 생각합니다. 그래서 질문 몇 개를 준비했습니다.

첫 번째, 모든 나라가 필연적으로 발생하는 '에러'가 있다고 들었는데, 대한민국에서 일어날 '에러'는 무엇인지 알고 싶습니다.

두 번째, 대한민국에서 일어날 '에러'를 활용해 진행하는 사업의 종류와 전략을 설명해 주셨으면 합니다.

세 번째, 프로젝트 사업이라 들었습니다. 투자 후 자금을 회수하는 기간이 얼마나 되는지 궁금합니다.

마지막으로, 저와 효상이가 해야 할 업무가 구체적으로 무엇인지 말씀해 주셨으면 합니다."

---

285) 유념(留念): 잊거나 소홀히 하지 않도록 마음속 깊이 간직하여 생각함.

24. 김승기, 질문이 너무 많잖아. 매운맛도 적당하게 보여 줘야지, 첫날부터 이러기냐? 나도 모르게 우현이를 쳐다본다. 상기된[286] 우현이가 보인다. 하지만, 아무 말하지 않는다. 승기의 질문에 당황한 듯 보이지만, 우현이도 내심 아버님의 답변을 궁금해하는 눈치다. 나 역시, 아버님이 승기의 질문을 어떻게 대처할지 궁금하기는 하다. 우리 셋은 승기의 질문을 끝으로 말없이 모니터를 바라본다. 승기의 매운맛에 적잖이 놀랐을까? 아버님도 한동안 말이 없다. 생각에 잠긴 듯하다.

"우현이가 훌륭한 친구를 곁에 두었군요. 승기 님의 질문을 들으니 비로소 안심되네요. 그리고 진행할 사업이 성공하리라는 확신이 듭니다. 질문이 아주 마음에 들어요. 그래요, 승기 님, 첫 번째 질문부터 답해 줄게요.

첫 번째로, 대한민국에서 곧 일어날 '에러'를 알고 싶다고 했는데요, 앞으로 일어날 '에러'는 너무나 많습니다. 그중 하나만 이야기토록 하지요. 이 '에러'는 모든 선진국에서 공통으로 발생합니다. 이로 인해 많은 이가 고통받고 있습니다.

그 '에러'는 세대 간의 단절, 즉 민족의 분리입니다.

민족의 분리라고 하니 거창하게 느껴질지도 모르겠네요. 하지만, 세대 간의 단절은 대표적인 '에러'의 예시입니다. 후진국과 중진국 시기에

---

286)　상기(上氣): 흥분하거나 부끄러워서 얼굴이 붉어짐.

는 세대 간의 단절은 좀처럼 보이지 않습니다. 물론, 세대 간의 크고 작은 갈등은 늘 존재합니다. 하지만, 이러한 갈등은 하나의 시스템을 바탕으로 발생합니다. 즉, 시스템을 벗어나는 문제에 대해서는 서로 생각하지 않는다는 뜻입니다. 그렇기에, 표면적으로는 다툼이 잦은 것처럼 보여도, 외부적으로 큰일이 일어나면 세대 간의 통합은 자연스레 이루어집니다. 대한민국이 1997년 금융 위기로 인해, IMF로부터 빌린 금액을 조기에 상환한 기적을 다들 기억하나요? 세대 간의 통합이 이루어진 대표적인 예시입니다. 만약, 2023년 대한민국에 같은 금융 위기가 일어나면, 민족의 통합은 과거처럼 일어날까요?

그러기는 어렵습니다.

대한민국은 분리된 세대를 하나로 묶어줄 통합의 시기를 이미 놓쳤습니다. 골든아워[287]를 놓친 거지요. 세대 간의 단절이 발생한, 가장 큰 이유가 무엇일까요?

우리는 지금 한 번도 경험하지 못한 나라를 겪는 중입니다.”

25. 한 번도 경험하지 못한 나라라고? 어디서 많이 듣던 소리다. 다만, 아버님은 다른 의도로 말씀하신 것 같다. 우리 모두 침묵으로 아버님의 이야기를 재촉한다.

---

287) 사고 발생 후 환자의 생사를 결정지을 수 있는 수술과 같은 치료가 이루어져야 하는 최소한의 시간(보통 1시간 이내)을 의미한다. 쉽게 말해 환자가 중상을 입은 후 응급 치료의 성공 가능성이 가장 큰 1시간을 의미한다. [출처: 나무위키]

"한 번도 경험하지 못한 나라? 어디서 들어본 소리지요? 하지만 제가 말한 의미는 조금 다릅니다. 다시 말하면, 대한민국은 선진국으로 진입했기에, 대한민국 국민은 현재 한 번도 경험하지 못한 나라를 겪는 중입니다. 얼핏 생각하면, 선진국으로 진입하면 모든 국민은 행복할 것 같습니다. 정말 그럴까요? 이미 답은 여러분이 알고 있지요. 여전히 우리는 불행합니다. 특정 세력만 행복하다고 느낍니다.

아침에 일어났는데
아무 이유 없이 화가 난 적이 있습니까?

길거리를 걷다가
문득 나만 불행하다고 느낀 적이 있습니까?

주위 사람으로부터
존중받지 못한다고 생각한 적이 있습니까?

왜 우리는 불현듯
이러한 불안감에 사로잡히게 되었을까요?

불안감에 원인을 비단 개인의 노력 부족이라 말할 수 있을까요? 개인의 노력 부족으로, 나는 게으르고 그들은 부지런해서 이렇게나 차이가 벌어졌을까요? 그래서 불안감에 사로잡혀 삶의 질을 떨어뜨리는 오늘을 살아가야 하나요? 우리의 잘못인가요?

아닙니다. 그렇지 않습니다.

대한민국은 현재 한 번도 경험하지 못한,
선진국에 진입해서입니다.

선진국으로 가는 길은
대한민국에 거주하는 모든 서민과 중산층을
더욱더 불행하게 합니다."

26. 우현이 아버님으로부터 이런 이야기를 듣게 될 줄 꿈에도 몰랐
다. 블루 고스트라는 집단의 정체가 더욱더 궁금해진다. 대학 시절,
우현이는 아버지가 대구에서 레스토랑을 운영한다고 했었다. 아니,
이러한 식견을 가진 분이 레스토랑을 운영했다고? 대학생 때로 돌아
가 강의를 듣는 기분이다. 도대체 우현이 아버님의 정체가 무엇일까?
선진국으로 진입했기에 우리가 불행하다고 말하는 아버님의 생각은
가히 충격적이다. 그렇다면, 선진국으로 가는 길은 우리의 행복을 방
해하는 근본적인 원인이라는 소리인가? 개인의 노력이 아닌, 시스템
의 문제로 우리가 모두 불행하다고 말하고 싶은 건가? 용기를 내어 질
문을 해 보자. 너무나 궁금하다. 아버님의 생각이.

"안녕하세요, 저는 우현이 친구, 안효상입니다. 아버님의 이야기는 너
무나 충격적이며 신선한 관점입니다. 풀리지 않는 의문이 여전히 남아
있습니다. 선진국으로 진입하면, 세대 간의 단절, 즉 민족의 분리가 왜
이루어진다는 말씀인가요? 여전히 잘 모르겠습니다."

아버님은 짧은 헛기침 후 말을 이어간다.

"그래요, 효상 님, 우현이를 통해 이야기 종종 들었습니다. 이렇게 얼굴 보면서 이야기하니 참 좋습니다. 우현이가 효상 님을 많이 아끼는 것 같습니다. 우현이의 좋은 친구가 되어줘서 아비로서 고맙게 생각합니다. 다만, 우리는 공적인 업무로 모였습니다. 앞으로는 정호 님으로 호칭을 통일했으면 합니다. 그래요, 이제 승기 님의 두 번째 질문인 대한민국에서 일어날 '에러'를 활용해 무슨 사업을 하려는지 이야기해 보죠. 그러면 효상 님의 질문에도 적절한 답변일 것 같네요."

27. 아버지는 흐뭇하게 나를 바라보며 말을 이어 간다.

"세상 어디를 뒤져도 세대 간의 소득 불균형을 해결한 나라는 없습니다. 그렇기에 소득 불균형으로 공통적인 '에러'는 필연적으로 발생합니다. 그렇기에, 각 나라의 현재 처지를 이해해야 합니다.

예를 들면,
소상공인으로 이루어진 1세대 국가인 후진국인지
중견기업으로 성장 중인 2세대 국가인 중진국인지
마지막으로 대기업으로 성장한 3세대 국가인 선진국인지

각 나라의 처지에 따라서 일어날 '에러'도 다릅니다. 일반적으로 교육 수준과 임금 격차는 비례적입니다. 후진국인 1세대 국가에서 사는 국민은 교육을 받을 기회가 많지 않습니다. 그렇기에 기술력이 없는 일반 노동자가 압도적으로 많습니다. 결국, 상대적으로 교육을 받은 소수의 숙련자가 많은 소득을 차지하는 구조입니다. 결국, 후진국은 높은 교육 수준을 지닌 극소수와 교육 수준이 낮은 다수로 이루어진 사회입니다. 물론 이들 간의 임금 수준의 격차는 상당합니다. 하지만 아직 1세대 국가에서는 소득 불균형으로 인한 양극화 현상을 사회적인 문제로 취급하지 않습니다.

모든 세대가 가난해서입니다. 모든 세대가 배고파서입니다. 그렇기에 1세대 국가의 다수는 불행한 오늘을 자양분 삼아 행복한 내일을 상상합니다. 모두가 하나가 되어서 세대 간의 통합은 자연스러운 흐름입니다.

물론, 1세대 국가는 모두를 위한 적절한 정책을 구사하기 어렵습니다. 이러한 상황에서 하나의 방향으로 달려가면 불가피하게 다양한 문제점은 일어납니다. 하지만, 이러한 문제점은 1세대 국가에서 사회적인 이슈로 발전하기 어렵습니다. 감추거나 모른 척합니다. 교육의 부재로 가치를 지키는 게 왜 중요한지 알지 못해서입니다. 그렇기에 1세대 국가의 대중은 가치를 외면한 채 똘똘 뭉쳐 본능을 좇습니다.

이들은
절대적 배고픔에서 벗어나는 게
무엇보다 중요해서입니다.”

28. 우현이 아버님의 말씀을 되새긴다. 말씀하신 1세대 국가의 형태가 우현이와 나 그리고 승기의 모습 같아서다. 사실, 우리 셋의 삶

의 방향은 너무나 다르다. 우현이는 자유로운 남자다. 다가오는 대부분 상황을 정치적으로 풀려 한다. 우현이에게 상황은 옳고 그름의 문제가 아니라 다름의 문제다. 즉 상황에 따라서 여지를 두어 합의점을 찾으려 노력한다. 합의점에 도달해 문제를 해결하는 게 우현이의 원칙이다. 그렇기에 정해진 원칙은 없다고 믿는다. 이러한 행동은 누군가에게, 특히 승기에게는 기회주의자로 비칠지도 모른다. 확실하다. 승기는 우현이를 박쥐로 생각하니까. 그렇기에 승기는 우현이의 모든 행동을 싫어한다. 승기는 원칙주의자다. 다가오는 모든 상황을 원칙을 앞세워 옳고 그름으로 선을 긋는다. 승기는 원칙을 무시하고 정치적으로 상황을 해결하는 이를 탐욕적인 인간이라고 여긴다. 탐욕이 없는 사람이라면, 어떠한 상황에서도 원칙을 우선한다고 믿어서다. 탐욕이 있기에, 상대방을 이용해 상황을 타개[288]하는 게 정치적 해법이라 비난한다.

우현이의 생각도
승기의 생각에도
동의하기 어렵다.

인간은 자연의 순리를 거스르는
유일한 생명체다.

29. 인간을 제외한 모든 생명체는 자연의 순리를 따른다. 자연의 순리를 거스르는 결과로 인간은 어떠한 생명체보다 지구에서 축복을

---

288) 타개(打開): 어렵거나 막힌 일을 처리하여 해결의 길을 엶.

누린다. 하지만 결국, 인간이 누리는 축복은 다른 생명체의 권리를 강탈했기에 가능하다. 더군다나 인간은 스스로 선하다고 믿는다. 인간의 욕심으로 많은 종은 지구에서 사라졌다. 그렇기에 멸종 직전의 종을 보호한다는 게 얼마나 가식적인 행동이란 말인가. 반성과 후회는 인간만 저지르는 추악한[289] 변명이다. 인간을 제외한 어떠한 개체도 반성과 후회를 하지 않는다. 그들은 자연의 순리에 순종해서다. 인간은 사악[290]하다. 이러한 인간이 모여 정치적으로 상황을 해결하든, 원칙을 앞세워 시비[291]를 가리든, 그게 누구를 위함인가? 그렇기에 난 말이다. 인간은 무엇을 하지 않는 게 답이라고 생각한다. 그게 다른 개체에 대한 최소한의 도리[292]라고 믿어서다. 그렇기에 존재가 희미한 탁자 위에 놓인 스투키가 되고 싶다. 이처럼 가치관이 너무 다른 우리 셋은 하나의 방향을 위해 지금 이 자리에 있다. 이유는 하나다. 가난해서다. 부자가 되고 싶어서다. 배고픔 앞에 모든 관념[293]은 의미 없다. 우리는 사는 대로 생각하는 인간이어서다. 우리에게는 이 선택은 최선이다.

30. 정호 님은 말을 이어간다.

"계속해서 말을 이어가면, 중진국 시절의 대한민국은 후진국 시절과 비교하면 교육률이 높습니다. 많은 이가 숙련자로서 살아갑니다. 그들

---

289) 추악하다: 더럽고 흉악하다.
290) 사악(邪惡): 간사하고 악함.
291) 시비(是非): 잘잘못. 옳음과 그름.
292) 도리(道理): 사람이 마땅히 행하여야 할 바른 길.
293) 관념(觀念): 어떤 일에 대하여 가지는 생각이나 견해.

의 지갑은 두꺼워집니다. 서민층은 둘로 갈라져 중산층이 탄생합니다. 지갑이 두꺼운 중산층은 대한민국의 경제를 이끌었습니다. 그리고 중진국에 살아가는 이는 절대적 빈곤에서 벗어난 대한민국을 사랑합니다. 새로운 중산층의 약진[294]으로 소득 불균형은 점차 줄어드는 시기입니다.

현재 대한민국은 선진국인 3세대 국가입니다. 하지만 선진국으로 진입하면서 중산층의 지갑은 더는 두꺼워지지 않습니다. 중진국 시절과 비교해 선진국에 사는 중산층의 지갑이 가벼워지는 현상은 참으로 신기합니다. 관련한 이야기는 다음에 하겠습니다. 그렇기에 중산층은 점점 사라집니다. 서민과 부자만 대한민국에 존재합니다.

이러한 사회구조는 1세대 국가와 비슷하지만 다릅니다. 1세대 국가는 극소수의 부자와 대다수 서민으로 이루어진 사회이기에 일사불란[295]하게 세대 간의 통합이 가능했습니다. 모두가 가난했기에 가지지 못한 것에 대한 상대적 박탈감도 존재하지 않았습니다. 하지만 3세대 국가는 부를 맛본 중산층의 몰락으로 중간 계층이 사라지고 있습니다. 그래서 표면적으로는 1세대 국가와 사회구조가 비슷하게 그려집니다. 하지만, 서민으로 대거 유입된 중산층은 부를 누렸던 과거를 그리워합니다. 가진자를 바라보며 상대적 박탈감을 느낍니다. 결국, 3세대 국가는 소득 불균형의 양극화는 더욱더 심해지는 악순환을 겪습니다.

3세대 국가의 정부 역시 하나의 방향을 설정해 국민의 통합을 이루려

---

294) 약진(躍進): 빠르게 발전하거나 진보함.
295) 일사불란(一絲不亂): 질서가 정연해서 조금도 흐트러지지 않음.

노력합니다. 하지만, 높은 교육 수준으로 많은 국민은 스스로 옳고 그름을 판단하여 다름의 세상을 존중합니다. 이들은 가치의 중요성도 깨닫게 됩니다. 더는 자신을 희생해 국가의 대업을 이루는 행동을 선이라 생각지 않습니다. 무엇보다 개인의 고유성에 집중합니다. 이들 모두 다른 방향을 선이라 스스로 믿고 판단합니다. 다양한 방향을 선으로 믿고 살아가는 이들에게 한 방향으로 이루어진 과거의 권위는 불편하기만 합니다. 권위를 불신합니다. 그리고 대한민국의 권위는 무너졌습니다. 무너진 권위로 인해, 더는 하나의 방향을 향해 뭉치지도 희생하지도 않습니다. 위 세대가 끌어주고 아래 세대가 받쳐줘 하나의 선을 이루려 노력했던 아름다운 시절은 없습니다. 각자도생으로 세대의 단절만이 살아남는 길이라 각 세대는 생각합니다.

그리고
세대를 갈라쳐 서로 속고 속이는
개미지옥의 문을 두드립니다.

블루 고스트는 선진국에서 이미 일어난 '에러'를 수집해 앞으로 비슷한 '에러'가 발생할 국가에 공격적 투자로 이익을 거두는 집단입니다. 그렇기에 준비 없이 빠르게 선진국으로 진입한 대한민국에서 앞으로 일어날 일은 분명합니다.

중산층의 몰락과 세대의 단절입니다.
이는 예견된 사실이며 우리는 이를 '에러'라 부릅니다.

블루 고스트의 타깃은 양극화로 인한 세대의 단절로 희망을 품어 미래를 꿈꾸는 것을 포기한 소외된 계층입니다. 소외된 계층은 대부분 개인입니다. 각자도생은 힘이 있는 개인에게나 가능한 소리입니다. 소외된 계층이 목소리를 내려면 집단으로 행동해야 합니다. 집단적 행동은 소외된 계층이 숨을 쉴 수 있는 유일한 각자도생입니다. 블루 고스트는 기득권층이 만들어 놓은 시스템을 이용해 소외된 사람을 모아 다시 한 번 꿈을 꿀 수 있도록 인생 2막의 기회를 제공합니다.

그리고, 세 번째와 네 번째 질문의 답은 우현이를 통해서 전달하겠습니다. 다음 일정이 있어서 영상통화를 종료해야 합니다. 블루 고스트가 아닌 멤버에게 이처럼 자세한 사업 설명은 이례적인 일입니다. 그만큼 여러분에게 거는 기대가 크다고 생각하면 좋을 것 같네요. 대한민국의 소외된 계층에게 힘이 돼 주세요."

31. 우현이 아버님의 마지막 메시지로 너무나 혼란스럽다. 단순한 투자 사업이라 생각했다. 대한민국의 소외된 계층에게 힘이 되기 위한 사업이라고는, 이렇게 거창한 이야기를 듣게 될 줄은 꿈에도 몰랐다. 어안이 벙벙하다. 우리 셋이 뭐라고, 정말 우현이 아버님이 기대하는 일을 해낼 수 있을지 의문스럽다. 아니, 이게 가능한 사업이기는 할까? 모든 게 혼란스럽고 두렵다.

"우현아, 철학 강사로 살면서, 늘 꿈꾸던, 하지만 용기가 없어 실행하지 못했던, 숭고한 일을 드디어 만난 기분이다. 전세사기를 통해 알게 되었다. 난 힘없는 소외된 계층이다. 울화통 터져 매일 잠을 이루기도 어렵다. 너무나 분했다. 정말 세금 한 번 밀리지 않은 모범 납세자였는데! 혼자서 아무리 목소리를 내어도 국가는 내가 존재하는지도 모른다. 그래, 우현아, 난 돈이 절실하게 필요하다. 정말 필요하다고! 너를 통해 돈만 벌 수 있다면, 그게 범죄라도 상관없었다. 그게 국가에 복수하는 길이라고 생각했으니까. 그런데 말이다. 아버님의 이야기로 다시 꿈꿀 수 있을 것 같아. 스스로 망가지지 않아도 재기할 수 있다는, 정말로 인생 2막을 살 수 있을 것 같은 그런 희망을 블루 고스트가 내게 선물해 줄 것 같아. 우현아, 진심으로 고맙다. 이처럼 숭고한 프로젝트에 참여할 수 있게 해 줘서. 나 정말로 열심히 해볼게. 정말로 고맙다. 더는 나를 망치지 않게 해 줘서."

32. 눈물과 콧물로 범벅이 된 행복한 승기의 얼굴을 처음으로 본다. 얼마나 마음이 힘들었을까? 승기가 우현이와 함께하려고 무엇을 버려야 했는지 알지 못했다. 승기는 누구보다 신념을 버리는 게 죽기보다 싫었을 사람이다. 친구로서 그 마음까지는 헤아리지 못했다. 아파트 놀이터에서 전세사기를 당했다고 털어놓았을 때, 그저 승기를 다그치기에 급급했다. [296] 사실, 전세사기와 승기의 모난 성격은 아무런 관련성이 없다. 그런데도 모난 성격으로 인해 승기가 벌을 받고 있다고 생각했던 것 같다. 왜 그런 마음이었을까? 어쩌면 내심 승기의 무너지는 모습을 보고 싶었던 걸까? 너도 별수 없는 인간이라는 것을 알려 주고 싶었던 걸까? 그건 절대로 아니다. 가끔 나도 모르는 인격이 내 안에 살아 숨 쉬는 기분이다. 승기의 모난 성격을 좋아한다. 그래, 승기는 단지 피해자일 뿐이다. 괜스레 승기에게 미안하다. 그리고 이

---

296)   급급하다: 한 가지 일에 마음이 쏠려 다른 일을 할 마음의 여유가 없다.

마음은 들키고 싶지 않다.

인생 2막을 시작한다.
더는 우리에게 시련은 없다.
그렇게 믿고 싶다.
그렇지 않으면 우리가 너무 불쌍하니까.

Episode 12
프로파간다

"아버지가 말씀했지만, 우리의 고객은 사회의 소외층이야. 효상이 승기 그리고 나처럼, 그들에게 다시 한번 인생 2막을 열어 주는 종잣돈을 마련하는 게 최종 목표지. 아버님 말씀처럼, 세대의 단절은 부동산 버블을 일으킬 거야. 그러려면, '에러'를 이용해 투자금을 모아야 하는데, 궁극적으로 우리는 부동산 버블을 활용해 부자들의 심리를 역이용할 거야. 부자들의 돈을 합법적으로 소외층 투자자 계좌로 이동시키는 거야. 어때, 멋지지 않냐?"

1. 부동산 버블을 이용해 부자들의 심리를 역이용한다고? 그리고 그들의 돈을 합법적으로 빼앗는다고? 무섭고 가슴 설레는 발언이다. 그렇게만 된다면, 죽어서 가져가지도 못할 부자의 돈이 소외층에 쓰인다면, 그것만큼 정의를 실현하는 행복한 일이 또 있을까? 우리 지금 무슨 일을 하려는 거냐? 도대체? 대한민국이 우리에게 상을 줘야 하는 것 아닌가?

"우현아, 그래서 부동산 버블을 활용해 어떠한 사업을 하는 거지? 그나저나 부자가 그리 바보도 아니고, 어떻게 그들의 돈을 합법적으로 가져올 수 있다는지 이해가 안 돼. 아버님한테 받은 내용이 무엇인지 구체적으로 알려 줘. 임우현 대표님."

2. 역시, 승기다. 이럴 때 승기가 아군이라는 게 참 든든하다. 참 날카롭다. 그래, 승기야, 나도 그게 궁금했다. 어떻게 내 속을 그리 잘 아는지. 그나저나 얼마 전 정호 님과의 영상 회의는 충격적이다. 여전히 그의 카리스마에 취해있다. 승기보다 날카로운 통찰력을 지닌 아버님, 무엇을 물어보든지 답을 알고 있을 것 같은 진정한 어른처럼 느껴진다. 아버님은 진짜다. 40대 중반을 넘어선 우리 셋, 삶의 무게를 각자의 방식으로 느끼는 중이다. 인생의 고뇌와 씨름하면서 조금씩 성장 중이다. 그런데도 여전히 어린 세대에게 조언하기가 어렵다. 꼰대라 불리기 싫어서가 아니다. 평생을 다름을 인정해야 행복한 길에 이른다고 배웠다. 하지만 이렇게나 다른 우리 셋은 전혀 행복하지 않다. 도대체 왜? 왠지 다름은 서민을 달래기 위한 수단에 불과하다는 생각을 살아갈수록 진하게 느낀다. 부자들은 평생 옳고 그름의 세상에 살아가면서 우리에게만 다름의 세상이 존재하는 것처럼 선동하는 기분, 그렇게 우리의 시간과 돈이 그들에게 흘러간다는 비참한 기분, 40대 중반을 넘어선 자라면 다들 어렴풋이 느끼지 않을까? 무엇이 옳은지 그른지 여전히 모르겠다. 여전히 인생의 오답 노트를 작성해서다. 정말로 모르겠다. 무엇을 해야 외톨이로 살지 않고 행복한 길로 이를 수 있는지를. 하지만, 아버님과 대화하면서 무한한 안정감을 느꼈다. 태어나서 처음 느끼는 감정이었는데, 그래, 단단한 포근함이다. 나도 안다. 단단함과 포근함은 서로 어울리지 않는다. 포근함은 단단

할 수 없고, 단단함은 포근할 수 없다. 하지만 아버님의 말씀은 단단함 그 자체다. 블루 고스트가 계획하는 일은 오차도 있을 수 없다고, 아니 그 오차를 이용한다는 대범함은 단단한 알고리즘이 없다면 탄생하지 않았을 발상이다. 그 단단함 속에 있으니, 긴장은 풀리고 마음은 편해진다. 그렇게나 단단해 보이는 아버님 말씀 안에서 나의 긴장은 사르르 녹는다. 마음은 편안해진다. 소르르 잠이 쏟아진다. 너무나 포근해서다.

"승기야, 일단 부자들의 구미를 당기려면, 특정 지역을 선정해 부동산 버블을 통한 차익 실현을 보여 줘야 해. 그래야, 그들의 지갑이 열리지, 안 그래? 일단, 사업의 성공이 먼저야. 당장 그들이 우리에게 호감을 보이지는 않아. 그래서 블루 고스트에서 진행할 사업은 다음과 같아.

소외층을 대상으로
아파트 리스 사업과
아파트 조각 투자 크라우드 펀딩

일단, 효상이는 글을 잘 쓰니, 효상이와 투자 관련한 브로슈어, 카탈로그 등을 만들 생각이야. 그리고 승기는 말을 논리적으로 잘하니, 승기는 아파트 리스 사업과 아파트 조각 투자 크라우드 펀딩 관련한 내용을 매스 미디어를 활용해 홍보할 거야. 블루 고스트는 가랑비에 옷 젖듯이 소외층에 스며들기를 바라. 이제부터 시작이다. 다들 정신 바짝 차리자. 일단, 효상이는 타깃층을 대상으로 전달한 간단한 소개말을 작성해 보내줘. 소외층을 하나로 모을 수 있는 감동적이면서 선동적인 글을 부탁해.

그것이 우리의 첫 번째 업무가 될 거야."

3. 임우현 대표로부터 첫 번째 업무를 받았다. 소외층을 하나로 모을 수 있는 감동적이면서 선동적인 소개말을 원한다. 선동은 타인을 부추겨 특정 단체의 원하는 바를 이루게 하는 의미를 지닌 단어다. 대체로 부정적 의미로 쓰이는 단어이기에 눈살이 절로 찌푸려진다. 하지만 우리 사업은 그렇지 않다. 특정 단체인 블루 고스트가 원하는 게 소외층의 해방이다. 소외층을 활용해 부정적 이득을 취하려는 게 아니다. 그러한 해괴망측한 일이었다면, 처음부터 우현이가 함께 하자고 했을 리가 없다. 그래, 우리는 지금 선한 영향력을 펼치기 위한 첫걸음을 내딛는 중이다. 첫걸음으로서 소개말을 잘 쓰려면, 일단 핵심 키워드를 찾아야 한다. 적절한 키워드는 많은 사람을 하나로 모으는 동질감을 선물한다. 논리적인 키워드보다 감정을 자극하는 키워드가 좋다. 선동하기 좋은 단어가 있을까? 일단 검색을 해 보자.

프로파간다[297]

4. 검색하니, '프로파간다'라는 용어가 눈에 띈다. 인터넷 검색으로 관련한 내용을 뒤적거리다 이내 자리에서 일어난다. 손에 잡히는 옷을 주섬주섬 입은 후 외출한다. 아무래도 난 디지털 세상에서 길을 잃은 아날로그인일지도 모른다. 인터넷이 제아무리 정보의 바다라 하

---

297) 선전(宣傳, 영어: propaganda, 러시아어: Пропаганда, 프로파간다)은 일정한 의도를 갖고 세론을 조작하여 사람들의 판단이나 행동을 특정의 방향으로 이끌어 가는 것이다. [출처: 위키백과]

더라도 정보 검색의 마무리는 나만의 아지트인 중고 서점에서 마침표를 찍는다. 모든 정보의 소중함과 과정의 중요성을 일깨워 주는 유일한 공간이어서다. 오늘도 이곳에 도착해 책장에 꽂힌 수많은 책을 바라본다. 그리고 잠시 발걸음을 멈춘다. 이들의 독특한 잔향에 취해서다. 어랏? 복잡하고 답답한 내 마음을 이해한다고 말하는 제목의 책이 눈에 띈다. 책을 책장에서 꺼낸다. 책장을 넘긴다. 그리고 타임머신을 타고 누군가의 과거에 서 있다. 페이지에 고이 숨겨둔 이전 주인의 사연을 머금은 깊은 향을 느낄 수 있어서다. 때로는 시큼하지만 기분이 산뜻해지는 감귤처럼, 때로는 진한 고소함을 머금은 커피처럼, 때로는 달짝지근한 솜사탕처럼, 때로는 피곤한 몸을 녹이는 라벤더처럼, 그렇게 중고 책은 이전 주인의 공간을 알려 주는 독특한 향을 내뿜는다. 이전 주인이 누구인지, 몇 명의 손길을 거쳐 이곳에 왔는지는 알 수 없다. 하지만, 이전 주인 역시, 나와 비슷한 감정으로 이 책을 고르지 않았을까? 중고 책은 내가 혼자가 아니라는 사실을 알려 준다. 중고 책은 내가 외톨이가 아니라고 위로한다.

잉크 냄새가 가득한 갓 인쇄된
새침한 새 책에서는
절대로 느낄 수 없는 따뜻함이다.

내가 중고 책을 사랑하는 이유다.

5. '프로파간다'의 이해를 도울 책을 집은 후, 한참을 독서 삼매경에 빠진다.

"구매자의 세계를 통째로 변화시켜……. 그 제품을 탐내도록……"[298]

구매자의 세계를 통째로 변화해 제품을 탐하게 하는 게 프로파간다의 의미인가? 부정적으로 들리지는 않는다. 마음에 든다. 보이지 않는 세력으로 나도 모르게 제품을 구매한 게 있을지 모른다. 이들의 힘으로 예전에는 옳다고 믿었던 세계관은 변했을지도 모른다. 만약에 이들의 방향이 선하다면, 만약에 그들의 마음이 바른 방향이라면, 선택의 결과도 당연히 선을 따르는 바른 방향이라고 믿는다. 결국, 프로파간다 자체가 부정적인 게 아니다. 악마의 입맞춤으로 지옥으로 떨어지는 것도, 천사의 포옹으로 구름다리를 건너 천국으로 향하는 것도, 모두 누군가 정해놓은 결과일지도 모른다. 그리고 난 지금 그들의 역할을 해야 한다. 내게도 이들의 영향으로 천국을 향했던 경험이 있을까? 생각해 내야 한다. 그래야 바른 방향으로 인도한다. 그래야 많은 이를 행복한 구름다리를 건네게 한다. 그때는 맞고 지금은 틀린 게 무엇일까? 안주머니에서 지갑을 꺼낸다. 지갑을 열어 예전에 받았던 명함을 살핀다. 명함에 적힌 이름을 찬찬히 읽어 본다. 신기하다. 이들과 전혀 연락하지 않는다는 사실이. 당시는 그렇게나 중요했던 사람이어서다. 하루가 멀다고 연락했던 사람이어서다. 나에게 영감을 주는 멘토이어서다. 놀이동산을 좋아하는가? 바이킹은 놀이동산의 진리다. 기구의 끝자리에 앉아, 담력을 과시하려고, 두 팔을 높이 올린다. 내려올 때 가슴이 간질거리는 그 기분을 나는 사랑한다. 아니, 사랑했다. 얼마 전 아이와 함께 바이킹을 탄 후, 알게 되었다. 바이킹을 싫어한다는 사실을. 이렇게나 위험한 기구를 그렇게나 사랑했던 이유

---

298) 에드워드 버네이스, 『프로파간다』, 김미경 옮김, 공존, 2009, p32.

를 지금은 알 수 없다. 더는 놀이동산의 진리는 바이킹이 아니다. 현재는 위험한 사고가 일어나기 희박한 회전목마가 놀이동산의 진리다.

명함에 적힌 멘토들은 멀어진 바이킹이다.
멘토의 이야기는 무지했고 위험했다.

그들은 점점 시시해졌다.

그때는 맞고 지금은 틀린 게 있다면
외부의 상황은 항상 변한다는 사실이다.

변하지 않는 게 있다면
진실을 사실이라고 믿고 있는
바보 천치인 바로 나.

6. 사실과 진실은 구분하기 어렵다. 사실은 부인할 수 없는 이미 일어난 일이다. 사실에는 옳고 그름은 없다. 다름도 없다. 다툼의 여지도 없다. 바꿀 수도 없다. 있는 그대로 받아들여야 한다. 예를 들면, 인간의 과거다. 인간의 과거는 이미 일어난 일이기에 옳고 그름도, 다름도, 다툼도, 바꿀 수도 없다. 있는 그대로 받아들여야 한다. 하지만, 과거의 사건은 인간이 선택한 과정의 결과다. 결과를 이해하는 과정은 진실의 여부다. 진실의 여부를 판단하려면 사실의 조각을 모아야 한다. 사실의 조각으로 진실의 퍼즐을 완성한다. 문제는 퍼즐의 방향이다. 조각의 방향에 따라서 전혀 다른 퍼즐을 완성해서다. 그렇기에

조각의 방향에 따라서 도출한 진실은 누군가에게는 거짓이다. 결국, 진실과 거짓은 서로 분리될 수 없는 동전의 앞과 뒤다. 이는 사실이다. 나 역시 이를 활용하려 한다. 사실의 단편[299]을 모아 하나의 진실로 이르는 선전문을 쓰려 한다. 중고 서점에서 볼일은 끝났다. 집으로 돌아가 조각의 방향을 고민해야겠다. 물론 선한 방향이다. 서민에게만 유독 가혹한 대한민국을 조금은 살만한 세상으로 바꿀 수 있다는 꿈을 꾸어 본다.

미약한 나의 글자가 모여 의미가 되어
당신의 안식처가 따뜻해진다면
그것으로 만족합니다.

7. 집으로 돌아와 노트북을 켠 후, 사실의 단편을 검색한다.

서민, 가난, 사기, 사건, 사고, 난방, 음식, 인플레이션, 양적완화, 대물림, 영끌, 빚투, 벼락거지, 소비자지수, 이자율, 채권, 주식, 아파트, 재테크, 전쟁, 지구온난화, 경제, 기름값, 기준금리, 저축

인터넷에서 찾은 사실의 조각을 한참 쳐다본다. 이들을 연결해 하나의 진실을 만들어야 한다. 소설은 이와 비슷하면서도 다르다. 소설은 결말을 어느 정도 머릿속에 그린 후 쓰기 시작한다. 즉, 하나의 진실을 정한 후, 사실의 조각을 모아야 한다. 그래야 방향을 잡을 수 있어서다. 일단, 밑그림이 정해지면, 각 장의 내용을 캐릭터에게 맡긴

---

299) 단편(斷片): 여럿으로 끊어지거나 쪼개진 조각.

다. 이는 캐릭터를 창작해 작가가 원하는 방향으로 이끈다는 의미가 아니다. 이는 캐릭터의 마음을 헤아려, 작가의 생각이 아닌 캐릭터의 생각을 온전하게 글에 담으려 노력하는 행위다. 작가는 펜을 들어, 캐릭터의 발자취를 따를 뿐이다. 하지만, 이때 작가가 중심을 잡아야 한다. 캐릭터의 행동은 어디로 튈지, 작가 스스로 상상하기 어려워서다. 정말로 상상하기 어렵다. 하지만, 이게 또 소설을 쓰는 맛이다. 다만, 밑그림 없는 글쓰기를 시도한다면, 한참을 캐릭터와 오붓한 여행을 즐기다가 문득 깨닫는다. 처음부터 다시 시작해야 한다고. 이게 참 죽을 맛이다. 그렇기에 캐릭터에게 주도권을 내주지 않았으면 한다. 집필 중인 책을 완성하지 못한 이유여서다. 반면에, 지금 쓰려는 선전문은 사실의 단편을 모아 하나의 진실을 찾아야 한다. 소설과는 반대 방향이다. 방향 없는 글을 쓰려니 시작하기가 어렵다. 검색한 키워드를 다시 한번 살펴보자.

서민, 가난, 사기, 사건, 사고, 난방, 음식, 인플레이션, 양적완화, 대물림, 영끌, 빚투, 벼락거지, 소비자지수, 이자율, 채권, 주식, 아파트, 재테크, 전쟁, 지구온난화, 경제, 기름값, 기준금리, 저축

그래, 한 단어가 떠오른다.
행복

8. 하나의 진실을 찾았다. 열거된 키워드는 천사의 포옹으로 구름다리를 건너 천국으로 향하려는 모든 이의 간절함이다. 간절함의 끝은 누구나 같다. 행복이다. 그래, 행복한 선전문을 쓰자. 그러려면, 알

아야 한다. 단시간에 행복해지는 최선의 길은 무엇인지.

"효상아, 선전문은? 네 작업이 끝나야 본격적으로 투자자를 모을 수 있어."

사무실이다. 우현이 아버님과 영상통화 후 2주 정도 지났다. 고심한[300] 선전문을 우현이와 승기에게 평가받는 날이다. 단시간에 행복해지는 최선의 길을 선전문에 담는 게 쉽지 않았다.

"임 대표, 일단 초안은 끝냈어."

"효상아, 그럼 빨리 보여 줘. 너의 결과물을."

승기답지 않게 보챈다. 승기도 아버님과 영상통화 후 이 사업에 진지하게 임한다. 그리고 누구보다 성공하기를 바란다. 그래, 깜짝 놀랄 만한 선전문을 공개할 터이니 기대해.

"임 대표 그리고 승기야, 선전문의 키워드를 '행복'으로 정했어. 지금부터 그 이유를 찬찬히 설명할 테니 잘 들어봐. 중간에 이야기 끊지 말고. 특히 승기 너.

모든 인간이 세상을 살아가는 방향은 조금씩 달라. 예를 들면, 우현이는 영업사원으로, 승기는 철학 강사로, 그리고 난 글쟁이로. 신기하지 않

---

300) 고심(苦心): 몹시 애를 태우며 마음을 씀.

아? 우리 셋은 분명 비슷한 게 많아. 그러니 지금도 이렇게 모여 좋은 일을 도모하려 하고. 안 그래? 그런데도 우리가 선택한 삶의 여정은 너무나 달라. 우리를 포함한 모든 이의 삶의 무게와 방향 역시 다르겠지. 이러한 다름이 사회를 구성하는 핵심이라고 생각해. 그래서 사회를 바르게 구성하려면 무엇보다 다름의 가치는 존중받아야 해.

각자의 다른 선택을 최선이라 믿으며 여기까지 쉼 없이 달려왔어. 다름을 선택한 가치의 끝은 무엇일까? 난 행복이라고 생각해. 그렇기에 사람들은 행복하려고 다름을 선택했다고 보는 게 맞겠지. 그런데 말이다. 승기야 그리고 우현아, 우리 지금 행복하니?

행복하지 않아.
최고의 선택을 했는데도.
우리는 늘 불행하지.
그렇다면, 생각을 바꿔야 하지 않을까?
다름으로는 행복에 이를 수 없다고.
행복은 옳고 그름의 문제라고.

예를 들어서, 우리는 행복을 정량적으로 말하지 않아.

누구는 80% 행복하다고 말하고
누구는 60% 행복하다고 말하고
누구는 40% 행복하다고 말하고

만약, 행복을 이처럼 수치로 표현할 수 있다면, 선택한 방향에 따라서 행복의 정도를 정량적으로 표현할 수 있는 데이터가 있지 않았을까?

누군가는 40% 행복을 얻으려고 A의 길을 걷고
누군가는 60% 행복을 얻으려고 B의 길을 걷고
누군가는 80% 행복을 얻으려고 C의 길을 걷고

하지만 이러한 정량적 행복은
존재하지 않아.

한국인에게 행복하냐고 질문하면 대부분 모호하게 답해. 나쁘지 않다든지, 그저 그렇다든지, 평범하다든지, 생각할 겨를이 없이 바쁘다든지. 하지만, 핵심은 그게 아니지. 행복하냐는 질문에 다양한 대답을 하더라도, 마음에서 우러나온 답변은 딱 2가지뿐이야.

행복해
또는 행복하지 않아.

행복의 정의를 생각해 본 적 있어? 원하는 게 이루어져 충분히 만족하는 상태라면 그때 우리는 행복하다고 말해. 모든 인간은 사회의 구성원으로서 원하고 하고 싶은 게 조금씩 달라. 그렇기에 원하고 하고 싶은 것을 찾는 게 행복으로 이르는 첫 번째 단계야. 이는 누구도 예외가 없어. 원하고 하고 싶은 게 없다면 누구도 마지막 단계인 행복으로 이룰 수 없으니까. 이는 옳고 그름의 문제야. 다름의 문제가 아니라고.

일단, 원하고 하고 싶은 것을 찾았다면, 행복으로 이르는 두 번째 단계로 진입해. 각자의 가치관을 바탕으로 다름을 선택하는 거야. 아까 이야기했지만, 우현이는 영업사원으로 승기는 철학 강사로 나는 글쟁이로 다름을 선택했어. 원하고 하고 싶은 게 다르니까. 선택의 범위와 종류도 다양해지는 게 당연하지. 문제는 말이다. 사람들은 여기서 선택의 다름만 생각해. 하지만 이것도 행복의 단계로 보면 옳고 그름의 문제야. 다름의 문제가 아니라고.

다시 정리하면, 행복하려면 우리는 원하고 바라는 게 있어야 해. 그리고 이를 달성하기 위해서 다름의 선택을 해야 해. 예외는 없어. 첫 번째를 충족하지 않으면 두 번째로 나아갈 수 없어. 행복으로 이르는 길은 처음부터 일방통행이라고. 그렇기에 옳고 그름의 문제야.

지금부터가 중요한 이야기니까 잘 들었으면 해.

아까 행복의 정의를 이야기했어. 행복하려면 원하는 게 이루어져 충분히 만족하는 상태가 되어야 해. 문제는 말이다. 만족하는 상태의 시간은 영원하지 않아. 생각보다 짧고. 무엇보다 그 상태에 적응하기 시작하면 더는 행복하다고 생각하지 않아. 예를 들어서, 회사원이라면 누구나 '연봉 1억'의 꿈을 이루고 싶어 해. 그리고 '연봉 1억'을 달성했다면, 그때의 만족감은 무엇으로도 대체할 수 없을 거야. 생각만 해도 너무나 행복하다. 하지만 '연봉 1억'을 받은 그 이후도 그때처럼 행복할 수 있을까? 더는 '연봉 1억'으로는 삶의 자극을 느끼지 못. 익숙해졌으니까 그리고 당연한 삶이니까. 그렇기에 더 큰 자극을 위한 목표를 세울 거야.

결국, 행복한 상태를 지속하는 시간은 생각보다 짧다는 거야. 다른 선택을 한다고 행복한 상태를 영원히 지속할 수는 없어. 무엇을 선택하고 무엇을 이루어도 행복한 상태는 제한적이야. 이 역시 옳고 그름의 문제지, 다름의 문제라 말하기 어려워. 물론 정량적인 문제도 아니야.

프로젝트에서 고민해야 하는 질문의 지점은 이거야. 우리 역시 타깃에게 행복한 상태를 지속하기는 어려워. 그렇기에 그들에게 만족한 상황을 제공해 행복을 인위적으로 만들면 이 프로젝트는 성공하기 어렵다고 봐. 좀 이해하기 어렵지? 풀어서 설명하면, 아까도 말했지만, 행복해지려면 반드시 첫 번째 단계를 거쳐 두 번째로 가야 해. 이는 우리가 만들어 줄 수 있는 게 아니야. 그리고 그들에게 행복을 보장해서도 안 돼.

행복을 보장한다는
달콤한 속삭임은
가짜니까.

결국, 이 프로젝트가 성공하려면, 그들이 가지지 못한 자원을 활용해 지금과 다른 삶을 살 수 있다는 새로운 꿈을 꿀 수 있도록 도와줘야 해. 즉, 삶을 다시 설계하는 용기를 선물하는 거야. 우리의 결과물이 그들에게 현실적인 대안이 되어서는 안 돼. 마치 본업의 발달을 포기하고 이 프로젝트에 사활을 걸게 해서는 안 돼. 그건 이러한 선택을 하는 게 현명한 행동이라고 믿게 하는 것에 지나지 않아. 그들의 무지를 이용하는 거라고. 사기에 지나지 않아. 난 그렇게 생각해.

우리가 그들의 무지를 이용한다면, 마약이나 도박에 중독된 사람처럼 그들의 돈을 우리에게 미친 듯이 던질 거야. 그야 뻔하잖아. 현실적인 대안이 우리라면 그들은 더는 새로운 삶을 꿈 꿀 이유가 없으니까. 그저 그들의 월급을 모두 우리에게 던지겠지. 돈이 목적이니까. 일확천금이 목표니까. 물질적 풍요가 행복을 보장한다는 헛된 프레임에 갇혀 행복을 좇으니까. 그래, 그들은 배고픈 소크라테스가 아니라 배부른 돼지의 삶을 살아가게 될 거야. 배부른 돼지로 살아간다 한들, 행복은 지속하지 않아. 행복이라는 놈이 원래 그래. 영원한 상태를 약속하지 않아. 그렇기에 행복하려면 끊임없이 갈구해야 해. 그렇기에 행복의 갈구는 배고픈 소크라테스만 가능해. 행복의 갈구는 항상 불완전한 상태에서 일어나니까.

난 말이야, 잇속만 챙기는 비겁한 성공을 원하지 않아. 비록 우리 모두 돈이 필요해서 시작한 일이기는 해도 그러한 성공을 떳떳하다고 말할 수 있을까? 난 아니라고 생각해. 그리고 아버님과 영상 회의 후, 확신했어. 아버님은 그러한 성공을 원하지 않는다고. 그래서 난 말이야, 우리 사업의 결과물로 이들이 스스로 원하고 하고 싶은 게 생겨 다름의 선택까지 이어지게 하는 게 우리의 역할이라 믿어. 그럼 우리와 그들 모두에게 돈은 저절로 따라오지 않을까? 그것으로 우리의 역할은 다 한 거야. 우리가 제공하는 결과물로 끝이 아닌 새로운 시작의 계기가 된다면, 그것만큼 숭고한 일도 없어. 흥분되지 않아? 우리가 그러한 중대한 역할을 맡는다고 생각하니? 임 대표, 승기 그리고 나, 우리 셋은 새로운 길을 열어 희망을 선물하는 전도사야. 그리고 그 희망은 다른 희망을 낳는 선한 영향력의 산물[301]이 될 거야. 우리의 대상인 소외된 서민과 중산층을 특

301) 산물(産物): 어떤 일의 결과로 생겨나거나 얻어지는 것.

별한 사람으로 만들고 싶어. 우리와 함께하는 게 큰 기쁨이 될 수 있도록 말이야."

9. 잠시 말을 멈추고, 임 대표와 승기의 반응을 살핀다. 그들의 표정을 살피니 의도는 성공한 듯하다. 특히, 승기는 망치로 머리를 맞은 듯, 뭐에 홀린 표정으로 나를 바라본다. 승기가 한마디 거든다.

"효상아, 정말 놀랍다. 일반적인 마케팅 관점에서 수익을 내는 방향이라고 생각했어. 회사는 영리 추구가 목적이니까. 하지만 이처럼 원초적인 문제를 다루리라 예상을 못 했어. 그동안 이러한 생각을 지니고 살았던 게냐?

예전에 말이다. 강변역 포차에서 1년을 지켜봤는데 변한 게 없다고, 그래서 글쓰기를 신중하게 결정하라고, 다그쳤던 것 기억해? 오히려 내가 다 부끄럽구나. 네가 꿈꾸는 삶을 이해하기에는 옹졸한 사람이었어. 누구를 걱정하고 있었던 거야? 그동안 세상의 모든 고민은 혼자서 한다고 생각했어. 너와 임 대표는 아무 생각 없이 살아간다고 믿었어. 네가 말한 배부른 돼지로 살아가려는 게 너희들의 최종 목표라 믿어서야. 그래서 한심하게 생각했지.

이번에 일을 같이하면서 깨달은 게 있어. 모든 이는 각자 지닌 소명이 다르다는 것을 말이야. 그리고 스스로 얼마나 부족한지도. 난 오만했어. 신이 있다면, 전세사기를 통해 성장하기를 원했는지도 몰라. 전세사기를 당하지 않았다면, 너희 둘을 여전히 계몽해야 하는 존재로 생각했을 거야. 이제는 알겠어. 너희가 문제가 아니라 문제는 나였어. 그래, 효상아, 그래서 우리가 이들에게 행복의 길로 이끌려면 어떻게 해야 하는 거야? 효상아, 너를 통해 새로움 꿈을 꾸고 싶어졌어."

10. 승기의 반응은 이례적[302]이다. 승기의 반응으로 확신한다. 많은 이가 우리와 함께하리라고.

"고마워 승기야, 그렇게 말해 줘서. 그래서 말이야, 특별한 사람으로 그들이 느끼려면 무엇을 해야 하는지 고민했어. 흔히 말하는 VIP 조건이 있어. 예를 들면, 백화점에서 VIP 고객이 되려면, 연간 1억 정도를 소비해야 해. 평범한 사람이 받는 월급으로는 상상하기 어려운 조건이야. 질투 나지 않아? 나는 질투도 나고 상대적 박탈감도 느껴. 그들에게 이처럼 반응하는 이유는 무엇일까? 그들이 연간 1억을 소비해서? 물론 어느 정도는 부럽겠지. 하지만 이는 근본적인 이유는 아니야.

그들이 부러운 이유는
VIP라는 특정 집단에 속해서 아닐까?

모든 인간은 본능적으로 자기만의 둥지를 만들어 심리적 안정감을 이루려 해. 심리적 안정감이 없다면 행복하기도 어려우니까. 그렇기에 심리적 안정감을 주는 각자의 집단은 인간에게 중요해. 불안을 잠재우는 최소한의 장치가 인간에게는 필요해. 우리는 그것을 준거집단이라고 해. 준거집단은 다양해. 때로는 가족으로, 때로는 친구로, 때로는 학교에

---

302)   이례적(異例的): 보통 있는 일이 아닌 특이한 것.

서, 때로는 회사에서, 때로는 정치로. 이러한 준거집단의 규범을 통해서 인간은 판단하고 행동해. 어떠한 준거집단에 속해 있느냐가 결국 대부분 인간의 미래를 결정한다고 보는 게 맞겠지. 준거집단은 인간의 가치관을 만드는 가치 기준을 제공하니까.

그렇기에 이들에게 심리적 안정감을 제공해 불안을 잠재워야 해. 우리가 그들의 새로운 준거집단이 되어야 한다는 뜻이야. 그렇다고 이들을 강제하거나 이들에게 일률적인 가치관을 심는다는 뜻은 아니야. 유기적[303] 관계로 서로를 쉼터로 느낄 수 있도록 만들어야 해. 그들과 우리는 떼어낼 수 없는 정치적 동맹체인 하나의 생물이 되어 새로운 생태계를 조성할 거야.

그래서 우리가 조성하려는 생태계의 기준으로 새로운 VIP를 만들 거야. 세상에서 말하는 좋은 것으로는 절대로 VIP가 될 수 없어. 기존의 VIP가 아닌 완전하게 다른 새로운 개념의 VIP. 돈으로도, 학벌로도, 권력으로도, 외모로도, 그 어떤 세상의 좋은 조건으로 문을 두드려도 열리지 않아. 앞으로 이 생태계를 '카테피아'라고 부르려고. '카테'와 '유토피아'의 합성어야. 세상에서 말하는 성공의 조건으로는 절대로 '카테피아'에 입장할 수 없어. 오직 소외된 서민과 중산층만이 VIP로 입장해 '카테피아'에서 태평성대[304]를 누리게 될 거야. 그래서, 선전문은 귀한 이들을 초대하기 위한 초대장 형식으로 진행하려고.''

---

303) 유기적(有機的): 생물체처럼 전체를 구성하고 있는 각 부분이 서로 밀접하게 관계를 갖는 것.
304) 태평성대(太平聖代): 어진 임금이 다스리는 태평한 세상이나 시대.

11. 임 대표가 입을 삐죽거린다. 무언가 마음에 안 드나?

"효상아, 네 생각은 잘 알겠다. 새로운 생태계를 조성해 우리만의 기준으로 VIP를 선정한다는 아이디어는 참신해. '카테피아'라고? 마음이 뭉클해지네. 그런데 말이야, 실현이 가능한 계획인 거야? 우리는 사업하려고 모인 거야. 자선사업을 하는 게 아니야. 아무리 들어도, '카테피아'로 어떻게 돈을 버는 수단이 되는지 모르겠다. 그래서 우리는 뭐로 돈을 벌어?"

우현이가 이상한 소리를 해댄다. 수익 모델은 처음부터 블루 고스트에서 제공하는 것 아니었나? 이미 부동산 관련 사업을 한다고 하지 않았나? 이제 와서 왜 이런 소리를 하는지 모르겠다. 승기 앞이라 똑똑한 척하고 싶었나 보다. 그래, 최대한 자존심을 건들지 않고 이야기해야겠다.

"임 대표, 네 말이 맞아. 수익 모델은 정말 중요해. 그래서 임 대표와 블루 고스트가 있다고 생각해. 임 대표와 블루 고스트와 없었다면 사업조차 시작할 수 없었으니까. 안 그래? 그래서 늘 임 대표에게 고마운 마음이야."

우현이의 입꼬리가 올라간다. 내 말을 부정하지 않는 표정이다. 기분이 좋은 게 틀림없다. 나 참, 때 아닌 사내 정치다. 다른 사람도 아니고 그것도 가장 친한 우현이에게! 우현이가 대표는 대표인가 보다. 평소라면 승기가 날 선 한마디를 던졌을 텐데, 오늘은 잠자코 있다. 오히려, 고개를 끄덕이며 내 말에 동조한다. 우현이에게 아부하는 승기라니! 승기도 나와 같은 생각이다. 이제 이곳은 더는 친목 도모 모임이 아니다. 이곳은 회사다. 그나저나 우현이를 보면서 느끼지만, 정말 자리가 사람을 비슷하게 만든다. 우현이에 대한 고마운 마음은 사실이다. 그리고 우현이는 여전히 나와 승기를 존중한다. 다만, 가끔 거들먹거리는[305] 태도를 보이면, 내가 아는 우현이가 맞나 싶다. 영업사원으로 살아가면서 그렇게나 싫어했으면서. 거들먹거리는 바이어를.

높은 자리에 올라서면 초심을 왜 다들 잃을까? 아니면 변한 게 없는데, 그저 내가 우현이를 시기하나? 모르겠다. 생각해 보면 사내 정치는 우리 셋 중에 우현이가 달인이다. 그동안 업무와 관련 없는 사내정치로 고생한 우현이가 딱하게 느껴진다. 승기도 나도 사내 정치와는 거리가 먼 인생을 살았다. 난 회사를 그만두었다. 승기는 사내 정치를 거부한다. 그래서 주위에 사람이 없다. 인생 참 아이러니하다. 그런 둘이 가장 친한 친구에게 정치질이라니! 우현이가 기분 좋은 이 타이밍을 잘 살리자. 뭐가 됐든, 우현이가 오케이를 해야, 이 회의는 끝난다.

"그래서, 임 대표, 나와 승기는 사람을 모으는 작은 역할이잖아. 그 작은 역할을 잘해 내려면, 소외된 서민과 중산층이 우리 사업에 관심을 보여야 해. 그들에게 매력적으로 보이는 게 중요하다고 생각해. 억지로 끌고 와도 결국 돌아갈 거야. 진정성이 없다면. 우리는 진정성이 필요해. 그래야 타깃은 계속 우리와 함께할 거야. 그러려면 이들의 충성도를 높

305) 거들먹거리다: 신이 나서 잘난 체하며 자꾸 도도하게 굴다.

일 환경을 만들어야 해. 기존의 세상에서 아등바등하지 않아도, 충분히 이곳에서도 인생 2막을 준비할 수 있다는 심리적 안정감. 그러려면 새로운 생태계 조성은 필수적이야. 새로운 생태계를 조성해야 임 대표와 블루 고스트가 프로젝트를 원활하게 진행할 수 있어. 임 대표가 고생해서 만든 소중한 기회를 허무하게 놓칠 수는 없잖아. 안 그래? 임 대표?"

승기는 우리의 대화로 신이 나서 벌써 무언가 된 것처럼 우쭐거린다. 신바람이 난 승기가 입을 연다.

"그래, 효상아, 새로운 생태계인 카테피아를 조성하려면 난 무엇을 해야 할까? 심장이 나대는 소리가 들려? 미치겠다. 이렇게나 즐거운 일이 그동안 있었던가 싶다. 무엇을 해야 해? 무엇을 하면 좋을까?"

12. 글을 쓰겠다는 이유로 잘 다니던 회사를 그만둔다고 했을 때, 승기를 포함한, 나를 걱정하는 수많은 시선에 둘러싸여 원하는 길을 걷는 게 맞는지를 수없이 자문했다. 어느 순간 알게 되었다. 글을 쓰는 이유가 점점 변한다는 것을. 사람과의 소통으로 조금이나마 세상을 행복하게 만들 수 있다는 생각에 펜을 들었다. 하지만 초심은 온데간데없이 사라졌다. 방에 홀로 처박혀 의미 없는 낱말을 모아 문장을 만들고 지우기를 반복했다. 그런 날들이 쌓이고 또 쌓여만 갔다. 과거의 사건과 모든 상상력을 동원해 문장에 생명력을 불어넣는다. 그리고 문득 깨닫게 된다. 반복적인 몸짓은 글쓰기가 아니라는 사실을. 그저 과거에 일어났던 사건에 대한 참회? 아니다, 푸념에 불과하다. 나도 참 힘들게 살았으니까, 누가 좀 알아달라는, 누가 좀 봐 달라는, 내

머리를 쓰다듬는 누군가의 손길이 간절하다고, 나 지금 잘하고 있다고 말해 달라고.

참 쓸모없는 겁쟁이다.

진심이었지만 결국 거짓말이 돼 버린, 프러포즈하면서 말했던 달콤한 다짐들, 아이의 성장만큼 비례하는 양육비의 부담, 어느 순간부터 연차가 쌓일수록 퇴보하고 있다는 비참함, 그리고 얼마나 멍청한지 스스로 증명한 골방에 갇힌 한심한 내 모습. 그렇게 청춘을 보내고 노년을 맞이한다. 나라는 존재가 세상에 있는 게 의미가 있을까? 그런 우울함으로 40대를 보낸다. 불안함을 감추려고 더욱더 글쓰기에 몰두[306]한다. 들키고 싶지 않으니까. 겁쟁이라는 사실을. 그렇게 내 공간의 자물쇠를 굳게 채우고 살아간다. 그렇게 세상에서 나를 지우려 한다. 그렇게 잊히는 게 당연하다고 생각한다. 하지만 오늘은 다르다. 승기와 우현이의 시선은, 홀로 지낸 무한의 시간은 나름대로 의미가 있다고 속삭인다. 나를 바라보던 불안한 시선과는 사뭇 다른, 오랜만에 느껴보는 기분 좋은 시선이다. 고맙다, 승기야 그리고 우현아. 너희가 있어서 참 다행이다. 외롭지 않구나. 더는.

"승기야, 쓰려지더라도 돌아갈 작은 쉼터인, 이 공간에서 스스로 꿈꾸어 나아갈 수 있는, 우리만의 아지트이며 위로의 안식처인 카테피아를 어떻게 만들지를, 지금부터 해야 할 일을 말해 줄게. 그래, 정말로 두근거리는 세상을 만들어 보자."

---

306) 몰두(沒頭): 어떤 일에 온 정신을 다 기울여 열중함.